CW00926350

# LA POUDRIÈRE D'ORIENT

* * *

*Les ouvrages de l'auteur sont cités en fin de volume*

Pierre Miquel

# LA POUDRIÈRE D'ORIENT

*Suite romanesque*

## Le guêpier macédonien

* * *

Fayard

# Le retour de Carla

À la fin de janvier 1917, le transport *Amiral Magon* annonce par voix de sirène son arrivée à quai dans le port marseillais de la Joliette. Repeint aux couleurs grises de la guerre, l'ancien cargo mixte de la Compagnie des Chargeurs réunis revient de Salonique, pour où il repartira après avoir chargé un bataillon de la 76e division aux ordres du général de Vassart d'Andernay. La bataille se poursuit de plus belle en Orient, puisque les renforts français y affluent.

Les poilus venus du camp de Valbonne, près de Cannes, s'impatientent. Un train de nuit serpentant tout au long de la côte les a débarqués à la gare Saint-Charles, vers trois heures du matin. Des marsouins de l'infanterie coloniale portant l'ancre au képi, des biffins en uniforme kaki levés à Nice et à Gap, dans les Basses-Alpes. Les plus anciens ont connu les horreurs du front de Verdun, reconquis les forts de Douaumont et de Vaux sous le commandement de Mangin, mais aussi de Nivelle qui vient de remplacer au pied levé Joffre limogé. Les bleus des bataillons, les plus nombreux, sont du dernier contingent levé, le 16-2, à peine instruit.

On embarque avant eux les pièces et les chevaux d'un groupe d'artillerie, des caisses de munitions de renfort, des réserves de rations alimentaires et des centaines de sacs de courrier. Le chargement durera au moins deux heures. Les biffins sont contraints d'attendre, parqués dans les baraques de planches glaciales du camp d'accueil, situé derrière la gare maritime.

De mémoire de Marseillais, on n'a jamais vu le thermomètre descendre à moins cinq degrés. Les wagons chargés d'anthracite d'Angleterre arraché à la cale des cargos remontent la vallée du Rhône pour aller réchauffer Lyon, sans fournir au passage le port phocéen. Les soldats ne sont pas les seuls à battre la semelle. La ville entière est frigorifiée.

– Pas étonnant, s'indigne le territorial marseillais à la moustache blanche qui surveille les abords du camp. Comment s'appelle le soi-disant ministre du Ravitaillement ?

– Édouard Herriot, répond sans hésiter son collègue, l'arme à la bretelle.

Le *Petit Marseillais* dépasse de la poche de sa capote sombre : un citoyen conscient des faiblesses du pouvoir parisien.

– Il s'en fiche de Marseille, maugrée-t-il en lecteur informé, ce Herriot est maire de Lyon. Il se fiche aussi des troufions, il ne se soucie que des civils. Les siens, ceux des bords du Rhône qui n'ont pas l'accent.

Ils poursuivent leur ronde, interpellés par un officier de marine qui leur recommande d'ouvrir l'œil. Les espions pullulent dans la ville et près du port. Chaque Marseillais croit les flairer au détour d'une rue, dans les bistrots de la Canebière, et s'applique à les dénoncer à la préfecture, à la capitainerie, ou à la place d'armes. Nulle part l'espionnite n'est plus féroce. Les étrangers sont accusés de transmettre aux sous-marins le nom des navires en partance pour l'Orient, leurs horaires de départ. Ces gens-là savent tout. On n'en fusillera jamais assez.

Les vieux soldats restent perplexes. Marseille est une ville impossible à contrôler, y compris l'accès au port. On y recensait un demi-million d'habitants en 1914. Elle en abrite désormais huit cent mille, en comptant les troupes de passage. On estime à plusieurs millions, depuis le début de la guerre, le nombre des militaires embarqués ou débarqués à Marseille, qu'ils soient africains, maghrébins, hindous, indochinois, néo-zélandais, australiens…

Les camps du Prado et de Saint-Charles n'accueillent jamais moins de soixante mille hommes par mois. Tous les belligérants de la grande alliance, celle des peuples de la mer, transitent par Marseille. Sur les quais du Vieux-Port, on a même pu voir quelques canonnières japonaises, armées pour la chasse aux sous-marins.

Les réfugiés sont très nombreux. Comment les surveiller et les héberger tous? Ils viennent de partout : de Belgique, des départements envahis, de Serbie, d'Arménie, du Levant. Les Grecs des îles échouent à Marseille pour fuir les Turcs en Asie, ou la police du roi Constantin dans les archipels. Les Syriens sont protégés par le gouvernement de la République et les autorités ont l'obligation de les laisser passer.

La main-d'œuvre, sur les docks comme dans les usines de guerre, est française à 15% seulement. Autant de Maghrébins et d'Espagnols, la moitié de Maltais et encore d'Italiens, malgré l'entrée en guerre. Impossible d'empêcher les déserteurs bulgares ou les prisonniers allemands évadés de se mêler au flux des dockers. Deux mille cinq cents d'entre eux sont d'ailleurs officiellement engagés comme travailleurs. Dans certains quartiers, la police ose à peine s'aventurer. Il en a de bonnes, l'officier de marine! Il croit qu'on peut boucler le port. Tout est poreux dans Marseille.

Rentrés au poste après leur ronde, les deux territoriaux se frottent les mains près d'un réchaud à alcool. Le plus âgé, Ernest Crozier, déplie son journal et lit la nouvelle du jour : le cuirassé *Le Gaulois,* un rescapé des Dardanelles, vient d'être torpillé par un sous-marin boche sur la route maritime de Corfou à Salonique. L'équipage est sauf ainsi que son commandant, le capitaine de vaisseau Morache.

– Cela fait le deuxième en une semaine, commente Crozier. Ils ont aussi coulé l'anglais *Cornwallis*. Pas de survivants!

Un officier de marine pousse la porte du poste, introduisant une jeune femme emmitouflée, à peine capable de saluer tant le froid la fait claquer des dents.

– Je vous confie cette jeune infirmière. Elle embarque pour Salonique sur l'*Amiral Magon* avec le bataillon. Ses papiers sont en règle. Elle s'appelle Carla Signorelli.

* *
*

Il faut tenir à tout prix le front de Salonique, les diverses autorités françaises en sont d'accord, au début de cette troisième année de guerre. Le convoi qui se forme à Marseille est le résultat d'une concertation des Alliés, et d'une décision du gouvernement français. Le président du

Conseil Aristide Briand et le général Lyautey, son ministre de la Guerre, connaissent la faiblesse des moyens dont dispose Sarrail, responsable du corps expéditionnaire interallié où figurent des unités italiennes, russes, serbes, anglaises et françaises. Ils veulent le renforcer, quoi qu'il leur en coûte.

Si le front cède en Orient, Allemands, Autrichiens, Bulgares et Turcs se rendront maîtres de la péninsule des Balkans, engageront dans leur coalition le roi des Grecs Constantin, ami et parent de l'empereur d'Allemagne Guillaume II, et couperont la route maritime de Londres et de Marseille vers Alexandrie, Suez et les Indes. L'enjeu de la bataille est considérable, au point que Sarrail, toutes affaires cessantes, a été convoqué à Rome devant une assemblée de tous les représentants politiques et militaires de l'alliance, et notamment David Lloyd George, le nouveau premier ministre britannique, accompagné du général Robertson, son chef d'état-major.

Bec d'aigle et œil de faucon, moustache et cheveux blancs, tempes dégagées, Sarrail en impose, droit dans sa vareuse kaki à haut col et aux manches ornées de trois étoiles discrètes. Il a mis en garde, non sans quelque brutalité, ses interlocuteurs réunis à la *Consulta*, le ministère italien des Affaires étrangères : les Allemands occupent presque toute la Roumanie, les Russes semblent à bout et ne lanceront pas d'offensive avant longtemps. Il n'a aucun moyen de résister à une poussée ennemie sur Salonique s'il n'est pas débarrassé à l'instant de l'opposition du roi des Grecs et de son armée.

Lyautey, képi de guingois, cigarette aux lèvres, a fini par prendre à partie le général en chef italien Cadorna. Il sait parfaitement que Nivelle, en accord avec son gouvernement, doit se rendre à Londres pour préparer, sur le front de France, une formidable offensive alliée au Chemin des Dames, mais aussi en Artois et en Flandres. Il n'est pas question pour les Britanniques, massés sur le front français à plus de six cent mille, d'envoyer des renforts à Salonique. Lloyd George précise que l'Angleterre a seule la charge, avec la Russie, de combattre les Turcs toujours pugnaces au Proche-Orient. Une de ses armées remonte d'Égypte vers Jérusalem et les tunnels du chemin de fer de la montagne du Taurus pour attaquer Constantinople. Une autre a débarqué en Irak pour marcher sur Damas. Il n'est pas possible de faire plus, affirme le général Robertson.

Pourtant, il faut tenir Salonique. Seuls les Italiens peuvent aider, explique Lyautey à Cadorna, à condition de ne pas se limiter à l'occupation de l'Albanie qu'ils convoitent. Cadorna, pressé par les meilleures troupes autrichiennes sur le front des Alpes, refuse toute concession. Le ministre français devine que les Anglais ne feront pas mieux. Ils traitent Sarrail de dangereux proconsul, susceptible de déchaîner la guerre civile en Grèce. Personne, à Rome, ne consent à armer et à soutenir les vénizélistes ennemis du roi Constantin. Nul ne veut accorder à Sarrail un véritable pouvoir de commandement. Chacun des responsables militaires étrangers reste libre des moyens à employer dans l'exécution des actions suggérées par le Français. Il n'a pas d'ordres à leur donner.

Les Alliés s'entendent cependant pour faire pression sur Constantin afin qu'il retire toutes ses unités de Grèce et les maintienne en deçà des limites du Péloponnèse. On l'oblige même à organiser une cérémonie expiatoire pour le crime commis par ses partisans à l'encontre des fusiliers marins français dans Athènes. Par ultimatum, il est sommé d'évacuer la Thessalie, la plaine au sud de Salonique.

Le roi cède. Sur l'esplanade du Zappéion à Athènes, où ont été massacrés les marins français, les bataillons grecs de l'armée royale défilent sur le front des drapeaux des nations alliées en inclinant leurs étendards.

Satisfaction morale, qui ne dupe personne. En Thessalie, avant de se retirer, les Grecs ont fait sauter le pont de chemin de fer de Gorgopotamo, au sud de Larissa, coupant ainsi la voie de Salonique à Athènes. Les renforts français sont donc attendus dans un pays qui n'a pas renoncé à toute résistance, et Sarrail sait fort bien qu'il devra encore lutter avec ses maigres moyens contre la subversion royaliste, tout en préparant la reprise des combats contre les Germano-Bulgares. La conférence de Rome est pour lui un échec personnel. Sa seule consolation est que Briand, le tombeur de Joffre et de Foch, l'a maintenu à son poste.

Il doit boucler le front grec intégralement, de l'Albanie tenue par les Italiens jusqu'à la rivière Strouma, défendue à l'est par les Britanniques. Il est indispensable de contrôler les inaccessibles confins montagneux albanais, jusque-là négligés, à peine explorés par de frêles détachements de cavaliers. Par là passent pourtant les courriers de Constantin pour rejoindre les états-majors autrichiens et bulgares. Pour cette opération de sécurité, Sarrail attend avec impatience l'arrivée dans le port de Salonique de la 76e division du général Vassart d'Andernay.

* *
*

– L'usine à gaz va fermer !

– Tais-toi donc, intime Ernest Crozier à son vieux camarade de la territoriale. Veux-tu passer au falot comme défaitiste ?

Il dit pourtant vrai. Marseille n'a plus d'énergie, plus de charbon ni de pétrole. Le gouvernement a interdit d'acheminer la lignite vers les ports, celle des mines de Gardanne et de Fuveau, proches du Gard. Il a accepté de taxer les frets de houille anglaise à Marseille, dissuadant ainsi tous les importateurs privés. Les arrivages britanniques vont à Rouen. Ils ont ainsi plus de chances d'échapper aux torpilles des sous-marins. En conséquence, l'électricité est coupée tôt dans les rues marseillaises, et l'obscurité ne facilite pas la tâche des patrouilles de surveillance. Il est vrai que les habitants ne sortent plus. Ils se calfeutrent dans leurs maisons glacées.

Le moral s'en ressent. Carla est d'abord sourde aux conversations des factionnaires. Elle revient d'Arles, par la ligne directe du chemin de fer construite récemment le long de l'Estaque, et le froid n'est pas la seule cause de son apathie.

Le quotidien de ses parents l'a affligée : ils vivent au ralenti, supportant mal, comme leurs voisins immigrés italiens, un hiver exceptionnel si peu conforme à la douceur florentine. Ils se sont retranchés dans leur maison, portes et fenêtres colmatées par des boudins de chiffons ou de papier journal, et se chauffent à un poêle unique bourré de sciure.

Dans les rues étroites de la ville, rares sont ceux qui se risquent à affronter le mistral qui prend en enfilade glacée la vallée du Rhône. La belle église de Saint-Trophime est à peine fréquentable. Les femmes, craignant la pneumonie, se cachent sous des bonnets de laine pour y entendre la grand-messe. Les vieux redoutent d'attraper le mal de la mort. Il ne fait chaud qu'à l'école, où le Godin rond rougeoie dans la classe, grâce aux petites bûches distribuées par la mairie aux instituteurs.

On chauffe aussi les hôpitaux. À Montpellier, Carla ne se souvient pas d'avoir souffert du froid lorsqu'elle y instruisait ses élèves infirmières, sauf le soir, dans la chambrette qu'elle louait pour dormir. Elle se couchait en chandail, pelotonnée sous un édredon de plume. La toilette du matin était des plus sommaires, l'eau gelant dans les conduites. Elle se douchait à l'hôpital, comme ses collègues.

Nul ne se plaignait. Les blessés rentraient d'un enfer de neige sale. Beaucoup avaient eu les pieds gelés dans les cols des Vosges. Carla savait que les poilus d'Orient souffraient aussi du froid dans les montagnes. Elle serrait dans son sac une liasse de lettres de Paul Raynal, qu'elle lisait et relisait le soir. Aucun courrier depuis plus de vingt jours. Était-il blessé, disparu, peut-être ? Pourquoi cette longue interruption du service postal de l'armée d'Orient ?

– Les bateaux sortent mais ne peuvent entrer au port, commente Ernest le territorial, toujours plongé dans sa lecture du *Petit Marseillais.* Allez voir à l'Estaque, vers midi, quand le soleil éclaire la rade. J'ai compté hier soixante navires en souffrance, venus de partout. Une vraie flotte aux pieds nickelés. On dirait qu'ils sont frappés de quarantaine, avec la peste à bord. Impossible d'accéder aux bassins. Il paraît qu'un cargo de Philippeville a fait trois tentatives sans pouvoir débarquer sa cargaison d'œufs.

– Quelle omelette à bord ! s'amuse Crozier.

– Tu peux compter qu'ils ont réquisitionné au moins cinquante vapeurs de la flotte marseillaise pour l'armée, près de deux cent mille tonneaux. Quarante-cinq autres sont immobilisés pour réparations. Les compagnies ont perdu, à cause de leurs maudits sous-marins, un tiers de leur tonnage.

Carla comprend que le trafic est ralenti avec l'Orient, malgré les nombreux cargos et paquebots marseillais affectés en permanence aux relations avec la base de Salonique. Entre les navires torpillés et ceux qui ne parviennent pas à accoster, les lettres de Paul n'arriveront jamais.

– Ils donnent la priorité aux transports embarquant pour l'Orient les Sénégalais du camp de Fréjus-Saint-Raphaël, explique encore Ernest. Il paraît qu'ils meurent de froid dans les baraques. Croit-on qu'ils auront plus chaud à Salonique ?

– Vous avez l'air bien renseigné, risque Carla. L'*Amiral Magon* sur lequel je dois embarquer n'est pas, à ma connaissance, un hôpital flottant.

– Sûrement non. C'est un transport de troupes. Vous avez dû manquer le *France*, un navire-hôpital tout neuf. Il a appareillé pour Salonique la semaine dernière.

– Quand partira l'*Amiral Magon* ?

– Parbleu, dit Crozier, quand nos amis les Boches le voudront bien. Il suffit que la capitainerie soit alertée de l'approche d'un sous-marin pour que l'appareillage soit retardé. C'est plus prudent. Nous avons eu trop de pertes ces jours-ci. Laissez les torpilleurs faire leur travail. Les patrouilleurs sont en mer. Ils ne rentreront pas de sitôt, à la nuit tombée, peut-être.

Le mugissement d'une sirène dément les propos pessimistes du territorial. L'embarquement est annoncé. Carla respire. La perspective de passer la nuit dans ce baraquement ne l'enchantait guère.

* *
*

L'officier de marine reparaît. Un enseigne de vaisseau de deuxième classe[1], jeune, mince et blond, décidément vigilant et empressé. Il se charge du bagage de Carla et lui demande de le suivre.

– Je m'appelle Jean Vigan. Le capitaine m'a demandé de veiller sur vous. Vous lui avez été chaudement recommandée.

Elle se présente ainsi la première à la coupée du paquebot, petite silhouette drapée dans la cape de laine bleu marine qui la couvre jusqu'aux pieds. Le bataillon, groupé par compagnies, attend encore l'ordre d'embarquer que déjà Vigan fait à Carla les honneurs du bord. Elle aperçoit sur le pont des pièces antiaériennes, des sacs de grenades et des caisses de munitions. Les artilleurs s'affairent, observent le ciel à la jumelle.

– Nous devons aussi nous méfier des raids d'hydravions autrichiens, explique l'officier. Ils sont nombreux au débouché de l'Adriatique. Ce bâtiment, en raison du danger des traversées, est confié aux soins de la marine de guerre, comme tous les transports de troupes.

Elle est traitée avec les égards dus à une infirmière en chef. Sans doute le général major Sabouret est-il intervenu pour lui assurer une traversée convenable. Sa cabine individuelle est celle d'un gradé. Elle s'y enferme quand le martèlement des godillots cloutés commence à faire vibrer le bateau sous le poids de mille *rationnaires*[2] portant chacun, outre leur fusil, trente kilos sur le dos. Niçois et Gapois se

1. Sous-lieutenant dans l'armée.

2. Les riz-pain-sel (ceux de l'intendance) comptent ainsi les soldats par *rations* alimentaires distribuées chaque jour... Ils sont pour eux des *rationnaires*.

frottent les mains dans l'entrepont, où l'odeur des cuisines réjouit fort les papilles. Ils installent leur paquetage au pied des hamacs tendus dans les vastes cales aménagées partiellement en dortoirs, puis grimpent au réfectoire pour prendre place autour des tables où les cuistots servent à la louche la soupe de poissons.

Régalés de bouillabaisse, abreuvés de vin rouge de Cassis ou de rosé du Gard, traités, pour leur premier repas, en seigneurs, les survivants de la côte du Poivre ou du ravin des Veuves ne sont pas loin de trouver la vie aimable et ne s'affectent pas trop du retard à l'appareillage. Les bleus se pressent autour des anciens, prompts à évoquer entre eux les délices de Verdun. Ils se considèrent comme des *loustics* et plaignent les camarades qu'ils ont abandonnés dans leurs trous, sans s'attarder sur les insultes ayant accompagné leur départ. Les a-t-on assez traités de planqués et de chouchous de Vassart d'Andernay, un général qualifié, avec irrévérence, de « cocu qui ne reverra jamais sa femme » ! En Orient, pas de permes pour les Saloniquards, ont-ils entendu dire. Ils seront portés disparus cent fois avant d'être tués, pauvres *Rintintins* oubliés par leurs *Nénettes* chéries.

Agréables auspices qui, pour l'heure, ne les troublent guère. Ils estiment avoir livré suffisamment des leurs à la boue sanglante de Verdun pour se sentir coupables de partir au soleil. Ils n'ont surtout aucune idée du climat de Salonique, ignorent tout des tranchées creusées dans la montagne. Nul ne les a mis en garde. Pour eux, quitter la France signifie échapper à la mort programmée, à l'infernale noria des camions de la *voie sacrée* qui, depuis le 21 février 1916, livre jour après jour, sur les bords de la Meuse, son contingent calibré de victimes.

Traités comme des papes, les anciens se persuadent qu'un jour de perdu est gagné sur la guerre. L'intendance, qui les a régalés de crus estimables, si différents du pinard bromuré du front, pousse la sollicitude jusqu'à offrir une distribution générale de gnôle parfumée au genièvre.

– Voilà qui nous change de l'éther ! se réjouit le caporal Lachouque, natif de Vidauban, claquant sa langue de satisfaction sous le regard inquiet des bleus.

– De l'éther ? C'est de la pharmacie ! risque Raoul Garnier, dix-neuf ans, classe 16 deuxième contingent, un Cannois aux yeux d'azur.

– Pour sûr, petit, de l'éther. Un demi-quart pour chaque homme avant l'attaque. Dissous dans la gnôle. Mais la sale odeur reste au fond de la gorge. Quand tu as bu cette mixture, tu es comme un fou. Rien ne te fait peur. Tu sautes dans les trous des Boches sans même t'en rendre compte. Et tu perces à la baïonnette, au couteau de tranchée, tu assommes à la pelle ou à la masse, tu étrangles, tu vends ta peau le plus cher possible. Les autres, ceux d'en face, sont comme toi. Ils ont perdu leur âme. Leurs yeux brillent, ceux des damnés. Ils le savent, les marchands d'éther, que leur drogue rend fous. Ils comptent là-dessus pour nous faire oublier qu'ils nous envoient à la mort assurée.

Un morne silence suit ces paroles. Les bleus semblent soudain à court de questions. Les anciens ont du vague dans le regard. Le caporal poursuit d'une voix lasse :

– Quand je regarde mes mains, j'ai honte de ce qu'elles ont fait.

Vincent Rouget, de Draguignan, médaillé militaire, prend la relève.

– J'ai vu deux lieutenants passer devant mon trou, entourés de gendarmes. Ils étaient de Reims. On connaissait leur bravoure, leur respect des hommes. Condamnés à mort et exécutés pour avoir reculé de cent mètres quand l'ordre était de tenir à tout prix, dans une tranchée envahie par les gaz.

Les anciens quittent la table les premiers, de leur pas lourd de fantassins du front, le dos voûté par les longues marches au creux des boyaux étroits. Ils s'en veulent d'avoir trop parlé devant les bleus. Le caporal surtout, qui a perdu ses deux frères cadets à Verdun, des gamins à peine sortis de l'instruction, comme ceux-là. À quoi bon risquer de décourager ces jeunes voisins de chambrée ? Ils auront bien le temps de juger par eux-mêmes. Sans doute le pressentent-ils déjà : on ne les envoie pas à la noce, à Salonique.

* *
*

L'enseigne de vaisseau Vigan frappe discrètement à la porte de la cabine de Carla. Sans entrer, il invite l'infirmière à se rendre au carré des officiers, où le commandant Dufaure l'attend pour le repas du soir.

Confuse de l'aspect froissé de sa jupe, elle prend le temps de coiffer ses longs cheveux et se présente avec quelque retard. Les officiers se lèvent à son arrivée. Elle est la seule femme du bord.

– Le chirurgien-major Pellegrino m'a longuement parlé de vous, annonce le pacha en lui serrant la main. Je vous aurais volontiers nommée marraine de ce navire s'il sortait des chantiers. Hélas, comme son commandant, il a beaucoup bourlingué : plus de quarante voyages sur la ligne de

Salonique. Ses heures de repos, il les passe au radoub pour faire réparer les avaries. Bienvenue à bord!

Il porte un toast au service de santé de Salonique dont les infirmières sont des saintes. Debout, les autres l'imitent. Vigan, fasciné par les yeux verts de Carla, en oublie de se rasseoir.

– Avez-vous consulté la capitainerie? le réveille le pacha d'une voix bourrue. On annonce des tempêtes autour de la Crète. Cela ne nous concerne pas. Dieu merci, c'est la route du Caire, pour MM. les Anglais.

– Calme relatif jusqu'à l'entrée du canal de Corinthe, répond précipitamment l'enseigne, le visage empourpré. Le mistral tombe pendant la nuit. Mais la houle se lèvera dans la mer Ionienne, au débouché de l'Adriatique. La bora descend des monts de Croatie. Durant quinze jours d'affilée, elle soulèvera une mer courte, nerveuse, glacée, une mer des mauvais jours.

Dufaure hoche sa tête de bouledogue aux cheveux blancs crépus. Il sait que la fosse ionienne est un passage des plus périlleux, un cimetière de navires. Les sous-marins allemands et autrichiens sortis de la base de Pola multiplient les torpillages. Ils ne seront en sûreté qu'une fois arrivés dans le golfe de Patras, et encore! L'ennemi a jalonné la côte de relais. Il est en nombre supérieur depuis que les Boches lui acheminent, chaque semaine, par le col du Brenner, des pièces détachées pour être remontées à l'arsenal. De plus, les pachas des submersibles bénéficient de la complicité des Grecs. Ces soi-disant neutres les abritent et les fournissent régulièrement en vivres et carburant.

– La flotte italienne engage une série de patrouilles pour sécuriser le passage, affirme le commandant en second.

– Les Italiens !

Le pacha se ravise. Il allait pester contre leurs multiples défections, leurs retards continuels, la mollesse de leur marine de guerre dans l'Adriatique, leur hostilité aux alliés serbes. Mais il se souvient que le chirurgien Pellegrino a évoqué les origines italiennes de sa jeune passagère.

– Heureusement, ils sont à nos côtés, lâche-t-il. Ils viennent de prendre l'offensive en Albanie avec un certain allant, ce qui soulage le flanc gauche de notre armée. Ils avancent sur l'antique *via Egnatia* des Romains. Ils sont à leur affaire.

– Y sont-ils enfin installés ? demande Carla d'un ton critique. Depuis le temps qu'ils veulent s'emparer de l'Albanie pour en faire une colonie !

– Pour l'instant, corrige Dufaure, ils font la guerre. Maîtres du port de Valona, ils projettent de construire une route au sud du pays, de Santi Quaranta jusqu'à Koritsa. Ils peuvent ainsi envoyer des renforts à Monastir sans prendre de risques en mer. On m'assure que Valona est devenu un port de guerre parfaitement organisé, avec fortifications, réserves de vivres et de munitions, capable de fournir une armée de cent mille soldats.

– Le renseignement militaire nous fait savoir, précise Vigan, que le sud de l'Albanie est désormais pacifié après une suite d'opérations difficiles. Les Italiens entrent en Épire dans les vallées profondes sans être trop contrariés par les Grecs, ni par les *comitadji* à la solde des Autrichiens. Des patrouilles de cavalerie françaises et italiennes ont déjà fraternisé à Koritsa. Les photos de ces rencontres ont été diffusées dans la presse internationale par les soins des ambassades italiennes.

Encore faudrait-il, pour admirer les compétences de l'enseigne, connaître un tant soit peu la carte de l'Albanie. Carla en ignore tout. Elle soupçonne même le pacha de vanter les exploits des Italiens ses compatriotes pour lui être agréable. Sa seule certitude est qu'en Albanie, infestée par la malaria, les soldats du roi de Savoie vont manquer rapidement d'hôpitaux et d'infirmières, et pour l'heure, elle s'inquiète surtout des raids de sous-marins.

Vigan tente de la rassurer. Les marines alliées croisent en permanence au débouché de l'Adriatique et l'aviation sait repérer les sous-marins en plongée, quand ils naviguent à moins de vingt mètres de profondeur.

– Nous avons aussi des submersibles, ajoute-t-il, et certains se sont risqués non loin de Pola. Une escadre italienne est basée à Brindisi, aux ordres de l'amiral Presbitero, forte d'une bonne douzaine de sous-marins italiens et français, outre une trentaine de torpilleurs armés jusqu'aux écoutilles.

Le commandant Dufaure demeure soucieux. Les torpillages sont encore nombreux en mer Ionienne. Il est difficile de franchir ce cap, malgré les barrages de mines des Italiens et les patrouilles de repérage. Les *U-boot* restent longtemps planqués et surgissent au dernier moment.

Le radio du navire vient remettre un télégramme au pacha. Ordre de départ retardé de vingt-quatre heures. Un convoi anglais de trente navires a la priorité. Les paquebots de la Compagnie britannique péninsulaire et orientale ont de nouveau fait de Marseille la tête de ligne de la malle des Indes. Pour raisons de sécurité, les troupes anglaises destinées à renforcer les armées du Caire débarquent d'abord à Calais, puis gagnent le port phocéen par chemin de fer.

– Nous aurons le temps de compléter nos réserves d'eau douce, conclut Dufaure, avant d'accueillir à bord quelques retardataires.

* *
*

L'un d'eux retient toute l'attention du commandant qui l'interroge dans sa cabine. Cet Altitolo Perrera, sujet italien que le 2e bureau de l'armée lui a demandé d'embarquer, commence par décliner son identité et sa formation professionnelle : garçon coiffeur.

– J'ai exercé, déclare-t-il, rue Lycourgou, n° 1, à Athènes, pendant deux ans, jusqu'en juin dernier. Je voulais m'engager dans l'armée italienne, mais une commission sanitaire m'a réformé pour faiblesse de constitution. J'ai l'intention de reprendre mon ancien métier.

– À Athènes ?

– Pour sûr. J'avais parmi mes clients le baron Schenk, chef du renseignement militaire allemand en Grèce et grand maître de la presse germanophile. Vos officiers du service secret pensent que je peux leur rendre quelques menus services. J'ai repéré dans le passé plusieurs bases de ravitaillement pour sous-marins. Je dois me mettre à la disposition du ministre de France à Athènes dès mon arrivée.

Dufaure songe que le SR a dû tomber bien bas, s'il n'a plus d'autres agents à enrôler que des garçons coiffeurs italiens d'une efficacité douteuse.

– Les Grecs royalistes ont aménagé des caches pour sous-marins à quelques encablures du Pirée, et vos marins n'en savent rien, affirme Altitolo. Ils en ont truffé les côtes de la

Thessalie. Le sous-marin qui a coulé l'année dernière l'*Amiral Hamelin,* un cargo mixte de votre Compagnie des Chargeurs réunis, venait d'une de ces caches grecques. Je l'avais signalée à mon correspondant français du 2e bureau de l'armée, qui n'a pas voulu me croire.

Le commandant se tait, assailli de souvenirs sinistres. Il commandait en second l'*Amiral Hamelin* avec un équipage breton. Le navire avait embarqué plus de trois cents artilleurs, deux mille obus pour pièces lourdes, quinze mille de 75 et deux millions de cartouches pour fusils et mitrailleuses, un arsenal !

À l'époque, les cargos n'étaient pas armés. Un sous-marin allemand battant pavillon autrichien[1] s'était approché tranquillement du bateau transporteur, jusqu'à huit cents mètres. Ses valises à torpilles étaient vides. Il avait coulé l'*Amiral Hamelin* au canon, puis mitraillé les chaloupes de sauvetage. Un feu d'artifice visible à mille nœuds. Soixante et un morts. Les rescapés, dont Dufaure, avaient été recueillis par un hôpital flottant britannique, le *Dunluce Castle,* qui les avait conduits à Malte. Un très mauvais souvenir.

« Dieu merci, se dit le commandant, l'*Amiral Magon* est armé de deux canons. Il n'a que dix ans d'âge, et ses machines ont été régulièrement révisées après chaque traversée. »

– Savez-vous d'où sortait le sous-marin qui a torpillé l'*Amiral Hamelin ?* demande Altitolo Perrera, comme s'il avait deviné la pensée du pacha. D'une cache nichée tout près du canal, dans le golfe de Corinthe.

1. L'Italie avait déclaré la guerre à l'Autriche, non à l'Allemagne. Pour pouvoir couler les cargos italiens, les sous-marins allemands arboraient le pavillon autrichien.

Les chalutiers et les torpilleurs surveillent depuis lors les abords du canal de Corinthe en permanence, se rassure Dufaure. Il ne peut plus y avoir de surprise dans ces parages. La zone a été purgée radicalement, et barrée de mines en profondeur. Pour s'y risquer, il faudrait des candidats au suicide.

– L'île de Céphalonie, en face du golfe, regorge de rochers plongeant dans la mer qui abritent des cavernes, des fissures tapissées de sable, des planques tout indiquées pour des capitaines patients, ne sortant en mer qu'à coup sûr, poursuit l'espion Altitolo. Je le tiens d'un officier grec en service sur l'île, et de passage à Athènes. Je ne sais si les Alliés y ont pris pied. L'île était alors infestée de petits sous-marins rapidement mis en plongée, difficiles à repérer. De là viennent sans doute les trop nombreux torpillages à l'entrée du golfe.

Dufaure se demande d'où son interlocuteur coiffeur, qui ne cite jamais clairement ses sources, tient ses renseignements. Mais comment le soupçonner, alors qu'il semble avoir la confiance du 2e bureau français ?

Le commandant n'a jamais débarqué à Cephalonia, l'île des pins et des volcans, et pour cause. Afin d'arriver le plus vite possible dans le canal de Corinthe, il se faufile de toute la puissance des machines dans ses parages, entre l'île et sa voisine, Ithaque ; il suit un chenal de quatre kilomètres de large traditionnellement favorable aux attaques des pirates et des corsaires, mais plus facile d'accès et menant droit au but. Il n'a jamais eu un regard pour l'île d'Ulysse, trop occupé à observer la surface à la jumelle, à l'affût du moindre périscope trahissant la présence entre deux eaux d'un submersible.

– Avez-vous des informations récentes sur Cephalonia ?

– L'île est aux mains de la marine grecque royaliste. Je pourrai vous en dire plus quand j'aurai rouvert ma boutique à Athènes.

– Il sera trop tard, bougonne le commandant.

Il a consulté l'Amirauté. Un lieutenant de vaisseau tient pour certain que les deux îles ont été « dératisées », surveillées en permanence, et qu'aucun torpillage n'est à déplorer depuis trois mois à l'approche du canal. Il est vital pour l'acheminement des renforts en Grèce et les flottes françaises et italiennes le couvent de toute leur attention.

Le commandant congédie Altitolo Perrera comme on relâche un prisonnier écroué. Il n'aime pas les espions et le fait placer sous surveillance. Sa cabine a été fouillée de fond en comble, de peur qu'elle n'abrite un matériel de radio ou quelque pigeon voyageur caché dans une boîte à chaussures, capable de renseigner l'ennemi sur la nature de la cargaison.

Carla, intriguée par ce personnage au visage couleur de muraille rencontré dans les coursives, demande à Jean Vigan qui il peut être.

– Le barbier du colonel, répond l'enseigne.

* *
*

Malgré le froid vif, les soldats se rassemblent par petits groupes sur le pont pour le coucher du soleil qui embrase la rade et tombe en mer, loin vers le ponant, dardant un dernier rayon sur l'or de Notre-Dame-de-la-Garde, la *bonne mère*, providence des marins perdus. Les Corses engagés dans les régiments de Nice, d'Antibes et de Gap commencent à chanter de leurs voix profondes des airs de leurs montagnes.

Carla, toujours chaperonnée par Vigan, passe d'un groupe à l'autre, saluée par les soldats enthousiastes qui ont pour les infirmières un respect spontané.

– Malgré son jeune âge, cette gamine a dû voir mourir beaucoup des nôtres, glisse à Rouget, perspicace, le caporal Lachouque.

Elle s'attarde près des chanteurs corses aux cheveux noirs et bouclés qui vocalisent avec zèle pour lui offrir une sorte de sérénade, à la lueur des lampes-tempête brillant comme des cierges.

Qu'une femme si chaleureuse et d'une telle beauté les accompagne en cette dernière nuit de paix leur semble de bon augure. Un caporal pose une lampe à même le sol pour mieux éclairer, d'en bas, ses traits de madone. Nul officier n'aurait l'idée d'imposer le couvre-feu, d'objecter le règlement à ce concert improvisé. Le pont de l'*Amiral Magon* prend un air de fête mêlé de solennité, ainsi plongé dans les lumières et les accents un peu graves d'un concert inspiré d'airs sacrés que subliment des voix divines, comme aux veillées de Noël.

Le commandant lui-même, forçant son naturel plutôt hostile aux réjouissances, entrouvre son hublot pour écouter les chants. Les Corses de l'équipage, lâchant leur poste de quart, se joignent au chœur. Des mandolines sortent des sacs. On fait circuler les gourdes du vin de pays. La joie chasse l'amertume, pendant qu'au loin défilent encore les navires lourdement chargés de la flotte britannique, attendus au large du château d'If par les torpilleurs de la *Navy* pour une longue traversée vers la Crète et l'Égypte.

– Qu'ils chantent! ironise l'enseigne, un peu contrarié par l'enthousiasme de Carla, clouée sur place, transportée dans son âme par la chaleur des voix. Demain, ils auront Grossetti !

Les Corses le savent bien. C'est pour cette raison qu'ils en profitent pendant qu'il en est encore temps. Paolo Francesco Grossetti est un des leurs. Le *Général Tempête* aura demain sa statue dans l'île, pour sa bravoure légendaire. Il est resté imperturbable à la bataille de Dixmude, assis sur son pliant au milieu de ses tirailleurs sénégalais qui tombaient autour de lui comme des mouches sous la pluie serrée des éclats d'obus. Il a la *baraka* et ne connaît pas la peur. Retrouver Grossetti en Orient, tout juste nommé à la place de Leblois, cela sent la poudre. Il y aura des morts par milliers.

Et les Corses entonnent des mélopées tristes, des airs mélancoliques où l'amour et la mort dansent une fugue tragique. Un chanteur, accompagné par les mandoliniers, se jette aux pieds de Carla pour lui dédier, au cœur de cette nuit sans lune, un couplet où il est question d'un amant parti en mer laissant seule sa fiancée sur la grève. Elle boit les paroles de la mélopée, si proches de la langue de sa mère, et ferme bientôt les yeux en pensant très fort à Paul Raynal, son amoureux disparu, afin de retrouver vivante son image.

Sensibles, les Corses ne s'y trompent pas. La jolie dame a de la peine au cœur. Des larmes embuent son regard. Elle serre frileusement les pans de sa cape sombre, prise par la crainte de la mort. L'enseigne jette une capote de marine sur ses épaules et l'entraîne au carré des officiers. Son départ donne le signal du couvre-feu. Seuls les biffins veillent dans l'entrepont, trompant l'angoisse par de longues parties de manille ou des lettres rédigées au crayon, avant le saut définitif vers l'inconnu.

Le commandant annonce le départ du convoi avant l'aube. L'itinéraire est fixé : passage des bouches de Bonifacio entre la Corse et la Sardaigne, cap vers les côtes italiennes balisées de torpilleurs et longées par prudence jusqu'au détroit de Messine. Escale à la base de Tarente pour charbonner et gagner du temps, avant la traversée périlleuse de la mer Ionienne prévue au cours de la nuit, quand les loups de la mer sont aveugles.

Au petit jour, les Corses chantent de plus belle en apercevant au loin les montagnes de Bonifacio. Un réveil en fanfare qui réjouit le cœur des biffins de cette croisière censée les arracher aux dangers de la guerre. Quand sonne la diane, ils sont déjà debout, torse nu, se lavant dans les bailles d'eau douce. Ils émergent des écoutilles par escouades, chemises ouvertes, calots logés dans les pattes d'épaules, et se pressent à la cuisine pour recevoir le café brûlant dans leurs quarts culottés de gnôle, cabossés de mitraille.

Un maître d'équipage hurle dans un porte-voix : les hommes doivent tous passer leur gilet de sauvetage pour un exercice d'évacuation immédiat. Ils s'exécutent, de mauvais gré. Ils se croyaient enfin tranquilles sur ce rafiot, voilà qu'on leur invente encore des règlements et des contraintes, comme à l'arrière immédiat du front.

Le caporal Lachouque, qui s'est toujours tiré d'affaire grâce à son instinct de préservation, parcourt du regard la grande bleue vide de tout navire.

– Gare à vous! lance-t-il aux gars de son escouade. Nous sommes seuls en mer. En cas de pépin, nous n'aurons que nos chaloupes.

**
*

L'entrée dans la base de Tarente les rassure. L'escadre italienne, majestueuse, s'expose dans son alignement impeccable : quatre *dreadnoughts*, des cuirassés aux canons formidables pointés vers l'est. Bord à bord, huit gros navires de guerre et une multitude de torpilleurs battent pavillon royal de Savoie. Pas un navire français, mais un hydravion à cocarde tricolore les survole, s'attirant les vivats de la troupe.

– Il part à la recherche des sous-marins, commente le caporal Lachouque. Il paraît qu'on peut les attaquer à la bombe. Je n'en crois rien.

– Vous avez tort, dit un maître d'équipage, témoin de ces propos pessimistes. Une escadrille d'hydravions français et italiens a bombardé hier la base autrichienne de Pola. Les raids de ce genre se multiplient. Vous pourriez visiter, non loin de Valona, les restes d'un hydravion autrichien récupéré par les chalutiers qui ont exposé sa carcasse calcinée sur la grève. La bataille aérienne ne cesse jamais.

À ces énormes navires, les vedettes amirales rendent visite couramment, comme en temps de paix. Prévenant, l'enseigne passe la courroie de ses jumelles autour du cou de Carla. Elle peut observer la revue effectuée sur le pont de l'un des cuirassés par le duc des Abruzzes en grand uniforme. Irréel : des dames joliment parées assistent à la cérémonie des couleurs. Carla ne peut s'empêcher de demander à l'enseigne si cette flotte sort jamais du port.

– Il n'en est pas question, lâche-t-il comme une évidence, nous avons perdu trop de nos cuirassés dans ces parages. Ici même, à Tarente, le *Regina Margherita* a coulé le 11 décembre dernier.

– Attaqué par un sous-marin ?

– Non, il a sauté sur une mine italienne. Une erreur de manœuvre. Le *Leonardo da Vinci* a coulé, lui aussi.

– Autre erreur ?

– Sabotage, dit l'enseigne, sans rire.

– Les Italiens se sabotent eux-mêmes !

– Il faut croire que les agents autrichiens les ont aidés. Les amirautés ont en tout cas décidé de tenir à l'abri ces gros poissons. Nous ne pouvons plus les exposer aux corsaires sous-marins. Seuls les torpilleurs et les chalutiers armés sortent pour donner la chasse.

– Cette belle flotte toute neuve, qui a coûté si cher aux Italiens, ne sert donc plus à rien.

– Non. Il faut en convenir. Les *U-boot* sont maîtres des mers. Heureusement, il arrive qu'ils se détruisent eux-mêmes.

Il l'entraîne en cale sèche, où des opérations d'ajustage sont en cours sur deux tronçons du sous-marin allemand UC12.

– Un mouilleur de mines. Il a explosé par trente mètres sous l'effet d'une de ses charges. Les Italiens l'ont renfloué à grand-peine et reconstruit à la perfection. Ils s'apprêtent à le lancer de nouveau en mer sous leur pavillon.

Passe à tribord un transport français chargé de zouaves et de Sénégalais, le *Duc d'Aumale.* On reconnaît les chéchias jaunes, les bérets bleus des chasseurs alpins, d'autres renforts pour Salonique. Les biffins de Nice et de Gap les saluent à grands cris et lancers de calots en l'air. Quatre torpilleurs italiens s'approchent du *Duc d'Aumale* pour l'escorter.

– Je suppose que nous allons les suivre...

– À quelques encablures de distance, oui, répond Jean Vigan. Nous ne naviguerons pas en convoi. Notre commandant, chargé de canons lourds, préfère franchir la passe dangereuse de nuit en toute sécurité. Un torpillage serait une catastrophe, s'il envoyait par le fond nos six pièces de 155 toutes neuves sorties des usines du Creusot. Voyez l'homme de la dunette, il surveille la mer, du côté du cap Santa Maria de Leuca.

– Pourquoi tant de vigilance ? La base de Pola est loin, au bout de l'Adriatique. Les sous-marins allemands ont tout le temps d'être canardés avant d'arriver jusqu'ici.

– Ils passent quand même. Ils ont rapproché leur base.

Pour mieux se faire comprendre, il dessine sur une page blanche le talon de la botte italienne.

– Regardez, Carla. D'Otrante à Valona en Albanie, la mer Adriatique forme un étroit goulet large de soixante-dix kilomètres et d'une profondeur de neuf cents mètres. C'est le canal d'Otrante, surveillé en permanence par les marines alliées. Les sous-marins ennemis se sont installés l'an dernier dans le port de Cattaro tout proche, rendu libre lors de la capitulation du Monténégro. Depuis lors, ils tentent de franchir à tout prix notre barrage de filets antitorpilles dragués par des harenguiers et des chalutiers. Si profond que nous immergions les filets, ils arrivent quand même à passer dessous. Puis ils refont surface, guettant tranquillement leurs proies.

Carla frissonne, et pas seulement sous l'effet du vent du nord. Elle réalise le danger de cette traversée. L'enseigne de vaisseau s'en veut de lui avoir donné ces explications peu rassurantes. Il l'accompagne à l'heure du thé, mode anglaise volontiers reprise par les Français en mer, au carré des officiers, où le commandant Dufaure affiche un bel optimisme de façade. À la coupée, elle aperçoit un civil menotté qui saute dans une chaloupe pour être conduit à une vedette rapide italienne. Jean Vigan reconnaît le barbier d'Athènes, Altitolo Perrera.

– À ma demande, la Sûreté italienne a bien voulu s'en charger, marmonne le pacha. Bon débarras et grand bien leur fasse. Il est en route pour Valona.

* *
*

Transie par le vent froid du pont, Carla a prétexté une migraine pour regagner sa cabine à la tombée du jour. Elle perçoit alors le grondement sourd des chaînes remontant l'ancre. Les dés sont jetés, l'*Amiral Magon* vient d'appareiller.

Le pacha fait glisser son navire en souplesse au milieu des convois qui se pressent à l'entrée et à la sortie du golfe de Tarente. Il pousse les machines au maximum pour affronter les *cavalloni* serrés de la haute mer, alignant leurs crêtes blanches et nerveuses sous la lune qui se lève. Il n'a pas l'intention de traîner le long du barrage. Il s'en éloigne au contraire, pour ne pas risquer de heurter un torpilleur en patrouille nocturne, ou quelque sous-marin baladeur.

Le vent lâche ses rafales sur le pont évacué par les fantassins qui dorment, gorgés de vin, sur les hamacs tanguant sous l'effet des vagues mordantes. Du moins les plus placides, ceux qui supportent la mer. Les autres se libèrent comme ils peuvent et se lovent à même le plancher, faute de pouvoir se hisser dans les nacelles. Pas de panique à bord, mais un certain désordre que l'équipage se sent impuissant à calmer. Les marins se bornent à vérifier l'arrimage en cale des pièces d'artillerie et des lourdes caisses de munitions. Les lads italiens se chargent des chevaux et des mulets. Pour la plupart, les animaux ont été achetés en Italie et embarqués à Tarente.

Carla ne peut parvenir à trouver le sommeil. On lui a donné le numéro de la chaloupe qu'elle devait rejoindre en cas d'accident, et recommandé de tenir à portée de la main son gilet de sauvetage. Le cuistot, son service terminé, a frappé à sa porte pour lui offrir, sur ordre du commandant, un bol de tisane chaude discrètement arrosée de rhum.

Elle s'étend sans se dévêtir sur sa couchette, lit et relit les lettres de Paul Raynal, baise éperdument la photo qu'il lui a donnée lors de leur dernière rencontre, il y a si longtemps. Voilà qu'au moment de le rejoindre elle risque la mort sur la mer hivernale. Le battement bruyant des machines, entraînant sans discontinuer leurs cinq mille tonnes, finit par la plonger dans une sorte de demi sommeil.

Les premiers rayons de l'aube semblent réchauffer le hublot glacé de la cabine, éclairer les flots noirs. Rien ne bouge sur le pont. La diane n'a pas sonné pour les fantassins entassés, enfouis sous leurs couvertures. Ils dorment à poings fermés. À croire qu'on a forcé sur le bromure dans la dernière distribution de pinard. Jusqu'au dernier moment, sans doute, le pacha redoute une mauvaise surprise. Il ne veut pas prendre le risque d'être encombré dans ses manœuvres par une foule de soldats dépenaillés. Depuis le départ, ces derniers vivent dans l'angoisse d'une attaque sous-marine.

L'*Amiral Magon* n'est plus qu'à une trentaine de milles de Cephalonia, passage obligé pour le canal de Corinthe. La mer s'est calmée. Le gabier, grimpé dans le nid-de-pie, crie déjà terre dans son porte-voix, regardant au loin la brume nocturne se dissiper sur les pics de la côte d'Épire.

– L'aurore aux doigts de rose, soupire Vigan qui connaît son Homère. Nous approchons du pays d'Ulysse.

– Il est temps d'éveiller les hommes, articule péniblement le pacha, fourbu par sa longue nuit de veille.

Rien à signaler à l'horizon. Les biffins sont bien seuls en mer, un peu rassurés par la proximité relative des côtes. La diane les fait sortir des écoutilles, frissonnants dans l'air frais du petit matin. Les plus courageux s'aspergent de l'eau glacée des bailles. Les autres courent à la cuisine, le quart à la main, pour boire le jus bien chaud.

– Les ceintures ! hurle le pacha du haut de sa passerelle. Attachez immédiatement vos ceintures de sauvetage.

Désordre sur le pont. Ceux qui émergent doivent retourner au paquetage, trouver la ceinture perdue, pendant que l'équipage interrompt la distribution de café et refoule les premiers levés, barrant le passage à tous ceux qui surgissent non équipés des profondeurs du navire.

– Encore un exercice d'évacuation ! maugrée René Lachouque. Ces matafs sont incorrigibles. Dès l'aube, ils s'ingénient à nous pourrir la vie !

Les maîtres d'équipage alignent les soldats parés de gilets de sauvetage :

– Toi, où est ton canot ?

Les hommes répondent, au garde-à-vous comme à la revue : numéro cinq, bâbord, numéro dix-huit à tribord ! Pendant l'exercice les matelots inondent l'entrepont, qu'ils nettoient ensuite au balai-brosse.

Carla, invitée par l'enseigne de vaisseau, monte au carré des officiers, munie de son gilet de sauvetage. Le commandant ne prend pas le temps de la saluer. Il demande soudain le silence. Il est le seul à avoir perçu un bruit sourd, presque inaudible à l'intérieur. Il court à la passerelle. L'officier de quart confirme : c'est bien un coup de canon.

* *
*

Rien sur la mer. Pas le moindre mât de navire. Le maître d'équipage siffle. Tout mouvement cesse sur le pont. Les soldats, visages figés, scrutent le large.

Une deuxième explosion, vers l'ouest. Du haut de son nid-de-pie, le gabier tend le bras dans cette direction. Il désigne une gerbe d'écume, très loin, à mille mètres. Puis un point noir, qui surgit de l'eau. Le commandant Dufaure l'observe à la jumelle. Une chaloupe ? Non ! Une surface allongée, surmontée d'une petite guérite.

– Un sous-marin ! hurle-t-il. Dispositions de combat !

Les soldats refluent vers l'intérieur pour se coiffer d'un casque. Ils n'ont pas le droit de se tenir sur le pont, où manœuvrent les canonniers de marine et leurs aides. Le gabier, singe agile, descend du mât pour donner des explications.

– Le canon est à l'arrière du kiosque. Il reste en surface, il n'a pas d'ennemi en vue, pas le moindre torpilleur allié. Il doit embarder pour balancer l'obus par le cul. Nous avons une chance d'échapper, mon commandant.

– Il est de retour de mission et il a dû lancer toutes ses torpilles, il nous attaque au canon. Préparez-vous à riposter. Et poussez les machines !

La poursuite est engagée. Carla ne peut en suivre toutes les péripéties, car un quartier-maître l'a poussée dans sa cabine. Dans le ventre du navire, le bruit des pistons s'intensifie. Le chef des machines donne l'exemple, pelle en main, il aide à fournir le charbon. La coque d'acier frémit sous l'effort.

Il est cinq heures. Le sous-marin gagne peu à peu de vitesse sa victime tout en l'arrosant d'obus. Un projectile explose sur la dunette, tiré de huit cents mètres. Un autre crève l'une des cheminées. Les shrapnells éclatent sur le pont, blessant les courageux canonniers qui tirent sans discontinuer sur l'attaquant.

Carla jaillit de sa cabine, une trousse de pansements sous le bras. Elle veut soigner les premiers atteints. Personne ne l'en empêche, au contraire. Le personnel sanitaire est bientôt débordé par les blessés du pont, des soldats grimpés à toute force pour être les premiers à gagner les chaloupes d'évacuation.

L'Allemand poursuit son tir, difficile à contrer en raison de ses virevoltes continuelles. La pièce arrière de l'*Amiral Magon* ne parvient pas à le toucher. La canonnade finit par atteindre une chaloupe, risquant de faire exploser le navire si elle touche la cale aux munitions. Les machines sont intactes, mais l'avarie à la cheminée diminue la vitesse. Le navire sera bientôt rejoint, attaqué à bout portant par des obus explosifs ou incendiaires. Le commandant le sait, mais il s'obstine à sauver sa cargaison. Il fait pousser les machines au maximum.

Un obus a frappé l'entrepont. Hurlements des blessés, piétinés par les hommes qui veulent se sauver à tout prix, descendre eux-mêmes s'il le faut les chaloupes à la mer. Pour éviter la mutinerie et rétablir l'ordre, le commandant Dufaure fait siffler à trois reprises la sirène d'évacuation. Posté à cinq cents mètres, le sous-marin, poursuivant son tir au jugé, pulvérise la pièce arrière de l'*Amiral Magon,* ainsi privé de tout moyen de riposte.

Les margis regroupent les leurs, sergents et caporaux encadrent les escouades devant les chaloupes désignées. Les trilles des maîtres d'équipage scandent la descente des embarcations, dans la fumée qui s'échappe des collecteurs crevés par les éclats d'obus.

Le caporal Lachouque hurle d'indignation : la chaloupe dans laquelle il a pris place avec les copains s'est immobilisée à neuf mètres au-dessus des vagues. Amerrissage impossible. Les poulies ne fonctionnent que d'un côté. Les soldats déséquilibrés tentent de s'accrocher aux cordages mais doivent lâcher prise et tombent à l'eau. En haut, sur le pont, les gabiers tranchent les cordes à la hache et l'embarcation finit par s'écraser à l'envers, disloquée sous l'effet de la chute. On aperçoit des naufragés agrippés à des pièces de bois ou cherchant à se saisir des longues rames pour se maintenir en surface.

Le sous-marin poursuit son tir méthodique sur les chaloupes où les jetés à la mer parviennent à se hisser, aidés par les camarades. Carla, échouée sur la baleinière avec un officier du bord, a le temps de reconnaître à la barre l'enseigne de vaisseau Jean Vigan. Frappé à la tête par un éclat, il tombe à la renverse, aussitôt happé par les vagues. Une pluie de shrapnells poursuit les souqueurs des chaloupes. Les survivants dégagent les blessés pour s'emparer des rames et s'éloigner du navire. Un canot coule, éparpillant ses hommes dans les flots. Un autre suit.

Dufaure, tanguant toujours sur le pont, s'efforce d'armer le dernier canon de l'avant, aidé de deux officiers volontaires, pendant que le timonier braque à fond le gouvernail pour virer de bord. Peine perdue, les commandes ne répondent plus. Les soutiers ont évacué les machines. Le commandant distingue enfin clairement son adversaire : zébré de rayures blanches et noires, *l'U-boot* arbore le pavillon de la marine impériale avant de donner le coup de grâce.

Dufaure comprend alors que tout est fini. Il fait un geste. La poignée de braves restée sur le navire jette les radeaux légers de la dunette à la mer et saute en groupe, au risque de se fracasser sur les débris et les épaves accumulés autour de la coque.

Contrairement à ce que pensait Dufaure, le sous-marin ennemi a bel et bien conservé deux torpilles qu'il utilise au mieux. La première frappe de plein fouet la cale 2, celle des canons de 155, qui vont s'échouer par mille mètres de fond. L'explosion incendie les importantes réserves de foin embarquées. Le feu va gagner la soute d'armes. Il est temps d'abandonner le navire. Dufaure saute le dernier. Alors, la seconde torpille touche directement la cale aux munitions qui explose dans un feu d'artifice géant.

Le navire pointe son étrave vers le ciel. Les naufragés peuvent apercevoir durant quelques secondes sa carène rouge sang, avant que les flots ne l'engloutissent. Le sous-marin, sans attendre l'agonie, a plongé. Il se garde bien de recueillir des survivants et disparaît pour ne pas donner prise aux poursuivants, qui ne manqueront pas de se manifester dès l'alerte donnée.

Carla, les yeux agrandis d'effroi, s'exténue à recueillir des blessés hurlant de douleur sur les débris d'épave, à les hisser à bord de sa chaloupe. Pendant dix heures, les rescapés attendent, accrochés à la moindre poutre, des secours qui n'arrivent pas. Ils sont plus de huit cents, perdus dans la mer glacée, conscients qu'ils vont mourir.

**
*

Deux torpilleurs français, l'*Arc* et la *Bombarde*, surgissent du fond de l'horizon. Ils ont été alertés par le yacht royal danois, le *Dannebrog*. Le Danemark est un pays neutre ami de l'Allemagne, à qui il fournit au prix fort le lait et le beurre de ses vaches, mais aussi bien vu des Anglais, qui obtiennent du roi des relais de charbonnage pour leur flotte du Grand Nord.

Le prince héritier est en croisière, sur l'une des mers du monde les plus dangereuses. Son pays ne compte plus les cargos coulés par les sous-mariniers allemands, qui manquent d'égards pour leurs fournisseurs. Hélas! l'ordre du ministre de la Marine von Tirpitz est de mener la guerre sous-marine à outrance. Plus de neutralité qui tienne, fût-ce celle de pays amis ou partenaires de l'Allemagne! Le *Dannebrog* devrait s'éloigner par prudence de cette zone à risques, mais, sans doute ému par les malheurs de ceux qui sont dans la guerre, le prince veut la voir de près, se sentir proche des combattants.

Il est servi. Dans les jumelles de ce vaillant aristocrate aux cheveux blonds soignés surgit la silhouette suppliciée de l'*Amiral Magon* en flammes. Le prince au grand cœur fait aussitôt lancer un message radio aux Alliés. Les marins des torpilleurs français cinglent alors de toute la vitesse de leurs machines vers le point donné par le Danois.

Ils secourent immédiatement les soldats les plus valides, ceux qui ont la force de grimper d'eux-mêmes sur le pont, comme Vincent Rouget, le fantassin de Draguignan, le caporal Lachouque et son escouade. Ces rudes gaillards ont échappé à l'enfer de Verdun, ils sont rompus à toutes les souffrances.

Mais les autres ? Les gosses de dix-neuf ans bleus de froid, morts de peur, ceux qui restent agrippés, les membres gourds, aux débris du grand navire coulé ? Beaucoup disparaissent dans un cri de détresse. Leurs mains tournoient au-dessus de l'eau, telles des mouettes. Parfois ils sont tirés à bord d'un youyou par un quartier-maître en maraude. Le plus souvent, ils coulent.

Carla refuse de se laisser embarquer tant que des blessés ont besoin de ses soins. Le capitaine de vaisseau qui dirige les secours à bord de l'*Arc* promet des arrivées rapides, un navire-hôpital pour les plus atteints. La fumée d'un vaisseau italien monte au loin dans le ciel. Il vient sans doute de la base de Tarente.

La jeune infirmière décide de ne pas prendre le moindre risque et d'attirer l'attention du bateau baladeur. De sa chaloupe, elle fait tirer une fusée de détresse par un maître d'équipage plus transi qu'elle. Le navire s'approche rapidement, c'est le *Mirabello,* un petit croiseur léger qui se dirige vers Valona. Apercevant une femme et des blessés dans ses jumelles, le commandant fait stopper les machines. Une baleinière approche. Spontanément, Carla demande du secours en italien. Le maître d'équipage, un noiraud des Abruzzes, lui répond aussitôt dans un porte-voix que ses blessés vont être hissés à bord. Il siffle à perdre haleine. Une seconde baleinière est mise à la mer.

Les victimes sont allongées sur le pont. Beaucoup de jambes cassées, de mains écrasées, des blessés par balles dont certains expirent. Les marins italiens les recouvrent d'une couverture, avant de prendre des dispositions pour les faire glisser dans les flots, cousus dans un sac de jute en guise de suaire.

Carla, méconnaissable, les cheveux dégoulinants sous son bonnet de laine, sa cape disparue, sa robe trempée et déchirée recouverte d'une vareuse que lui a lancée un marin compatissant, grelotte mais refuse de se laisser entraîner au carré des officiers tant que tous les blessés n'ont pas été recueillis et étendus sur des civières sous des couvertures chaudes.

Alors seulement, elle accepte de se changer. Deux infirmières italiennes lui font une friction énergique à l'aide d'une lotion camphrée, puis lui tendent un pantalon de laine de matelot, des godillots à lacets, un pull d'homme épais et lourd. Après avoir revêtu, sans songer à protester, le gilet de mouton et la capote de soldat que lui offrent encore les femmes, elle est conduite aux cuisines où le café chaud la réconforte.

Le *commodoro* Alberto Trentoni, de la marine royale, lui présente ses hommages appuyés. Drapé et casquetté de blanc, médaillé de plusieurs rangs de rubans de couleur et de croix d'argent, il semble en représentation sur la scène de la *Scala da Milano*. Va-t-il chanter ? Non, il parle : puisqu'elle est italienne, et infirmière en chef, pourquoi ne pas rester dans l'armée de Sa Majesté, où elle aurait immédiatement sa place ? Le pays a besoin de femmes courageuses, et elle vient de montrer un tel héroïsme qu'il se fait fort de lui obtenir dès son arrivée à Valona la plus haute décoration italienne.

– Vous allez en Albanie ? demande en français Carla, comprenant qu'elle est prisonnière d'un allié, qu'il la conduit à son gré, sans le moindre détour, jusqu'au port de Valona où il doit sans doute rejoindre son escadrille.

Il confirme. La *signorina* y sera fêtée et traitée avec honneur. Il s'en porte garant.

* *
*

À peine débarquée, Carla est entraînée par l'officier en second du *Mirabello* au bureau du général Ferrero, *comandante* des cent mille Italiens du camp retranché de Valona. Par la fenêtre, elle glisse un regard sur les hautes murailles de la citadelle où d'antiques canons vénitiens montent encore la garde. La voilà captive.

Le général la salue militairement, la main sur la visière de son haut képi étoilé, et lui fait servir du thé chaud accompagné de viennoiseries milanaises. Il suppose qu'elle a hâte de prendre un bain et de revêtir l'uniforme des infirmières de Sa Majesté, puisqu'elle est italienne – et de Florence de surcroît, la ville natale de ses ancêtres, celle de Dante et de Brunelleschi.

Cette entreprise de séduction laisse Carla de marbre. Son père a trop souffert avant d'émigrer en France où il s'est installé au prix de grands efforts. Un de ses frères a perdu son bras sur les champs de bataille de l'armée française. Il n'est pas question pour elle de se laisser embrigader dans l'armée d'un pays qui n'a pas su retenir les siens, les poussant même vers la frontière, heureux de s'en débarrasser. L'autorité naturelle du général Ferrero n'a pas de prise sur elle, pas plus que les roucoulades du *commodoro* Trentoni. Française de cœur, elle entend le rester, même si son pays d'adoption a fait aux siens un accueil souvent indigne.

– Je suis fiancée, ment-elle avec aplomb, à un soldat français qui m'attend à Salonique. Un officier du génie.

– Je ne puis vous retenir, *signorina,* vous avez acquis la nationalité française et croyez bien que je le déplore, répond le général dans sa langue. Notre armée a le plus grand besoin d'infirmières. Nous asséchons de Valona à Durazzo les marais qui nous valent, l'été, des paludéens en très grand nombre. Nous tenons le front contre les Autrichiens et les convois de blessés arrivent tous les jours. Vous rendriez les plus grands services à votre pays d'origine.

– Je suis aux ordres du major général Pellegrino, coupe-t-elle en exhibant son document délavé par l'eau de mer, mais encore lisible. Je dois rejoindre à Salonique par les voies les plus rapides le major Sabouret à bord de l'hôpital flottant *France*. J'ai le devoir urgent de me consacrer à mes blessés, que vous avez, je crois, recueillis dans un de vos hôpitaux. En attendant le navire qui nous permettra de rejoindre les nôtres, je ne demande pas mieux que de me dévouer aussi aux blessés italiens, au nom de la solidarité entre Alliés.

Étonné par cette fermeté de caractère, le général donne des ordres pour la raccompagner dans le bâtiment réservé au personnel hospitalier. Habillée en infirmière italienne, Carla a pour premier patient le commandant Dufaure, qui a perdu une jambe dans le naufrage et craint la gangrène.

– Ils ont fini par m'avoir ! J'aurais dû rester à bord et mourir en mer au lieu de pourrir doucement dans ce pays.

Elle le réconforte. Pour soixante et une victimes, il reste quand même plus de huit cents rescapés. La belle attitude des marins de l'*Amiral Magon* y est pour beaucoup, qui ont souqué sous la mitraille et secouru tous les isolés. Une fois remis sur pied, les hommes pourront rejoindre Salonique par un prochain convoi. Elle s'inquiète des quelques blessés recueillis par le *Mirabello*.

– Les Italiens vont traîner, soupire Dufaure. Pas un navire français n'aborde à Valona. C'est leur fief. Ils sont capables de vous évacuer sur Tarente.

Il s'exclut lui-même du nombre des blessés récupérés, comme s'il se résignait à mourir ici.

– Vous devez vous remettre! proteste Carla. Vous n'êtes plus seul maître à bord, mais seule votre autorité peut nous faire évacuer rapidement. Nous comptons tous sur vous.

Il pose sur elle un regard vitreux et las :

– Un blessé n'est plus un chef, dit-il. C'est un condamné à mort. Le général Ferrero m'a rendu une visite de courtoisie, sans s'attarder. Comme si le commandant d'un bateau coulé n'avait plus besoin d'égards particuliers. Vous vous êtes assez dévouée aux nôtres; les services italiens peuvent les prendre en charge. Songez à vous faire évacuer au plus tôt par la route de Santi Quaranta vers Koritsa et Monastir.

– Par quel moyen? Ils ne pensent qu'à me garder chez eux, parce que je suis italienne d'origine.

– Quelques-uns des nôtres, ceux du génie, travaillent ici à lancer des ponts. Tâchez de les joindre. Ils pourront vous embarquer dans leurs camions.

– Je ne puis vous abandonner, mon commandant.

– Je suis un vieil homme et ce n'est pas mon premier naufrage. Cette fois, je m'en remets à Dieu de ma survie. Ne gâchez pas votre avenir, saisissez la chance dès qu'elle se présente. Elle ne passe jamais deux fois.

Une salve de mousqueterie retentit dans la cour. Dufaure dresse l'oreille.

– Ils exécutent cet Italien qui avait réussi à gagner notre bord, le coiffeur d'Athènes. C'était un espion autrichien. Il cherchait à rejoindre une base secrète de sous-marins ennemis. J'aurais dû le faire fusiller moi-même.

**
*

Carla décide de suivre les conseils du commandant. Un soldat du génie, amputé d'une jambe pour avoir sauté sur une mine, lui confie qu'une compagnie des ponts aide l'armée italienne à viabiliser la piste de Koritsa, dans le sud de l'Albanie. Les convois se rendent chaque semaine à Valona pour recevoir des caisses d'explosifs et du ravitaillement.

– Les Italiens se prennent pour des Romains, lui confie-t-il. Ils veulent reconstruire l'antique *via Egnatia,* qui reliait Rome à Athènes au temps de Cicéron. Demandez à visiter les chantiers en cours.

Le général Ferrero prévient les désirs de Carla en l'invitant comme interprète au déjeuner donné le lendemain en l'honneur du duc des Abruzzes. Des officiers français en seront, précise-t-il.

Elle n'a pas besoin de traduire. Le duc des Abruzzes parle parfaitement le français et se dit heureux et honoré de la présence d'une jeune héroïne, la *signorina* Signorelli, rescapée d'un odieux naufrage, qui s'est signalée par son énergie et son courage tout toscans, ajoute-t-il dans un sourire.

Est-elle conviée à une nouvelle séance de conversion-séduction ? Dans l'esprit du duc et du général Ferrero, cet accueil est une sorte d'adoubement qui met fin à l'intermède de sa présence en France. Elle est de plein droit intégrée au nouveau gotha des valeurs italiennes, annexée en quelque sorte, comme ces Italiens de Fiume dont parle avec éloquence le poète Gabriele D'Annunzio, officier aviateur, invité d'honneur au repas.

– Ces gens de Fiume, assure-t-il, ont retrouvé leur origine puisqu'ils ont quitté leur pays, abandonné leur ville occupée par les Autrichiens pour s'engager dans l'armée italienne.

Chaque convive opine du bonnet, attendant la suite.

– Pour rendre hommage à ces braves, j'ai atterri ici même, à Valona, déclame-t-il, ville *italianissime* que les colons venus de Fiume remettent en activité, pavant ses routes, asséchant ses marais, y semant du blé comme leurs ancêtres latins. Non, l'Albanie n'est pas une conquête, c'est une colonie, une province sénatoriale de l'antique empire d'Auguste. Nous sauverons Arta, la Venise albanaise, une digue lui rendra son altière beauté. Les Italiens sont là pour lui restituer la civilisation et la liberté.

Carla se garde d'intervenir. Elle comprend que les responsables italiens font la guerre pour acquérir de nouvelles terres de la côte dalmate, traitées en colonies et peuplées des excédents de populations des villages des Pouilles, des Abruzzes et de Calabre. Son élégant uniforme de la Croix-Rouge italienne fait-il illusion? Les deux officiers français invités à la table ducale se croient obligés de lui parler dans un italien écorché. Elle ne peut leur répondre, accaparée qu'elle est par le duc, intarissable sur les besoins en personnel de santé qualifié de l'armée italienne, dont il porte avec élégance l'uniforme de général.

– Les dames du monde, lui confie-t-il, et surtout les Romaines, ont investi la Croix-Rouge italienne comme si elle leur revenait de droit. Elles n'ont aucune compétence et nos majors s'en plaignent. L'ennemi a beaucoup de canons, les blessés sont très nombreux dans les Alpes, et nous sommes débordés. Tous les concours sont les bienvenus, surtout s'ils sont organisés, coordonnés par les plus méritantes de nos jeunes filles.

– Vous pouvez me parler dans votre langue, dit-elle enfin aux deux officiers médusés, comme pour éviter de répondre directement au duc des Abruzzes. Je suis née française et fière de l'être.

Le duc se garde d'insister. Il a compris que ses efforts seraient vains. Il rend la parole à D'Annunzio, qui célèbre l'amitié latine, l'alliance des sœurs jumelles contre le monstre teutonique. Il enfourche aussitôt le cheval de l'italianité de la province illyrienne, qui a donné jadis des empereurs-soldats à Rome. Il s'élance pour une nouvelle tirade, à l'admiration éperdue de son public :

– Non seulement Fiume, mais Sebenico, Spalato, Cattaro, Durazzo sont italiennes et peuplées d'Italiens. Elles doivent revenir à leur mère romaine. Que dire de Raguse, que les Croates amis des Boches appellent, dans leur langue rugueuse, Dubrovnik ? Ce patrimoine mondial de culture, cette république libre restaurée par le pape livrée en proie à des éleveurs de porcs ! Il est temps de rendre à l'histoire sainte ses droits !

Le duc des Abruzzes applaudit discrètement l'orateur et donne le signal du départ. Le plus souriant des officiers français, dont les rides et les cheveux gris inspirent confiance, s'approche alors de Carla.

– Je suis le commandant Mazière, du 2e régiment du génie, constructeur de ponts pour vous servir. Puis-je vous faire visiter mes chantiers ? Mon automobile est à votre disposition.

– C'est trop de joie ! s'exclame la jeune fille. Mon fiancé, dont je suis sans nouvelles depuis deux mois, sert précisément dans le génie. Il s'appelle Paul Raynal. Est-il sain et sauf ?

– Raynal ? J'aurais dû m'en douter. Rassurez-vous, il se porte comme un charme. Il travaille sur un viaduc de chemin de fer près de Monastir. Venez avec nous. Votre place n'est plus ici.

* *
*

Carla a encore plus froid sur le banc du camion que sur le pont de l'*Amiral Magon*. Elle a pourtant passé par-dessus sa pèlerine une capote de fantassin. Le commandant a exigé qu'elle porte une bourguignotte, car les bombardements d'avions ne sont pas rares, non plus que les tirs des pièces à longue portée des Autrichiens.

Rien ne lui fait peur dès lors qu'elle se rapproche, à chaque tour de roue, de son amour qui l'attend loin vers l'est, sur le front dangereux de Monastir où les Bulgares veulent pousser très fort pour envahir la Grèce complice. Rejoindre Monastir en partant de Valona paraît aussi difficile que de s'attaquer aux passes glacées des montagnes Rocheuses, à l'époque où les pionniers américains, lancés à la conquête de l'Ouest, n'avaient pas encore de chemin de fer.

Carla est surprise de circuler dans Valona sur des routes pavées. Les Italiens prouvent, partout où ils passent, qu'ils restent les héritiers des Romains. Au bord des voies, les travailleurs, des territoriaux, portent les rudes vêtements des paysans. L'administration de la guerre a levé dans le sud de l'Italie toutes les classes : les plus jeunes seulement partent à la guerre, les plus âgés s'activent aux travaux publics. Ils ont notamment construit un aqueduc qui leur permet de boire de l'eau potable.

Le camion fait des embardées : sous la pluie, les pavés sont glissants et recouverts de boue, malgré les trottoirs cimentés. Il parvient cependant, en zigzaguant, à sortir de la ville pour emprunter le pont de la Shusciza, long de deux cent vingt mètres. Mazière ne commente pas : ce pont, qui a résisté à la dernière crue, est l'œuvre du génie italien.

– Les *bersaglieri* ont débarqué à Valona peu avant leur entrée en guerre, précise-t-il. En décembre 1914, exactement. Ils prétendaient alors intervenir pour soutenir Essad Pacha, souverain de l'Albanie, contre une révolte fomentée par des agents autrichiens. Ils en ont profité pour équiper le port de cinq grands pontons et d'un chemin de fer à voie étroite. Ils ont ainsi débarqué assez de monde pour occuper et coloniser le sud de l'Albanie, et une partie des montagnes de l'Épire jusqu'au port de Santi Quaranta, très proche de l'île de Corfou où nous avons parqué les Serbes en retraite. De là, nous aménageons une route qui permettra à leur armée de rejoindre les nôtres du côté de Koritsa. Un front continu, d'une mer à l'autre.

– Que cela paraît simple! Et pourtant ces montagnes couvertes de neige sont un obstacle sans doute infranchissable.

– C'est la raison de notre présence ici. Nous devons dans les délais les plus courts construire des ponts assez solides pour laisser passer l'artillerie. Pas le temps de creuser des tunnels, il faut grimper dans la montagne. Nos travailleurs sont des Épirotes, plus grecs qu'albanais, recrutés dans les villages et payés par nous.

Jusqu'à Tepelini, la route franchit des ponts et s'enfonce dans les montagnes par des séries de lacets. Des compagnies de bersagliers, reconnaissables à leurs capes vertes et leurs feutres à plume, se succèdent au front pour combattre les *comitadji* levés parmi les Grecs d'Épire, qui ravitaillent au nord les troupes autrichiennes installées dans les montagnes.

Le camion ne s'engage pas sur la piste de la Vojussa, trop dangereuse. Il met le cap franchement au sud, sur Argyrocastro, un village musulman plus facile d'accès, construit près d'une antique mine d'argent que domine un minaret. Ici, les Albanais, par haine des occupants grecs, accueillent volontiers Italiens et Français. Mazière décide de s'installer pour la nuit tout près des voûtes de la vieille forteresse vénitienne, dans une maison basse où l'hospitalité leur est offerte.

– Il est impossible de poursuivre la route en camion, affirme le commandant. Les Italiens n'ont pu construire au-delà d'Argyrocastro. Les routes inscrites sur les cartes autrichiennes – les seules dont nous disposions – sont des fleuves de boue marneuse et gluante.

Des cavaliers italiens coiffés du casque Adrian guident les Français montés à dos de mulet sur une piste difficile. Il faut prendre le *teleferica* pour franchir la montagne. Carla se hisse dans la nacelle qui grimpe le long des câbles d'acier à cinq cents mètres d'altitude. En contrebas, sur la pente, elle distingue des points rouges très serrés.

– Un champ de pavots ? plaisante-t-elle, amusée par l'ascension imprévue.

– Non pas, les chapeaux des bersagliers. C'est aujourd'hui dimanche. Ils écoutent la messe.

Il faut emprunter trois téléphériques pour franchir la chaîne enneigée, et redescendre ensuite à dos de mulet sur le village de Liaskovik, où les Italiens ont construit des retranchements le long de la frontière grecque.

– L'endroit est relativement tranquille, explique Mazière. Les bersagliers ont réussi à détruire la bande d'Ali Cepan, un *comitadji* albanais payé par les Autrichiens. Nous pouvons y cantonner à l'aise.

Nouvelle étape, après un parcours interminable le long de sentiers boueux, nouvelle quête d'un gîte pour la nuit. Un lieutenant de carabiniers indique au commandant une maison de louage, réservée aux officiers. Mazière, accueilli sans empressement, exige une chambre à part pour Carla. La logeuse, une Albanaise pourvue d'une nichée d'enfants, s'en étonne. Depuis quand les Français refusent-ils de dormir à quatre dans une pièce ? Carla retire son casque, ses cheveux blonds jaillissent, son sourire amadoue l'hôtesse qui ne discute plus. Elle loge la jeune fille dans sa propre chambre. Son mari dormira au grenier.

* *
*

À l'aube, un nouveau camion américain, flambant neuf, s'arrête devant la maison. Un homme conduit le véhicule, et deux autres, pourvus d'une mitrailleuse, sont assis sur le plateau arrière. Carla s'en étonne à peine. Le pays est sillonné de troupes partant prendre position dans la montagne. Des cavaliers italiens recrutés à Palerme accrochent leurs sacs à la selle de leurs chevaux. Une escorte ?

La route de Koritsa n'est pas sûre. Français et Italiens y patrouillent jour après jour, essuyant les coups de feu des bandes armées. Chaque convoi est à la merci d'une embuscade et Mazière n'a pas besoin de recommander à Carla le port du casque. Elle est de nouveau méconnaissable, sous sa capote de poilu. Le chauffeur la prendrait volontiers pour l'ordonnance de son officier. Devant le camion roule une voiture de *zaptiés,* des gendarmes albanais armés par les Italiens. Leur uniforme vert, leur fez rouge les font ressembler à des Turcs. Ils ouvrent la piste qu'ils connaissent dans ses moindres détails, en faisant pétarader leurs mousquetons dans les passages les plus resserrés.

Au pont d'Aristina, restauré par le génie, le commandant précise que l'on franchit la frontière gréco-albanaise pour pénétrer en Épire, une province grecque fidèle au roi Constantin. Les gendarmes ouvrent l'œil, redoutant des guets-apens. Le camion roule sur une route recouverte de gravillons roses. Il patine sur le pont en dos d'âne de Sarantaporos, doublé de traverses de chemin de fer. Un coup de frein brusque provoque un tête-à-queue spectaculaire et l'engin se retrouve obstruant la chaussée, une de ses roues arrière dans le vide.

Mazière le fait évacuer, accroche immédiatement un filin à la voiture des gendarmes, dispose des cordages pour tirer le véhicule sur les traverses. Des soldats grecs s'approchent, menacent de leurs fusils les gendarmes albanais. Mazière fait braquer la mitrailleuse. Une rafale tire au-dessus de leurs têtes et les fait déguerpir.

Nouvel accrochage à dix kilomètres de Koritsa, où une bande d'irréguliers fait mine de barrer la route. Nouveau tir de mitrailleuse, et lancer de grenades des gendarmes. On relève un mort parmi les assaillants qui s'enfuient. La victime n'avait pas pris la peine de se débarrasser de son uniforme de l'armée royale grecque, sous son long manteau de bure.

– Nous aurons bientôt contre nous toute l'armée grecque, déplore Mazière. Il faudra bien, un jour ou l'autre, mettre nos arrières en état de défense, et le plus tôt sera le mieux.

Un convoi de camions suit en renfort, chargé de Sénégalais débarqués à Valona. Ils ont pour mission de s'installer sur la ligne de Koritsa, de combattre les groupes de *comitadji* et de boucler la frontière, empêchant tout contact entre les émissaires grecs du roi et les Autrichiens au nord.

– Nous arrivons, dit Mazière, voici les premiers soldats français de Koritsa. Ici se fait la liaison avec les Italiens.

Des tirailleurs tunisiens marchent en file le long de la route. Ils s'en éloignent peu à peu pour prendre position dans la montagne. Recrutés à Sfax, ils font aussi le dur apprentissage de l'hiver macédonien. Les sacs et les caisses de munitions traînés par des caravanes d'ânes les suivent. Les cavaliers italiens entourent toujours le camion de Mazière, guidé par les gendarmes albanais. Carla frissonne à la vue des montagnes neigeuses, des collines désertes et pelées. Les vautours, et peut-être des aigles noirs, planent au-dessus de la colonne sous le ciel gris plombé. Verra-t-on jamais le bout de cette piste infernale ?

Enfin, la route de Koritsa se signale par de longs convois de véhicules italiens et français. Mazière se réjouit de constater que les camions Ford ont débarqué à Salonique. Ils apportent un renfort apprécié. Plus on approche de Koritsa, plus les camps militaires sont nombreux. Des Annamites montent la garde à l'entrée de la ville. Les unités venues de toutes les colonies ont été rassemblées ici.

À Koritsa, les cavaliers de Palerme, après une nuit de repos, rebroussent chemin. Mazière congédie les gendarmes albanais et s'engage sur la bonne route de Monastir. Carla tremble de joie. Le commandant fait un détour par le viaduc d'Eksisu où le capitaine Maublanc vient à sa rencontre. L'ouvrage est presque terminé. Une locomotive s'engage sur la voie. Clignant de l'œil, Mazière présente Carla Signorelli, l'infirmière en chef destinée à l'hôpital flottant de Salonique, à bord du paquebot *France*.

– Cette jeune fille est à la recherche du margis Raynal. N'est-il pas des vôtres ?

– Non, répond Maublanc, en roulant une cigarette de tabac blond macédonien vendu en plaques fines – le meilleur du monde. Paul Raynal vient de partir en mission spéciale avec un chargement de dynamite. Il est chargé de faire sauter les défenses grecques du mont Athos où se sont retranchés les royalistes. L'ordre était signé du colonel Valentin.

Carla, épuisée par le voyage, accablée de déception, essuie furtivement une larme. Il est écrit dans les étoiles qu'elle ne reverra jamais celui qu'elle aime à la folie.

# L'assaut du mont Athos

Porter la guerre au mont Athos ! Quelle loufoquerie d'état-major ! Le lieu est sacré, trois fois saint, protégé par la géographie et par l'hagiographie. Y débarquer sur une canonnière d'acier battant le pavillon tricolore de la République française est presque un péché. Les seules oriflammes tolérables sur cette hauteur divine sont assurément ceux de la Vierge et des saints. Braquer des canons sur la basilique du Pantocrator est un crime, comme si l'on bombardait Sainte-Sophie de Constantinople, qu'elle arbore la croix ou le croissant.

Le mont Athos, battu par les vagues de la mer Égée, n'a rien d'un champ de bataille. Ce pic de plus de deux mille mètres d'altitude est comme planté, au-dessus des flots, par la main de Dieu. Les Grecs d'Athènes avaient l'Olympe et ceux de Byzance l'Athos.

Sa presqu'île, longue de quarante-cinq kilomètres, est rattachée au continent par une mince bande de terre. Là, Xerxès, roi des Perses au Ve siècle avant le Christ, avait tenté de creuser un canal pour que sa flotte pût gagner Athènes à l'abri des tempêtes. Peuplé de moines vivant en ermites, à deux cent quatre-vingts milles de Constantinople, à cent vingt milles de Salonique, on a peine à croire que le mont Athos présente un danger pour aucun des belligérants.

C'est pourtant ce que le colonel Valentin, chef du service des renseignements de l'état-major de Salonique, explique à Paul Raynal, dont il a demandé l'assistance pour une mission toute particulière. Il croit avoir de bonnes raisons d'agir et les expose clairement, en militaire :

– On a signalé plusieurs fois au général Sarrail que cette république monacale est en fait un des lieux d'affrontement entre Grecs royalistes et vénizélistes. Un repaire pour les déserteurs de l'armée de Constantin qui veulent rejoindre Vénizélos, le démocrate crétois, dans sa marche vers le pouvoir. Mais les maîtres grecs des couvents sont fidèles au souverain et encouragent, ou du moins couvrent, ceux qui ravitaillent les sous-marins allemands.

Le colonel a demandé à son service une enquête complète sur la question d'Athos. On lui a précisé que les couvents perchés, inaccessibles, étaient aux mains des Grecs pour dix-sept d'entre eux. Mais les Russes en possèdent un, et aussi bien les Roumains, les Serbes et les Bulgares, dans une sorte d'œcuménisme orthodoxe.

Valentin a présenté à Paul Raynal le capitaine Dimitri Volkov, compétent en matière de foi, qu'il embarque dans leur mission en raison de sa parfaite connaissance des affaires religieuses du mont.

– Nos compatriotes, explique Dimitri dans un français irréprochable, n'ont qu'un représentant, à égalité avec les autres nations slaves, dans le chapitre administrant la sainte montagne. Mais nous sommes aussi nombreux sur les hauteurs que les Grecs, qui eux disposent de dix-sept voix dans les votes au chapitre. Naturellement, ils protestent contre cette invasion. Ils nous accusent de vouloir faire du mont Athos une base pour notre marine. Nous réfutons leurs plaintes ridicules. Nous avons très peu de navires en Méditerranée, et ils sont sous commandement allié. Notre ambassadeur à Athènes a demandé au général Sarrail de constituer un groupement pour occuper la place, et empêcher les Grecs de nuire.

– Sur cette demande du gouvernement de Petrograd, Sarrail a décidé de former un détachement de cent Russes et de cinquante Français pour occuper le mont Athos. La marine est à notre disposition et fournit ses fusiliers, précise Valentin à Raynal. Nous devons embarquer à bord d'une flottille de torpilleurs. Le général n'admettra pas la moindre erreur de manœuvre. Les couvents doivent être occupés sans tirer un coup de feu. Il n'est pas question de réveiller au son des 75 les paisibles moines barbus qui refusent d'ouvrir leurs couvents aux militaires, en interdisent l'accès aux femmes et ne tolèrent que les civils.

– Devons-nous revêtir des costumes de pékins ? demande Paul.

– Nullement. Un spécialiste du droit international leur a été dépêché. Il a représenté que, dans ce conflit doublé d'une guerre civile entre Grecs, les monastères devaient rester un havre de paix. Leurs supérieurs ont donc reçu officiellement l'avis de l'arrivée d'une mission militaire chargée de maintenir le calme dans la presqu'île.

– Ont-ils accepté ?

– En théorie. Mais nous ignorons leurs dissensions internes, leurs querelles de moines. Ils ne sont que trop portés à s'insulter, et même à se combattre.

– Notre rôle, bien sûr, est de protéger nos religieux et ceux des Serbes et des Roumains contre les entreprises parfois musclées de leurs collègues grecs et bulgares. Il faut que ces gens-là se calment. La vue des uniformes alliés devrait leur faire prendre conscience de leur position de dépendance, et leur rendre la chrétienne humilité qui leur est naturelle.

– Nous n'aurons pas de difficulté à débarquer au port, qui n'est en rien défendu, expose Valentin. Nous pourrions nous contenter d'occuper le plat pays et de surveiller les côtes.

– Mais les monastères sont des refuges pour des gens en armes, ajoute aussitôt Dimitri qui tient à organiser l'ascension, et, s'il le faut, l'entrée de vive force dans les lieux. Les moines d'Athos sont loin d'être des vieillards inoffensifs. Ils se battent entre eux, s'entre-tuent peut-être, nous n'en savons rien. Quand vous verrez les lieux, vous jugerez. Il est impossible d'être correctement informé sur la situation à l'intérieur de ces couvents, qui sont autant de forteresses imprenables.

Paul Raynal commence à comprendre pourquoi le colonel Valentin a recherché un spécialiste du génie. L'accès des lieux est pratiquement condamné. Sans doute la mission confiée par Sarrail aux soldats franco-russes ne consiste-t-elle pas à faire sauter la montagne et à dynamiter les murailles vieilles d'un millénaire. Mais nul n'a l'idée de la résistance des moines, encore moins des difficultés posées par la montagne abrupte, qui décourage les alpinistes et oppose son massif surmonté de pics menaçants à toute tentative de viol.

– Je vois que vous me confiez la responsabilité d'un siège, lance-t-il à Valentin, dans un demi-sourire crispé.

– C'est beaucoup dire. D'une ascension, tout au plus.

* *
*

En fait, un seul torpilleur, le *Fanfare,* est mis à la disposition du détachement, et non pas une flottille. Il double le cap Pinnes, et Paul est édifié au premier regard : si elle est le moindrement défendue, la montagne est imprenable, et même inabordable. Elle domine l'Égée et se devine de fort loin dans la brume matinale. Aucune lumière pourtant ne la signale, aucun phare. Il tire, perplexe, sur la barbe noire qui lui envahit le visage depuis un mois, et qu'il a décidé de laisser pousser afin de ressembler aux sapeurs de sa compagnie, tous anciens *dardas*.

– Une pierre lancée par le géant Athos contre Poséidon, le dieu de la Mer des Grecs, commente pensivement Dimitri.

Mais à la réflexion, cette explication ne convient que très moyennement au Russe. Elle est de nature à encourager la revendication des Grecs. Il y revient, cherchant une nouvelle version pour faire entendre au passage, sans insister, que les Hellènes n'ont aucun droit à occuper le site que les dieux exigeaient du géant Athos pour leur usage exclusif.

– Il existe une autre légende, avance-t-il, très différente et peut-être plus explicite : dans sa lutte avec Athos, Poséidon aurait soigneusement, d'un coup de trident, séparé la presqu'île du continent. Selon lui, la montagne était à Zeus, le dieu des Grecs. Ainsi, Athos l'Hellène n'aurait rien pu faire pour créer le mont. Tout serait d'œuvre divine, et donc universelle.

– Je vois que les légendes sont à usage politique, aujourd'hui encore, sans assurer vraiment l'avantage à quiconque. La mythologie donne comme score un set partout, s'amuse Valentin, en tennisman chevronné et partenaire recherché des officiers anglais de Salonique.

– Les couvents n'ont rien à voir avec la mythologie. Ils sont chrétiens et rien d'autre, affirme avec force Dimitri. La prétention du patriarche grec à se poser en pape de l'orthodoxie est simplement ridicule. Il appartient aux Russes d'imposer la trêve aux Églises rivales, et il est de la responsabilité des Alliés d'assurer le respect de la paix dans cette zone agitée des Balkans. Le tsar a aussi assumé cette mission dans les lieux saints de Jérusalem, et nous faisons partout la guerre aux Turcs, leurs occupants indignes. D'où la présence, légitime, de notre détachement sur le lieu saint du mont Athos. Il s'agit de le maintenir indemne, ouvert aux croyants, sans distinction de nationalité.

– Ainsi l'entend Sarrail, qui ne croit ni en Dieu ni au diable, assure Valentin pour couper court à toute discussion.

Le *Fanfare* accoste sans difficulté et Paul se charge aussitôt de débarquer échelles de corde, caisses d'explosifs, treuils métalliques, crampons, chaussures d'escalade. Il s'est muni aussi de fusils-mitrailleurs portatifs d'un nouveau modèle, les Chauchat, servis chacun par trois spécialistes, et rares encore dans les unités. Les sacs de grenades sont sortis des caisses par les fusiliers marins en tenue de combat : capotes bleu horizon, bonnets à pompons rouges, coquetterie d'une arme refusant de combattre casquée, surtout contre une position qui, à l'évidence, est dépourvue d'artillerie.

La bise est aigre sur ce cap des tempêtes, dernière pointe orientale du trident de Chalcidique situé très au nord des Sporades, très au large de Lemnos qui a laissé de mauvais souvenirs aux anciens des Dardanelles. Les chevaux vont bon train dans l'air vif. En trottant sur la grève, Valentin explique à Paul que cette position du mont Athos est en réalité stratégique, puisque les sous-marins venus de Constantinople doivent doubler le cap Pinnes et les trois pointes du trident de Poséidon pour entrer dans le golfe de Salonique.

– Si la marine avait plus de moyens, elle devrait organiser ici une base anti-sous-marine, explique-t-il. Sarrail l'a souvent souhaité. À Salonique, même l'Amirauté est défaillante. Nous n'aurions rien à craindre des moines et des occupants des couvents si nous avions une force armée permanente à quai.

Un premier repérage est décevant. Paul croyait naïvement avoir devant lui une seule position à enlever, une sorte de château maléfique habité par des moines sodomites, pratiquant entre eux le châtiment corporel et rejetant les visiteurs imprudents dans les ténèbres extérieures. En réalité, la vingtaine de monastères s'échelonne sur l'ensemble de la presqu'île, occupant les points dominants. Doit-on les assiéger l'un après l'autre ? Il faudra des renforts si les moines résistent avec l'appui des déserteurs armés qu'ils hébergent pour assurer leur propre sécurité.

– Allons d'abord au monastère appelé Roussikon, suggère Dimitri. Notre sainte Russie y assure la protection de quinze cents moines.

– Un bataillon et demi, calcule Valentin, comme si ces barbus étaient des combattants. C'est un renfort appréciable. Nous ne sommes que cent cinquante.

À sa surprise, le groupe d'exploration se voit refuser l'entrée par les moines russes, malgré les ordres écrits du capitaine Dimitri Volkov. La lourde porte de fer reste close, le guichet se referme sur l'envoyé du tsar.

– C'est trop fort ! explose Dimitri. Ces moines se croient en république. Ils oublient qu'ils doivent tout à notre tsar, qu'ils sont nos obligés. Ne sommes-nous pas les seuls défenseurs de la foi orthodoxe depuis la création du patriarcat de Moscou, érigé en 1589 ? Constantinople était alors sous le joug des Turcs et Sainte-Sophie convertie en mosquée. Nous avons repris le flambeau de la véritable Église, l'orthodoxe, et voilà que ces sodomites nous ferment la porte au nez. C'est trop fort !

– Avez-vous encore un patriarche ? ricane Valentin, pur produit de la République laïque, débarrassée de ses moines et tenant ses évêques en tutelle étroite.

Il s'étonne que cette querelle d'Église ne soit pas vidée partout dans le monde des nations triomphantes qui ne peuvent accepter un pouvoir religieux dominant, fussent-elles chrétiennes, et orthodoxes…

– Non, le titre de patriarche n'existe plus chez nous. Pierre le Grand l'a supprimé en 1720 pour établir l'autorité absolue du tsar sur la sainte Église dont le serviteur, appelé procureur général, impose sa loi au collège du saint-synode. Il ne peut y avoir en Russie de saint plus saint que notre tsar, qui nomme lui-même les membres de ce collège. Ces barbus misérables devraient le savoir. Sans doute l'ont-ils oublié, se croyant à l'abri du monde entier derrière leurs minoennes murailles.

Il est si enfiévré de colère que Valentin se demande s'il ne va pas commander l'assaut.

– Faites venir une section de fusiliers du régiment de la Volga, demande le capitaine Volkov à son aide de camp.

* *
*

Cette histoire russo-russe commencer à inquiéter Valentin. Les ordres de Sarrail sont d'investir les couvents en évitant toute action susceptible de nourrir la propagande royaliste des partisans de Constantin. Le roi des Hellènes aurait un argument de poids s'il apprenait que les Français ne respectent pas les saints hommes !

– Heureusement, confie Dimitri, j'ai choisi avec soin mon contingent. Le haut commandement a accepté de me détacher à titre exceptionnel, du camp de Mailly en France, des héros de la 1re brigade, la fine fleur de l'armée tsariste, des hommes déjà décorés des médailles françaises. J'ai exigé des grenadiers du régiment de Samara. On m'a envoyé aussi une section du régiment de Moscou, c'est dommage, car ceux-là sont déjà gangrenés par la révolution. Ils déculottent les popes saouls pour les fouetter à la baguette, critiquent la guerre, et boudent les ordres de leurs officiers qui ont beaucoup de mal à les empêcher de déserter.

– Êtes-vous absolument sûr de votre détachement ? s'inquiète Valentin, soucieux de protéger la pudeur des moines.

– Comme de moi-même, affirme Dimitri Volkov. Le général Léontiev, qui commande la brigade de la Volga, est un modèle de loyalisme. Vous devez savoir que mon bien-aimé collègue et frère d'armes, le capitaine Mikhaïl Mikhaïlovitch Ivanov, a recruté à Samara, sur la Volga, des soldats triés sur le volet. Samara est la ville des nobles et des marchands de grains. Elle ne respire pas la révolution. Le premier régiment envoyé en France venait de Moscou. Les hommes étaient choisis pour leur haute taille, leurs cheveux bruns, leurs yeux gris. Ceux de Samara sont des blonds aux yeux bleus. Vous mesurez la différence. Ces jeunes gens de moins de vingt-cinq ans ont été formés par le général Sandetski appelé *la bête féroce*, qui commande la région. Ils sont partis à la guerre accompagnés d'un pope, avec le saint suaire sur leur étendard d'un blanc virginal orné aux quatre coins de l'aigle à double tête.

– Vous auriez dû faire venir le pope.

– Impossible, répond très sérieusement Dimitri. Okounev n'est pas présentable. Sa barbe est sale, il est repoussant, toujours ivre. C'est un monstre à cent têtes et à cent bouches, aboyant sans cesse et qui porte de grosses lunettes de myope, toujours cassées à force de tituber. On ne l'a jamais vu au front. Il passe sa vie dans les *cafedji* de Salonique, maudissant les popes grecs et bulgares.

Les fantassins russes triés sur le volet, choisis en dehors des 2e et 4e brigades servant sur le front de Salonique, se présentent, rasés, frais, reposés, impeccables, conduits par le lieutenant Vladimir Rychlinski. Cet ancien élève de l'école militaire de Kiev, un Ukrainien, les suit depuis leur entraînement intensif au camp de Satarov. Ils s'alignent, comme à la parade, baïonnettes au canon, devant la porte du monastère. Valentin admire leur belle tenue. Pour des soldats de retour du front de Macédoine, il ne manque pas à leur capote un seul bouton marqué de l'aigle à double tête des Romanov.

– Ces jeunes gens ont fait le tour du monde pour se retrouver au pied du Roussikon. À mon signal, plastronne

Volkov, ils peuvent en faire une bouchée, allumer un brasier géant, décapiter les moines comme au temps d'Ivan le Terrible. Venus de tribus d'illettrés, ils ont appris à signer de leur nom leur engagement. La guerre est leur état, le colonel Pavel Pavlovitch Diakonov leur dieu.

Le colonel Valentin se souvient que cette première brigade russe[1], levée à Samara, a été embarquée dans les *teplouchkas,* les wagons de bois du Transsibérien dès février 1916. Les officiers avaient droit à un pullman de deuxième classe, les soldats à des wagons de marchandises pourvus de poêles de fonte. Ils avaient, en vingt jours, traversé toutes les Russies avant d'arriver à Vladivostok, par moins trente degrés. Un train de Japonais – les nouveaux alliés des Russes – les avait conduits à Dairen, près de Port-Arthur. Le paquebot *Sontay,* courant sur toutes les mers du monde, les avait enfin débarqués à Marseille le 15 avril 1916. Leur voyage avait duré deux mois. Ils avaient ensuite gagné Salonique.

Les voyant prêts à enfoncer la porte à coups de crosse, Valentin fait signe au margis Raynal.

– Un peu de dynamite nous éviterait bien des efforts, lui dit-il.

Raynal saute à cheval en direction du port.

– Du diable! réalise Dimitri. Votre sapeur du génie est barbu. Il n'a pas le droit d'entrer. J'avais totalement oublié qu'une bulle de l'empereur de Byzance Constantin

---

1. Des quatre brigades russes servant en Occident, soit quarante mille hommes, seule la première est venue par Vladivostok. Les trois autres (2ᵉ du général Diterichs, 3ᵉ et 4ᵉ de Leontiev) ont été embarquées à Arkhangelsk à destination de Brest, et transférées après quatorze jours seulement de traversée par chemin de fer soit à Mailly en Champagne, soit au camp de Saint-Raphaël. Les 2ᵉ et 4ᵉ ont été embarquées à Marseille pour Salonique où elles ont abordé quelques jours plus tard.

Monomaque, toujours observée scrupuleusement, a interdit l'accès de la montagne à toute femme, à toute femelle, à tout enfant, eunuque, à tout *visage lisse,* mais aussi à tout laïque barbu. Les seules barbes ici tolérées sont celles des moines, pas celles des sapeurs aux mines diaboliques, sortes de faux moines en tenue de bordel, chemises ouvertes et pantalons serrés de bandes molletières. Je comprends pourquoi il nous a repoussés à la vue de ce barbu. Lieutenant Rychlinski, faites présenter les armes.

Il frappe de nouveau à la porte de fer. L'huis s'entrouvre. Le regard noir du moine parcourt l'assistance, dévisage le lieutenant, le capitaine russe.

Rassuré par leurs visages glabres, il fait grincer les gonds de la porte de fer sans opposer de résistance. Dimitri Volkov entre le premier, demande aussitôt au moine portier à voir le supérieur du Roussikon, dont l'appellation véritable est le Saint-Panteleïmon, monastère cénobite construit par le « petit père des peuples », le tsar Alexandre I$^{er}$, vainqueur de Napoléon en 1814.

Le colonel Valentin le suit dans ses bottes. Si le seul monastère russe du mont offre tant de difficultés aux militaires pour une simple visite de courtoisie, qu'en sera-t-il des grecs ? L'envoyé très spécial du général Sarrail est satisfait : le voilà dans la place, grâce à la présence d'esprit de Dimitri Volkov, sans avoir tiré un coup de feu. Enfin.

* *
*

Il faut se faire ouvrir encore deux portes de fer gardées par des moines chevelus et barbus avant d'accéder à la place de l'église où résonnent, sous les voûtes, les voix graves d'un chœur dirigé par le supérieur en personne. Toujours impeccables, les soldats sont entrés au pas deux par deux pour prendre position, alignés au cordeau sur le front de mer, présentant les armes.

Le capitaine Dimitri Volkov salue du sabre, imité par Valentin. Le saint père s'avance vers lui, les bras tendus. Dimitri lui baise la main en s'agenouillant. Les soldats entonnent l'hymne du tsar, chant national de toutes les Russies. Le supérieur les bénit et les fait conduire au réfectoire, où ils sont déçus : les cénobites font maigre à longueur d'année, et n'ont à leur offrir que du pain, des oignons et des sardines séchées.

Le monastère, érigé juste au-dessus du golfe d'Haghion Oron, pourrait constituer une place de guerre fort convenable. Valentin comprend sur-le-champ l'intérêt d'y tenir garnison et d'y entreposer des armes. Il n'ose s'en ouvrir à Dimitri qui semble négocier pied à pied, dans sa langue, le droit de résidence pour une petite partie des troupes chargées du rétablissement de l'ordre dans toute la presqu'île.

Le capitaine du tsar finit par obtenir gain de cause. Non seulement le supérieur consent à introduire le contingent russe dans les lieux, mais il fait visiter l'ensemble des constructions, toutes modernes et bien tenues. Des gaillards aux larges épaules, d'allure sportive, semblent sortir d'un gymnase de lutte gréco-romaine. Dimitri apprend qu'ils s'entraînent tous les jours au combat au bâton, pour résister à l'assaut toujours possible des voisins grecs volontiers provocateurs.

Tactiquement, le supérieur suggère aux militaires de se rendre d'abord maîtres du monastère serbo-bulgare d'Ayiou

Pavlov, qui ne peut résister à des soldats russes, amis des Slaves. Les moines bulgares aussi recherchent la protection des Russes contre leurs ennemis traditionnels, les Grecs.

– Il faut savoir, leur dit-il, que le métropolite d'Athènes s'est toujours prétendu dépositaire de l'héritage du patriarche de Constantinople et qu'il incite à la guerre froide contre son collègue de Sofia, maître d'une Église autocéphale – autonome, si vous préférez. Il accuse d'ailleurs son homologue bulgare d'avoir toléré, près du palais royal de Sofia, la construction d'une église russe. En cette affaire, paradoxalement, nous pouvons compter aussi sur les Bulgares.

Valentin ne s'étonne plus de rien. Alliés et adversaires slaves font bon ménage dans le paradis de saint Pavlov depuis le XIe siècle. Les convulsions des guerres nationales n'atteignent pas ce lieu où les peintres macédoniens ont décoré les murs du *catholicon* aux temps lointains du prince serbe Bankovitch. Les moines barbus de Pavlov se disent prêts à sortir leurs bâtons noueux s'il faut aller rosser les Grecs. Le colonel n'en demande pas tant. Une escouade de fusiliers russes gardera la place située beaucoup plus au sud-ouest, avec vue sur le golfe de Singitikos et, vers l'est, sur le mont Athos lui-même. Une bonne base de départ pour l'escalade.

Le colonel Valentin ne songe en effet qu'à grimper au sommet du mont, pour y installer un observatoire permanent surveillant la mer et la presqu'île. Des spécialistes basés à demeure pourraient établir des communications radio avec une batterie amenée sur la côte orientale, capable de tirer sur les transports et les sous-marins. Il se fait fort de plaider pour obtenir de Sarrail l'installation d'une position imprenable chez les moines. Le caractère sacré du lieu n'impressionne nullement cet officier de la République.

Dimitri Volkov est d'accord pour l'ascension, l'installation de l'observatoire, mais non pour le débarquement d'une batterie, qui susciterait chez les moines une réprobation unanime et empêcherait de jouer sur l'amitié des deux seuls monastères slaves contre les grecs. Il est du reste difficile d'entreprendre l'escalade par l'ouest. Le seul accès est à l'est.

– Vous devez vous rendre maître de la grande lavra, explique le supérieur à Dimitri. C'est la clé du mont Athos.

Le capitaine russe laisse en place, à Saint-Paul comme au Roussikon, une petite équipe chargée d'un poste de radio et capable de mobiliser les moines cogneurs en cas de besoin. Si l'higoumène, le supérieur élu à perpétuité de la grande lavra, oppose une résistance, il sera préférable de faire mener l'attaque non par les soldats, mais plutôt par les deux mille moines slaves russes, serbes et bulgares entraînés déjà au combat. Ainsi sera évitée l'effusion de sang.

Valentin est sceptique. Les moines grecs sont très différents des Slaves. Dans leur langue, on les nomme *idiorythmes;* ils vivent à leur guise, font maigre quand il leur chante, pourvu qu'ils respectent l'heure des prières. Chez ces religieux, gras comme les chanoines d'Occident, se réfugient les déserteurs de l'armée royale, qui ne sont pas forcément des partisans de Vénizélos; ce sont aussi parfois des soldats refusant la guerre. Ils sont accueillis à bras ouverts dès lors qu'ils ne portent pas la barbe. Les moines reçoivent bien les mendiants et les vagabonds, pourquoi pas les déserteurs? Ils les occupent à des travaux manuels, dans la dernière classe de leur hiérarchie. Ces opulents serviteurs du Christ et de la Vierge Marie sont des plus compatissants aux misères de leurs semblables.

Il n'est pas sûr cependant que les Grecs ouvrent leurs portes à des soldats étrangers en armes, même russes. Leurs interlocuteurs se limitent aux Hellènes. En 1912, lors de la guerre balkanique, le mont fut entièrement occupé par l'armée royale grecque, qui s'en retira en 1913 après qu'une conférence internationale tenue à Londres eut reconnu et garanti l'indépendance de la presqu'île sacrée. L'higoumène est un moine grec qui refusera de s'engager contre le gouvernement royal d'Athènes. Le colonel des services spéciaux sait donc qu'il devra, le cas échéant, employer la force.

**
*

Retour au *Fanfare*. L'essentiel du détachement embarque pour doubler dans l'autre sens, vers la mer Égée, le cap Pinnes. Les fusiliers marins devinent que leur heure est venue lorsqu'ils s'aperçoivent que le contingent russe est réduit de moitié. Le capitaine Volkov a en effet disséminé des escouades dans les monastères slaves déjà reconnus et dans les ports du golfe. Pour des raisons religieuses, il n'a pas l'intention de donner lui-même l'assaut à la grande lavra. Que les Français s'en chargent.

Mauvais signe : les trois portes de fer successives restent obstinément closes. Valentin n'obtient pas l'autorisation d'entrer. La place est-elle défendue par des soldats de l'armée royale ? On ne sait. Par précaution, le colonel fait avancer les équipes de fusils-mitrailleurs et demande à Paul Raynal de prévoir des charges d'explosifs pour entrer de vive force.

Valentin reste prudent. Il sait que le général Sarrail est critiqué à Paris et aussi à Londres pour sa brutalité à l'égard des Grecs et son soutien appuyé à Vénizélos. L'état-major parisien de Lyautey a toujours recommandé à celui de Salonique de ne pas ouvrir le feu contre les Grecs. Au Zappéion, le 1er décembre, les fusiliers marins se sont fait tuer sans pouvoir riposter. Seuls les canons de la flotte ont reçu l'autorisation de tirer, et encore après le massacre. Si le monde apprend que des soldats français ont pris des moines pour cibles et violé des lieux saints, gare aux complications diplomatiques.

Sarrail vient de recevoir un camouflet à la conférence de Rome. Il croyait faire reconnaître par les responsables alliés, politiques et militaires, la nécessité d'un prompt renfort ; il a été obligé d'argumenter, de justifier son intention de prendre des mesures de protection contre les Grecs. La conjoncture internationale est peu favorable à un éclat. Valentin le sait fort bien, qui cherche comment montrer la force sans avoir à s'en servir. S'il le faut, faire intervenir d'autres moines : il ne peut sortir de là.

L'higoumène Athanase, maître de la grande lavra, se doute-t-il de l'impuissance de fait des militaires ? Il est à la tête du plus illustre des couvents et dispose lui aussi, pour faire respecter les lieux, de centaines de moines solides vêtus du *sostiko* sanglé dans une ceinture de cuir, tels des soldats. Son influence au sein de la sainte communauté résidant à Karyes est déterminante. Ses collègues grecs, les plus nombreux, le suivent presque aveuglément dans ses choix politiques.

Athanase est en prière dans son église ou *catholicon* quand on lui annonce la présence insistante, et presque indécente, d'officiers étrangers. Un Russe et un Français patientent à la porte du couvent. Il donne aussitôt l'ordre de les faire entrer. On les conduit dans la tour-bibliothèque aux cinq mille volumes contenant des évangéliaires exposés sous verre des XIe et XIIe siècles, puis dans la pièce d'apparat pour la réception d'hôtes de marque. À la longueur de l'attente, ils comprennent que la séance sera des plus solennelle.

Elle est cérémonieuse. Athanase prie les novices de lui passer la *megaloshima*, grand habit noir à broderies blanches avec les attributs du Christ, crânes et tibias croisés, qu'il ne porte qu'à l'occasion des communions. Les trois *épitropes*, ses assistants, l'entourent en tant que représentants du Conseil des anciens. On invite les hôtes étrangers à s'asseoir au réfectoire, où le pain et le sel leur sont offerts, selon la coutume antique.

Le capitaine Volkov comprend qu'en solennisant ainsi son accueil l'higoumène est décidé à ne rien lâcher. De fait, il prononce, hiératique, dans un frémissement des lèvres, les paroles de bienvenue, souligne que la maison de Dieu leur est ouverte ainsi qu'à tout pécheur. Le Christ, dans sa miséricorde, accueille dans sa maison tous ceux qui ont besoin d'y être reçus. À l'entendre, les officiers viendraient demander une grâce.

Le colonel Valentin salue à son tour le Conseil au nom de Jean Sarrail, général en chef de l'armée interalliée d'Orient. Sa visite de courtoisie est rendue nécessaire, explique-t-il, par la menace que fait planer sur la presqu'île la présence de navires et de soldats ennemis. Des partisans grecs, prêts à la guerre civile, sont capables de remettre en cause la neutralité de la sainte communauté, toujours garantie par la Russie, protectrice des Lieux saints d'Orient, et par la France, attachée à la liberté religieuse. Il rappelle ainsi l'état de dépendance où se trouvent les monastères, qui ne peuvent ignorer la guerre comme s'ils habitaient l'Olympe.

Sous la conduite d'un ancien, désigné par l'higoumène rentré dignement dans son *catholicon* pour prier, les officiers visitent le monastère. Ils ne peuvent faire entrer leurs troupes, ni dévier d'un iota du parcours imposé. Le vieillard à barbe blanche et aux yeux vifs s'aide d'un bâton pour leur présenter, l'une après l'autre, les cellules vides des moines occupés au réfectoire. Au jardin, des équipes de jeunes gaillards revêtus de la robe de bure, pieds nus dans des sandales, sont à l'ouvrage. D'autres maçonnent la crête ébréchée des remparts, tirant leurs seaux d'eau d'un puits très profond. Pas la moindre anomalie visible dans le comportement de ce personnel.

– Des soldats désarmés, glisse pourtant Dimitri Volkov, méfiant, à l'oreille de Valentin. Ils les ont habillés en novices. Certains trébuchent dans leurs sandales. Ils ont quitté depuis peu leurs godillots cloutés.

Dans l'*arkontarikion*, bâtiment d'entrée réservé aux hôtes, des caisses de bois blanc cerclées de fer sont entreposées de part et d'autre des trois portes.

– Des réserves de conserves pour l'hiver, assure le vieux moine.

– Les armes déposées par les soldats ! lance le capitaine russe, qui ordonne de faire ouvrir les caisses malgré les objurgations du moine. Ils les ont fait évacuer ici, sans doute pour les reprendre plus tard. En principe, elles ne sont pas tolérées dans l'enceinte. Le Conseil se flatte de sa neutralité et prétend accueillir indifféremment vénizélistes et royalistes, à condition qu'ils laissent leurs fusils au vestiaire et acceptent la condition des novices. Nous ne pouvons pas intervenir. Je gage que l'higoumène Athanase ne prendra pas le moindre risque. Il se débarrassera au plus tôt de ces caisses en les faisant redescendre à l'envoyeur, par le palan installé en haut des murailles. Les camions de l'armée royale les chargeront, et notre visite va précipiter le mouvement.

* *
*

Dehors, les fusiliers marins, impatientés, ont croisé leurs armes en faisceaux et attendent à l'abri des figuiers le retour des officiers.

Ici comme à Athènes, maugréent-ils, il n'est pas possible de donner l'assaut. Les Russes, stoïques malgré le froid, éblouis par le soleil hivernal qui réchauffe à peine l'atmosphère, rajustent leur casquette et bombent le torse à la sortie du capitaine Dimitri Volkov.

Le colonel Valentin regrette de ne pas avoir mis la main sur les caisses d'armes. Il laisse un piquet pour surveiller l'opération de déchargement, qui aura sans doute lieu durant la nuit. Prenant plus tard les camions sur le fait, il pourra s'en saisir au nom du principe de neutralité de la presqu'île. Si les royaux résistent, il sera temps de les contraindre.

Il organise une caravane à dos de mulets pour parcourir la vingtaine de kilomètres qui les sépare du sommet du mont Athos.

Les sentiers sont abrupts, souvent encombrés d'éboulis. Les mulets longent de près la paroi rocheuse pour s'éloigner du précipice et garder leur assise, écrasant les jambes des cavaliers qui les fouettent en vain. Paul Raynal est de l'équipe. Sur ordre de Valentin, il a chargé une caisse d'explosifs et un matériel de radio, à toutes fins utiles.

Le soleil se couche lorsqu'ils parviennent au sommet. Les officiers décident de camper dans la chapelle de Panaghia pour découvrir à l'aube le panorama sur la mer Égée. Au moment d'entrer dans l'édifice abandonné, ils sont bousculés avec force par une troupe d'hommes jeunes et solides, maniant sans ménagements le gourdin pour s'ouvrir la retraite. Les premiers fusiliers marins sont assommés net. Les autres entreprennent la poursuite, poignard en main.

Les fugitifs connaissent bien les lieux. Ils déboulent hors du sentier, ne redoutant pas la descente abrupte vers la mer déjà sombre. La nuit montante les sauve. Pourtant, l'un d'eux trébuche, la cheville blessée. Paul plonge sur l'homme recouvert d'un manteau de bure, le garrotte, l'oblige à remonter en le poussant dans les reins. Le blessé s'effondre, incapable de marcher. Deux fusiliers arrivent à la rescousse, lui lient les mains et le hissent sans égards jusqu'à la chapelle où le colonel Valentin lui retire son capuchon pour découvrir son visage. Ses cheveux blonds, sa chaîne d'identité autour du cou ne laissent aucun doute : c'est un marin allemand en mission.

Les Russes lancés à la poursuite des fuyards renoncent à se rompre le cou au-dessus du précipice, ignorant les passes accessibles. Ils ont mis la main sur l'un d'eux, qu'ils ramènent assommé. Penché sur l'homme à la barbe broussailleuse, Dimitri reconnaît un moine grec, un de ceux qui pêchent à l'aube pour fournir les couvents en poisson frais. Les blessés sont ranimés, soignés, enchaînés sur des paillasses, celles-là mêmes où ils dormaient la nuit dans la chapelle avant l'arrivée des Alliés.

Un interrogatoire immédiat ne donnerait rien. Les hommes sont sonnés, inconscients. L'obscurité de la nuit sans lune rend vain tout espoir de rattraper le reste de la bande. D'un commun accord, Valentin et Volkov décident d'attendre l'aube.

Furieux de voir leurs proies s'échapper, le colonel demande à Paul Raynal d'organiser une patrouille de nuit vers le sommet, avec deux fusiliers pourvus de lampes de poche discrètes. Godillots enveloppés de chiffons pour amortir le bruit de leurs pas, ils s'engagent lentement sur un sentier en éboulis, se tenant par la main. Halte brève. Dans l'obscurité presque complète, ils perçoivent des chocs réguliers d'objets métalliques : des travailleurs occupés, malgré la menace, à une tâche urgente.

Paul et ses compagnons fusiliers approchent, retenant leur souffle, presque en rampant pour ne pas tomber sous le rayon d'une lampe-tempête. Devant eux, deux hommes se livrent à une opération clandestine dont ils ne peuvent distinguer la nature. Paul se prépare à bondir, poignard en main, imité par les deux matelots. D'un seul mouvement, ils plongent sur les deux silhouettes qui se redressent et se défendent à coups de marteau et de tournevis. Un combat rapide s'engage. Les Français ont le dessus.

Paul se garde d'allumer sa lampe de poche. D'autres peuvent surgir. Il scrute le silence. Pas le moindre bruit de pas, pas d'ordres chuchotés à proximité. Ces deux-là sont seuls. La Wonder éclaire le visage d'un marin allemand, occupé à saboter une lunette marine d'une grande précision installée au sommet. Son compagnon n'est pas un moine, mais un sous-officier de l'armée royale grecque dont l'uniforme apparaît sous son manteau noir. Celui-là chargeait dans un sac à dos un poste de radio à l'antenne brisée. La prise est belle.

– Ils avaient un observatoire pour renseigner leurs sous-marins. Dommage! Nous ne les aurons pas tous, les autres sont sans doute déjà au pied du rocher. Ils auront décampé avant l'aube, conclut Valentin. Nous avons découvert le pot aux roses. Sarrail ne nous a pas envoyés ici pour rien.

* *
*

L'interrogatoire est fructueux, mené sans concession, un homme après l'autre, par Valentin et Volkov, dans une absidiole de la chapelle. Les deux Allemands sont retenus d'abord. Dimitri, qui parle couramment leur langue, s'adresse au plus âgé, celui de l'observatoire, et menace de le faire fusiller sur-le-champ comme irrégulier s'il ne présente pas son identité militaire véridique. Le marin regarde sa montre : il est une heure du matin. Son sous-marin s'est déjà mis en plongée pour disparaître. Il peut avouer sans risques.

Il le fait avec arrogance. Un sous-marinier allemand est un héros dans son pays. Il n'a que faire des curiosités trop tardives d'un Russe. L'armée du tsar a perdu la partie sur le front de l'Est en Europe et la mer Ionienne appartient désormais à la flotte des *U-boot.* D'autres postes d'observation sont d'ailleurs aménagés au sommet des pics côtiers.

Il déclare s'appeler Edwin Larrenberg, se dit quartier-maître sous-marinier. Oui, il appartient à l'équipage du commandant Hartwig, capitaine de corvette, qui vient de couler le cuirassé anglais *Cornwallis* au large de Malte.

– Criminel de guerre, glisse à Dimitri Valentin, dont la mémoire est infaillible. Il a aussi détruit, sans se soucier le moindrement de la survie des passagers, le paquebot

*Britannic* de quarante-huit mille tonnes, un navire-hôpital, ici même, dans la mer Égée.

– Faux, répond l'Allemand qui semble entendre le français. Le *Britannic* a sauté sur une mine que nous avions mouillée. Les mines ne choisissent pas leur cible.

– Kurt Hartwig commande-t-il encore l'U73 ? demande Valentin qui se souvient du torpillage récent du *Porto di Rodi,* un vapeur italien, dans la mer Égée.

– Si fait ! admet l'Allemand.

Il trompe ainsi l'ennemi sur l'identité véritable du submersible. Le sien est numéroté U35. Il a pour base Pola dans l'Adriatique. Son pacha n'est pas Hartwig mais le célèbre capitaine de vaisseau von Arnauld, encensé dans la presse de Berlin. Il se garde bien de le préciser à l'officier de renseignements français, qui se hâterait d'alerter toutes les bases alliées pour s'emparer d'une proie aussi tentante que von Arnauld, un huguenot français dont les ancêtres sont devenus allemands par la grâce de Louis XIV, idole de la jeunesse combattante d'outre-Rhin pour ses exploits en mer.

– Vous ne me demandez pas le détail des cinquante-quatre navires que nous avons coulés ? lance-t-il, provocant. Nous avons notamment envoyé par le fond, d'une seule torpille, votre transport *Provence,* et surtout le *Gallia.* Il y avait à bord une telle quantité d'artillerie et de munitions que la coque a plongé en quelques secondes. Quant aux trois mille hommes de troupe, ils ont été malheureusement perdus en mer. Nul n'a pu les secourir.

Valentin réalise qu'il vient de prendre dans ses filets un très gros poisson, un marin du plus redoutable des submersibles ennemis, qui guette dans son repaire les butins futurs, tapi sur les flancs du mont Athos.

– Qui avez-vous à bord ? demande brusquement Valentin. Des prisonniers, des hôtes de marque ?

Le marin se tient coi, comme pour taire un secret. Il avoue seulement que trois commandants anglais sont dans les cales, capturés après torpillage. Pas de Français. Ceux-là coulent avec leur navire.

– Prenez garde, l'avertit Valentin. Nous savons que le prince Sigismond, le fils d'Henri de Prusse, neveu du Kaiser, a embarqué à Pola sur un submersible. La presse autrichienne a diffusé un cliché de cet événement mondain. Est-il par hasard à votre bord ?

Larrenberg défie du regard l'officier français. Avouer qu'un prince de Prusse fait assez confiance aux sous-mariniers pour partir en campagne à leur bord flatte son orgueil. Il choisit de donner une satisfaction gratuite à l'ennemi. Oui, dit-il en se rengorgeant, le prince est des leurs.

Le prince Sigismond ne se doute pas du discrédit des opérations sous-marinières dans le monde. En croisière depuis un mois, il doit ignorer que le président américain Wilson vient de rappeler son ambassadeur à Berlin pour cause de « guerre sous-marine à outrance ». Il a condamné solennellement la politique du Kaiser et de son ministre, l'amiral von Tirpitz, et risque d'entrer en guerre si l'empereur boche n'accepte pas de rappeler ses hordes de loups. Valentin fera bon usage de l'information, en montrant dans la presse alliée qu'un membre de la famille impériale ne craint pas de s'exhiber à bord d'un navire assassin.

Son deuxième prisonnier est probablement d'un grade inférieur, un technicien aux cheveux blonds, au regard clair derrière sa paire de besicles cerclées. Quelque physicien fraîchement sorti de l'université, d'Iéna ou de Leipzig, largué sur le mont Athos pour assurer le repérage à la lunette et la transmission des informations recueillies par radio.

Il confesse crânement qu'aucun navire allié croisant dans les parages ne peut espérer échapper à ses observations, qui ont permis le torpillage de plus d'un transport, des neutres de préférence, puisque les Alliés ne s'aventurent plus dans ces eaux dangereuses depuis leur échec aux Dardanelles.

Il reste à déterminer le point de relâche du sous-marin, et son heure d'appareillage. Il est clair que les Allemands ne parleront pas, le physicien par ignorance, le quartier-maître par détermination.

– Voyons du côté des Grecs, dit Valentin.

* *
*

Le capitaine Dimitri Volkov a fait quérir, en pleine nuit, une douzaine de moines à l'air patibulaire, surgis échevelés et dépenaillés du couvent du Roussikon pour prêter main-forte aux enquêteurs. Il veut établir la complicité des moines pêcheurs, tous grecs, avec l'équipage allemand. Il faut faire vite et tenter de saisir l'ennemi au gîte.

Le sous-officier de l'armée de Constantin interrogé par le colonel Valentin n'est guère coopératif. Il s'appelle Mikaël Baïras et oppose un silence borné à toute question. Son nom rappelle à l'officier de renseignements un incident consigné sur les fiches du 2e bureau de l'état-major. Ce jeune Grec doit être le fils d'un général Baïras, commandant militaire de la grande île de l'Eubée qui longe les côtes orientales de la Grèce. Il dirigeait les opérations de l'armée royale à Sérès lors de la première attaque des Bulgares en

Macédoine orientale. Il avait alors livré la ville aux assaillants et s'était opposé par la force à la destruction du pont Demir-Hissar, ouvrant le territoire de la Grèce du Nord à l'ennemi des Français venu de Sofia. Valentin a devant lui un royaliste fanatique, un militaire grec en uniforme qui n'hésite pas à aider les sous-mariniers allemands.

– Vous n'êtes pas un déserteur, lui dit-il. Je vois sur vos papiers que vous tenez garnison à Chalcis, en Eubée. Et nous sommes au mont Athos. Vous portiez l'uniforme sous votre manteau de civil. Vous êtes donc bien en service commandé, et par conséquent un soi-disant neutre se livrant à des activités incontestablement militaires.

– Le devoir d'un soldat grec, répond le prisonnier noblement, est de se porter partout où l'indépendance de sa patrie est menacée par l'étranger.

– Vous êtes bien le fils du général Baïras ?

– Son troisième fils. Mes frères sont comme moi au combat dans notre armée.

– Vous vous considérez comme l'adversaire des troupes alliées opérant dans votre pays ?

– Certainement. Nous sommes un pays neutre, au même titre que la Belgique. Vous condamnez l'Allemagne de l'avoir envahie mais vous vous êtes rendus coupables du même crime. Personne ne vous a autorisés à débarquer à Salonique et à faire de notre territoire un champ de bataille.

Le jeune sergent parle parfaitement la langue qu'il a apprise au lycée français d'Athènes. Il rejette la capote qui lui couvrait les épaules, se sangle fièrement dans son uniforme en boutonnant le col de la vareuse. Il a dix-neuf ans, son père est général loyaliste, et il n'est pas prêt à la moindre concession. S'il est maltraité, il n'ignore pas que son affaire sera aussitôt évoquée comme un abus des Alliés dans la presse germanophile de la capitale. Il sait que le colonel Valentin est sans prise sur lui et qu'il ne risque rien à lui parler avec arrogance.

– Nous ne cesserons la résistance passive qu'à votre départ. Jusque-là, nous nous considérons comme mobilisés, même si vos canons imposent au gouvernement du roi un désarmement de façade.

– Vous venez d'être pris sur le fait, en train d'apporter une aide matérielle à l'ennemi. Vous avez organisé un poste d'observation au service des sous-marins que vous cachez et ravitaillez sans doute sur la côte égéenne.

– Les Belges envahis ont demandé votre aide, nous recherchons celle de nos amis allemands. C'est la guerre ! Qu'ils coulent les navires de transport renforçant vos forces d'occupation nous réjouit l'âme. Autant d'ennemis en moins sur notre sol. Qu'ils envoient par le fond vos orgueilleux cuirassés polluant la rade de Salamine n'est que justice. Les Perses se sont jadis souvenus de leur agression, au temps de Xerxès et de Thémistocle. Les Grecs unis les ont exterminés. Nous ferons tout pour vous laisser les plus mauvais souvenirs.

– Tous les Grecs ne sont pas les amis des Allemands, et tous les Allemands ne sont pas heureux de subir la guerre du Kaiser, en se faisant tuer sur les fronts.

– Croyez-vous que les Français soient satisfaits de voir leurs fils engagés dans l'occupation forcée d'une nation neutre comme la Grèce, sous prétexte de faire la guerre aux Bulgares dont beaucoup ignoraient jusqu'à leur existence avant de débarquer à Salonique ?

– Encore une fois, la Grèce ne se réduit pas, comme vous semblez le croire, au roi Constantin. Vénizélos, un démocrate, a salué la rupture des relations diplomatiques des États-Unis d'Amérique avec l'Allemagne du Kaiser, en raison de la guerre sous-marine que vous favorisez ici de toutes vos forces. Les Grecs qui soutiennent Vénizélos veulent entrer en guerre aux côtés des Alliés, et demain des Américains, contre les empires monarchiques du centre de l'Europe. Ce n'est pas le cas de votre clan réactionnaire et germanophile.

Le sergent sourit. Croit-on qu'il se laissera prendre à une propagande aussi grossière ? Il a appris, dans le bureau de son père, à mesurer les faiblesses diplomatiques des Alliés en Grèce.

– Si Vénizélos vous agrée à ce point, s'il représente à vos yeux presque toute la Grèce, que ne l'aidez-vous franchement ! Pourquoi ces réserves, ces pas de clerc ? Armerez-vous ou non ses partisans venus de Crète et des îles ? Prenez-vous pour une hypothèse gratuite la guerre civile en Grèce ? Pourrez-vous continuer d'attendre les Bulgares, avec les Grecs en guerre dans votre dos ?

– Il est inutile de poursuivre cet interrogatoire, le coupe le colonel Valentin, qui n'a nulle envie d'argumenter davantage face à ce royaliste fanatique. Je suppose que vous n'avez rien d'autre à me dire. Vous avez été pris sur le fait, et je me ferai un devoir de faire savoir à M. votre père, gouverneur militaire de l'Eubée, que vous êtes mon prisonnier. Vous passerez en jugement devant une cour martiale pour violation de neutralité et aide directe à des sous-mariniers allemands qui se flattent dans leur interrogatoire d'avoir envoyé par le fond plus de cinquante navires, pour la plupart neutres et désarmés.

* *
*

Les moines du Roussikon, la *scoufia* enfoncée jusqu'à leurs sourcils broussailleux, se laissent guider par les Russes jusqu'à l'absidiole de la petite chapelle où gît sur la paille, encore sonné, leur frère pêcheur.

Ils reconnaissent tout de suite le frère Askepelos, un patron de barque. Ils le secouent, l'entraînent à l'écart dans un méplat de rocher où ils s'empressent d'allumer un feu avec quelques débris de bois ramassés alentour. Les soldats russes les abandonnent, pour ne pas être accusés de se mêler à une querelle de moines.

Ceux du Roussikon déchaussent le Grec pour lui brûler la plante des pieds.

– De grâce, supplie Askepelos dans leur langue, je vais tout vous dire. Ne me traitez pas comme saint Laurent sur le gril, cela n'en vaut pas la peine.

Malgré le froid vif, les autres le dépouillent de son manteau de bure et le fouillent sans vergogne. Ils découvrent, attaché à son cou comme une amulette, un sachet de cuir rempli d'or fin. Le salaire de la trahison. Askepelos reconnaît qu'il servait de guide aux Allemands pour les conduire de leur base maritime jusqu'au sommet, puis pour signaler l'emplacement de la crique à l'arrivée du sous-marin, où ses collègues avaient au préalable entreposé des vivres et des fûts d'essence.

Informé, le capitaine Dimitri Volkov n'est pas autrement surpris. Il a déjà lu dans la presse qu'un des procédés des sous-mariniers en cavale consistait à acheter la complicité des populations côtières en échange d'or, seule monnaie d'échange partout recevable.

Ils obtenaient ainsi de quoi subsister, et, dans le meilleur cas, des réserves de carburant. Un commandant allemand,

Kurat, avait fomenté sur les côtes de Tripolitaine, en échange de cadeaux, une révolte des habitants contre les colons italiens. Le chef des insurgés reconnaissant avait offert au sous-marinier deux jeunes chameaux, photographiés par les journalistes autrichiens au zoo de Pola où Kurat les avait conduits. Les sous-mariniers payaient aussi en or les Espagnols qui avaient alimenté en essence un de leurs bâtiments à sec. Ils avaient, par le même procédé d'une efficacité universelle, acheté les moines grecs de l'Athos.

Le bâton dans les reins, le frère Askepelos est projeté par ceux du Roussikon dans le sentier descendant à la mer, connu de lui seul. Il hurle de douleur quand les épines ou les cailloux pointus taraudent ses pieds à la corne brûlée. Il finit par les conduire dans la crique où le sous-marin a fait relâche.

Pas la moindre barque dans les environs. Les moines pêcheurs ont pris le large. Le sous-marin s'est peut-être mis en plongée dans les parages, attendant des signaux pour récupérer les deux marins de son équipage.

À la levée du jour, le submersible a disparu. Il n'a pas tenté de revenir à sa cache désormais grillée. Ceux qui ont capturé les marins débarqués ont eu tout le temps, s'est dit von Arnauld, le capitaine de l'U35, d'installer des mitrailleuses sur le rivage. Autant ne pas prendre de risques. La radio du mont Athos ne répond plus aux signaux. Les marins l'ont sans doute détruite, à moins qu'elle ne soit tombée entre les mains de l'ennemi. Von Arnauld a donc donné l'ordre de prendre le large vers les Sporades, abandonnant les deux marins disparus et leur matériel.

Le moine pêcheur grec Askepelos pousse la bonté jusqu'à signaler aux officiers alliés une barque à couvert derrière un rocher. Quatre géants russes l'y poussent, le forcent à ramer jusqu'au petit port de pêche d'Arsana, sa base habituelle. Un novice oublié sur le rivage explique innocemment que la flotte est partie en mer avec les filets et les tridents de Neptune. Le poisson doit être saisi avant l'aube. Les moines du Roussikon désignent un bâtiment désaffecté, où l'on soignait jadis les lépreux et les fous. Ils y conduisent de force Askepelos.

Une caverne d'Ali Baba : quarante fûts de métal sont alignés dans l'ombre des ruines. Un des moines russes bouscule un bidon d'un coup de pied. Il est vide. À l'évidence, les pêcheurs viennent de transférer ces fûts des quais ou de la grève jusque dans cette cache pour les remplir de nouveau dans le port de Daphni, un par un, en prévision de la prochaine visite d'un submersible. Le ravitaillement de la flotte allemande se révèle assurément plus lucratif que la pêche au thon.

Édifiés, les moines attachent une corde aux poignets liés d'Askepelos, afin de lui faire regrimper la montagne. Ils veulent le traduire devant le tribunal de leur higoumène sous l'inculpation d'entrave à la neutralité du mont Athos. Ils ont les preuves de sa félonie. Les siens ne pourront pas le défendre devant la sainte communauté. Il sera condamné. Non seulement les pêcheurs, par appât du gain, ont ravitaillé les sous-mariniers, mais Askepelos s'est rendu personnellement coupable d'une aide directe à un équipage allemand dont deux membres ont été débarqués clandestinement dans la presqu'île, à des fins d'observation militaire.

Il demande grâce, offre un prix pour sa libération immédiate : il dispose d'un renseignement exceptionnel qui peut permettre aux Russes et aux Français de réaliser, dans un lieu connu de lui seul, un gigantesque coup de filet. Il parle, sous menace d'avoir la langue arrachée : c'est à une heure de marche, à Simon-Pétra.

* *
*

Valentin décide de rassembler sa troupe pour exploiter aussitôt l'information. Par radio, il demande au torpilleur *Rafale* de rallier Arsana et de mouiller sans accoster, prêt à intervenir au canon en cas de nécessité. Il se renseigne sur Simon-Pétra : un couvent fondé au XIVe siècle par un ermite du nom de Simon, grec à coup sûr, plusieurs fois tombé en ruine et rebâti tant bien que mal, avec une communauté réduite.

L'arrivée sur les lieux est saisissante. Les bâtisses couronnent un à-pic isolé de tous côtés. Avec Dimitri et Paul Raynal, le colonel fait le tour de la forteresse à cheval. Un seul accès se présente, vers le nord-est : un pont écroulé, à trois rangs d'arches superposées, qui reliait jadis le monastère à la falaise. Mais on ne peut l'emprunter aujourd'hui sans risquer de se rompre le cou. Dimitri demande aux moines du Roussikon qui lui servent de guides si l'on peut tenter l'escalade.

– Impossible, lui explique-t-on. La muraille est lisse et friable. Les crampons ne résisteraient pas. Les seuls qui parviennent au sommet sont des invités des moines, remontés dans une sorte de cage d'osier au moyen d'un palan. On fait parvenir les vivres et le poisson frais par ce même procédé. Askepelos le félon a été le témoin, une nuit durant, d'une opération de levage où des soldats en uniforme hissaient des caisses dont il ignore le contenu. Il assure que des hommes ont également été « ascensionnés », en d'autres circonstances. Le monastère est à l'évidence un refuge. Impossible d'y pénétrer sans le consentement de ses habitants.

Paul Raynal réunit la main-d'œuvre disponible et fait déblayer à la dynamite les restes inutilisables du pont, pour n'en conserver que les fondations solides. On abat ensuite tous les pins maritimes des environs. À l'aide des troncs élagués à la hache, les fusiliers forment des chevalets en faisceaux, selon la technique classique du capitaine Maublanc. Paul se réjouit d'avoir servi sous ses ordres à Montpellier. En cinq ou six heures de travail, il réussit à aménager un passage pour deux hommes de front.

Arrivé au pied du monastère, il demande à ses aides de lui fournir quelques charges de dynamite. Inutile, les gonds de la porte en fer épais qui clôt encore les piliers de la muraille ont été rongés par l'érosion. Ils sont descellés à la barre à mine. Un escalier de pierre descend au monastère, plongé dans le silence et désert d'apparence. Très souples, les fusiliers marins sautent les marches, baïonnette au canon. Pas la moindre résistance, à croire que les moines ont disparu ou qu'on les a entraînés de force dans un autre couvent.

L'escouade de tête tend l'oreille. Des bruits suspects dans les ruines délavées par les tempêtes de l'*archontarikion*. Un aigle, l'oiseau de Zeus, s'élance en direction de la mer, donnant l'alerte en battant de ses ailes noires. Une nuée d'oiseaux, petits et grands, blancs comme les mouettes de l'Égée, gris comme les tourterelles de Pergame, s'échappe de toutes parts pour se reformer au-dessus de la plaine et s'éloigne à tire-d'aile vers le port de Daphni. Sont-ils les seuls gardiens du temple ?

Un moine colossal fait signe. Il s'avance seul, sa barbe poussiéreuse au vent, vers le *catholicon* dont la voûte byzantine s'est écroulée sur le transept, laissant décapitées les colonnes de porphyre de la nef qui ressemblent à des canons pointés. Derrière les restes de l'autel, il suit de son bâton les contours d'une dalle de calcaire d'un blanc plus pur que ses voisines, et pourvue d'un anneau en ferraille rouillé.

Paul Raynal demande du matériel. Des fusiliers lui tendent une masse, un burin, l'aident à dégager la pierre qui résiste peu. Une barre à mine, passée en travers de l'anneau et soulevée par les hercules du Roussikon, en vient à bout. L'ouverture donne accès, par un escalier de pierre presque intact, à une vaste crypte où « l'odeur de sainteté » est depuis longtemps absente. Les tombeaux des moines ensevelis sont souillés de fientes animales. Des paillasses jetées au sol et des restes de repas attestent que des hommes ont pourtant dormi là récemment.

Ils sont introuvables. Mais Paul, à l'aide d'une torche, veut explorer les lieux. Il découvre au fond de la crypte un amoncellement de caisses de bois blanc. Askepelos le Grec n'a pas menti : il s'agit bien d'un trésor de guerre.

À qui l'attribuer ? Valentin, blanc de poussière, fait enlever les caisses. Plus de cent sont alignées au grand jour, près de la *phiale,* une réserve d'eau creusée à l'entrée du réfectoire. Valentin et Dimitri Volkov ordonnent de les ouvrir. Les soldats en sortent quatre cent soixante-quinze fusils de guerre Mauser en parfait état, et plus de cent mille cartouches.

– Quand Sarrail disait, à la conférence de Rome, que l'armée royale grecque ne tenait pas ses engagements, qu'elle cachait ses armes dans tout le pays au lieu de se retirer dans le Péloponnèse et de suivre les conventions signées avec les Alliés, il n'avait pas tort, et en voici la preuve, déclare solennellement le colonel Valentin.

* *
*

Est-il possible d'abandonner un tel trésor de guerre, capable d'armer un demi-bataillon, sans prévoir au moins un piquet de garde capable de donner l'alerte ? Les pirates ne s'éloignent jamais de leur butin, les officiers grecs pas davantage. Les fusiliers marins et les fantassins russes reçoivent l'ordre de fouiller les ruines de fond en comble, afin de mettre la main sur les gardiens et de les démasquer. Pour fournir la preuve de la félonie du roi Constantin, il faut être sûr que la cache a été choisie, alimentée et surveillée par les soldats de l'armée royale, qu'ils soient en civil ou en uniforme.

Les ruines des cellules sont explorées avec méthode, mais ne révèlent aucune trace de passage d'une troupe. Encore moins de la présence de moines. Pourtant, dans la confusion des galeries étayées par des poutres en bois qui surplombent le précipice, les soldats découvrent un passage menant à d'autres cellules, des sortes d'alvéoles aménagées dans le rocher où des moines ont pu se réfugier. L'une d'elles, plus vaste, forme une crypte où ils vont sans doute prier.

– Des troglodytes, constate Valentin. Ils ne voulaient plus voir le soleil.

– Ils avaient des contacts avec l'extérieur : les poutres sortent de la muraille.

Dimitri Volkov s'en aperçoit trop tard en remontant à la surface pour scruter la paroi : deux silhouettes sombres descendent en rappel, attachées à une corde. Elles touchent terre, non sans efforts, au pied de la falaise et s'enfuient aussitôt à toutes jambes.

Les soldats russes franchissent en courant les portes de fer pour se lancer à leur poursuite. Ils s'égratignent dans les buissons épineux, perdent pied sur les éboulis, sans succès. Les fugitifs sont déjà loin. Ils reconnaissent l'habit à capuchon sanglé d'une ceinture en cuir des moines qui galopent en contrebas, véloces, en direction de la mer Égée où sans doute une barque est amarrée.

– Je sais où les prendre, dit frère Igor, un moine du Roussikon qui dirige les recherches. Ils vont rejoindre les frères de Vatopédi, qui les attendent à bras ouverts.

Askepelos a fait de longs aveux. Les derniers occupants de Simon-Pétra ont été recueillis chaleureusement par l'higoumène, non sans arrière-pensée. Il comptait pouvoir fermer les yeux sur l'utilisation des ruines d'un monastère abandonné par les soldats du roi Constantin. S'ils ont été découverts, le supérieur estime de son devoir de les accueillir et de les protéger.

Les moines de Simon-Pétra sont en sûreté dans cette place forte, située sur la côte de la mer Égée. Elle est entourée d'une haute muraille crénelée de quatre mètres d'épaisseur, facile à défendre par des soldats armés. Impossible de forcer l'entrée principale. Ses portes de bronze, provenant de l'église Sainte-Sophie de Salonique, semblent à toute épreuve.

Valentin se prépare à donner l'ordre de regagner le torpilleur afin de continuer la poursuite par la mer.

– Inutile! dit frère Igor en caressant sa longue barbe, des souterrains débouchent sans doute au ras des flots, permettant l'évacuation des dépôts d'armes éventuels sur des barques.

– On peut donc les investir par mer…

– Détrompez-vous, leurs entrées sont secrètes, parfaitement dissimulées, et protégées par une série de grilles inviolables.

– Tous les moyens sont bons pour récupérer les armements cachés de l'armée royale.

– Attention aux retombées d'une action trop brutale dans l'opinion internationale. Vous devez savoir, poursuit le moine russe, que la basilique rouge sang de Vatopédi est tout particulièrement sacrée, rouge du sang du Christ. Ceux qui en franchissent le seuil sans y être invités sont voués à l'enfer. Pour les Grecs, le monastère est un symbole.

– Nous ne sommes pas ici pour protéger des symboles, s'impatiente Valentin, mais pour empêcher les Grecs de nous faire la guerre.

– Savez-vous qui a fondé Vatopédi ? Les derniers empereurs de Rome. Arcadius et Honorius, fils de l'impératrice Théodora, ont été victimes d'une tempête sur le parcours Naples-Constantinople. Arcadius était tombé en mer. Des ermites le retrouvèrent rejeté à terre, inanimé sous un framboisier. Ramené à la vie par miracle, il fut reconduit dans la capitale impériale. Longtemps plus tard, quand il succéda sur le trône à son frère Honorius, il fit construire un couvent à l'endroit exact où il avait été déposé par les vagues. Ainsi s'explique, pour tous les Grecs, le nom du lieu : *vatos* veut dire framboisier, et *paidion* enfant. Vous ne pouvez prendre d'assaut un monastère doublement sacré par le souvenir du Christ et de l'empereur. C'est impossible.

* *
*

– Je suis le père Alexis, proépistate du mont, dit aux officiers alliés, dans un français irréprochable, un personnage filiforme, les yeux marqués par l'âge ou par quelque maladie, d'une élégante calvitie à peine soulignée par une auréole de cheveux blanc de neige. Soyez les bienvenus dans ce temple béni du Seigneur.

Après consultation de l'état-major de la marine à Salamine, le colonel Valentin, au reçu des messages radio de l'amiral expédiés au torpilleur *Fanfare,* a pris en compte la notification formelle de ne pas faire tirer les canons sur des cibles religieuses, même garnies de soldats grecs en armes accueillis clandestinement. Sarrail a confirmé : Valentin doit amorcer une négociation avec les pères.

– Voyez le manuscrit de la *Géographie* de Ptolémée, dit le père Alexis, dans la bibliothèque garnie de huit mille volumes anciens du monastère de Vatopédi. Nous sommes les seuls au monde à conserver ce trésor. Vous n'y trouverez naturellement pas l'Amérique, elle est absente de la représentation du monde. Nos amis d'Athènes ont trop tendance à penser aujourd'hui qu'ils sont encore au centre. Mais voici que l'Amérique va entrer dans la guerre à vos côtés.

Valentin contemple avec intérêt le document parcheminé que le vieil homme dépose avec précaution sous ses yeux : il représente une carte en couleurs de la terre, connue au IIe siècle après le Christ.

– C'est peut-être mieux ainsi, poursuit le religieux. L'ancien univers se consume dans une immense guerre civile. Combien de millions de fois le Christ est-il mort dans le corps de chacun des combattants européens et chrétiens, exterminés depuis l'entrée en guerre d'août 1914? L'Amérique est si riche, si peuplée, si confiante dans le droit des nations et dans les droits de l'homme, que la seule arrivée en Europe de ses millions de soldats y rendra la guerre impossible. Alors trembleront les empires vermoulus.

Il ouvre l'unique exemplaire du *Voyage en Grèce* de Pausanias, un géographe fécond, décrivant l'état du monde hellénique avant la ruée du roi Philippe de Macédoine. Il semble réfléchir à voix haute, et les officiers n'osent troubler sa méditation.

– Les cités libres avaient presque disparu de la carte. Athènes, Thèbes, Sparte s'étaient fait cent fois la guerre, elles étaient à la merci du conquérant au cheval fauve venu des plaines de Thessalie. Un Vénizélos s'imagine qu'il va, grâce à vous, reconstituer la Grande-Grèce. Qu'est-ce que la Grèce, mes amis, sans les Grecs ?

– N'est-il pas crétois ? coupe irrévérencieusement Valentin, que cette promenade dans les incunables antiques finit par exaspérer.

Un officier de cavalerie en campagne n'a pour la culture qu'un respect distancé. Il n'est pas venu ici pour lire les dix-sept chapitres de Strabon. Encore moins pour entendre les déclarations de foi d'un proépistate habitué à négocier avec le roi hellène, son souverain géographique incontournable, et devenu soudain wilsonien.

– Vénizélos est grec, et cent fois grec, plus que le roi Constantin sans doute, déclare-t-il sans se troubler le moindrement. Depuis l'*Arche* d'Athènes au V^e^ siècle, quand la cité de Périclès dominait les mers, on n'a pas vu de Grec plus ambitieux. Sa doctrine ? La *Megale Idea.* Ne le prenez pas pour un innovateur mégalomane ou quelque théoricien utopique. Sa « grande idée » ne fait que reprendre le vœu de tous les Grecs depuis l'indépendance, l'*epanastasis*, la révolution acquise en 1835 : se rassembler en une seule patrie, qu'ils soient d'Attique et du Péloponnèse, mais aussi d'Épire, de Macédoine, de Thessalie ou même des côtes d'Asie Mineure, de Milet et d'Halicarnasse.

– L'indépendance grecque est due à notre tsar, s'indigne Dimitri Volkov. Ce Vénizélos se prend pour Alexandre le Macédonien, mais il n'a guère sous les armes que trois bataillons d'insulaires.

– Que nous nous gardons bien d'utiliser, complète Valentin. Le général Sarrail respecte en tout point la neutralité grecque et ne favorise nullement la nouvelle révolution des vénizélistes. Nous ne voulons pas de la guerre civile en Grèce, et les ambitions d'Eleuthérios Vénizélos ne sont pas les nôtres. Nous entendons seulement empêcher les royalistes grecs d'aider dans notre dos nos ennemis.

– Qui est grec en Grèce ? poursuit, sur le même ton uni, en serrant les plis de sa robe noire sous sa ceinture de cuir, le proépistate chauve, totalement sourd aux préoccupations de ces deux officiers étrangers.

Il les entraîne doucement sur la tour du monastère, une sorte de donjon d'où l'on devine le sommet blanc de l'Olympe.

– Voyez au nord, la Thrace, indique-t-il de la main, elle est peuplée largement de Turcs et de Bulgares, comme la Macédoine où les Serbes sont nombreux. Voyez l'Épire, à l'ouest.

Ils portent au loin leur regard sur les chaînes macédoniennes qui se prolongent, sur les bords de la mer Adriatique, par les montagnes d'Épire.

– Qui peut encore traduire dans la langue d'Homère, parmi les Épirotes d'aujourd'hui, le frémissement vatique des chênes sacrés de Dodone ? Des Albanais y font brouter leurs chèvres. Détournez-vous vers l'orient : les cités exemplaires de la Grèce ionique sont turquisées, barbarisées. Les tourterelles de Pergame ont perdu leur grand autel de pierre, démonté par les Allemands et reconstruit à Berlin, elles nichent dans des minarets. Nous sommes les seuls, au mont Athos, à poursuivre la mission chrétienne des empereurs de Byzance. La religion orthodoxe est le seul lien profond entre les Grecs.

– Cent mille Grecs peuplent encore Constantinople, et autant peut-être New York. Les Grecs sont partout et l'orthodoxie, mon père, n'est pas votre apanage. Le tsar en est le maître, affirme en termes appuyés le capitaine Dimitri Volkov.

– Certes, mon fils, les Grecs sont partout. J'en ai même deux sous mon toit que je vais vous livrer, car ils ne sont pas des nôtres.

* *
*

À la surprise des officiers, deux *paramikri,* des moines inférieurs chargés des travaux manuels, leur livrent bientôt deux civils enchaînés. Ont-ils subi de mauvais traitements ? Ils sont pâles, tuméfiés, voûtés en dépit de leur jeune âge. Ils tirent la jambe comme s'ils traînaient un boulet.

– Ces deux hommes viennent de nous demander l'hospitalité. Ils vous ont échappé dans les ruines de Simon-Pétra. Ces insulaires venus des Sporades sont des partisans de Vénizélos. Ils gardaient les armes entreposées dont vous avez appris l'existence et que vous avez, je crois, saisies. Je vous les livre.

Le proépistate salue d'un geste noble et s'excuse d'abandonner ses hôtes. Les moines l'attendent à l'heure de la prière, dans l'église en croix grecque.

On accompagne les officiers au réfectoire, où des rafraîchissements leur sont servis par des novices aux visages candides, aux regards d'anges. Les prisonniers sont libérés de leurs chaînes. Aussitôt Dimitri Volkov les interroge en grec : sont-ils des partisans de Vénizélos ?

– Sans doute, répond le plus âgé, un marin de Skiathos appelé Gregori Markos. Nous sommes des soldats de la nouvelle *epanastasis*. Notre but est de flanquer Constantin et ses amis allemands à la mer. Nous menons le même combat et nous n'avons pas compris pourquoi vous, nos très anciens alliés et libérateurs russes, vous refusez de nous aider. Et vous aussi, les Français. Nous sommes des milliers dans les îles, en Eubée, dans les ports de Salonique et du Pirée, à vouloir entrer en guerre à vos côtés. Vous y faites obstacle. Je vous préviens que si vous nous conduisez à Salonique, nous n'accepterons pas d'être vos prisonniers. Nous saurons nous évader pour reprendre le combat.

– Les caisses d'armes saisies à Simon-Pétra vous appartenaient ?

– Nous les avons prises de haute lutte dans une caserne royaliste de Larissa, éructe Gregori.

– Vous n'avez pas connaissance d'autres dépôts d'armes, par exemple dans l'enceinte de Vatopédi ?

– Nous avons des amis parmi les *paramikri*. Les moines ont accueilli des soldats royalistes et ont accepté de cacher leurs armes. Mais le Conseil a jugé qu'il n'appartenait pas à ce haut lieu d'encourager la guerre civile. Les soldats sont repartis pour éparpiller leurs caisses de fusils et de mitrailleuses dans les puits asséchés de Thessalie. Ils ont évacué le monastère, avec armes et bagages.

Valentin s'étonne des propos traduits par Dimitri. Comment ces Grecs peuvent-ils reprendre le combat sans être enrégimentés ? Vont-ils engager une guerre de partisans en Thessalie, comme en Épire et en Macédoine ?

– Ils en ont l'intention, traduit Dimitri. Les filières de résistance existent dans les montagnes, mais les *andartès* recrutent aussi en Thessalie et comptent attaquer les dépôts d'armes clandestins de l'armée royale.

Le retour à Salonique est morose. Les deux prisonniers grecs sont laissés libres de leurs mouvements à bord du *Fanfare.* Ils aideraient volontiers aux manœuvres après avoir contribué au chargement des caisses de fusils et de munitions allemandes dans les cales.

Les marins leur offrent des cigarettes et de la gnôle. Les inscrits maritimes de Brest et de Morlaix s'étonnent d'apprendre que le haut commandement refuse le concours de partisans volontaires, hostiles au roi boche d'Athènes qui a fait assassiner les leurs à la mitrailleuse au Zappéion, le 2 décembre 1916. Paul s'associe à cette fraternisation spontanée.

Les Russes sont plus réservés. Drapés dans leur uniforme impeccable de fusiliers de la Volga, ils regardent avec suspicion ces marins secs, de petite taille, vêtus de vieux lainages informes, la tête recouverte de bonnets miteux. Ils se méfient des civils porteurs d'armes, cela sent la révolution, et les gens de Samara sont rétifs à cette idée qui commence à se répandre dans l'armée russe, même en Orient, par exemple chez leurs camarades du régiment de Moscou.

Quand le torpilleur passe à portée des îles de l'archipel des Sporades, l'équipage s'applique à scruter la surface, à la recherche des périscopes de sous-marins. Les deux Grecs en profitent pour plonger, et gagner vivement leur île de Skiathos à la nage. Un fusilier russe se dresse, ajuste son fusil. Dimitri lève aussitôt le canon de l'arme.

– Laisse-les partir, ils rentrent chez eux.

Paul Raynal est satisfait de cette issue. Il avait de la sympathie pour ces marins grecs. Le colonel Valentin reste coi. Il fume lentement son cigare et cache à peine sa déception. Paul s'en étonne. N'ont-ils pas clarifié la situation au mont Athos ? Ne rapportent-ils pas un butin appréciable ?

– Notre presse parisienne, alertée par une dépêche, citera cet épisode demain dans un entrefilet, répond Valentin. Elle présentera notre intervention comme une victoire de la diplomatie, et portera le dépôt d'armes au compte des royalistes. Je parle de la presse française. Celle d'Athènes et de Salonique, largement aux mains des Allemands, s'indignera à coup sûr de la violation des lieux saints par des soldats français et russes. Nous aurons engagé sur le mont un détachement pour désarmer deux sections d'*andartès* vénizélistes. Je ne suis pas sûr que Sarrail en soit très heureux. Il n'y a pas de quoi pavoiser.

* *
*

Sarrail bouscule le « muet du sérail », son chef d'état-major Michaud.

– Aucune réponse de Paris à mon télégramme ? Suis-je condamné à attendre des mois sans pouvoir agir ?

Pas de commentaire de Michaud. Valentin intervient, croit bon de plaider coupable.

– Nous avons agi, mon général. On nous a mystifiés.

– Je le sais. Ces damnés moines vous ont seulement livré quelques vénizélistes, et des caisses d'armes allemandes inutilisables. Ils se sont bien gardés de vous indiquer ceux des monastères où les royalistes ont portes ouvertes.

– Les Russes nous ont assuré, sur la foi des déclarations du supérieur de leur propre couvent, que le Conseil sacré avait pris la décision de respecter la neutralité, réservant ainsi l'avenir. Dans cet esprit, ils nous ont livré les vénizélistes. S'ils les avaient gardés, ils n'auraient pu repousser ensuite les demandes des officiers du roi Constantin. On peut espérer que dans l'avenir, ils chercheront à se constituer en une sorte de république monastique autonome. Mais nous n'avions aucun moyen, à moins d'employer la force, de passer au peigne fin les nombreux couvents du mont Athos. Je ne suis pas sûr que les Russes nous auraient suivis dans cette démarche.

– N'en parlons plus, tranche Sarrail. Si l'indécision de Paris continue, je n'aurai plus qu'à me faire moine et à demander asile à votre proépistate barbu. Cela réjouira mes ennemis.

Il s'emporte contre les ordres contradictoires venus du ministère. On le pousse à agir, pour le retenir le lendemain.

– Savez-vous ce que m'a suggéré Lyautey, notre nouveau ministre, à la fin de la conférence de Rome ? D'évacuer Monastir. Notre unique conquête ! Lloyd George, le premier ministre anglais, a été encore plus cocasse. Alors que je cherchais à le persuader que l'armée d'Orient ne pouvait plus bouger sans craindre des Grecs un coup de poignard dans le dos, il m'a répondu : si vous attaquez la Grèce, les États-Unis en profiteront pour ne plus rien nous donner, et refuseront d'intervenir aux côtés d'alliés manifestant un tel mépris du droit des peuples à disposer d'eux-mêmes.

– Il a bien lu son Wilson, glisse Valentin.

– Que me contez-vous là ? Croyez-vous les Grecs unis derrière leur roi Constantin ? Sans nous, la révolution l'aurait déjà emporté. Je maintiens à bout de bras un roitelet qui me fait des crocs-en-jambe, sans même avoir le droit de m'en plaindre. Savez-vous quelle est la plus grave préoccupation du gouvernement français aujourd'hui, relativement à l'Orient ?

– La reprise de l'offensive, suggère Valentin.

– Vous n'y êtes pas. Michaud vous confirmera que le télégramme reçu hier du ministère me pose la question de l'emploi des tirailleurs sénégalais dans les rues d'Athènes !

– Il est vrai qu'un bataillon noir a défilé dans les avenues de la capitale, fanfare en tête, se risque Michaud le muet. Il a produit un certain effet. Les bourgeois fermaient leurs volets, les commerçants leurs rideaux de fer. Les Noirs inspirent la panique, c'est un fait. Les Athéniens n'ont jamais vu, même au temps de Xerxès, des Noirs en armes sous l'Acropole.

– Naturellement, les Sénégalais, ces coupeurs de têtes, comme disent les journaux allemands, ces sauvages aux colliers d'oreilles coupées, que sais-je encore ? Jusqu'où ira l'ignominie du baron Schenk ? Nos officiers contrôleurs sont accompagnés de gardes sénégalais. Est-ce ma faute si on les empêche de travailler dans les gares et dans les postes, s'ils ne peuvent s'assurer dans les casernes que les armes ont été évacuées, conformément aux engagements pris par les Grecs ?

– Le gouvernement regrette – Michaud lit le télégramme de Paris – « l'impression produite par leur arrivée qui peut être interprétée comme une provocation gratuite». Il exige de remplacer les Sénégalais par des zouaves.

– Où voulez-vous que je les prenne?

– Dans le bataillon de réserve de Corfou, mon général.

– C'est entendu, relevez les Sénégalais. Voilà où nous en sommes. Je ne suis pas maître de mes plantons. Je dois avant tout ménager la susceptibilité des Grecs.

– Ils sont fiers d'être un peuple libre, plaide Valentin, et ne veulent pas être traités comme une quelconque colonie d'Afrique.

– Les zouaves les feront rire, avec leur culotte bouffante et leur chéchia rouge. Va pour les zouaves! J'imagine bien un couple de zouaves et d'evzones, pouffe Sarrail excédé. Les Anglais sont hostiles au déploiement des Sénégalais dans Athènes? Savez-vous que c'est un général britannique qui a créé ici, au XIXe siècle, le corps des evzones à dix bataillons? Et les evzones portent la jupe. Aucun Grec n'a été choqué. Aucun n'a accusé le conseiller militaire de la reine Victoria d'imposer au palais si fier de son indépendance une garde en costumes de ballet.

– Les Sénégalais font peur, mon général, et ils suscitent la colère. Les Grecs ont le sentiment qu'on les méprise en les faisant ainsi garder par des sauvages.

– Vous avez dit le mot : sauvages! Traiter ainsi ces combattants d'élite, ces frères d'armes des poilus français, servant sous le même drapeau, décorés des mêmes médailles, est simplement une honte. Les Grecs sont comme les Allemands, comme les Américains, ils ne considèrent pas les *nègres* comme des hommes. Voilà la vérité!

Sarrail disparaît sur cette diatribe, mandant sa voiture pour se rendre à Athènes, à l'ambassade de France. À la sortie du quartier général de Salonique, Valentin avise Paul Raynal qui fait les cent pas sur le trottoir devant une escouade de zouaves commandée par son ami Vigouroux. Elle assure, au son du tambour, la relève de la garde, remplaçant déjà les Sénégalais.

Les badauds passent, indifférents. On compte si peu de Grecs à Salonique. Les autres habitants de la ville, bulgares, turcs, arméniens ou juifs, ne voient pas la différence entre un tirailleur et un zouave, un Noir et un Français d'Afrique du Nord. Pour eux, les Français sont tous les mêmes. Ils les jugent à l'uniforme.

Il reste à repérer et à détruire les stocks d'armes des Grecs royalistes. Paul Raynal était prêt à rejoindre sa compagnie de pionniers. Le colonel l'en dissuade.

– Nous partons pour Larissa, lui dit-il. Il faut purger la Thessalie de ses agitateurs bochophiles. Je vous loge chez l'habitant. Attendez les ordres. Nous partirons sous peu. Dans vingt-quatre heures au plus tard. Des événements graves se préparent.

Paul hume le parfum saumâtre du port, heureux de retrouver sa liberté. Au quartier général, il a demandé la permission d'appeler au téléphone son chef de compagnie, le capitaine Maublanc. Le brave homme lui a tout de suite appris le retour de Carla.

Raynal se dirige d'un pas alerte vers la rade, avec une seule idée en tête : guetter sur le quai l'arrivée d'un nouveau navire-hôpital, le *France.*

## Vingt-quatre heures à Salonique

Paul Raynal marche vers le port, le cœur léger, et se laisse volontiers distraire par l'animation des rues de Salonique. Ses bottes résonnent sur la chaussée pavée, égayée par des tramways à chevaux souvent contraints de s'arrêter aux *ding-ding* stridents signalant aux chariots ou camions qui obstruent la chaussée de dégager.

Autour de lui vont des piétons coiffés de fez, la taille serrée dans une ceinture rouge, souvent des portefaix chargés d'amphores ou de seaux de lait de brebis, de paniers d'œufs ou de sacs de patates. Les notables portent aussi le fez, à la manière des gens du petit peuple, mais avancent d'un pas plus assuré, tête haute, canne en main, souliers fins de cuir fauve aux pieds protégés par des guêtres immaculées.

Les femmes sont moins nombreuses sur l'avenue Sophie qui descend vers le port. Leurs tuniques les recouvrent jusqu'au sol, un fichu de couleurs vives protège toujours leurs cheveux noirs. Elles n'ont pas un regard pour le beau militaire. Seules les tziganes encapuchonnées de voiles rouges se risquent à lui prendre la main pour y lire « la bonne aventure ». Elles ont appris ces trois mots de français afin de soutirer quelque monnaie aux soldats désœuvrés.

Les maisons colorées attirent l'œil et les *cafedji,* à cette heure matinale, sollicitent déjà le client. De jeunes vendeurs juifs coiffés d'un calot blanc à pointes et postés aux carrefours proposent de la limonade. D'autres, des paquets de cigarettes blondes. Sont-ils turcs, syriens ? Tout le monde porte le fez à Salonique, juifs et Bulgares compris. Les vieux Turcs, ceux d'avant 1900, exhibent plutôt des turbans défraîchis ou des bonnets de laine. L'occupation grecque les a ruinés. Ils rôdent autour du port, égrenant les boules noires de leurs chapelets et acceptant parfois la charité des Grecs argentés.

Les autres, ceux qui ont refusé de retourner dans leur ancienne patrie turque, se mêlent à la foule des Bulgares et des juifs et ne s'en distinguent guère. Il est vrai qu'ils ne manquent pas de sortir leur tapis de prière à l'appel rituel de l'imam dans le minaret de Saint-Panteleïmon, l'ancienne église byzantine transformée en mosquée. Les Grecs détestent les Turcs, mais répugnent à les priver de leur religion. Ils sont contraints à la tolérance, étant minoritaires dans la ville. Le maréchal des logis Raynal s'étonne de rencontrer tant de musulmans dans une cité conquise par les chrétiens, sans doute plus peuplée qu'Athènes, devenue la propriété du roi Constantin et en majorité orthodoxe. Mais, impatient de trouver le port, il n'est pas, pour l'heure, fasciné par la coexistence des religions dans Salonique. Sur son parcours, que lui importe si les églises chrétiennes succèdent aux synagogues et aux mosquées sans que cela choque personne. La ville est-elle particulièrement pieuse ? Bah ! En France, Limoges a beau avoir cent clochers, les Limougeaux sont loin d'être bigots. La densité exceptionnelle des lieux de culte à Salonique ne l'impressionne nullement. Perdu dans le lacis des rues, il a seulement peur de s'être trompé de chemin et entre dans un *cafedji* obscur pour s'informer. Il a entendu dire que la ville est découpée en secteurs religieux séparés et que le port s'ouvre sur les ruelles du Bakou, où vivent les juifs.

– Est-ce ici le quartier des prêtres, des imams ou des rabbins ? demande-t-il au garçon.

L'autre, un jeune israélite, s'imagine que le soldat est à la recherche d'un édifice précis, ou qu'il s'intéresse aux religions de Salonique. Improbable pourtant, les soldats n'ont pas de ces curiosités. Qui sait, peut-être travaille-t-il pour le service des renseignements de l'armée française ? Toute la ville est quadrillée d'agents allemands et bulgares, mais aussi de *galli,* des gendarmes français fort curieux.

Plutôt francophile et mis en confiance par la barbe noire et bouclée du sapeur du génie, le garçon lui explique en français d'Orient – langue franque améliorée, très mêlée d'arabe, de libanais et surtout d'espagnol –, que son *cafedji* est situé près d'une des trente et quelques synagogues de la ville, celle du Portugal. Il est donc juif, dans un quartier israélite. Mais Paul ne veut pas le croire :

– Il y a tout près de chez vous des églises et des mosquées, objecte-t-il. Les Saloniciens pratiquent-ils tous les cultes, dans tous les quartiers ?

Le garçon, perplexe, ne comprend pas le sens de la question. Il lui assure qu'il se trouve bien ici au cœur du quartier juif de Poulia, et qu'il arrivera au port pour peu qu'il marche droit vers le sud, même s'il découvre çà et là des églises ou des mosquées désaffectées, rendues au culte orthodoxe faute de pratiquants.

Rasséréné par les instructions du jeune israélite, Paul poursuit sa traversée du quartier juif de Poulia Agouda, non sans apercevoir, sur sa gauche, la basilique de Sainte-Sophie et un hammam d'où sortent des musulmans rasés de frais, mais aussi des chrétiens et des juifs pour qui cette promiscuité semble naturelle.

Avant de se jeter dans les bras de Carla, Paul est un instant tenté par un bain de vapeur qui lui rendrait le teint frais et rose de ses vingt ans. Mais il renonce à perdre quelques précieuses minutes. Un figaro bulgare au coupe-chou impressionnant réussit pourtant à le faire asseoir sur une chaise de paille, en pleine rue, pour le débarrasser en un tour de main de sa barbe de sapeur, qui risque de déconcerter la jeune fille.

Enfin il arrive au bout de cette rue interminable. Il aperçoit la tour blanche, survivance de l'antique enceinte, qui domine la rade vers l'est. Devant lui, deux môles où les bateaux amarrés se touchent. Il ne reste plus qu'à découvrir l'emplacement du *France*.

Dans la rade, d'innombrables vaisseaux gris aux larges flancs, venus de Marseille ou d'Égypte, sont au mouillage : des transports militaires français ou britanniques. Impossible de repérer le *France*.

Les navires-hôpitaux sont souvent ancrés à distance du quai. Il comprend qu'il lui faut louer une barque, en l'absence de chaloupes de la marine, afin de parcourir la rade encombrée. Paul peste et tempête. Rien n'y fait. La foule est si dense qu'il ne parvient même pas à s'approcher du port pour négocier son équipée auprès d'un marin grec.

* *
*

Sur le quai, des soldats français le bousculent en sortant par bandes du cinéma Pathé installé depuis quelques mois dans une maison rénovée. Inutile de demander à ces joyeux drilles où est le *France* : ils sont en permission dans la ville, après un long séjour sur le front, et ne songent qu'à se ruer dans le premier *cafedji* venu.

Les bidons d'huile et d'essence, les ballots entassés, les caisses de munitions débarquées des transports, les marins déchargeant leurs filets, les dockers mettant à quai chevaux et mulets sanglés dans un grincement de grues, forment un tableau grouillant continu, comme un rempart inaccessible.

Quand Paul trouve enfin passage entre deux postes d'accostage encombrés, il est perdu dans le ballet fou des barques. Elles sont menées par un seul rameur, debout en poupe, adroit à se faufiler à la godille pour gagner l'accès du ponton de bois. L'embarcation est parfois chargée d'un passager huppé, pressé de gagner la terre ferme et qui risque de se rompre les os en sautant à quai.

Les marchandises sont débarquées quasiment sans interruption par des chaînes de dockers dépenaillés qui les entassent sur des charrettes attelées de chevaux, le plus souvent sur des plateaux à trois roues poussés à bras par des livreurs coiffés du fez. Difficile de parler à ces manœuvres exténués, encore moins aux meneurs de barques, trop pressés de boucler leur besogne pour céder la place aux collègues impatients de leur succéder à quai.

Un vieux Grec, stoïque dans les tourbillons de la bora glacée, s'aperçoit de l'embarras de Paul Raynal. Il lui conseille en français de ne pas chercher à embarquer sur cette partie du quai. Qu'il rejoigne plutôt la tour blanche de l'ancienne enceinte, où l'accès à la mer est plus facile. Il y trouvera des pêcheurs qui gagnent mieux leur vie à convoyer des passagers jusqu'aux navires de la rade qu'à poser leurs filets.

Tout le long du quai, Paul doit s'écarter pour laisser passer des convois militaires, des attelages de ravitaillement partant livrer les casernes grecques ou les baraques du camp de Zeitenlik, quand ils ne prennent pas directement la route de Monastir, la *via Egnatia* qui traverse la ville de part en part, d'ouest en est.

Progressant sur le môle, le Quercinois allonge le pas face au vent, qui l'oblige à baisser la tête au point de lui faire presque manquer le passage d'un convoi sanitaire français. Mais les voitures automobiles portant le drapeau de la Croix-Rouge défilent à vide. Elles vont chercher dans les hôpitaux proches du front leur contingent de blessés ou de malades à évacuer. Le froid glacial en haute montagne cause de nombreuses victimes chez les biffins. Les officiers d'état-major tiennent chaque jour la statistique des pieds gelés.

Les maisons bourgeoises du quai gardent leurs volets clos, sans doute pour se protéger du bruit incessant du charroi. Les *cafedji* turcs ou juifs se raréfient : Paul entre dans le quartier chrétien orthodoxe, reconnaissable au clocher de l'église de la Dormition de la Vierge.

Les pêcheurs semblent avoir gardé ici un petit espace indépendant, avec leurs barques multicolores à la proue ornée d'un œil porte-bonheur. Ils naviguent à la voile et sortent chaque nuit en mer pour rentrer au soleil encore pâle de sept heures. Ils connaissent la rade et savent godiller avec précision entre les coques menaçantes des vaisseaux alliés qui l'encombrent.

Occupés à vider et à remailler leurs filets, à réparer les avaries de leurs embarcations, ils ne prêtent pas la moindre attention à Paul et font la sourde oreille lorsqu'il demande à embarquer. Ceux-là partiront au crépuscule. Ils ne sont pas à la disposition des soldats isolés.

Un tout jeune homme, seul à bord d'un youyou, constatant les déboires du Français, saute aussitôt à quai, et propose ses services. Paul a du mal à lui faire comprendre ses intentions. Il sort de son sac son carnet, dessine le bateau *France*, dont il marque le drapeau d'une croix rouge. Le gosse ne sait lire, à grand-peine, que le cyrillique. Mais il répète le nom de *France* en souriant largement.

Paul embarque à demi confiant, après avoir donné au jeune passeur la moitié de la course : une pièce de cinq francs, ou de cent sous, en bel argent. Aussitôt, le youyou se faufile entre les transports, la rame fixée à l'arrière s'agitant avec frénésie. Nikos le Grec a toutes les ruses pour éviter les remous profonds des navires en partance, et il se repère dans le labyrinthe des mouillages comme s'il connaissait l'itinéraire sur le bout du doigt.

Paul s'impatiente. La godille véloce du gamin n'est pour l'instant guère efficace et ne le rapproche pas de son but. Il aperçoit, au-delà de la rade, des files de navires de transport faisant la queue en mer. Le *France* est-il pris dans ce gigantesque embouteillage? Pour sortir, les capitaines font hurler leurs sirènes, s'avancent dans des chenaux étroits, pris en tenaille entre les coques des mastodontes. Le youyou de Nikos biaise, assume les vagues proue en avant, manque dix fois de chavirer et se retrouve enfin dans une zone plus calme, devant un grand bateau blanc marqué de la croix rouge. «*France!*» crie-t-il, triomphant.

**
*

Le navire-hôpital n'a pas encore son emplacement, il est ancré à l'extrémité de la rade, juste à l'arrière de la ligne des filets anti-sous-marins. À la coupée, le quartier-maître à casquette bleu sombre et visière étroite, serré dans son caban de laine épaisse, s'oppose à l'admission de ce sapeur rasé de frais, d'apparence indemne et en bonne santé, monté seul à bord et sans ordre de mission.

Le navire, flambant neuf, est briqué comme un paquebot de plaisance par une équipe d'aides soignants qui, faute d'ouvrage, se sont joints aux matelots pour laver le plancher du bord à grande eau, rafraîchir les cabines, en attendant l'arrivée des premiers contingents de malades.

Le *France* vient de mouiller, venant de Marseille. Paul a beau tempêter, demander à voir l'infirmière en chef Carla Signorelli, il se heurte à un mur.

– Je ne connais personne de ce nom, assure le quartier-maître au rude accent de haute Bretagne. Je vous conseille de ne pas renvoyer votre youyou. Repartez avec! J'ai ordre de ne pas accueillir de passagers, pour des raisons sanitaires que vous pouvez comprendre.

Un major survient. Paul le reconnaît immédiatement : Sabouret, l'ancien patron du *Charles-Roux* qui l'a jadis soigné et sauvé d'une forte pneumonie.

– Vous cherchez Carla? Elle n'est pas à bord. Son navire, l'*Amiral Magon*, a été torpillé, lui dit-il presque en souriant.

Paul chancelle, se rattrape à la rampe de la coupée, incapable de poser la moindre question.

– Montez, vous dis-je ! Elle est indemne.

– Mon chef, le capitaine Maublanc, parvient à articuler le sapeur, m'a assuré qu'elle se trouvait à votre bord, dans le port de Salonique.

– Nous l'attendons en effet, mais la pauvrette suit la route de Valona par Monastir et risque d'être très en retard. Je vous reconnais. Vous êtes…

– Maréchal des logis Paul Raynal, de la 16e compagnie, 2e génie, l'interrompt Paul au garde-à-vous. Il est plus difficile de trouver votre navire dans la rade que de suivre la route de Monastir.

– La rade est en effet encombrée, et nous devons attendre pour occuper notre emplacement définitif, beaucoup plus près des môles. Carla nous rejoindra demain, sur notre nouvelle position, si toutefois elle a la chance de trouver un transport assez rapide.

– Me permettez-vous de l'attendre à bord ?

– Sans inconvénient, si votre chef de compagnie vous y autorise. Vous êtes ici le bienvenu, Paul. Venez prendre un verre dans la cambuse. Le capitaine Thomas sera content de vous connaître. Je vois que vous êtes monté en grade. Vous vous êtes sans doute surpassé à Monastir.

Thomas, un ancien de la Marchande, a des usages et pas le moindre préjugé hiérarchique. Il reçoit le sapeur avec égards, comme un officier. Très vite, son regard s'embue de nostalgie. Il est sans nouvelles de son collègue le commandant Dufaure, le pacha malheureux de l'*Amiral Magon*. Un vieux bourlingueur qu'il a connu dans les ports des mers de Chine. Il a câblé en vain à l'hôpital italien de Valona.

– J'ai appris par un marin survivant qu'ils l'avaient amputé, soupire-t-il. C'était son deuxième naufrage, causé par un sous-marin. Peut-être a-t-il succombé à la gangrène. Carla Signorelli nous rassurera sans doute.

– Savez-vous si elle a été blessée, au cours du torpillage? s'inquiète Paul.

– Pas à ma connaissance, répond le major Sabouret. Son arrivée m'a été annoncée non par les Italiens, mais par l'état-major français du secteur de Monastir. On ne m'a pas donné d'amples détails. Les naufragés ont été repêchés en mer, par un froid glacial. Cette jeune fille a une constitution à toute épreuve. J'ai seulement appris par mon collègue de l'hôpital de Monastir qu'elle a refusé de rester à Valona, où les Italiens lui offraient un poste en or. Elle a fièrement répondu qu'elle était française et entendait le rester. Outre qu'au demeurant, son fiancé l'attendait à Salonique.

Paul dissimule à peine son intense émotion. Voilà qu'elle le considère publiquement comme son promis. Il n'a rien osé lui demander de tel, jamais. Elle a pris cette initiative, laissant parler son cœur. Le chirurgien Sabouret, qui connaît bien Carla, est également ému et fort marri que les retrouvailles se fassent attendre.

Le verre de rhum offert par le pacha pousse les hommes à la franchise :

– Je ne connais pas votre ordre de mission, dit le capitaine Thomas, mais vous ne devriez pas vous attarder. Vous évaluez mieux que je ne saurais le faire la difficulté des liaisons avec la Macédoine. Votre Carla peut tarder encore, pour des raisons imprévisibles. Ne devez-vous pas rejoindre votre corps?

Le radio apporte un télégramme au pacha : provenant de la gare de Vodena, il est signé du responsable de la circulation des trains militaires. L'infirmière en chef Carla Signorelli est bloquée dans le convoi spécial sur la ligne Vérria-Salonique. Voie coupée par bombardement à longue portée. Saine et sauve, elle rejoindra au plus vite, après travaux de rétablissement de la ligne.

Paul connaît les incertitudes du voyage en chemin de fer depuis Monastir. Les Bulgares ont pu attaquer de nouveau au canon, ou par sabotage, les ouvrages d'art. Il se souvient qu'il doit se mettre à la disposition du colonel Valentin pour partir dès le lendemain en mission. Il a son billet de logement à Salonique pour la nuit. Il est clair qu'il doit regagner son poste. Sa présence à bord n'est pas justifiée.

Le capitaine donne un ordre au gabier. Une chaloupe est mise aussitôt à la mer. Elle conduit Paul Raynal, dépité, au débarcadère réservé aux sanitaires. Le sort s'acharne à empêcher les amants de se retrouver dans cette guerre incohérente.

* *
*

Au-dessus du môle, le quartier juif où Paul cherche l'adresse de son hébergement se signale par une bonne odeur de fromage cuit et de viandes rôties sortant du four des échoppes d'épiciers.

– *Pastellico ?* lui propose un jeune serveur en désignant des tourtes alléchantes, empilées sur une longue table.

Surgi de l'officine voisine, un autre vante ses *fritadas,* des boulettes de poireaux, d'épinards, farcies de viande, dorées dans l'huile. Paul veut goûter à tout, comme aux « quatre heures» de sa tante Isabelle. Ici, le samedi soir, l'étalage des tentations est permanent tout au long des rues.

Un tel éventail de richesses culinaires offert aux militaires de passage annonce la prospérité d'une ville que la guerre enrichit, du moins pour le commerce des vivres. Les soldats privés de légumes et de viande fraîche s'attardent volontiers dans ces échoppes où le vert des épinards le dispute aux céleris blancs, aux carottes et aux aubergines farcies. Un régal pour les mangeurs de singe et de fayots.

Paul a tiré le bon billet de logement. Une maison magnifique de pierre taillée, pourvue de balcons et de fenêtres aux verres de couleur. Le titre de réquisition est rédigé au nom du docteur Allatini.

– Vous ne pouviez pas mieux tomber, señor, lui a dit le balayeur turc à qui il a demandé son chemin. Le docteur est le bienfaiteur des pauvres, il nous soigne gratuitement. Il accueille nos enfants dans ses écoles où ils apprennent le français et le turc, quelle que soit leur religion.

Paul franchit timidement le porche majestueux où l'accueillent deux serviteurs qui le conduisent aussitôt au salon. Une dame vêtue de noir lui souhaite la bienvenue, excuse le docteur empêché, et offre à son hôte de la confiture et de la brioche, avec un verre d'eau et une tasse de café turc. Elle s'inquiète, en français, de sa soirée. Le militaire veut-il partager leur modeste repas?

Sur la table de marbre, les *mezze* sont déjà disposés. L'hôtesse présente à Paul son petit-fils Moshé, chargé déjà, à quelque trente ans, d'un poste important à la banque de Salonique. En l'absence du père, il dit les mots de bienvenue au soldat français et lui présente sa fille Rosa, qui suit, à huit ans, les cours de l'école Léon-Gattegno.

Rosa fait la révérence et récite en français, sans une faute d'accent, une fable de La Fontaine – *les Animaux malades de la peste* – sous l'œil attendri de Moshé :

– Nos écoles accueillent chaque année près de dix mille enfants, explique-t-il. Beaucoup ont été fondées par mon père, membre du comité central de l'Alliance israélite universelle de Paris. C'est vous dire si l'enseignement laïque français inspire les organisateurs de nos études, même si les écoles privées juives plus confessionnelles recueillent une partie des enfants. Elles suivent d'ailleurs les programmes de l'Alliance. Nous n'avons pas voulu diviser notre jeunesse. Plus tard, Rosa suivra les cours de français de la Sorbonne. Elle connaîtra Paris, comme la plupart de ses camarades. Les filles aussi doivent être instruites aux sciences modernes, tout en gardant nos traditions. Ici, nous sommes tous francophiles et francophones.

Cela n'empêche pas la cousine Sarah de parler l'anglais avec sa grand-mère. L'Anglo-Jewish Association est également partie prenante dans le financement des écoles de Salonique, dont les élèves apprennent volontiers la langue de lord Balfour, un ministre britannique qui passe pour soutenir de son crédit les colons juifs de Palestine.

– Nous sommes à l'ère des voyages, assure Moshé. Sans cette maudite guerre, le port et la gare de Salonique exporteraient vers l'Europe des passagers par milliers. Chacun veut connaître Venise, Londres et Paris, pour peu qu'il ait quelques moyens. Quant aux hommes d'affaires, ils perdent gros à ne pas pouvoir mettre sur pied des échanges fructueux, ceux qui font vivre toute une population. Ma famille, et elle n'est pas la seule, a fondé ici des usines textiles, des fabriques de sacs et de chaussures, de machines agricoles et de traitement du tabac pour l'exportation. Nous donnions du travail à des milliers de personnes avant le conflit. Terminez-le vite, et venez vendre à nos élégantes vos chapeaux de paille de Septfonds, puisque vous en venez.

Paul n'a pas en effet manqué de gasconner, surmontant sa timidité, en parlant à son hôte de l'*entreprise* de son père, commerçant avec l'Angleterre. Il a décrit les modèles de chapeaux, les variétés de paille, la diversité des apprêts avec une précision extrême. Il a fini par avouer que l'affaire restait familiale, et qu'elle risquait de fermer, faute de commandes.

Le contact de Moshé est si engageant que Paul ne tarde pas à lui faire part de ses doutes sur son propre avenir, après le conflit. Il n'y a plus de place pour lui, à Septfonds. À l'armée, par bonheur, il a bénéficié du savoir de ses officiers, des ingénieurs des ponts qui l'ont piloté dans le maquis des théorèmes de mathématiques et des formules de corps chimiques. Cela lui ouvre un horizon. La guerre ne durera pas cent ans. S'il y survit, il s'appliquera à reconstruire.

– Vous n'avez pas idée, explique-t-il à son hôte, de l'importance des destructions sur le front français : mille kilomètres de décombres. Villages rasés, villes bombardées. Même Londres est visitée régulièrement par les zeppelins.

– Nous en avons subi à Salonique.

– La grande occupation des hommes, après la guerre, sera la reconstruction. Je compte m'y consacrer, grâce à mes connaissances acquises dans le génie. Je viens de rebâtir chez vous, très provisoirement, avec des moyens de fortune, le long viaduc d'Eksisu. Des milliers d'autres ouvrages ont sauté sur tous les fronts. J'apprends chaque jour, concrètement, sur le tas, le métier de bâtisseur. Je ne crois pas retourner jamais aux chapeaux de paille, convient-il enfin, surpris lui-même d'avoir fait à Moshé tant de confidences.

Il avait besoin d'un ami.

* *
*

Il a réalisé, à la casa Allatini, toute l'importance de la communauté israélite de Salonique. Ils ne sont pas une minorité parmi d'autres, mais, avec les Grecs, grands entrepreneurs maritimes, une communauté dominante dans la cité.

Le rabbin Misrahi, abordé par Paul après le repas, lui conte la longue histoire des Juifs de Salonique – la Jérusalem des Balkans –, chassés d'Espagne par les Rois Très Catholiques au XVe siècle, échoués ici avec leur foi et leur savoir-faire. Encore jeune, enjoué et bienveillant, il a envie de parler des siens devant ce Français de passage qui ignore sans doute, dans son pays, l'existence même d'un peuple juif et, plus encore, la géographie sociale de Salonique.

– La ville que les Bulgares et les Grecs se disputent est en réalité peuplée de juifs parlant le vieux castillan du XVe siècle. Dix mille juifs ont quitté l'Aragon et cinquante mille la Castille pour venir s'installer sur la rive du Vardar, dans le golfe Thermaïque. Ils avaient abandonné leurs biens, mais gardé leur science et leur savoir-faire. Leur communauté, protégée par la tolérance ottomane, a donné ses fruits au point de susciter d'autres arrivées de Portugais, de Siciliens, de Napolitains, et mêmes de juifs ashkénazes venus d'Autriche, de Transylvanie, de Hongrie, et plus tard d'Ukraine, où les pogroms faisaient rage. Des familles ont fait fortune, dirigeant la communauté : les Bensussan, les

Nahmia, les Benveniste. Les derniers sont venus de Toscane, comme les ancêtres de notre cher docteur Allatini. Issus de Livourne, ils ont apporté sur les bords du Vardar, dans les conseils de nos rabbins, les lumières laïques de l'Europe du XVIIIe siècle.

– La banque était leur affaire ? s'informe Paul, fasciné par la « Jérusalem des Balkans » dont parle le savant rabbin avec éloquence.

– Pas exclusivement. Les mieux éduqués étaient chercheurs, médecins, avocats, ingénieurs. Mais ils couvraient aussi bien toute la gamme des artisanats, y compris la taille des diamants, l'industrie textile, le travail du cuir et des métaux. Ils fournissaient en draps les janissaires, ces gardes d'élite des sultans. Ils développaient dans le port le grand commerce entre Venise et Istanbul.

– Le docteur Allatini est l'héritier de cette tradition. En même temps que médecin, il est entrepreneur ?

– La famille, les cousins, les parents alliés sont impliqués dans les affaires qui emploient des juifs à tous les niveaux, du manœuvre à l'ingénieur. Il faut dire que nous sommes aujourd'hui quatre-vingt-seize mille sur les cent soixante-dix mille habitants de Salonique. Les Allatini y ont mécanisé les moulins, en employant d'abord la vapeur puis l'électricité comme énergie. Ils ont acquis les usines de fabrication de cigarettes, qui en produisent seize millions par an. Ils ne sont jamais seuls. Calderon et Arvesti travaillent à fournir l'armée en bottes de cuir, d'autres en draps, d'autres encore en alcool. Le raki est aux mains de Modiano et de Fernandez.

Le rabbin Misrahi ne semble pas du tout s'offusquer de cet enrichissement des entrepreneurs qui profite à toute la communauté. Que les Allatini fournissent en glace les frigorifiques des navires du port ou en tuiles les constructeurs d'immeubles ne le gêne en rien. Salonique fait fortune sous ses yeux, en partie grâce aux dépenses des troupes d'occupation et aux commandes pressantes de l'armée grecque.

– Et les Grecs ? demande Paul. Font-ils bon ménage avec vous ? Ils sont depuis peu les maîtres de la ville.

– Il y a partage des affaires. Les Grecs sont au port, ici comme à Volos ou au Pirée, et ils possèdent les filatures de province. Ils étaient déjà là du temps des Turcs, pendant les siècles ottomans. Ils réparent et lancent les bateaux. Quant à la politique, ils sont comme nous intéressés au partage de l'Empire ottoman et favorisent notre communauté. Les sionistes sont actifs parmi nos jeunes. Ils veulent renforcer l'installation de nos colons en Palestine. Le général anglais Allenby a engagé trois mille juifs dans l'armée qui veut libérer cette année Jérusalem, à partir du Caire. Ceux-là comptent bien que lord Balfour et le gouvernement britannique les aident à s'installer définitivement. Ne serait-ce que pour y loger les juifs russes, fuyant les pogroms, qui viennent se réfugier chez nous par milliers. Le gouvernement hellénique n'est pas loin de les soutenir. Nous n'avons donc aucun intérêt à nous engager dans la guerre civile en Grèce. Aussi bien le roi que Vénizélos ont des intérêts et des ambitions proches des nôtres, toujours aux dépens de l'Empire ottoman qui ne se relèvera pas.

Paul Raynal le Quercinois entend de toutes ses oreilles la leçon de politique distillée par le jeune rabbin. Il a l'impression de découvrir brusquement le pays où il est venu combattre et dont on ne lui a rien dit, sinon que le roi Constantin était un méchant drôle, ami des Allemands.

– Nous sommes loin d'être les seuls dans Salonique, dit le rabbin. Les Turcs y sont encore nombreux, même si les plus ardents d'entre eux ont émigré pour suivre les Jeunes-Turcs à Istanbul. Un quart des habitants, dont les *deunmé*, des juifs convertis à l'islam, y font tous les métiers. Les Grecs sont évidemment nos concurrents pacifiques. Ils ne cherchent pas à nous écraser, comprenant sans doute qu'ils n'y réussiraient pas. Mais leur victoire sur les Bulgares, qui leur a délivré les clés de notre ville, a donné des ailes aux militaires.

– Ils sont tous proallemands.

– Certes, mais votre général est souvent reçu dans les beaux hôtels de l'aristocratie grecque, qui s'est emparée des biens des Ottomans en exil. Les quarante mille Grecs de Salonique sont renforcés par les familles de réfugiés chassés d'Asie par les Turcs. Ils sont maîtres de l'armée, de l'administration, de la presse, et poursuivent une politique d'implantation économique et commerciale grâce à l'aide de leurs banques. Ils n'hésitent pas à entrer dans les grandes compagnies étrangères présentes sur la place.

– Leurs espions sont partout dans la ville.

– Ils sont aussi bien allemands et autrichiens que bulgares. On en compte plus de dix mille en ville, et ils ne passent pas pour les amis des Grecs. Les Serbes pas davantage. Les uns et les autres ont longtemps fourni des armes aux francs-tireurs et aux terroristes qui ont multiplié les attentats, jusqu'à faire sauter la banque ottomane. Aujourd'hui, vos amis serbes sont enrégimentés, mais les paysans bulgares de la province de Salonique fournissent le gros des *comitadji* qui vous espionnent, vous agressent, et tuent vos sentinelles devant les édifices publics.

L'intarissable rabbin aurait poursuivi longtemps l'éducation du Quercinois si le maître de maison, noble vieillard aux cheveux blancs, au regard vif et à la démarche assurée, n'avait tardivement fait son entrée, accompagné d'un militaire français aux bottes luisantes, le colonel Valentin.

* *
*

– Je suis heureux de vous retrouver ici, dit le colonel à Paul après avoir présenté ses hommages aux membres de l'opulente famille. Nous repartons en mission demain matin, en Thessalie.

Raynal se demande, à voir son chef si bien introduit dans le gotha juif salonicien, si la communauté est vraiment soudée derrière les Alliés dans la guerre. Il s'en ouvre discrètement au rabbin qui continue volontiers de l'édifier :

– Quand les Grecs sont entrés dans la ville, en 1912, il n'était pas question pour nous de faire de la résistance[1]. Un traité, garanti par les grandes puissances, nous mettait dans leur main. Les nôtres regrettaient fort la tolérance de la plupart des sultans et redoutaient les nouveaux maîtres, facilement antisémites – surtout dans l'armée –, et concurrents dans le commerce. Leur arrivée provoquait l'émigration des meilleurs des Turcs, coupait le chemin de fer de la vallée du Vardar et l'importation des cochons serbes que nos exportateurs vendaient jusqu'aux cercles chrétiens d'Alexandrie.

1. À l'issue de la première guerre balkanique, les Bulgares suivent les Grecs dans l'occupation de Salonique. Mais la deuxième guerre, l'année suivante, chasse les Bulgares sous les coups des Grecs, alliés des Serbes et des Turcs, et le traité de Bucarest attribue définitivement Salonique au roi des Grecs.

– Une catastrophe économique ?

– Pas vraiment. Les juifs se sont ressaisis, ont créé des industries nouvelles et conclu des accords avec les compagnies étrangères. Hélas ! la guerre a ruiné le grand commerce, en bloquant les navires au port.

– Les Saloniciens devraient nous haïr, et lire les journaux allemands. C'est nous qui leur avons apporté la guerre.

– Même s'ils vous détestent, c'est dans votre langue, du moins pour ceux qui comptent dans notre société. Ils ont tous appris le français et s'en flattent. Regardez les femmes, dans la famille de notre hôte, elles portent des robes françaises. La fille de Moshé récite des poèmes classiques. Le fils du signor Allatini porte, comme son père, cravate et faux col, veste noire et pantalon rayé. Il ne lui viendrait pas à l'idée de sortir coiffé d'un fez. Il ne lit pas le *Berliner Tageblatt* ou les innombrables feuilles d'inspiration allemande. Il ne fréquente pas le Deutsche Kegelklub. Il choisit ses livres à la librairie française Nilsson. Il a pour ami Modiano, le vénérable de la loge Veritas, et paraît au Cercle des intimes, où les idées de la Révolution française font florès. Les Allemands peuvent dépenser à profusion leurs marks, acheter le grand *Journal de Salonique*, d'expression française. Nous pensons ici français, et ils n'y peuvent rien. Moïse Allatini, l'ancêtre, a été l'un des pionniers de l'enseignement du français à Salonique. La mission laïque et les écoles religieuses n'ont fait que s'engouffrer dans la brèche. Vous me demandez où penche notre cœur, dans cette guerre ? Vers la France, bien sûr, la patrie de la liberté. Nous nous sommes reconnus dans sa culture, celle de Zola, le héros de l'affaire Dreyfus et de Salomon Reinach.

La nuit passée dans la chambre d'hôte eût été un enchantement pour Paul, s'il avait pu dès le lendemain matin quérir des nouvelles de Carla. Mais il n'a pas le temps d'aller jusqu'au port, ni même d'achever le merveilleux déjeuner préparé par la cuisinière française à son intention. Devant le porche, la voiture du colonel l'attend déjà, moteur en marche, prête à prendre la route du sud, vers Larissa, en Thessalie.

Le colonel est de mauvaise humeur. La soirée ne l'a pas rassuré. Ces israélites, manifestement francophiles, lui ont pourtant paru sceptiques sur l'issue de la guerre en Orient. Ils craignent une insurrection royaliste contre le gouvernement de Vénizélos, toléré dans les murs de la ville. Ils savent, Dieu sait comment, que Sarrail n'a obtenu aucun renfort de Paris et que les Bulgares préparent, renforcés de canons Krupp, une offensive de printemps. Ils murmurent aussi que la Russie est au bord du gouffre, et qu'elle pourrait se retirer de la guerre. Dans cette situation incertaine, l'idée fixe de Sarrail est de se débarrasser du roi Constantin, dont l'armée toujours prête peut sortir ses armes des caches et nous attaquer par-derrière.

– Notre but, leur a dit Valentin, est de relever toutes les infractions aux accords passés avec les Grecs. Ils ont promis de neutraliser sur nos arrières la Thessalie, et des informations nombreuses me prouvent qu'il n'en est rien. Nos officiers contrôleurs, chargés de détecter les caches d'armes et les irrégularités dans les mouvements de troupes, sont débordés. Des capitaines grecs déguisés en gendarmes s'occupent de maintenir le contact avec des bandes civiles de partisans, qu'ils ont en réalité organisées eux-mêmes avec des militaires laissés sur place.

Le colonel se fait conduire à la gare de Salonique. Il a décidé de prendre le train, pour éviter l'utilisation d'un véhicule militaire français dans une zone réputée neutre. Le compartiment de première classe est envahi de Grecs portant chapeaux melon et cols durs à cravate, assis raides et compassés près de leurs serviettes de cuir noir.

– Des fonctionnaires, glisse le colonel à l'oreille de Paul. Ils font sans cesse le va-et-vient sur le parcours Athènes-Salonique, et s'arrêtent le cas échéant à Larissa, pour délivrer les ordres du gouvernement royal.

Pas de militaires parmi eux. Pourtant, à leur allure guindée, leur réserve étudiée, on devine des officiers en civil, et peut-être des agents allemands. L'un d'eux est-il chargé de marquer le colonel, de le suivre dans son déplacement ?

Le convoi siffle en passant devant l'Olympe, comme pour saluer la montagne de Zeus, et traverse sans s'arrêter la gare de Platamon, site de l'ancien Héracléion. Sur la mer Égée, à quelques milles de la côte, les convois de transport gris se succèdent en zigzaguant, protégés par des torpilleurs empanachés. Quand les voyageurs débarquent sur le quai de Larissa, Paul s'aperçoit qu'en effet un des hommes en civil leur emboîte le pas.

* *
*

À la sortie de la gare, un cordon de gendarmes grecs surveille les arrivées. Valentin cherche sa voiture. Deux officiers français se présentent : le capitaine de gendarmerie Fourat, du QG de Sarrail, envoyé sur place depuis deux semaines pour contrôler le désarmement de la Thessalie, et Georges Livet, capitaine d'artillerie, chargé de vérifier le départ des batteries grecques en direction de la presqu'île méridionale du Péloponnèse, où l'armée du roi sera neutralisée. Paul reconnaît, à ses mimiques d'animateur de cabaret,

Marceau Delage, le chauffeur des généraux, coiffé de son bonnet pointu de soldat du train. Il conduit les officiers à toute allure à l'hôtel Olymbion, comme s'ils devaient y séjourner longtemps.

Valentin n'y fait escale que pour appeler l'état-major et vérifier ainsi le bon état des liaisons téléphoniques. Tant qu'elles ne sont pas sabotées par les Grecs, la fiction de la zone neutre, définie d'un commun accord entre le royaume d'Athènes et la zone des territoires de guerre occupée et administrée par les Français, peut se maintenir. Encore faut-il que la neutralité soit respectée.

– Il n'en est rien, affirme le capitaine Fourat, le gendarme à qui Sarrail doit la pacification de la région de Koritsa et l'élimination d'un réseau d'espionnage albanais dans l'Ouest au profit des Autrichiens.

Le capitaine est une autorité en qui Valentin a toute confiance. Il le conduit, avec Paul Raynal et l'artilleur Livet, à la caserne d'un régiment d'infanterie divisionnaire en principe évacué par les forces royales.

– Ici, tous les officiers sont royalistes et même fanatiques du roi Constantin. Les anciens l'appellent avec respect le *diadoque*, l'héritier, parce qu'il commandait l'armée des Hellènes entrée derrière son cheval blanc dans Salonique le dimanche 10 novembre 1912. Il a négocié au nom de son père, le roi Georges, la capitulation des Turcs, devançant ainsi les Bulgares, leurs alliés de circonstance contre les Turcs. Le 18 mars 1913, le roi Georges était assassiné par un déséquilibré devant la tour blanche et Constantin, le roi cavalier, chevalier pour ses partisans mystiques, encensé par les popes et par le patriarche, montait sur le trône, acclamé par les officiers de l'armée.

Valentin franchit la porte de la caserne. Dans la vaste cour, une compagnie manœuvre en tenue de gendarme, sous les ordres d'un colonel à cheval qui s'empresse de faire sonner la fin de l'exercice dès qu'il aperçoit les gradés alliés aux regards suspicieux. Les soldats se hâtent de se disperser dans les bâtiments sans attendre les ordres.

– Colonel de gendarmerie Papagos, dit-il en saluant Valentin qui lui présente son ordre de mission signé Sarrail. Puis-je vous faire visiter les lieux ?

Valentin n'ignore pas que la Thessalie, grecque depuis 1881 seulement, est une plaine herbeuse entre mer et montagne, où jadis les rois de Macédoine, Philippe puis Alexandre, renouvelaient leurs chevaux. Cette terre traditionnelle d'invasion a été longtemps occupée par les Turcs. La grande mosquée de Larissa domine toujours la ville. Il est normal que le roi Constantin prenne soin d'occuper la région, dont la population, très mêlée, n'est pas absolument sûre. Il l'a toujours considérée comme une marche militaire d'acquisition récente. Aussi n'est-ce pas de gaieté de cœur qu'il a consenti à la désarmer.

Le gendarme Fourat fait un signe à Valentin. Dans la prairie, derrière la caserne, on entend des trots de chevaux et des vociférations leur faisant presser l'allure. Les Français contournent un angle du bâtiment et constatent qu'une batterie de quatre pièces s'éloigne au trot pour se dissimuler dans son cantonnement.

– Ces pièces auraient dû être livrées le 18 février 1917, dernier délai, s'étonne Fourat devant le colonel grec.

– Elles sont prêtes au départ pour Athènes et le Péloponnèse. Les trains nous manquent.

– Puis-je interroger le chef de batterie ?

– Il ne relève que de mon commandement.

– Vos artilleurs portent des uniformes de la gendarmerie royale. Les gendarmes ne sont pas, que je sache, armés de canons de campagne.

– J'ai la charge de surveiller et d'ordonnancer les éléments de l'armée.

– Cette batterie est en manœuvre.

– Nullement. Elle se prépare à rejoindre un escadron de cavalerie qui doit joindre la capitale par la route, faute de transports ferroviaires.

Le capitaine Livet demande à visiter le quartier de l'artillerie. Il est dans son rôle. Papagos ne peut s'opposer aux contrôles alliés. Si ce royaliste forcené lui dénie le droit d'interroger les hommes, Livet est habilité à vérifier l'état des pièces.

Valentin, sans plus attendre, se dirige d'un pas ferme vers le hangar où sont remisés les canons, suivi par les officiers français. Les artilleurs grecs ont quitté leur uniforme de gendarme ; ils sont en tenue de caserne, sans aucun signe distinctif. Seul leur capitaine a conservé sa tenue réglementaire. Livet le salue. Sans demander d'autorisation, il s'approche des pièces allemandes de 77 vendues aux Grecs, ouvre la culasse, renifle l'âme, observe le frein, recule de trois pas.

– Ces canons ont tiré plusieurs salves il y a moins d'une heure. Ils sentent encore la poudre et les tubes sont tièdes.

– Rien ne nous interdit de faire des manœuvres pour entretenir le matériel, affirme le colonel Papagos. Les accords permettent, à ma connaissance, de prendre soin des pièces et de leurs servants.

– Ils disent seulement que toute l'artillerie doit être retirée de la zone neutre. Nous sommes le 25 février. Vous êtes en retard d'une semaine. J'ai le regret de vous informer que cette batterie est placée désormais sous séquestre. Veuillez donner à votre capitaine l'ordre de conduire ses attelages jusqu'à la gare, où ils seront embarqués. Les artilleurs peuvent également partir pour rejoindre leur affectation prévue dans le Péloponnèse. S'ils s'obstinent, ils seront tenus en surveillance et évacués.

– Quel abus de pouvoir ! gronde Papagos. J'en réfère immédiatement à mon état-major. Vous n'avez pas le droit de désarmer un État neutre.

Livet, fouillant le hangar, découvre sous un appentis un stock de mitrailleuses démontées et rangées dans des caisses pas encore cloutées.

– Sont-elles aussi prêtes au départ ? Vers quelle destination ? Je les place également sous séquestre, dit encore Valentin, menaçant. Nous savons que vous acheminez vos forces sur la ligne du canal de Corinthe, pour engager le combat au moment opportun à l'ouest de notre front, aux côtés de vos amis autrichiens. Je ne sais pas ce qui me retient de vous arrêter pour mensonge, trahison et dérogation manifeste aux accords signés de la main de votre roi.

* *
*

– Les Grecs se moquent de nous, peste le gendarme Fourat. Ils n'ont pas du tout l'intention d'évacuer la Thessalie, et ils massent des forces sur notre aile gauche tout en occupant nos arrières par leurs manœuvres dilatoires. Ils tiennent ici même un bataillon de gendarmerie sous les armes : mille hommes, armés jusqu'aux dents.

– D'où viennent-ils ? interroge Valentin.

– Des fantassins transformés en gendarmes. Ils occupent les postes de couverture tout le long de la zone neutre, alors qu'ils auraient dû les évacuer. Ils y dirigent les réservistes qui rentrent chez eux, en civil, avec leurs armes, prêts à se rassembler au premier appel. Les officiers de l'armée royale revêtent de simples uniformes de gendarmes, mais sont chargés de l'instruction militaire et de l'encadrement d'unités clandestines. N'avez-vous pas rencontré, sur les quais de la gare, nombre de soldats en uniforme hellène ?

– Je m'en suis étonné.

– Nous les avons contrôlés. Ils ont des permissions en bonne et due forme. Ils vont toujours du Péloponnèse en Thessalie pour, soi-disant, rejoindre leurs familles.

– Ils en sont tout de même évacués.

– Certes, sous la menace des canons de la flotte. Mais ils se constituent alors en groupements civils, en bandes irrégulières qui logent discrètement chez l'habitant. Quand nous tombons sur ces hommes en armes pour les déférer à la justice, la préfecture de Larissa les défend en affirmant qu'il s'agit là de forces « contre-révolutionnaires ». Le préfet ne manque pas de rappeler que Vénizélos, près de Salonique, a réussi à armer trois bataillons à la barbe des Alliés, et sans doute avec leur consentement.

– Nous n'avons engagé aucun soldat grec dans le corps expéditionnaire, affirme Valentin. Le général Sarrail s'y oppose. Il refuse de les enrégimenter.

– Mais Vénizélos en dispose et les royalistes en tirent argument pour boycotter les accords de désarmement. J'ai conduit moi-même une enquête dans les dépôts prétendument évacués par l'armée royale en Thessalie, affirme

Fourat. Savez-vous qu'elle a constitué quarante réserves de vivres pour nourrir au moins cinquante mille militaires pendant une période de trois mois? Ils se préparent à la guerre civile, c'est le moins qu'on puisse dire.

– J'ai envoyé en mission dans le Péloponnèse des agents de renseignements discrets, ils m'ont remis un rapport édifiant, conclut le colonel. La moitié des troupes et les deux tiers des officiers ont quitté leurs unités pour être transférés au nord, autour de Thèbes. De là, ils gagneront sans doute la frontière albanaise. Nous avons sous-estimé les Grecs. Leur volonté de résistance est attisée par l'avance des Italiens à partir de Valona et de Santi Quaranta. Ils n'acceptent pas cette menace sur leur province d'Épire. Ils brûlent d'en découdre avec l'armée italienne qu'ils accusent de menacer des territoires grecs. Les bandes levées à Larissa sont peut-être aussi destinées à la lutte contre les Italiens, une fois diligentées par Arpa et Jannina vers Kastoria, où elles seront en mesure d'entrer en ligne sur notre aile gauche.

Les officiers prennent la direction de la préfecture où ils comptent présenter leurs observations à Constantin Agnostopoulos, le représentant du roi, leur interlocuteur habituel, habile aux procédés dilatoires.

– Le plus grave, dit encore Valentin, est la découverte de la dépêche chiffrée de la reine de Grèce Sophie, sœur du Kaiser. Le général Cauboué, chargé par Sarrail de coordonner les contrôles alliés, me l'a confirmé : l'ancien attaché militaire allemand à Athènes, Falkenhausen, est venu en personne ici même, à Larissa. Il a été reçu par les autorités comme le représentant de l'empereur. Agnostopoulos l'a rencontré sans s'en cacher. Il lui aurait demandé, de la part du roi, si nos renseignements sont exacts, d'organiser lui-même les bandes d'irréguliers avec méthode, à la prussienne. Nous avons intercepté un télégramme où il déclarait à l'officier du Kaiser : « Cette action aidera puissamment la Grèce à élever, au moment des négociations de paix, des prétentions territoriales. »

– Le contact avec la reine Sophie est-il prouvé ? demande le gendarme Fourat.

– Absolument. Nous possédons à l'état-major une dépêche chiffrée, décryptée par Carcopino, où elle dit sa satisfaction d'avoir pu téléphoner à Falkenhausen et recevoir des nouvelles de son frère l'empereur.

– Il me semble, dans ces conditions, que la levée de bandes armées n'est pas seulement destinée à réduire les vénizélistes. Le but est d'engager la guerre contre nos alliés italiens, et de les chasser du sud de l'Albanie.

Valentin s'accorde un temps de réflexion. Si les Grecs se maintiennent en Thessalie, ce n'est pas pour prendre des gages territoriaux en vue des négociations futures. Ils n'ont sans doute pas les moyens d'attaquer les arrières des armées alliées.

Ils redoutent en fait un autre danger, dont il faut s'assurer : le débarquement sur cette côte de la mer Égée d'un grand nombre de partisans de Vénizélos, venus de Crète et des îles, capables de menacer les forces royales encore en place. Dans chacune des Cyclades et des Sporades, les municipalités ont pris parti pour le leader démocrate. Les arrivées clandestines des insulaires représentent pour les officiers de l'armée royale un danger immédiat.

Avant d'entrer à la préfecture, Valentin se tourne vers Raynal.

– Gardez la voiture, ordonne-t-il, et foncez sur Volos. Demandez à voir, sur l'odhos Argonauton, le négociant

Salomon Modiano, un israélite de Salonique. Il est de nos amis et vous renseignera sur les débarquements des Grecs des îles. Nous vous y rejoindrons avant la nuit. Rendez-vous à huit heures à la capitainerie du port.

**
*

Volos est à une soixantaine de kilomètres de Larissa. Pour le chauffeur d'élite Marceau Delage, c'est moins d'une heure de route.

Paul est sensible à la beauté du paysage autour du lac Viviis, avec les lointains du massif du Pélion, recouvert de neiges et dominant la mer Ionienne de sa masse abrupte.

– On pêche dans le lac des anguilles et des carpes, assure Delage, toujours informé. Nous pourrions nous arrêter dans une auberge.

– Pas question, dit Paul, qui délaisse aussi bien le site magnifique des ruines de l'antique Phères.

– Vous avez tort, bougonne le chauffeur. J'ai entendu dire que les partisans grecs venus des îles accumulent par ici leurs caisses d'armes volées dans les cryptes à l'armée royale, et se planquent le jour dans d'innocentes cabanes de pêcheurs.

Paul reste silencieux. Il n'a pas pour tâche de poursuivre les *andartès* dans la campagne, mais de rencontrer au port un informateur sérieux. Les champs de ruines fouillés minutieusement par l'École française d'Athènes avant la guerre s'échelonnent tout le long de la route, abandonnés depuis par les chercheurs et non gardés. Les irréguliers peuvent s'y réfugier, mais il faudrait un bataillon de marsouins pour découvrir tous les emplacements d'armes.

L'arrivée sur le golfe de Volos est royale. Le panorama découvre l'ensemble du port, le troisième de Grèce, où les navires marchands sont bloqués par les bâtiments de guerre alliés qui appliquent un strict blocus. La ville est étagée sur les pentes abruptes, et les maisons à toits rouges des anciens occupants turcs y grimpent jusqu'à huit cents mètres.

Mais Delage néglige les vieux quartiers pour s'engager à toute allure dans l'avenue bien dégagée de la promenade du port, où s'alignent les maisons de commerce et les palais de pierre de taille des gens d'affaires. Il freine à deux cents mètres de l'adresse indiquée, tend à Paul un loden verdâtre et un chapeau civil. Il lui assure que ce sont les consignes du colonel. Discrétion obligée !

– Bienvenue dans la cité des Argonautes, dit à Paul le négociant Modiano, qui semble attendre son arrivée : le colonel a-t-il pu lui téléphoner ?

Dans le hall d'entrée de son palais, Modiano note que l'attention de son visiteur est attirée par une fresque magnifiant Jason sur son navire *Argo*, partant à la conquête de la Toison d'or. Modiano s'en excuse :

– L'œuvre est d'un peintre contemporain. Elle est pour moi le symbole de l'esprit d'aventure commun à tous les habitants de la Grèce, qui depuis Périclès ne s'enrichit vraiment que de la mer.

Pendant que Delage s'est attablé devant un plat d'anguilles dans un caboulot du port, Raynal est reçu avec la même chaleureuse prévenance que chez les Allatini de Salonique. Un plat de *mezze* lui est offert sur-le-champ. Après le café turc, son hôte s'informe avec courtoisie de son séjour en Orient, comme s'il y était en visite. Il le questionne amicalement sur ses parents, lui demande si la séparation d'avec la France n'est pas trop pesante. Il semble connaître Marseille et Paris mieux que le jeune homme, surpris de ce préambule.

En réalité, Modiano cherche à savoir à quel genre de Français il a affaire : geignant, résigné à l'exil, impatient de rentrer chez lui ? ou cherchant au contraire à comprendre le monde mis en mouvement par cette guerre, à se faire une idée de la situation de la Grèce et de l'Orient dans un univers où tout se tient ? Sa curiosité semble satisfaite, car Paul répond avec franchise : il n'a pas tout de suite compris ce qu'il venait faire à Salonique, mais il commence à se rendre compte de l'ampleur du conflit mondial, et la présence des Alliés en Orient lui semble essentielle au changement radical de la donne dans la sanglante partie de poker de cette guerre.

Modiano prend le temps de l'entendre, de l'étudier.

– Tout le monde parle français ici, lui confie-t-il enfin, tout ce qui compte. L'anglais a aussi ses fidèles. Les Grecs ont souvent des cousins à New York. Nous en avons aussi. Les miens sont à Londres, à Paris, à Naples. Nous sommes une grande famille.

Il l'entraîne dans son bureau, où trône un globe terrestre italien du XVIIIe siècle :

– Les sous-marins allemands nous causent beaucoup de dommages : aussi s'attend-on à New York, selon nos informateurs, à l'entrée en guerre imminente des États-Unis.

Il ajoute, en faisant tourner la sphère sur son axe :

– Mesurez l'étendue des mers que les Anglo-Saxons sont les seuls à contrôler, malgré les raids des sous-marins. La guerre se gagne avec de l'acier, du charbon, du coton, du pétrole, des métaux rares. Même si les Russes lâchent, il faut savoir que l'Occident restera maître du jeu. Ce n'est pas un pari, jeune homme, je ne parie jamais. Un calcul raisonnable, tout au plus. Mais l'enjeu est beaucoup plus important. Vous vous demandez pourquoi je vous aide? Mon éducation française, peut-être, et mon vieux fonds de culture juive. Je suis pour le progrès, la raison, et la dignité des hommes. Je tresse déjà des couronnes au démocrate américain Wilson avant qu'il entre en guerre et la gagne. Il saura ouvrir l'horizon de justice et de liberté qui manque aux vieux empires. À nous d'être présents, de toutes nos forces.

Étonné par ces paroles hardies, Paul se sent honoré de la confiance du vieil homme. Il ne doute pas de sa sincérité. Modiano est déjà, avec ses moyens propres, entré dans la guerre. Il aide de tout son pouvoir les Alliés, et d'abord les Grecs des îles révoltés contre la fausse neutralité de ce roi, une neutralité armée contre les Alliés.

La suite beaucoup plus concrète des propos de Salomon Modiano captive Paul. Son hôte évoque d'abord comme un fait constant l'arrivée clandestine et nocturne au port, par chaloupes, de très nombreux insulaires. Ils viennent en particulier des îles de Skiathos et de Skopélos, les plus peuplées de l'archipel des Sporades.

– Vous devez savoir, explique-t-il posément, que Vénizélos rallie à tour de bras des partisans dans toute la mer Égée, à partir de sa patrie, la Crète. À Salonique, neuf cents marins sont venus s'engager spontanément dans les marines de commerce alliées. D'autres se présentent au centre de recrutement des travailleurs de l'armée française. Ils ne rêvent que de prendre les armes et de combattre. Depuis le début de l'année, toutes les îles se sont prononcées en faveur de Vénizélos.

Il tend à Paul un épais dossier, où figure, sur la carte de la Thessalie, un pointage précis de toutes les caches d'armes des *andartès* venus de ces îles, ainsi que le détail du plan d'opération projeté contre les forces royalistes.

Paul est de plus en plus interloqué par ce discours. Il se souvient des propos mesurés du jeune rabbin Misrahi. Modiano, quant à lui, semble avoir pris franchement parti.

– Vous vous demandez d'où émane ce document qui réjouira, je l'espère, le colonel Valentin ?

Il tire sur un cordon. Un homme de forte taille entre par une porte basse, tend la main à Paul Raynal.

– Je vous présente Nikos Karamanlis. Il est mon hôte. Ce document est son œuvre. Il est le responsable des francs-tireurs de la Grèce libre pour la région de Thessalie.

* *
*

Le colonel attend Paul à la capitainerie du port, avec les deux officiers de sa suite. Il prend aussitôt connaissance du dossier. Ce qu'il voit est si impressionnant qu'il décide de rentrer au plus vite à l'état-major de Salonique, pour en informer le général Sarrail. Il tient là les moyens d'assurer la sécurité des armées alliées sur leurs arrières. Il importe d'expédier aussitôt en Thessalie les agents spéciaux dont le capitaine Fourat aura besoin pour réaliser un vaste coup de filet, à l'insu du leader grec Vénizélos qu'il est inutile de mettre dans la confidence.

Le contre-torpilleur *Fanfare* réussit à se faufiler dans la rade encombrée de Volos jusqu'à son accostage, au pied de la capitainerie. Paul reconnaît le capitaine Le Gouésiou et surtout le quartier-maître Labat, qu'il n'a pas revu depuis la mort de Broennec aux Dardanelles. Le marin de l'île de Sein, au visage rude, buriné, crispé par le danger, salue Paul avec une ferveur mêlée de tendresse : il revoit un survivant des bleus de l'année 1915. Il lui parle peu, parcourant dans ses jumelles l'horizon éclairé par les derniers rayons.

La navigation est difficile, le navire devant longer les côtes. Le pacha garde les yeux fixés sur les cotes chiffrées des profondeurs indiquées sur ses cartes.

– La guerre sous-marine est plus dure que jamais, dit Valentin, surveillant l'étrave à la proue. Les Boches viennent de torpiller sans avertissement le paquebot *California.* Trois passagers américains du bord ont été noyés. Quatre femmes et leurs enfants comptent parmi les victimes. L'accès du golfe de Salonique est devenu très dangereux. Ils ont rameuté leurs loups de mer, qui ont leurs bases en Thrace et en Asie Mineure. Pour en venir à bout et sécuriser nos transports, il faudrait dix fois plus de torpilleurs armés de grenades.

Au large de Stamion, juste à l'entrée du golfe, le contre-torpilleur accuse une série de violentes embardées. Labat fait aussitôt signe au grenadier de larguer ses paquets en mer. La lune éclaire l'écume des explosions. Un submersible s'est signalé par le lancement d'une torpille qui a fort heureusement manqué la proue du *Fanfare,* et dont l'homme de vigie a pu entrevoir le sillage un bref instant. De nouveau, le torpilleur zigzague, et lâche une bordée de grenades. Il faut croire que la deuxième torpille a également manqué sa cible car la coque n'est pas atteinte et les machines, poussées à fond sur ordre de Le Gouésiou, rapprochent encore le navire de la côte. Le barrage de filets anti-sous-marins se devine à ses bouées blanches. Le *Fanfare* réduit aussitôt sa vitesse et se glisse presque silencieusement dans la rade jusqu'à l'extrémité orientale du quai.

Au coup de sifflet du quartier-maître Labat, Paul a la surprise de voir les fusiliers marins faire remonter des caves une file de prisonniers civils, sans cravates ni casquettes, afin qu'ils puissent respirer l'air marin sur le pont. Ils ne redescendent pas. Leurs mains sont entravées pour le débarquement.

– Des condamnés, lui explique Valentin, des indésirables. Le général a décidé d'ouvrir un camp pour les maintenir prisonniers en attendant la suite des événements. Ils repartent pour l'île de Mytilène. Les ordres sont désormais de fusiller sur-le-champ les partisans pris les armes à la main.

– Les tribunaux militaires peuvent-ils juger des sujets du roi Constantin ?

– Ceux-là, des officiers en civils, sont internés sur simple mesure administrative. Ils ont commandé des actions terroristes, par exemple ouvrir le feu sur nos matelots désarmés dans Athènes. Impossible de les juger sans s'attirer la réprobation de la presse.

Paul dévisage un homme âgé, vêtu à l'occidentale, portant des lunettes cerclées d'or.

– Ce prisonnier est un avocat grec. Il hébergeait chez lui, à Larissa, le responsable des *comitadji* bulgares. Ces civils ne sont pas de simples agents politiques des royalistes. Ils mènent contre nous la guerre des renseignements, du réarmement clandestin et des attentats. Ils ne méritent aucune pitié. Mais s'ils sont arrêtés au grand jour, ils se diront victimes de la répression vénizéliste.

Paul trouve étrange, et discutable, que l'armée française use de tels procédés dans un pays étranger, même hostile.

Dieu sait comment ils seront traités dans le camp de Mytilène ! Il lui semble que le calcul du général n'est pas à l'abri de tout reproche. Si l'affaire est étalée dans les journaux, Sarrail sera accusé à coup sûr d'intervenir dans le combat politique que se livrent les Grecs. Comment dissimuler longtemps un camp de détention, même dans une île éloignée ?

Le bruit d'une bombe l'arrache à ses réflexions. Un *Taube* a surgi pour survoler le port et repartir vers le nord, ses ailes jaunes éclairées par la lune. Le canon tonne, des projecteurs illuminent la rade. L'un d'eux fait apparaître, au flanc du *Fanfare,* la coque blanche d'un navire-hôpital.

– C'est le *France*, dit le quartier-maître Labat.

* *
*

Valentin consent à se séparer de Paul. Qui pourrait retenir le margis quercinois dans l'état d'exaltation qu'il songe à peine à dissimuler ? Le colonel, qui n'ignore rien de ses tourments amoureux, veut bien l'oublier pendant vingt-quatre heures.

Raynal saute à bord du navire dont la coupée est restée en place, gardée par un zouave de la territoriale à demi somnolent. Dans la nuit qui s'achève, le bâtiment est bercé sur son erre, silencieux et sombre, éclairé seulement par le halo intermittent du projecteur.

Comment forcer la porte des cabines sans surprendre au lit les infirmières ? Paul n'hésite pas. Il crie le nom de sa bien-aimée à tue-tête dans les coursives : « Carla ! Carla ! » Une porte s'entrouvre. Éveillée par le bombardement, elle est déjà habillée. Elle se jette dans ses bras et rien ne peut les séparer, pas même la silhouette du major Sabouret qui passe à cet instant. Ils restent dans la cabine jusqu'au jour, presque sans parler. Comment exprimer la joie indicible de ces retrouvailles, après de si longs mois ?

Avant que les matelots ne commencent à briquer le pont, le major organise leur débarquement discret. Il serait inconvenant d'héberger Paul à bord. Ils doivent descendre à quai. Comme Valentin, il n'a pas le cœur de refuser à Carla la grâce d'une fugue à terre, dans les bras de son « fiancé », puisque c'est ainsi qu'elle le nomme. Les voilà partis.

Salonique s'éveille. Ils courent sur la digue, s'embrassant à pleine bouche devant les groupes de pêcheurs qui, déjà, sautent des barques chargées de poissons argentés. Si le froid n'était si vif, ils auraient cherché refuge au creux des monceaux de cordages pour n'en plus bouger, seuls au monde sous le ciel d'Orient encore piqueté d'étoiles.

Paul décide d'entraîner Carla vers le quartier juif, dont les échoppes lèvent tôt leur rideau. Ils sont les seuls à se risquer dans un café minuscule où le patron, à peine réveillé, tire de sa ceinture une montre à chaîne d'or. Il est cinq heures. Voyant les jeunes gens désemparés, l'homme les invite à se chauffer près du poêle en fonte qu'il vient d'allumer. Faisant claquer ses babouches sur les dalles de pierre, il dispose une nappe à carreaux bleus et blancs sur une table et leur demande en castillan s'ils veulent déjeuner.

Paul, familier de la langue d'oc, si proche de l'espagnol, comprend quelques mots et surtout se fait entendre. Modiano lui a expliqué qu'à Salonique le français et l'italien étaient des langues de culture, mais que les israélites parlaient entre eux le judéo-espagnol. Il saisit parfaitement ce que le patron dit à son fils, lequel enfile son manteau pour se rendre dans la campagne où son frère garde un troupeau de brebis : *« Anda agora mira komo esta tu ermano i komo estan las ove jas*[1] *!»* Par jeu, il traduit la phrase à Carla.

– S'ils ont des chèvres, répond-elle, peut-être ont-ils du fromage ?

– *Cheso de cabra ?*

– *Si, señor*, répond l'hôte, ravi de parler en castillan. Il appelle son épouse, qui accourt dans sa jupe fleurie et sa veste de soie bordée de fourrure. Ses boucles d'oreilles en or, son bonnet de soie verte brodé de perles détonnent un peu dans ce décor modeste. Elle revêt ses plus beaux atours pour servir les clients, surtout les militaires dont la générosité est proverbiale dans le quartier.

Sans doute a-t-elle décidé d'être agréable envers ces étrangers qui parlent presque leur langue de séfarades, en tout cas la comprennent. Le patron, pour les faire patienter, leur apporte du café chaud dans une aiguière de cuivre, pendant que de la cuisine s'exhale une bonne odeur de pâte cuite. L'épouse, secondée par sa jeune fille servant de la limonade, dépose bientôt sur la table un plateau d'où le fromage semble absent.

– *Cheso !* indique-t-elle en désignant de petits chaussons qu'elle appelle *borekas* et d'autres, en forme de brioche, les *fojaldas.*

Paul mord à belles dents, se brûle la langue au contact du fromage. Pour Carla, si pâlotte et frigorifiée, la patronne a préparé un verre de *kaymak.* Tous deux peinent à comprendre qu'il s'agit d'une crème de lait de bufflesse,

1. « Va voir dehors comment va ton frère et comment vont les brebis. »

introuvable en ville. Paul refuse pour sa part le raki, mais demande une autre tasse de café turc.

Réchauffée, Carla se blottit contre l'épaule de Paul, silencieuse, en regardant rougeoyer le feu sous le mica du poêle. Enhardi par cet accueil chaleureux, Paul demande à son hôte s'il peut lui louer ce soir *una pequeña camara con fuego*[1]. L'homme retire son melon, se gratte la tempe, perplexe, puis s'en va consulter son épouse en cuisine. La fille s'en mêle, souriant à Carla.

La palabre s'éternise. Ils cherchent manifestement un endroit convenable pour une jeune fille si distinguée, une infirmière à croix rouge. Il résulte de la discussion, si vive et précipitée que Paul n'en saisit pas un mot, qu'à quelques rues, vers la synagogue Provencia, Radu (c'est le prénom du cabaretier) a un cousin orfèvre disposant d'une maison assez vaste. Il leur suffira de se présenter à la tombée du jour. David Romero sera prévenu et la chambre sera chauffée.

* *
*

Le muezzin a chanté depuis une heure au moins la gloire d'Allah et de Mahomet et le soleil éclaire la rue quand ils quittent l'échoppe, heureux de ce petit matin béni, pour découvrir la place de la Liberté. Paul fait observer à Carla que les officiers français et britanniques, revolver à la ceinture, côtoient sans les saluer leurs homologues grecs qui affectent de ne pas les voir.

1. Une petite chambre chauffée.

La place est déjà grouillante de Saloniciens qui, sortant de chez eux, ont pour premier soin de se faire raser par les barbiers grecs, dont les officines ne désemplissent pas. Des rabbins portant chapeaux noirs et arborant la barbe rituelle marchent à pas pénétrés vers la synagogue, croisant des popes également barbus et vêtus d'une longue robe. Dans la rue de la Liberté, Sainte-Théodora est à quelques mètres de la synagogue catalane et la mosquée de Bourmali touche presque la synagogue d'Ismaël.

Carla s'étonne de ces cohabitations étranges. Fier de sa science neuve, acquise dans les salons de Modiano et d'Allatini, Paul explique que les séfarades ont été longtemps majoritaires dans cette ville, que leurs synagogues d'origine y ont été entretenues et reconstituées, mais que beaucoup, les *deunmé*, se sont convertis à l'islam pour revenir ensuite plus ou moins à leur religion traditionnelle. Ainsi, les lieux de culte peuvent être fréquentés aussi bien par des juifs séfarades religieux, des convertis, voire des incroyants qui s'y rendent en famille pour les cérémonies, Salonique étant la ville la plus évoluée d'Orient.

La rue de la Liberté les conduit à la Tcharnia, souk oriental déjà envahi de marchands et de badauds. La foule s'y réchauffe d'elle-même, au coude à coude. Des Turcs proposent à Carla des colliers d'ambre jaune, des émeraudes de second choix et des étoffes un peu défraîchies, venues avant la guerre des villes caravanières de Boukhara et de Samarcande. Dans les boutiques d'orfèvres, des ouvriers chenus martèlent délicatement des lingots d'argent et découpent les bijoux sous les yeux des acheteurs.

Paul et Carla s'échappent de ce chaudron assourdissant pour se retrouver dans un petit marché plus calme, après avoir traversé l'arc de triomphe monumental et glacé de l'empereur d'Orient Gallien, dont seul le lieutenant Jérôme Carcopino, à l'état-major de l'armée, a pu déchiffrer les inscriptions. C'est du moins ce qu'affirme Paul pour avoir été témoin, dans le bureau de Valentin, de l'érudition du responsable du chiffre. Carcopino a expliqué combien cet empereur avait été fier d'avoir vaincu tous les peuples d'Orient, et avait ramené dans son butin des éléphants et des chameaux. Sous l'arche, Paul et Carla ont du mal à distinguer les bas-reliefs, tant ils sont bousculés par les caravanes d'ânes porteurs d'énormes charges. Un banc ensoleillé les accueille, d'où ils contemplent, serrés l'un contre l'autre, l'animation du marché.

Les paysans venus de leurs terres viennent de décharger leurs légumes sur des étals appuyés aux larges troncs des antiques platanes. Ils alignent leurs calebasses géantes. Les juives, dans leurs robes de soie brillante, côtoient les Macédoniens en chemises blanches décorées de motifs brodés, des marchands turcs et même des tziganes, nombreux dans la ville. Les livreurs portent sur la tête, à l'antique, des amphores pleines d'huiles ou des bourriches de poissons frais. Partout on marchande, on discute, pendant que çà et là chapardent de petits enfants grecs qui détalent en cachant leurs rapines sous leurs hardes.

Paul et Carla reprennent leur libre balade dans la rue de la Liberté, où les tramways sont pris d'assaut par les bureaucrates se rendant au travail. Les ouvriers des tuileries ou des chantiers de travaux publics sont partis depuis l'aube. Les retardataires sont les employés de la préfecture, du palais de justice, des administrations d'État.

– Grimpons vers la citadelle, suggère Paul, nous aurons pour refuge la plus belle église de Salonique, Haghios

Dimitrios, plantée, blottie pour ainsi dire, dans les ruelles du quartier turc. Des milliers de cierges l'enluminent et la réchauffent. Nous y serons bien pour nous aimer.

* *
*

La basilique est comble, à croire que la foi chrétienne reste vive dans cette ancienne capitale d'une province de Byzance. En fait, les habitants s'y rendent en groupes, discutant des affaires du jour en grec, mais aussi en turc et en judéo-espagnol. Il n'est pas besoin d'être chrétien pour y être reçu. Du reste, Haghios Dimitrios a été pendant longtemps une mosquée, de 1493 à 1912. Il est normal que les Turcs, habitués à la fréquenter, s'y retrouvent encore et bavardent entre eux, et ce d'autant plus volontiers qu'à leurs yeux l'église a perdu son caractère sacré.

Le clergé n'est pas gendarmesque. Il admet tout le monde, pourvu que les hommes ôtent leurs chapeaux et que les femmes voilent leurs cheveux. Il est recommandé de ne pas parler à voix trop forte. Ni cris, ni chants, autant dire le silence relatif. De jeunes et jolies femmes s'y rendent en partant au travail, se signent à l'envers et mettent un cierge devant l'icône de saint Démétrios ou dans la chapelle de saint Serge, un martyr vénéré à la chlamyde blanche brodée d'or. Les plus âgées des Saloniciennes s'agenouillent dans le transept, déroulant leurs chapelets et se frappant méthodiquement la poitrine. De leur douce lumière, les cierges éclairent les vieux ors des mosaïques et l'odeur d'encens sanctifie le chœur.

– Je t'ai attendu si longtemps, dit Carla, les yeux humides. Voilà que nous sommes au paradis.

– Je t'ai crue morte, lui souffle Paul à l'oreille. Le ciel t'a sauvée des eaux.

Sans se concerter, ils marmonnent des bribes de prières, lèvent les yeux vers l'image de saint Démétrios, le martyr de l'empereur Galère. Avisant la tenue du soldat, un jeune pope au visage imberbe mais aux cheveux longs leur dit doucement, en français :

– Descendez dans la crypte des miracles. Le saint entend les vœux des âmes pures et les exauce.

Des cierges éclairent la niche souterraine où prient quelques femmes, paumes ouvertes vers le ciel. Carla s'agenouille pour se recueillir près d'une grande vasque circulaire. Au moment de se relever, elle fixe longuement Paul de ses yeux d'émeraude, comme pour y imprimer son visage. Ce regard, il le comprend, est un engagement. Il presse ses mains dans les siennes, empli de gravité et d'émotion.

De retour dans le narthex, il remarque sur son front comme une goutte de rosée. Il lui semble toucher de l'huile.

– Le saint vous a exaucés, murmure le jeune pope aux cheveux d'ange. Vous venez de recevoir l'onction miraculeuse, je ne sais par quelle bienheureuse sollicitude. Depuis des siècles, l'huile sacrée ne suinte plus du tombeau du saint évêque. Il vous a choisis.

Il réunit leurs mains, comme pour les marier :

– Rien ne pourra vous séparer.

Paul et Carla sont bouleversés au-delà du possible, unis par cette image onirique, iconique, du saint bénissant leur couple. Le vrai miracle, dans cette guerre maudite, c'est leurs retrouvailles. Voici qu'un signe du ciel, qu'ils ne cherchent nullement à expliquer, semble leur offrir un avenir illimité. Cadeau royal d'un vieux saint oublié, enterré par les musulmans, devenu par la grâce de l'instant le bénisseur de leur futur.

La nuit tombe tôt en hiver. Il est temps de se mettre en quête du logis de ce David Romero, dont Radu leur a griffonné en démotique l'adresse sur un papier. L'artisan bijoutier travaille encore dans son échoppe, à la lueur d'une lampe à huile, plus douce aux yeux que l'électricité. Il cisèle avec amour deux alliances d'argent. Son accueil est chaleureux. Il parle un castillan si pur, aux syllabes si bien détachées que Paul croit tout comprendre. Les amis de Radu sont aussi les siens, la maison leur est ouverte et leur chambre les attend. David Romero refuse les drachmes que lui tend Paul. Il n'a pas l'habitude de faire payer un militaire français. Sa maison est la sienne, il peut y demeurer tout le temps qu'il veut.

Paul désigne l'alliance, que l'orfèvre lui tend. Il la passe au doigt de Carla. Elle lui va parfaitement. L'autre bague doit être légèrement agrandie pour qu'y entre l'annulaire de Paul. David Romero, l'orfèvre séfarade, les unit dans sa maison de bois et d'étoffes pourpres où trône, sur un meuble bas, le chandelier à sept branches. Les voilà plus que fiancés.

La nuit s'écoule, douce, dans la chambre minuscule délicatement chauffée. L'hôtesse a bassiné le lit à l'ancienne, sorti des draps bordés de dentelle. Avant de se retirer, elle a prononcé dans une langue qui semble être de l'hébreu des formules votives, comme si elle hébergeait de nouveaux mariés. Son instinct l'a tout de suite avertie que ces deux jeunes gens étaient faits l'un pour l'autre. Elle est heureuse d'avoir été la servante attentionnée de leur nuit de noces.

Le réveil est dur, au petit matin, une heure avant le jour. Carla doit rejoindre le navire, Paul doit repartir en mission.

Il dépose sur ses lèvres un doux baiser, s'habille sans bruit pour ne pas l'éveiller, caresse son front et ses cheveux d'ange.

Elle se dresse d'instinct, quand le coulis d'air froid venu de la porte ouverte lui frôle le visage. Il n'est plus là ! Vite, à la fenêtre aux vitres de couleur ! Elle l'ouvre en toute hâte. Il est debout dans la rue, hésitant et tremblant dans la bora glacée. Il lève les yeux vers elle, la devine dans l'obscurité. Il s'éloigne au pas cadencé du soldat, sans se retourner, pour se donner le courage. Un cri.

– Paul !

Le voilà changé en statue, comme si elle lui parlait d'un autre monde. Il fait volte-face, se rue dans l'escalier, la serre follement dans ses bras. Non, il ne partira pas, il ne la quittera plus. Valentin attendra. Cent mille hommes, dans l'armée, peuvent remplir son rôle. Qu'on le laisse à son amour, par pitié.

Quand le jour se lève, Carla ajuste elle-même le sac de campagne de Paul sur ses épaules et le suit, presque nue, jusque dans la rue. Elle s'est coupé en grande hâte une mèche de cheveux qu'elle a glissée dans sa pochette, comme un talisman.

– Nous nous reverrons, Paul, et pour toujours.

# Le printemps des Belfortins

À la fin du mois de mars, sur les bords des sentiers de l'Attique, les premières fleurs se préparent à éclore ainsi qu'au temps d'Homère : les roses sauvages sont en boutons délicats et les anémones rouges du sang de la déesse ont des frémissements de vierges. La sève monte dans les branches des chênes de Zeus à Dodone, et les oliviers de la plaine sacrée de Krissa, dans le sanctuaire de Delphes, s'apprêtent à recevoir sur leurs branches toujours vertes les oiseaux de la mer, ces doux alcyons mythiques « chers à Thétis » chantés par le poète. On attend le retour imminent sur terre, par un miracle renouvelé des dieux de l'Olympe, de la mystérieuse Déméter célébrée à Éleusis et des corés aux seins blancs, ces belles filles prometteuses de récoltes abondantes.

Mais sur les sommets des chaînes de Macédoine, aux pics de deux mille cinq cents mètres assaillis par le vent violent du nord, la glace perdure, les tempêtes de neige font rage et le printemps des Belfortins[1], pieds gelés dans leurs tranchées de haute altitude, n'est pas pour demain. Ils doivent prendre leur mal en patience : les ordres des chefs sont de ne pas céder un pouce de terrain, comme à Verdun.

Tous les disponibles battant le pavé de Salonique sont expédiés au front pour recompléter les effectifs, décimés par les maladies d'hiver plus que par les Bulgares. Finies, les missions spéciales. À peine arrivé à l'état-major dans la suite du colonel Valentin, Paul Raynal est renvoyé dans son corps. Les ordres venus de Paris sont tombés : une grande offensive se prépare sur le front français. Sarrail, lui aussi, doit attaquer avec ses maigres moyens en Orient pour fixer devant lui les effectifs ennemis.

Paul, la mort dans l'âme, de nouveau contraint à abandonner Carla tout juste retrouvée après une aussi longue absence, s'installe dans le wagon du train de Monastir. Il voyage en compagnie de soldats venus de Belfort, frais débarqués de leur navire de transport : des bleus envoyés pour boucher les trous à la 57e division, qui a perdu beaucoup des siens dans l'attaque de la cote 1248.

Le capitaine Bonnefoy qui les conduit remplace un officier tué au cours de l'assaut. Blessé lui-même sur le front des Vosges, il sort d'un séjour à l'hôpital et dès son départ de France, il a été prévenu : le secteur qui l'attend dans la montagne, gardé par ses deux cent cinquante hommes, est l'un des plus ingrats du front de Macédoine. Le régiment n'est pas au meilleur de sa forme : l'hiver a été impitoyable pour les

1. La 57e division de Belfort, aux ordres du général Jacquemot depuis le 16 janvier 1917, est chargée de la garde du piton 1248. Elle comprend dans la 113e brigade les 235e, 242e et 260e régiments de Belfort, et pour sa 114e brigade les 244e et 371e de Lons-le-Saunier, le 372e de Besançon.

biffins du 235e de Belfort. Le colonel Broizat, son futur chef, a dû faire évacuer une centaine de pieds gelés et le nouveau général, Jacquemot, remplaçant de Leblois en disgrâce, veut à tout prix tenir les tranchées du sommet, par moins trente degrés.

Broizat en a reçu l'ordre formel, Bonnefoy en est averti : tant de poilus sont morts pour conquérir ce piton gardé par le régiment qu'il est impensable de songer à l'abandonner.

Le discours du capitaine assis à son côté finit par lasser Paul qui ferme les yeux, bercé par le bruit des roues sur les rails. Il veut penser à sa chère Carla, laisser son image danser dans sa tête. Quand le train stoppe à Vodena, il se souvient que c'est dans cette station enneigée qu'elle a dû attendre, quarante-huit heures durant, la réparation de la voie, folle d'impatience de le retrouver à Salonique. Paul est pris de mélancolie : les voilà de nouveau séparés. Pour un mois, pour un an?

Une autre image lui apporte un peu de réconfort : en contournant le lac d'Ostrovo, le convoi a ralenti, mais il a franchi sans dommage les échafaudages de bois du pont d'Eksisu reconstruit par sa compagnie. Il est fier de son œuvre, mais n'ose s'en flatter : ce capitaine désabusé, son compagnon de voyage, a connu de si cruelles épreuves dans la montagne des Vosges qu'il serait inconvenant de lui vanter son travail de pontonnier relativement tranquille, même effectué sous les bombardements continuels de l'ennemi.

Le train repart. Bonnefoy reprend le fil de son discours, de son obsession. Paul ne peut guère lui échapper, il est son seul interlocuteur dans ce compartiment de chefs. À la gare de Vodena, le capitaine a téléphoné à Broizat. Son colonel lui a demandé de se rendre d'urgence en première ligne.

– Je sais ce qui m'attend, soupire-t-il. Il va m'expliquer longuement, comme pour se justifier, que nous devons tenir à tout prix cet observatoire privilégié qui permet d'annoncer aux artilleurs l'arrivée des renforts ennemis. Il se dira certain que les Allemands ont décidé de renforcer massivement ce front, justement là, pour préparer leur offensive générale.

– Je dois vous accompagner, le rassure Paul, comme s'il voulait encourager l'officier, ne pas le laisser seul devant sa tâche trop lourde.

– Je m'en réjouis, répond Bonnefoy, professeur de physique au lycée de Montargis dans le civil, et lieutenant de réserve promu capitaine au front. La guerre de forteresse est votre affaire plus que la nôtre. Les offensives chez nous se heurtent au mur des défenses allemandes. Sans le génie, nos pertes seraient beaucoup plus importantes.

À la gare de Monastir, Paul embarque avec les fantassins de Belfort dans les voitures qui les conduisent au pied de la montagne, convaincu que ses chefs Mazière et Maublanc l'attendent avec Hervé Layné sur un piton. La marche est longue jusqu'au sommet. Quand ils arrivent, épuisés, sur la position, Paul n'aperçoit pas les képis du génie. Bonnefoy, pour l'obliger, se renseigne :

– Vos chefs sont venus, mais ils sont repartis pour chercher du matériel. Le temps qu'ils soient de retour, je vous prends sous mon commandement, lui dit-il en lui serrant presque affectueusement le bras.

* *
*

Au soir tombé, Bonnefoy se rend au PC pour y prendre les ordres du colonel Broizat, pendant que Paul cherche un gîte et un couvert parmi les Belfortins arrivés en renfort. Il partage avec ces bleus, dans une grange en ruine, le vin de l'intendance et les rations de conserves. À la veillée, il retrouve le capitaine, très inquiet des informations données par Broizat :

– Je croyais que nous avions devant nous des Bulgares, grogne-t-il. Voilà qu'ils les ont remplacés par des troupes d'élite : des *Alpen* bavarois, des tirailleurs et des grenadiers de la garde prussienne. Huit bataillons allemands décidés à en découdre. Je ne parle pas de l'artillerie, elle est considérable. Si les ordres sont d'attaquer pour s'emparer de la montagne avant de redescendre sur la rivière Semnitsa, nous allons au casse-pipe. Mes bleus n'ont jamais entendu tomber les patates des *Minenwerfer*. Ils ont passé l'hiver à l'instruction, sans soucis, dans quelque caserne ensoleillée du sud de la France.

– Le sergent Beaufret est-il toujours de ce monde? demande pour faire diversion Paul, qui a déjà rencontré sur le front ce jeune Belfortin plein d'allant.

– Certainement, répond le capitaine, on me l'a présenté dès mon arrivée. C'est lui qui m'a conduit au PC du colonel. Il a pris récemment du galon, il est adjudant à la première section, qu'il commande faute d'officiers. Un brave, m'a-t-on dit, natif de Giromagny, dans les Vosges. Élevé en pleine forêt, il craint moins le froid que les autres. Il entretient le moral de la troupe par son exemple. Sa croix de guerre est respectée. Il l'a gagnée en arrivant le premier sur la cote 1248.

Paul a connu le biffin jadis à Florina. Il a été frappé par sa détermination. Doté d'un physique de jeune premier, son regard sombre restait implacable. Les ordres tombaient de ses lèvres minces avec des sifflements de menace.

– Un luthérien, commente le capitaine. Le colonel Broizat m'a expliqué que toutes les religions coexistent dans le triangle Belfort-Mulhouse-Montbéliard. La proximité de la Suisse en est la cause.

– Pas besoin d'aumônier dans la troupe?

– Bien sûr que si. On y trouve même des catholiques. Le bon père officie pour tout le monde, en cas de grabuge. Selon Broizat, l'un des bleus fraîchement débarqués, Robert Soulé, est une sorte de mormon, un mennonite pour être précis. Chez lui, il se rend au prêche dans une baraque de planches, à la sortie de la ville de Belfort. Broizat m'a recommandé de le surveiller de près. Il a reçu sur lui une fiche d'information du 2e bureau : le bougre est pacifiste et serait volontiers objecteur de conscience. Il paraît qu'aux États-Unis la secte compte des adeptes par milliers.

– Est-il vrai que les *objecteurs* existent légalement, en Grande-Bretagne? Le colonel Valentin, chef du 2e bureau, me l'a affirmé à Salonique.

– Absolument vrai, répond Bonnefoy. Ils sont tolérés et protégés par une loi, mais tout de même mobilisés comme les camarades de leur classe. On prend bonne note de leur volonté de ne pas combattre, c'est tout. Vous savez ce que les officiers anglais en font? Habillés de tenues spéciales, qui les désignent au mépris des combattants, ils doivent attendre leurs camarades blessés à l'arrière des lignes pour les charger dans les ambulances.

– Les zouaves sont-ils toujours à vos côtés? s'inquiète Paul, craignant que ses bons copains du 2e bataillon n'aient passé l'arme à gauche.

– Heureusement. Sans eux, le colonel reconnaît que nous n'aurions pu tenir. Il m'a communiqué la liste des officiers des secteurs voisins, pour que je puisse les appeler en cas de nécessité. Le commandant Coustou est à la tête du bataillon des zouaves, avec le lieutenant Leleu, promu capitaine à titre temporaire.

Les noms chantent dans la tête de Paul. Ils étaient les chefs de Vigouroux le Languedocien, et de ses amis venus d'Afrique du Nord. Il est soudain pris d'un doute :

– Le commandant Mazière s'est-il vraiment rendu à Monastir, ou à l'état-major de Florina ?

– À Monastir bien sûr, où l'on débarque son matériel. Broizat estime qu'il est son plus utile collaborateur. Il prépare en principe des éléments de pont pour franchir la rivière Semnitas, au cas très improbable où nous pourrions déboucher de la montagne. Mais il trouve plus sûr, je crois, de répartir ses charges d'explosifs pour creuser des abris dans le roc gelé, si nous sommes contraints de nous y retrancher.

– Je reconnais là son sens pratique, coupe Paul.

– Mazière est un vieux de la vieille, m'a dit familièrement Broizat. On ne peut lui raconter d'histoires, pas plus qu'au capitaine Maublanc, son adjoint, qui a sauvé du canon tant d'habitants de Monastir en étayant les caves.

Bonnefoy lui offre, pour dormir, l'hospitalité dans sa cagna. À l'heure de l'extinction des feux, un simple sergent salue à l'entrée, secoue sa capote enneigée, sort un pull-over épais de son paquetage et se glisse dans un sac de couchage molletonné, souhaitant bonne nuit au nouveau capitaine. Paul s'étonne de cette arrivée tardive, et du laconisme du sergent.

– Vous ne connaissez pas Jean Hasfeld ? s'étonne le capitaine. Il est attaché à l'état-major de Broizat.

Le margis Raynal situe à peine ce visage, qu'il a pourtant le sentiment d'avoir déjà rencontré sur sa route.

– Ce sous-officier d'allure modeste et discrète, chuchote Bonnefoy, a quelque titre à la reconnaissance du régiment de Belfort : il a sauvé au feu son colonel.

* *
*

Paul se réveille de bonne heure. Il a grande hâte de revoir Maublanc, Mazière et Layné, mais aussi Albert Diego, le gitan de Camargue dresseur de mulets, et tous les camarades de la compagnie. Déception, nul n'est arrivé. Ne sachant que faire, il doit suivre le capitaine dans sa tournée de découverte du front.

Il se rend vite compte, en parlant avec les uns et les autres, que Bonnefoy exagère lorsqu'il se plaint de la solitude de l'unité sur ce secteur difficile du front. En réalité, les gens de Belfort sont loin d'être seuls en ligne. Ils sont étayés, sur leur flanc droit, par une brigade de la 11e division coloniale, complétée des zouaves et des marsouins, et sur leur gauche, au sud de la rivière Dragor, par la vieille 156e division de tonton Bailloud, commandée depuis le 26 août 1916 par le général Baston, dit le Bastonneur.

Quant à la 57e division, son régiment le plus mal traité depuis son entrée dans la guerre, le 235e de Belfort, vient de recevoir d'un coup mille recrues de renfort débarquées hier en gare de Monastir. Peu importe que ceux-là ne connaissent pas le feu, puisqu'ils ne sont pas destinés à tenter la percée mais seulement à contenir et à prévenir l'attaque, ou la contre-attaque, des Allemands. Certes, le front de Monastir reste très dangereux, aucun des adversaires ne se résignant à perdre les observatoires de la montagne.

Paul interrompt sa réflexion vagabonde, dont il est incapable de mesurer l'exactitude. Il se souvient brusquement du sergent Hasfeld : il n'avait pas identifié ce visage immobile, presque anonyme, dissimulé sous le capuchon de son manteau de laine, mais c'est lui qui a guidé le capitaine Bonnefoy, depuis la gare jusqu'à la position. Il était l'envoyé spécial du colonel, son *«garde du corps»*, disait-il. Hasfeld lui avait en effet sauvé la vie en le bousculant de tout son corps dans la tranchée pour le protéger d'une retombée de *Minenwerfer*.

Paul le constate *de visu,* comme Bonnefoy lui-même, en visitant la position pendant que le capitaine interroge les chefs de section : il est vrai que les Français ont devant eux un secteur presque entièrement boche, ce qui est exceptionnel sur ce front où les Bulgares sont d'habitude les plus nombreux. Le régiment de Belfort, très patriote, en serait presque fier : à tout seigneur, tout honneur.

– La première division d'infanterie prussienne est au complet, à dix kilomètres à l'arrière, en renfort et prête à intervenir avec ses unités intactes, indique à Paul Bonnefoy, qui a décidément choisi de prendre le sapeur pour confident.

– Nous avons nos propre réserves, hasarde Paul, résolu à combattre la morosité de l'officier pour qui il s'est pris d'amitié.

Il a tendance à penser que ce pessimiste voit tout en noir, qu'il sera déconsidéré par le colonel, dénoncé peut-être.

– Si d'aventure les Français parviennent à franchir la Semnitas, s'obstine le capitaine, en montrant à Paul la carte d'état-major de la région, un autre massif fortifié les attend derrière, avec ses réserves fraîches et ses observatoires nichés à mille cinq cents mètres. Le 62ᵉ corps d'armée allemand, égrené dans la montagne, est fort de huit unités entièrement prussiennes et de trente bataillons bulgares dont six de milice!

« Trente mille Français environ, compte Paul en additionnant les unités portées sur la carte en rectangles de couleurs différentes, ont donc l'objectif peu réjouissant de déloger quarante mille combattants, bien pourvus de canons, renforcés en chasseurs Fokker du dernier modèle et en avions d'observation, parfaitement installés dans un réseau serré de fortifications : une tâche impossible. »

Familier du colonel Valentin, de l'état-major de l'armée, il commence à connaître les réflexes des képis étoilés qui reçoivent eux-mêmes des ordres inexécutables et se doivent cependant d'obéir. Il ne peut se douter qu'aux yeux de Sarrail l'assaut sur cette partie du front est devenu secondaire, comme celui des Anglais sur la Strouma. On donne l'ordre de monter des attaques dont on n'attend rien, ou pas grand-chose. Rien de plus que de « fixer l'ennemi ».

Le colonel Broizat, si loin de Salonique, doit lui aussi être dans l'ignorance : Sarrail a complètement changé son plan. Paul le devine en constatant l'infériorité numérique des Alliés sur l'aile gauche de leur front. Les réserves françaises sont probablement massées ailleurs. Au lieu de contourner l'ennemi par les ailes, c'est bien sûr au centre que Sarrail veut désormais attaquer, contre les Bulgares exclusivement, vers le village de Houma, en suivant ensuite la trouée du Vardar. Un travail de Serbes et de Russes, sans doute renforcés des biffins de la 122e division, les *ch'timis* du général Régnault, et de légionnaires. Paul reste toutefois perplexe : la carte confiée au capitaine ne comporte que les opérations de l'aile de Monastir.

Il comprend à l'instant pourquoi ses officiers du génie, Mazière et Maublanc, tardent à monter en ligne. Sans doute attendent-ils, connaissant leur Sarrail, une autre affectation. Il décide alors de partir à leur recherche, de reprendre le chemin de Monastir. Il remercie le capitaine de lui avoir accordé sa confiance et sa bienveillance. Son devoir est de se mettre à la disposition directe de ses chefs.

Au fond de lui-même, ce départ est comme un adieu. Bonnefoy le ressent ainsi. Dans sa logique de physicien reconverti, dévoyé par une tâche militaire, il se doute que le gros des troupes et de l'artillerie ne leur est pas destiné. Le génie aussi devra partir. Il voit peut-être pour la dernière fois le jeune sapeur et l'étreint comme un père, en lui recommandant la prudence. Pour le guider jusqu'à la route de Monastir, il détache un ancien qui connaît bien les sentiers.

* *
*

Paul retrouve Mazière et Maublanc au PC de Monastir, en compagnie de Layné et des camarades. Ils s'étonnent à peine de son retard, sauf quand il narre en détail sa prise en charge par Bonnefoy et sa visite du secteur de première ligne. Paul se garde de mettre en cause le pessimisme de cet officier, il fait seulement remarquer que les préparatifs d'offensive sont peu avancés dans ce secteur, où les renforts arrivent au compte-gouttes.

– Nous le savons, dit le commandant Mazière impatienté. Vous découvrez ce que nous avons toujours dit : il n'est pas question pour nous de prendre l'offensive aux ailes, mais, une fois de plus, de distraire l'ennemi par un simulacre. Il y a plus grave. Nous nous demandons si Sarrail peut encore concevoir la possibilité même d'une action d'ensemble.

Paul Raynal retient sa stupéfaction : il semble que dans ce PC de gare la guerre soit mise entre parenthèses. Les officiers qu'il porte au pinacle pour leur patriotisme à toute épreuve sont loin, à l'évidence, de préparer leur montée en ligne dans la montagne. Ils en sont à se demander si la lutte peut continuer sur l'ensemble du front de Salonique après la défection prévisible des Russes, peut-être suivie par celle des Serbes.

Ils lui exposent en termes noirs la situation révolutionnaire à Saint-Pétersbourg, la capitale du tsar, dont ils viennent d'avoir les données par un officier de l'état-major du général russe Diterichs.

– La semaine dernière, les événements ont commencé, attaque Mazière.

Le commandant, soucieux de ménager le moral de ses collaborateurs, tient à présenter la nouvelle comme une sorte de réédition de la Révolution française de 1789. Il cherche ainsi à rassurer Paul, qu'il voit donner des signes d'inquiétude devant la démobilisation morale de ses chefs.

– Oui, tout a commencé par une gigantesque émeute de la faim, par des cortèges furieux venus des quartiers ouvriers. Le ministre de l'Intérieur Protopopov a fait tirer sur le peuple en l'absence du tsar, comme le gouverneur de Launay de la Bastille en l'absence de Louis XVI. Des cadavres dans la neige. Des coups de revolver répondent, dans les rangs du peuple qui a trouvé des armes. Comme les émeutiers français, jadis, aux Invalides. Un commissaire de police est tué.

– Déjà, en 1905..., fait observer Paul.

– C'est beaucoup plus grave. La ville est transformée en camp militaire. Un détachement de la garde impériale, le régiment Pavlovski, fraternise avec les émeutiers. Les soldats restés fidèles au régime sont désarmés. Le bruit court que mille d'entre eux doivent être fusillés.

– Le drame dans cette affaire, intervient Maublanc qui ne partage pas l'optimisme relatif de son collègue Mazière, c'est qu'elle ne peut avoir d'autre issue que la mutinerie de l'armée, seul rempart contre la révolution.

La relation faite par l'officier de Diterichs semble donner raison à Maublanc : le lundi 12 mars, un officier du régiment d'élite de Volhynie est tué par ses soldats. Le régiment Preobrajenski, créé par Pierre le Grand, se mutine à son tour. Il s'agit encore de militaires. Les chefs sont fidèles au tsar. Le jour même, le premier officier, le sous-lieutenant Georges Astakhov, passe à la révolution. Il répond aux cris du peuple : « Vive la liberté ! » Une nuée de soldats se précipite pour libérer les détenus politiques de la prison des Kresty pendant que la foule, officiers et militaires en tête, pénètre au palais de Tauride, dans la douma d'empire dont le tsar avait proclamé la dissolution quelques jours auparavant.

– La révolution est faite sous le signe des drapeaux rouges, conclut Maublanc. Si l'armée se dérobe, elle s'exclut de la guerre. C'en est fini du front.

– Du calme ! tempère le commandant Mazière. Les députés bourgeois récupèrent les opposants de leur bord dont les noms sont encore inconnus : les Rodzianko, les Milioukov, les Kerenski. La forteresse Pierre-et-Paul est occupée, les ministres en fuite, les *pharaons* (policiers et gendarmes) lynchés, les soldats campent en armes dans la douma, le tsar est déposé et arrêté. Mais les bourgeois proclament la république sur le modèle français de 93, et l'armée repart au front en criant toujours « Vive la liberté ! », commandée par des officiers nobles ayant prêté serment au nouveau régime, comme chez nous, en 1792, La Fayette, Custine, et Montesquiou-Fezensac, le libérateur de la Savoie !

– Les Russes de Salonique ont-ils arraché les épaulettes de leurs officiers ?

– Rien de tel, rassure Mazière. Ils se tiennent au courant des événements de Pétersbourg ; du tangage dans le régiment de Moscou, où l'on discute nuit et jour. Mais les soldats de la Volga restent en armes, aux ordres de leurs officiers. J'ai vu Diterichs. Il compte reprendre ses brigades de Salonique en main dès que les nouvelles de la capitale annonceront l'offensive de Broussilov en préparation. Les responsables des unités ont affirmé leur ferme volonté de repartir en guerre aux côtés des Alliés. Pas de souci dans l'immédiat.

– Sauf que nous devrons compter, rectifie Maublanc, sur une seule brigade au lieu de deux. Il faut tout de même reconnaître, si l'on veut voir le verre à demi plein plutôt qu'à demi vide, que la troupe, après discussion, a décidé une fois sur deux de suivre les officiers ralliés à la révolution. Le général Léontiev, commandant la quatrième brigade, reste en place avec son état-major, où figure le capitaine Choubert, ancien lancier de l'impératrice. Même Léontiev, le général au long nez, a prêté serment devant les troupes, la poitrine bardée de toutes les décorations remises par le tsar.

* *
*

La bonne nouvelle, commentée le lendemain dans les popotes du génie de Monastir, est l'entrée en guerre des

États-Unis. Même les Macédoniens les plus hostiles à la présence des Français semblent s'en réjouir dans les rues et les cafés. Les journaux grecs, aussi germanophiles soient-ils, n'ont pu manquer de publier des images du Congrès de Washington.

Layné les commente, devant Raynal et le gitan Diego, chargé des attelages, dans son PC de la gare de Monastir.

– Verrons-nous arriver les soldats américains sur notre front ? J'en doute, avance le gitan.

– Il faut du temps, dit Layné, avant de mettre en marche la machine militaire américaine, mais le départ politique est donné. Pour les Allemands, quel camouflet !

Paul parcourt les journaux grecs incompréhensibles, imprimés en caractères cyrilliques. On aperçoit une photographie de la salle des représentants à Washington, où va se réunir le Congrès. Sur une page en langue anglaise figurent un portrait du président Wilson ainsi qu'un fac-similé de la résolution conjointe de la Chambre et du Sénat datée du 6 avril. Layné traduit aisément la formule du document proclamant « l'état de guerre entre le gouvernement impérial allemand d'une part, et d'autre part le gouvernement et le peuple des États-Unis ».

– Vous ne remarquez rien ? interroge le lieutenant.

– Si, dit Paul. Dans un cas le « peuple » américain est associé à la formule, dans l'autre, rien n'est dit du peuple allemand auquel le Président affecte de ne pas faire la guerre.

– Tu viens de mettre le doigt sur l'aspect essentiel de l'engagement du président Wilson, dit Layné. Il vient en Europe pour la libérer des tyrans, des va-t-en-guerre, des dictateurs galonnés, des empereurs coupables. Le peuple teuton n'y est pour rien. Il a souffert, comme les autres et au même titre, en somme, que nous-mêmes. Il faut le libérer, comme il faut nous préserver, nous autres Français, et nos voisins européens, de toute tentation de guerre. C'est le ton de la croisade au nom du droit international. Les Américains ont pour adversaires Hindenburg et Ludendorff, pas le peuple allemand.

– Ils ne disent rien des Bulgares et des Turcs, ni même des Autrichiens. Ils n'entrent pas dans une coalition. Ils sont seulement les *associés* des peuples libres. Vous l'avez sans doute remarqué, insiste Paul : il ne faut pas compter sur eux pour combattre sur les rives du Vardar, ni sur les pitons de Monastir, ni pour marcher sur le Danube. Nous sommes presque seuls en ligne sur ce front oublié, maudit. Nous n'aurons bientôt plus de Russes, et jamais les Américains.

– Dans quelques jours, nous allons lancer une nouvelle grande offensive en France, dont Nivelle espère qu'elle sera décisive, prophétise Hervé Layné d'un air pénétré, comme s'il était au courant des décisions les plus secrètes du GQG nouvellement installé à Compiègne.

– Comment peux-tu en être sûr ? interroge Diego, le gardian de Camargue.

– À des signes sur le terrain. Pourquoi Sarrail, qui ne maîtrise nullement l'affaire grecque, prend-il des mesures de concentration sur tous les points du front, avec les maigres ressources qui lui restent ? Il est seulement question de fixer les Allemands en face de nous, pour qu'ils n'embarquent pas dans les trains pour la France. Il est clair qu'une nouvelle offensive se prépare.

– Pourquoi avoir limogé Joffre, s'étonne Paul, si c'est pour refaire les mêmes erreurs ?

– Les Allemands ont reculé sur le front de Péronne.

– Reculé pour mieux sauter ! risque encore le gitan.

– C'est vrai, la ligne Hindenburg, construite un peu en retrait, semble défier nos offensives. Pourtant, assure Layné qui se réfère à un journal français illustré, le général Nivelle a fait défiler les troupes dans Noyon libérée…

– Évacuée plutôt par les Boches, coupe Diego.

– Peu importe. C'est un symbole auquel toute la France est sensible. N'oubliez pas que le nouveau général en chef passe, avec Charles Mangin, pour le véritable vainqueur de Verdun. Tout Paris encense le repreneur du fort de Douaumont. On parle de son épouse britannique, de sa maîtrise de la langue anglaise. Il aurait mis les Anglais dans sa poche, au lieu de les bousculer comme Joffre. Il se dit en mesure de renouveler l'exploit de Verdun.

– Nous allons remonter en ligne ici même, dans les secteurs où nous avons laissé décimer nos divisions, celles des Serbes et des Russes, et sans aucune chance de succès, regrette Paul. Mazière, qui doit lancer des ponts sur la rivière Semnitas, n'y croit pas lui-même. Jamais nous ne l'atteindrons. Nous avons devant nous des corps d'élite de l'armée prussienne, récemment mis en place, reposés et renforcés d'artillerie. Croyez-vous que nos soldats ne se rendent pas compte qu'ils vont au casse-pipe, une fois de plus ? Le refus de la guerre au sein de l'armée est-il seulement propre aux Russes ?

– Les Serbes nous ont sauvé la mise sur le Dobro Polje. Ces attaquants pleins d'ardeur vont peut-être renouveler le miracle, lance Layné, à bout d'arguments.

Paul est-il gagné par la morosité du capitaine Bonnefoy ? Il reste un long moment silencieux avant de lâcher, presque à voix basse :

– J'en doute. J'ai entendu dire que seules deux divisions serbes peuvent prendre le départ chez eux, aux ordres du prince héritier. Quant aux Russes, nul ne peut présumer leur conduite dans l'avenir. La révolution est une aventure.

– J'espère qu'ils ne sont pas aussi pessimistes que toi, à l'état-major de Sarrail ! jette Layné exaspéré.

Paul revient d'une semaine de promenade en Thessalie et à Salonique en compagnie du colonel Valentin pendant que lui, Hervé Layné, recevait des obus allemands sur sa gare. Il trouve désinvolte et plutôt saumâtre le scepticisme de son jeune camarade.

* *
*

Les ordres tombent directement du QG de Sarrail à Salonique. Les hommes du génie doivent au plus tôt monter au front à l'ouest de Monastir, dotés de tout le matériel nécessaire, non seulement pour la percée mais aussi pour son éventuelle exploitation.

Le vent a brusquement tourné. Paul Raynal reçoit de Mazière la mission de se rendre auprès du colonel du régiment de Belfort, pour étudier les charges à disposer en première ligne, en vue de l'attaque des positions allemandes. Il est prêt, malgré ses doutes sur l'avenir de l'expédition de Salonique, à remplir sa tâche et à soutenir de tous ses efforts le bon capitaine Bonnefoy, qui a déjà placé sa compagnie en position d'assaut. Quittant Monastir en avant-garde avec son chargement de caisses d'explosifs, il s'efforce de le rejoindre au plus vite.

Après une rude escalade, il gagne péniblement le poste d'observation établi par le colonel Broizat. Dans le blizzard qui disperse la brume, il s'aperçoit que les positions de la division sont avancées en coin dans les lignes ennemies, et que les biffins se sont déjà emparés d'une bonne moitié du massif de la cote 1248. Le reste est à prendre.

Paul scrute les montagnes recouvertes de neige, qui n'ont rien d'engageant. Sous la glace, la roche est à nu. Il voit immédiatement l'utilité des charges de dynamite. Faire sauter les blocs est le seul moyen de se procurer des abris, en utilisant les décombres comme autant de positions de tir. Le sommet du Péristéri culmine au centre entièrement enneigé du massif, à plus de deux mille cinq cents mètres d'altitude.

Comme à son habitude, le capitaine Bonnefoy ne se montre guère encourageant :

– Nous manquons de matériel, pas seulement de canons, mais de lunettes d'observation, de postes de téléphone. Les mulets glissent sur les chemins. Nous fabriquons des luges pour les transports et nos éclaireurs chaussent des skis.

Le PC du colonel, au lieu-dit Lakul-Mare, n'a pas le moindre lit de camp : une cagna misérable et glacée, deux couvertures à même le sol. Paul Raynal assiste au départ des groupes de reconnaissance, revêtus de tenues blanches. Le capitaine sait que les Allemands, vers Monastir et sur les contreforts de la Tzervena Stena, ont accumulé les ouvrages d'arrêt et bétonné directement sur le rocher. La croupe domine de huit cents mètres le village en ruine de Dihovo, d'où les Belfortins doivent mener l'attaque. Paul distingue nettement, à la jumelle, le réseau de barbelés entourant les positions allemandes : l'ouvrage de Posen à mi-côte, celui de Cobourg presque au sommet.

On espère enlever d'un coup toutes les hauteurs du Péristéri et empêcher ainsi les tirs d'artillerie sur Monastir. Déjà, les batteries de 65 se mettent en place pour faciliter l'assaut. Il n'est pas question de les atteler. Elles sont hissées à bras d'homme sur la neige, d'un piton à l'autre, en pièces détachées. Paul reconnaît à sa barbe givrée et à son grand corps noueux le lieutenant de la batterie de pointe, déjà en place sur un à-plat. C'est Émile Duguet, l'artilleur de Nice.

Ils se sont perdus de vue depuis longtemps. Voilà qu'ils se retrouvent sur les pentes glacées du Péristéri. Pas le temps de se parler. La besogne est rude, et le génie est sollicité pour crevasser le roc en profondeur et permettre l'installation d'autres canons de montagne. Les voilà réunis dans la même opération, comme à leurs débuts.

Le colonel Broizat gagne à pied, dans la tempête, le piton dit *des Italiens* pour pouvoir assister, à l'aube, à l'assaut des siens. Les hommes sont recroquevillés dans les trous des crevasses, réchauffés par des quarts de café ou de thé *gnôlé*. Le capitaine Bonnefoy a demandé à la compagnie de regrouper provisoirement les sacs en pyramide sur la neige, pour alléger la montée des biffins vers les lignes boches.

Les Belfortins partiront les premiers à la tombée du jour, avant l'offensive d'ensemble remise à plus tard, seulement pour éprouver les défenses de l'ennemi. Ils doivent cette primeur à leur courage reconnu à toute épreuve. Voilà qui ne les rassure pas.

La pleine lune éclaire les champs de neige comme en plein jour. Paul glisse sur une luge, guidé par Jean Hasfeld, pour gagner les abords de l'ouvrage de Posen, premier obstacle de l'escalade sanglante. Il doit dégager par tous les moyens le champ de barbelés scellés dans le roc par des pitons de fer.

Le sergent Beaufret et les hommes de son escouade le précèdent, armés de cisailles et rampant dans la neige opaque sans attirer l'attention des guetteurs ennemis, sans doute frigorifiés. Leur maîtrise inspire confiance. Ils ont déjà accompli cent fois cette besogne redoutable. Mais leurs efforts semblent ici dérisoires, tant le réseau est dense.

Les grenades explosives ne sont d'aucun secours pour la destruction des barbelés aux longues pointes tranchantes, et les cisaillages sont trop lents. Il faut employer des charges plus puissantes. Sur les conseils de Maublanc, Paul engage une section de sapeurs munis de longues perches.

Hasfeld prend leur tête, sur ordre du colonel. Il dégage le sentier, guidé par des partisans macédoniens recrutés dans la montagne. La colonne arrive à vingt pas de la position sans avoir attiré l'attention des Allemands. Paul s'empare d'une perche, avance seul. Vingt fois, il craint d'être rejeté dans une crevasse par des rafales d'une violence extrême. Il est enfin rejoint par les lanceurs de grenades et les fusiliers qui doivent protéger sa retraite. Aucune réaction de l'ennemi, à croire qu'il a forcé sur le schnaps pour supporter le froid intense.

Les charges doivent éclater toutes en même temps, précédant l'assaut immédiat. À deux heures du matin, le capitaine Bonnefoy, rampant en première ligne, va donner le signal. Loin vers la gauche, sur le Péristéri, les zouaves associés à la manœuvre se tiennent également prêts. Une fusée rouge troue le ciel.

Aussitôt, les charges avancées par les sapeurs sautent dans un bel ensemble. Les Belfortins, se ruant dans la neige, amorcent l'attaque, par les couloirs dégagés entre les fils de fer tordus. Beaufret crapahute en tête, son sac de grenades autour du cou. Il veut être le premier à entrer dans le bunker de Posen, à grenader les rats qui s'y croient invulnérables. Toujours pas d'opposition de l'ennemi. Les cris des assaillants se perdent dans le silence.

Une décharge soudaine les couche à cent mètres. Les mitrailleuses crépitent. Des patates de *Minenwerfer* éclatent. Beaufret, haché par la mitraille, est pulvérisé par ses propres grenades qu'il n'a pas eu le temps de lancer. Des mitrailleuses entrent en action, masquées derrière chaque rocher.

Le colonel fait sonner la retraite, envoie aux artilleurs un signal de détresse leur signifiant d'arroser aussitôt le secteur abandonné à l'ennemi. Les obus de 65 du lieutenant Émile Duguet accablent la position, basculent un poste de mitrailleuse dans une crevasse glacée, au pied de l'ouvrage allemand. Tout semble perdu. Les blessés français hurlent dans la neige.

– C'est par ici qu'il faut attaquer ! crie Paul Raynal.

* *
*

Les sapeurs ont compris. Ils sont prêts à suivre Paul, l'élève de Maublanc et de Layné l'artificier, jusqu'en enfer. Ils se souviennent qu'ils ont ainsi forcé les défenses du château de la rive d'Asie, aux Dardanelles. Les deux officiers experts, Mazière et Maublanc, arrivent en renfort de Monastir. Ils sont tout de suite à pied d'œuvre.

– Si tu veux faire sauter la muraille, il faut mettre le paquet, conseille à Paul le capitaine Maublanc, son ancien instructeur.

Layné a pris sur lui de prendre la route de montagne avec des charrettes lourdement chargées. Toutes les réserves y passent, traînées sur des luges, dans un amoncellement de caisses blanches.

Maublanc reste sceptique. La foudre de Zeus peut sans doute détruire une montagne, pas la poudre de Toulouse. Layné, averti du travail de sape, n'est pas de l'avis du capitaine, ingénieur des ponts : la roche crevassée est friable, elle peut ébranler les assises de Posen, la première position allemande.

La progression dans la crevasse est ardue. Les skieurs alpins s'appliquent à frayer la piste, juste au creux du rocher. Un train de luges tractées par des chiens de neige achemine les caisses d'explosifs à l'abri de la crevasse. Il suffit de les empiler, d'allumer la mèche, et de déguerpir à deux cents mètres.

Paul Raynal téléphone au capitaine Bonnefoy, revenu dans son PC, pour l'avertir : l'infanterie d'assaut devra partir dès que l'explosion aura ébranlé la montagne. L'artillerie complétera le travail en arrosant copieusement les tranchées ennemies.

Tout le massif retentit du séisme, répété par l'écho d'un pic à l'autre. De la cote 1432, toujours aux mains des guetteurs ennemis qui renseignent les batteries allemandes, les signaux demandent à toute force un bombardement immédiat.

Les Français passent à l'attaque, mais progressent difficilement. Devant eux, des pans entiers de rochers s'effondrent, des pierres giclent à vingt mètres d'altitude, un geyser d'éboulis jaillit brusquement d'une crevasse. L'étagement judicieux des caisses à différents niveaux provoque des explosions en une cascade interminable.

Les Belfortins se suivent dans la neige, grenades dans le sac et couteaux de tranchée serrés dans leurs mains gantées de laine. Les mitrailleuses ennemies crachent, mais les premiers arrivés arrosent d'une pluie de grenades les meurtrières du fortin. Les Allemands se rendent. Beaucoup de blessés, plus de trois cents prisonniers. Deux officiers prussiens sont conduits devant Bonnefoy, pour interrogatoire.

Les Bulgares contre-attaquent-ils ? Les fantassins de Belfort braquent aussitôt contre eux les mitrailleuses prises à l'ennemi. Duguet fait tirer des obus explosifs sur les renforts qui montent en ligne. Les blessés bulgares s'amoncellent dans la neige, non secourus. Les loups mangeront leurs cadavres pendant la nuit.

Les officiers allemands interrogés viennent de Berlin, avec des troupes de réserve dont ils se plaignent. Les soldats ne sont pas accoutumés à l'hiver très dur de la montagne et le ravitaillement est défaillant. Quant au renfort bulgare, ils le tiennent pour négligeable.

– Ces gens-là, affirment-ils avec mépris, ne rêvent que de rentrer chez eux.

Les Allemands sont trop peu nombreux pour tenir le front : dix mille hommes, assurent-ils. Mais ils sont certains de recevoir des renforts, depuis que les Russes sont à genoux. Alors ils prendront la Grèce, comme ils ont envahi la Serbie et la Roumanie. Les Français, déjà réduits, faute de renforts, à armer les Grecs vénizélistes, ne pourront les contenir.

L'opération du génie français a parfaitement réussi, conviennent les prisonniers ennemis. Ils ont été surpris. Les éboulis de rochers ont bousculé les mitrailleuses de première ligne, dévasté les champs de barbelés, aveuglé les meurtrières du bunker.

Les Allemands étaient donc à cueillir. Les prisonniers confirment qu'ils n'avaient plus les moyens de se défendre.

Le capitaine Bonnefoy compte les survivants de son camp. Un tiers de la compagnie est encore capable de combattre. On évacue les blessés par luges vers l'hôpital de première urgence, et les morts chargés sur des bâches sont descendus par le même moyen.

Le corps du sergent Beaufret est placé sur une civière séparée. Le capitaine, en présence des survivants exténués, dégrafe sa Légion d'honneur pour l'épingler sur sa capote. Faute d'aumônier, Robert Soulé, le mennonite, récite une prière à l'intention du mort. Le sergent sera cité à l'ordre de la 57e division et décoré à titre posthume. Il aura le privilège d'être inhumé dans une tombe individuelle, au cimetière de Monastir. N'a-t-il pas, le premier, entraîné ses camarades à l'assaut ?

Les autres sont relevés par une compagnie de renfort, celle du lieutenant Séramis, tout juste sorti de Saint-Cyr. Pour sa première affectation, il a tenté de refuser un commandement à l'armée de Salonique. Il aurait préféré, comme ses camarades de promotion de l'École, se battre sur le front de Champagne.

Son expérience du front d'Orient est nulle. Mais son capitaine lui a adjoint un *darda* revenu de l'hôpital, un ancien de l'armée Bailloud : le cantonnier de Marsillargues Jules Lequin, ex-garde du corps du général, reconverti dans l'infanterie et qui se plaît chez les gens de Belfort d'où son épouse est originaire. Il exhibe fièrement ses galons de sergent gagnés au service de Bailloud, et connaît dans le détail tous les pièges du front d'Orient. Il s'efforce d'entraîner au feu la compagnie, dont la moitié au moins des effectifs sont des bleus.

**
*

Le chemin reste ardu, le long de la pente qui conduit à l'ouvrage de Cobourg, aussi puissamment défendu que celui de Posen. Selon le chef *andartès* Mikaël, interrogé par le général Jacquemot, sa 57e division aurait mangé son pain blanc. Il a infiltré les équipes de travailleurs macédoniens occupés cet été à couler le béton dans les ouvrages allemands. Celui de Cobourg est assez vaste pour abriter un bataillon, avec ses compagnies de mitrailleuses abritées sous des coupoles blindées.

Il connaît les chemins de montagne qui permettent de prendre le bunker à revers, et de grenader l'intérieur des casemates, de nuit, sans attirer l'attention. Il y parviendra, assure-t-il, en égorgeant silencieusement les sentinelles. Qu'on le laisse faire, les Français donneront ensuite l'assaut en toute sécurité. Les pertes seraient très lourdes, s'ils attaquaient avec les méthodes ordinaires. Le 235e régiment de Belfort risquerait de disparaître dans les neiges sous les rafales des mitrailleuses imprenables.

Jacquemot s'indigne. Il n'est pas dans les habitudes de l'armée française de confier des attaques sur le front à des irréguliers. Il sollicitera, s'il le faut, le concours des zouaves de la 156e division sur son aile gauche. Ils prendront l'ouvrage sous leur feu convergent.

Il a déjà demandé l'accord de Baston pour l'emploi de ses coloniaux. L'autre s'est fait, il est vrai, tirer l'oreille. Il a pour lui la charge énorme du massif du Péristéri. Quelle que soit la bravoure des zouaves, il craint d'être court en ressources. Il a seulement promis l'aide du bataillon Coustou.

Entre Séramis et Coustou, le général n'hésite pas. Il ne peut guère charger un saint-cyrien frais émoulu de l'École de couvrir une opération de corps francs non identifiés, sans uniformes, vrais pirates de guerre. Il convoque Coustou, dont il connaît bien les capacités, et lui parle à demi-mot du projet de Mikaël, comme s'il craignait de se découvrir et, plus encore, de se compromettre. Coustou lui assure qu'il a déjà monté une opération fructueuse avec ce groupe, en s'emparant d'un observatoire bulgare presque sans coup férir.

Le général n'est pas convaincu. Il redoute les reproches de son supérieur Grossetti, qui ne passe pas pour ménager les effectifs. Coustou insiste. Le recours à des professionnels de la montagne est essentiel. Ils sont comme des guides, des sherpas aux Indes. Les Anglais en utilisent. Pourquoi ne pas former des corps francs où ils seraient encadrés par des officiers de choc ? Les Autrichiens n'agissent pas autrement sur le front albanais. Les Bulgares arment leurs *comitadji* sur toute l'étendue du front. Ainsi retrouve-t-on, à l'aube, nos légionnaires en faction la gorge tranchée. Pourquoi se priver de l'aide des irréguliers ? César lui-même les employait en Gaule.

Jacquemot cède enfin. L'éloquent Coustou a carte blanche pour reprendre contact avec Mikaël et l'encadrer de gens sûrs.

Le commandant sourit, il a gagné. Il est quasiment certain du résultat. La prise de Cobourg peut être déjà programmée. À ceci près que l'ouvrage est défendu par les plus rusés, les plus agiles des soldats allemands, les *Alpen*.

D'abord consulter les experts, Layné, Raynal, ceux qui viennent de permettre la prise fracassante de l'ouvrage de

Posen. Hervé Layné, le maître en explosifs, est formel : il n'a plus de caisses de poudre, et elles ne seraient d'ailleurs pas transportables sur un long parcours en montagne. Le seul moyen d'action possible est la nitroglycérine, plus souple d'utilisation et beaucoup plus efficace.

– Il ne suffit pas, affirme Raynal, de balancer des grenades par les meurtrières d'un ouvrage abritant un millier d'hommes bien pourvus en armes automatiques. Seuls les explosifs peuvent ouvrir une brèche aux assaillants et réduire la garnison par la puissance du souffle.

Paul est chargé du contact avec Mikaël. Il le trouve réservé, vexé, peut-être, de n'avoir pas été engagé sans hésitation par le général.

– Nous ne sommes plus qu'un petit groupe de six hommes, confesse-t-il. Nos pertes ont été lourdes, depuis le début de l'hiver. Il devient difficile de recruter, en raison des directives du général Sarrail qui contraint vos chefs à faire fusiller les irréguliers, quels qu'ils soient, pris les armes à la main. Nous demandons des garanties.

– La meilleure, suggère Paul, serait un uniforme de l'armée française.

– Vous nous la refusez, en nous appliquant la doctrine de la neutralité, à nous, vos alliés. À vous de voir si vous voulez, grâce à notre entreprise commune, épargner la vie d'au moins cinq cents des vôtres.

– Les chefs interdisent, répond sobrement Paul, et les hommes de terrain décident. La nuit, tous les chats sont gris. Et nos ennemis sont les mêmes.

Pour le margis Paul Raynal, l'affaire est conclue. Il donne l'accolade à Mikaël, Georgi Theodorakis, son premier lieutenant, étant témoin.

* *
*

– Il me faut des skieurs, demande le Grec, des raquettes et des luges pour transporter les charges, les nouveaux fusils-mitrailleurs et les sacs de grenades.

Coustou ne connaît pas de skieurs dans son bataillon de zouaves. Il consulte Bonnefoy, son collègue du 235e, qui pense immédiatement à quelques virtuoses rescapés de l'attaque du Posen.

– Je vous conseille Arthur Schuster, natif d'Orbey, dans les Vosges. Il aurait dû être recruté dans les chasseurs alpins, il dévale les pentes de sa montagne depuis son enfance. Il a cent fois descendu le Linge, un des sommets du versant français, sans parler du Vieil Armand. Un vrai montagnard, adroit et courageux, un roc.

– Qui d'autre?

– Je vais vous surprendre, mais j'ai chez moi un mennonite, objecteur de conscience en puissance, qui rend souvent visite, l'hiver, à ses coreligionnaires de Suisse. À ma grande surprise, la montagne ne lui fait pas peur. Ce Robert Soulé s'est bien conduit à l'attaque du Posen. Il pourrait prétendre, en temps de paix, à un titre de champion. Son niveau est très supérieur à celui des autres Vosgiens.

– Qui dirigerait le corps franc?

– Je n'ai personne, assure Bonnefoy. Le lieutenant Cormier vient de tomber à l'assaut.

Coustou retire son képi et se gratte le haut du crâne. Seul moyen pour lui de retrouver un nom oublié.

– Duguet, bien sûr! L'ami des zouaves. L'artilleur Émile Duguet.

– Il est en charge d'une batterie dans la montagne, son rôle est essentiel.

Coustou se réserve de consulter Layné, le roi des explosifs, l'organisateur du feu d'artifice de Posen.

– Prenez la tête, essaie-t-il de le persuader. C'est votre place.

Layné renâcle. Il a trente ans et les rotules fragiles. Il n'est pas sûr de lui dans une longue course à travers la montagne. Il peut préparer les charges pour le margis Raynal, un jeune au jarret solide.

– Va pour Raynal. Il vient de Montpellier où la neige est rare, mais il s'arrangera des luges de dynamite.

Le commandant a un dernier souci : Mikaël le Grec a recruté dans son équipe plusieurs Macédoniens. Il redoute la fragilité morale de ces irréguliers qui passent facilement d'un camp à l'autre, et s'en ouvre franchement à l'*andartès*. Mikaël blêmit.

– Nous prenez-vous pour des bandits albanais ? Nous luttons pour la cause sacrée de la liberté des peuples, et nos sacrifices commencent à nous donner le droit de parler pour une Macédoine libre dans une Grèce libérée.

Le commandant se souvient que, dans les rangs des « sacrifiés », se trouvait une jeune institutrice, Alexandra, fille du ministre de la Guerre royaliste, engagée par passion révolutionnaire et très liée à un zouave de son bataillon, Vigouroux, de Limoux. Il fait ses excuses à Mikaël et lui renouvelle sa confiance.

Les *andartès* recrutent, dans les caves des villages canonnés, d'autres porteurs pour les armes, en petit nombre. Des gens sûrs, qui cachent les partisans dans leurs abris. Il est convenu que le groupe remontera le lit glacé du torrent derrière le massif de la cote 2420 pour prendre les

Allemands à revers, en progressant sur le versant qu'ils occupent. L'ennemi a recours à des caravanes d'ilotes bulgares qui leur fournissent chaque soir le ravitaillement en empruntant des sentiers connus d'eux seuls. Le plan de Mikaël est d'agresser à l'arme blanche un de ces convois pour prendre sa place.

– Vous oubliez, observe Raynal, que nous serons porteurs d'armes et d'explosifs, et non de soupe aux choux et de schnaps.

– Nul ne se soucie de la marche d'une colonne de ravitaillement par moins vingt degrés. Nous serons tranquilles jusqu'aux abords immédiats de l'ouvrage. Alors, nous devrons attaquer les sentinelles comme les aigles des Balkans, piquer dessus sans qu'elles poussent un cri. Vous prendrez un chemin détourné pour fixer vos charges sur le toit du bunker, et les prolonger aux ouvertures. Soyez rapide et précis, je ne suis pas certain que vous ayez beaucoup de temps pour vous enfuir. En cas de réussite, très probable, de l'opération, vous devrez prendre soin de tirer des fusées pour envoyer le signal de l'assaut aux Belfortins et aux zouaves, des deux côtés à la fois. Les Allemands surpris ne sauront où donner de la tête.

Paul ne pose aucune question. L'*andartès* a pris l'affaire en charge avec une maîtrise parfaite. Il se préoccupe tout de même du rôle des skieurs.

– Ils doivent partir avant nous, contourner Cobourg de façon à se poster au-dessus de l'ouvrage avec le matériel explosif qui vous est destiné, propose-t-il. Ils préparent ainsi votre opération très spéciale, la plus délicate, de descente en rappel des charges jusqu'aux meilleurs emplacements, au coin des embrasures.

* *
*

Avant le départ, les participants sont avertis qu'il leur revient d'opérer avec la plus grande rigueur, à l'arme blanche. Le moindre coup de feu serait fatal. Les skieurs sont au rendez-vous, Schuster en tête. Ils ont peiné dans leur parcours, tant la neige tombait dru. Schuster grogne : il est plus difficile de réussir les figures d'école dans la poudreuse molle et ensanglantée.

Il se souvient des combats du Linge, en 1915, durant lesquels il rampait sur son épais glacis blanc pour surprendre les guetteurs allemands et bravait les tirs des mitrailleuses. Rudes batailles, où les chasseurs ont laissé tant des leurs. Quand on s'est battu au Linge, se dit-il, on n'a plus rien à craindre. Les Allemands ont construit dans ce secteur des Vosges des tranchées entièrement maçonnées. Leurs abris sont bétonnés, leurs mitrailleuses recouvertes de coupelles d'acier. Schuster a eu plusieurs occasions de donner l'assaut. La seule victoire possible dans un jeu aussi serré d'obstacles tient à la surprise, à la rapidité d'exécution. Ainsi sont nées les compagnies de skieurs, pour tomber sur l'ennemi de toute la vitesse de leurs lattes de bois.

Les voilà en place. Le paysage ne diffère pas du Linge sous la neige, hormis l'absence de sapins, et la technique de fortification allemande est la même. Schuster se sent chez lui. Robert Soulé le mennonite l'a rejoint sans difficulté, poids plume derrière le poids lourd. Mais adroit à virer, précis, résistant. Ils se sont arrêtés en silence, dans un chuintement de neige, derrière le rempart bétonné du blockhaus.

Ils ont tout le temps de sortir de leurs sacs le matériel prévu par le génie.

Schuster se met au travail aussitôt, déploie les échelles de corde, les cordons de mise à feu, les boules d'explosifs. Mikaël et ses camarades neutralisent sans bruit les sentinelles une à une, au poignard. Paul Raynal, le responsable du groupe, est seul à savoir doser les charges et à les répartir.

Quand Mikaël fait signe que la voie est libre, les trois hommes s'avancent dans la neige. Derrière Paul, les skieurs ont chaussé des raquettes. Ils s'en débarrassent pour se laisser tomber du toit de l'ouvrage où gisent la sentinelle et les mitrailleurs égorgés, déjà changés en bonshommes de neige. Tout semble simple à Mikaël, qui ne cesse de contrôler sa montre pour ne pas prendre de retard. L'abri doit sauter dans les trois minutes.

Robert Soulé flanche. A-t-il le vertige ? Ses mains tremblent, il n'est pas sûr de placer la charge sans sauter avec. Il a la trouille, la vraie, celle qui coupe les moyens. Mikaël le remplace aussitôt par Theodorakis, équipé de deux boules d'explosif malléables dans son sac ventral. Il se laisse glisser sur le dos, repère les embrasures, place les charges. À peine termine-t-il de disposer ses cordons vers l'arrière qu'une sonnerie stridente retentit. Theo se fait aussitôt hisser par Mikaël et Paul, eux-mêmes aidés par Schuster. Des gouttes de sueur perlent à leurs tempes. À dix secondes près, ils sautaient avec l'ouvrage.

Les blocs de béton roulent sur la pente, les ferrailles béantes révèlent des *feldgrauen* empalés, les membres arrachés, des cadavres écrasés. Un torrent de pierraille dévaste le blockhaus, matraquant les soldats restés indemnes. L'escalier intérieur est pulvérisé. Des explosions en série éclairent l'excavation obscure : des survivants sous les débris, enfermés vivants, se manifestent en tirant des coups de feu. Les grenades infiltrées par les fissures les font taire. Les canons allemands grondent au loin, cherchant leur proie dans les décombres et les geysers de neige pour préparer une contre-attaque.

Paul Raynal cherche Mikaël dans l'obscurité. Ils s'étonnent de ne pas voir surgir les grenadiers belfortins et les premières escouades de zouaves. Ont-ils fait sauter l'ouvrage pour rien ? Pourquoi l'infanterie d'assaut est-elle en retard sur l'horaire ?

Le tir des quatre-vingt-dix Autrichiens, bien ajusté, cerne les restes de l'ouvrage. Il est temps de disparaître, ou de se faire tuer. Raynal donne le signal. Les skieurs zigzaguent les premiers sur la pente, rejoignent les positions françaises établies plus bas, autour du Posen reconverti en fortin et prêt à tenir sous les assauts. Des cadavres de zouaves, pris en enfilade par le tir des obus explosifs, ponctuent la pente.

Raynal et les Grecs se suivent en colonne dans la neige, soumis au feu des canons qui ne cessent de tonner. Les gros calibres s'en mêlent. Paul glisse dans une fissure, à se rompre le cou. Mikaël, devant lui, ne s'en est pas rendu compte. Theo donne l'alerte, le Français a disparu !

Mikaël appelle aussitôt le groupe de renfort des *andartès*, six hommes prévus pour récupérer les fugitifs et rompus à la montagne qui remontent la pente, cherchant la piste de Paul. Ils découvrent la crevasse éclatée par l'obus de 210. Tout au fond, Paul, assommé seulement par la chute, n'a pas la force d'appeler au secours. Grâce au casque de l'ingénieur Adrian, il a survécu au choc, mais il est déjà recouvert par les flocons de neige, tel un homme blessé à mort.

Les Grecs s'attachent en cordée pour descendre fouiller l'excavation mètre par mètre. Le Quercinois est là, l'un d'eux a failli trébucher dessus. Mikaël sort vite une gourde d'alcool pour humecter ses lèvres gercées. Paul avale une gorgée, revient à lui. On le hisse, il ne peut marcher. Allongé et sanglé sur une luge, il dévale la pente dans l'obscurité, escorté par les skieurs.

Échappant aux impacts d'obus, les partisans grecs regagnent enfin leur base, à Posen. L'infirmier de première urgence s'occupe aussitôt d'examiner Paul. Rien de cassé. Un traumatisme crânien dû au choc. Il reprend lentement ses esprits.

* *
*

Les Belfortins partent à l'assaut, c'est leur tour. Avant l'aube, ils ont revêtu des tenues blanches et chaussé des raquettes pour progresser dans la neige. Elle tombe si dru qu'ils n'y voient pas à dix mètres, mais ils échappent ainsi au repérage des observatoires ennemis.

Le terrain est dégagé. Le génie a fait son travail, la position ne résiste plus, elle est seulement à occuper. Une contre-attaque allemande dans la région de Snegovo est toujours à craindre, malgré les tirs de barrage de l'artillerie française. Peut-on penser que l'état-major ennemi s'est résigné à la conquête des crêtes ?

Le colonel Broizat trouve trop lente, trop molle, l'attaque de son 235e. Les grenadiers devraient déjà tenir les ruines du fort bétonné. Aucun signal n'est encore parvenu à l'état-major, pour indiquer clairement la prise de la position.

La 1re compagnie d'assaut commandée par le jeune cyrard Séramis en approche pourtant, elle se déploie en arc de cercle pour s'épargner de mauvaises surprises. Les groupes de tête, enfoncés dans la neige fraîche jusqu'aux mollets, ont de la peine à progresser, laissant les suivants profiter de leurs empreintes.

Le capitaine Bonnefoy avance au plus près de la position, suivi du bataillon entier, une compagnie après l'autre. Les mitrailleuses, tirées par des mulets, sont déchargées à trois cents mètres de l'objectif, et montées ensuite en pièces détachées à dos d'homme jusqu'au blockhaus en ruine.

Dans les éboulis, les premiers arrivés butent sur des cadavres par dizaines, et repèrent les blessés que les infirmiers se hâtent d'évacuer en les fixant en cacolet sur les flancs des animaux de bât.

Terrorisés par l'explosion, des soldats allemands refusent de sortir des niches de décombres où ils ont trouvé refuge. Les Belfortins les dégagent les uns après les autres, sous la menace des grenades. Ils rassemblent, en faisant claquer les culasses de leurs Lebel, un groupe de quatre-vingt-dix prisonniers persuadés qu'ils vont être fusillés sur place. Ils sont aussitôt désarmés, fouillés, et convoyés vers le bas de la pente où des tirailleurs malgaches les tiennent sous bonne garde.

Jean Hasfeld, nommé sur-le-champ par Bonnefoy chef de pièce à la compagnie de mitrailleuses, installe sa Hotchkiss sans trop tarder, malgré son inexpérience. Il veut se montrer digne de sa promotion. Le froid très vif risque de rendre l'engin inutilisable. Un ancien lui explique qu'une petite flamme de bougie allumée dans une boîte et placée sous la pièce peut la rendre immédiatement disponible.

– Ouvrez l'œil, dit le lieutenant Séramis. Le colonel vient d'obtenir un renseignement d'un prisonnier prussien de haut rang. L'ennemi se renforce et prélève des unités dans la boucle de la Cerna pour attaquer au plus tôt sur notre front. Il peut surgir d'un moment à l'autre.

Les Malgaches s'ingénient à conforter la position de telle sorte qu'elle soit inaccessible. Ils aménagent derrière chaque bloc de béton resté sur place des caches aussi profondes que possible, où les artilleurs de tranchées installent des crapouillots. Le capitaine Bonnefoy prend la direction de la position et dresse son PC. Des patrouilles à skis grimpent la pente pour prévenir en cas de retour de l'ennemi. Le vent des cimes est le seul à troubler le silence, sans un coup de canon. Qui pense encore, chez l'ennemi, à lancer l'assaut sur Cobourg ?

Soudain le feu d'artillerie reprend, à l'aveugle. Les obus tombent en quadrillage lâche puis de plus en plus resserré autour de la cible. Il faut croire que les réglages ennemis s'effectuent avec une précision croissante. Les Belfortins retiennent leur souffle, cachés dans les trous du bunker.

Le bombardement bouleverse encore le champ de ruines, multipliant d'autant le nombre d'abris possibles en cas d'attaque. Il a pour heureux effet de pulvériser la neige, d'ouvrir des cratères dans les rochers, aussitôt infiltrés de groupes de mitrailleurs. Chaque trou d'obus crée d'abord un refuge, puis sert de position de défense.

Après une heure de matraquage, les éclaireurs à skis français lancent des fusées d'alarme. Un bataillon prussien attaque à partir de l'autre versant de la montagne. Il progresse lourdement dans la neige, par petits groupes, annoncé par le tir des *Minenwerfer*, les premiers installés à cinq cents mètres des ruines de Cobourg, à l'abri de blocs de rochers. Un duel de grenades s'engage, coûteux de part et d'autre. Les blessés se traînent dans la neige, pour trouver abri dans les trous d'obus où nul ne peut leur porter secours.

Les officiers allemands des compagnies suivantes poussent les hommes à l'assaut pour déborder les Français, encercler les ruines, empêcher les renforts d'arriver. La batterie de mitrailleuses ouvre un feu d'enfer. Jean Hasfeld, pour la première fois chargé d'une pièce, voit son tube rougir malgré le froid, tant les servants alignent rapidement les bandes. Le lieutenant Séramis se fait tuer dans son PC, éventré par une grenade tirée presque à bout portant. Après quelques jours de campagne, le saint-cyrien de vingt ans allongera de son nom la liste de ses camarades morts au combat.

Les mitrailleuses françaises sont éclatées, anéanties, enrayées, réduites au silence. Jean Hasfeld a pris le sac de grenades d'un mort pour continuer le combat aux côtés du capitaine Bonnefoy, entré dans la fournaise à la tête des dernières réserves du bataillon.

Au prix de plus de cent morts et blessés français, les Allemands sont enfin tenus en respect, mais pas pour longtemps. Un tir de *Minen* a raison de la résistance des Belfortins. Jean Hasfeld, commotionné, n'a plus de capitaine quand il reprend connaissance. Bonnefoy est mort tout près de lui, la tête explosée.

– Où sont donc les zouaves ? entend-il crier.

* *
*

Ils arrivent au pas de charge alors qu'on ne les attendait plus. Ils viennent de la cote 2420 qu'ils ont conquise, occupée et nettoyée de ses locataires bavarois. Le commandant Coustou a prévenu les survivants des compagnies héroïques qu'il restait de la besogne, que les camarades de Belfort étaient en difficulté devant le blockhaus de Cobourg.

La batterie d'Émile Duguet prépare l'attaque en accablant les arrières du bataillon allemand. Les pièces de 65 tirent sans discontinuer, obligeant l'ennemi à se protéger en creusant des abris dans les trous d'obus, de sorte que l'assaut des zouaves devient possible.

Le clairon sonne, la compagnie Rasario est en tête. L'adjudant est le seul à pouvoir mener la charge, ses officiers sont morts sur le piton. À ses côtés, Benjamin Leleu, le zouave d'élite de Dunkerque, ardent au combat, habile à mesurer d'un coup d'œil les forces de l'ennemi et à éviter les tirs de *Minen*.

Vigouroux, rendu fou par la mort d'Alexandra de Florina, se rue dans la bataille avec un courage qui lui a déjà valu la médaille militaire, décernée par le général Lebouc, un dur de la Coloniale commandant le groupe de divisions placées par Sarrail autour de Monastir. Le caporal de Limoux mène son escouade avec un féroce entrain, décidé à grenader les Prussiens à bout portant, quitte à se faire tuer. Il veut les rouler dans la neige jusqu'au fond du ravin. Ben Soussan, de Mostaganem, ne peut le raisonner, ni lui éviter les éclats perdus. Il le considère comme un frère et se tient à ses côtés, prêt à le secourir s'il tombe.

L'assaut est d'une brutalité inouïe. Les *Minen* et les mitrailleuses ne peuvent tirer dans les décombres du fortin où les zouaves ont rejoint ceux de Belfort. Les tireurs d'élite du régiment se postent dans les décombres, visent les officiers allemands qui, revolver en main, empêchent leurs soldats surpris par le feu de tourner casaque. La consigne de Coustou est de mettre la baïonnette au canon. Impossible de lâcher les grenades dans cette mêlée. Un sous-officier prussien, un bras blessé, veut décharger son revolver sur Rasario. Vigouroux l'abat d'un coup de poignard rageur, tandis que Ben Soussan, baïonnette haute, fait prisonnier un gosse de dix-huit ans terrorisé, levant les mains pour faire camarade !

– J'interdis qu'on le tue ! crie-t-il à la cantonade.

Peine perdue, une balle entre les yeux le couche mort. Un portefeuille tombe de sa poche, aussitôt souillé de neige sanglante. Des papiers, des photos en sortent.

– Ses parents ! dit Ben Soussan, attendri.

Rasario le repousse d'un coup de crosse brutal. Il lui sauve ainsi la vie : un *Feldwebel* le visait au cœur avec son pistolet.

Les renforts allemands ne cessent d'escalader la pente. Les crapouillots partent tout seuls. Les lignes de *feldgrauen* sont disloquées, évanouies, réduites à de petits groupes de survivants qui attaquent en poussant des *hourras* ! Leurs moustaches blondes en crocs, leurs regards farouches sous les casques d'acier n'impressionnent plus depuis longtemps Vigouroux et son escouade qui tirent dans le tas, au jugé, toutes les balles de leur magasin. Ils ont à peine le temps de le remplir de nouveau que les renforts allemands fondent sur eux, prêts à les laminer.

Heureusement, les débris du bataillon de Belfort les surprennent de flanc, à l'arme blanche. Jean Hasfeld trébuche dans les débris de béton, lâche sa mitrailleuse détruite, glisse sur le sang vite glacé de ses servants morts, rassemble et conduit au combat un groupe de grenadiers sans grenades, qui chargent à la pointe de la baïonnette. Il sauve la vie de Benjamin Leleu qu'un géant prussien voulait achever à terre et qui se retrouve la gorge trouée. Le sang jaillit aussitôt. Hasfeld s'empare du corps et s'en fait un rempart, contre trois grenadiers prussiens qui l'assaillent. Les Belfortins les dégagent au couteau de tranchée.

La dernière compagnie du bataillon Coustou entre dans la bataille, pour déblayer le terrain. Les renforts n'arrivent plus. Le commandant a fait poster des mitrailleuses fraîches pour tenir solidement ouverte la piste d'accès au fortin. Le tac-tac meurtrier fait rage.

Le combat se poursuit dans les ruines. Pour l'ennemi, il est désespéré : les Allemands ne sont plus soutenus par le flux des renforts. Isolés, décimés, ils se battent pour survivre, avec une hargne ravivée par la certitude qu'ils vivent leurs derniers moments. Les Belfortins ont perdu trop des leurs pour faire quartier. Ils poursuivent le combat avec acharnement, mêlés aux zouaves dans le plus grand désordre, décidés, les uns comme les autres, à faire place nette sur la position conquise.

Un signal, une sonnerie de bugle, répercutée par les sifflets de *Feldwebel*. Les Allemands reculent, tentent de se regrouper dans la neige tassée du sentier. Ils se reforment cent mètres plus bas, et leurs officiers savent qu'ils ne peuvent y rester. Ils se mettent en position d'être attaqués sur leurs arrières par les renforts français qui grimpent de la vallée.

Ils ne tardent pas à hisser un drapeau blanc. Un *Hauptmann* demande à Coustou la permission d'enlever les blessés. Refusé. Le capitaine allemand sait fort bien qu'il est encerclé. Impossible de reprendre la route du sommet pour s'enfuir, sous le feu des tirs des zouaves et des Belfortins.

L'officier prussien est sommé de se rendre. Les tirs de mitrailleuse crépitent au-dessus de la tête de ses survivants. Il finit par renoncer à toute résistance et se constitue prisonnier avec ses hommes. Du bataillon prussien, il reste à peine la moitié. Les cinq cents *feldgrauen* défilent, en déposant les armes, derrière cinq officiers et leur major.

Rasario, Leleu, Hasfeld et Coustou, encore un peu incrédules, prennent conscience qu'ils viennent de remporter une victoire. Mais qui le saura jamais? Qui parlera de leurs morts, sur ce piton perdu à des milliers de kilomètres des bureaux silencieux du nouveau ministre de la Guerre, le député républicain socialiste Paul Painlevé?

* *
*

Il occupe le fauteuil de Gallieni et de Lyautey depuis le 20 mars 1917, dans le cabinet formé par Alexandre Ribot, digne vieillard républicain qui succède à Briand. Ce n'est pas son premier poste dans les gouvernements de guerre. Il était, dans le premier cabinet Briand, à l'Instruction publique et aux Beaux-arts. Le paisible professeur de mathématiques a été propulsé rue Saint-Dominique. À croire que Ribot ne veut plus entendre parler d'un général à la Guerre.

Le cadet des soucis de Painlevé est de savoir ce qui se passe en Orient. Il sait que la politique de Briand a été vivement critiquée dans les comités secrets de la Chambre et du Sénat, mais seulement à cause de ses rapports avec le roi de Grèce. Il ne lui a été fait aucun reproche sur la conduite des opérations par Sarrail, que le député Abrami, ancien membre de son cabinet à Salonique, a vivement défendue.

Aristide Briand est tombé parce que son ministre de la Guerre, le général Lyautey, sans doute hostile aux préparatifs d'offensive sur le Chemin des Dames organisés par le général en chef Nivelle, a démissionné en pleine séance de la Chambre sur une question secondaire : il a protesté contre la tenue des comités secrets, qui déballent les arcanes de la politique devant des centaines de parlementaires pas toujours discrets. On a décidé de nommer un civil à sa place, pour ne gêner en rien l'action de Nivelle, prévue pour la mi-avril.

Mais Painlevé se renseigne auprès des commandants d'armée, en particulier de Philippe Pétain. Ce général volontiers critique, en délicatesse avec le haut commandement depuis l'échec de son offensive d'Artois au printemps 1915 et qui s'est acquis la réputation d'un chef soucieux de ménager ses fantassins, ne cache pas qu'il doute de l'efficacité de l'offensive...

Painlevé, ébranlé, obtient alors du président de la République qu'il reçoive, en présence de Ribot, de Nivelle et de lui-même, tous les responsables militaires, l'un après l'autre, dans son wagon garé à Compiègne. Le général en chef a offert sa démission, refusée. Rien ne peut plus arrêter l'offensive. Le 8 avril, les nouvelles de Salonique sont loin d'effleurer la curiosité de Painlevé, il a les yeux fixés sur le Chemin des Dames.

Se déplaçant toujours en manteau civil, Painlevé est d'abord un parlementaire sensible aux doléances des électeurs : trop de morts depuis le début de la guerre, il faut en finir ! Propos ambigu : en finir tout de suite, là, sur le terrain, en signant une paix blanche ? Quel gouvernement accepterait d'avoir sacrifié sa jeunesse pour un tel résultat ? Le paradoxe est que beaucoup d'autres morts sont encore à prévoir d'ici la fin des combats. À peine installé, Paul Painlevé a dû demander au Parlement, « pour en finir », l'incorporation immédiate de la classe 1918 : cent soixante mille gosses de dix-neuf ans, levés un an avant la date prévue et jetés aussitôt dans la fournaise.

Quand il pense à l'Orient, le nouveau ministre garde en mémoire les réponses faites par Briand lors du comité secret de la Chambre, à la fin du mois de janvier. À ceux qui critiquaient violemment sa politique grecque et lui demandaient pourquoi il était allé à Salonique, il rétorquait : « Fallait-il abandonner les cent mille rescapés de l'armée serbe qui combattent aujourd'hui à nos côtés ? » Devant Abel Ferry, qui lui reprochait de ne pas s'être débarrassé du roi Constantin, il soutenait, avec la meilleure bonne foi du monde : « Le roi [des Grecs] serait parti à la tête de son armée. Il aurait, par la Thessalie, rejoint les armées autrichienne, bulgare et allemande, c'était certain, rien n'était plus facile. »

Oui, affirmait l'ancien avocat avec la plus grande vigueur, renonçant aux douceurs de sa « voix de violoncelle », il devait composer avec Constantin et sa camarilla de généraux germanophiles. Il n'avait pas les moyens militaires de combattre les forces grecques dans son dos. D'ailleurs, Vénizélos lui-même ne souhaitait pas que l'on débarque le roi. Il connaissait trop les dangers d'une telle politique.

Paul Painlevé n'est pas loin de penser qu'il ne fallait pas aller en Orient. Les Anglais s'y sont résignés sur notre insistance, mais aussi parce que la présence d'une base de sous-marins allemands au Pirée et d'une autre en Crète leur était inacceptable. Briand ne partageait pas le pessimisme du ministre :

– Notre action a déjà réalisé quelques-uns de ses buts, faisait-il observer au député Abel Ferry. Elle a empêché la capitulation de l'armée serbe, permis les opérations arméniennes de l'armée russe et annihilé les initiatives de l'armée turque. Elle a représenté une menace réelle sur les flancs de la Bulgarie et des empires centraux.

Le bilan ? Une force militaire adverse de trois cent cinquante mille hommes est mobilisée en permanence devant Salonique. N'est-ce là rien ? Pour l'heure, le gouvernement doit se borner à assurer en Grèce et en Macédoine la sécurité de l'expédition interalliée, et veiller scrupuleusement à la parfaite entente des nations de l'Ouest. « La France peut être justement fière d'opposer son attitude généreuse envers une Grèce détournée de ses voies. »

Il ne pouvait en dire plus, et Ribot, son successeur, le patron de Painlevé, n'avait pas tenu un autre langage. Il souhaitait seulement que Sarrail, pour fixer les effectifs Allemands en Orient, se donne les moyens d'une offensive, même partielle.

Les premiers résultats étaient, à cet égard, décevants. Les Français n'avaient que peu mordu sur les montagnes tenues par les Germano-Bulgares au nord et à l'ouest de Monastir. Les exploits des zouaves et des fantassins de Belfort passaient inaperçus sur un front qui, peu ou prou, gardait ses lignes de crêtes.

* *
*

Cependant, Sarrail obéit aux consignes venues de Paris et approuvées par Painlevé. Il a indiqué dès le mois de février ce qu'il comptait faire en Macédoine : réunir les Serbes pour attaquer sur le Vardar, dans la boucle de la Cerna ; persuader les Anglais d'avancer sur la Strouma ; obliger les divisions de l'Ouest, dont la 57e de Belfort et la 156e coloniale, à percer à travers la montagne en direction de Kukuretchani – c'est-à-dire de Prilep –, vieux rêve de victoire jamais réalisé.

À son cabinet de Salonique, le fidèle Michaud archive les télégrammes successifs modifiant l'action prévue. Sarrail a indiqué à la direction d'Orient relevant directement de Paul Painlevé qu'il ne peut attaquer avant avril, « après la solution de la question grecque », et qu'il a besoin d'artillerie lourde. Refus de tout renforcement par télégramme du 19 février. Le général répond aussitôt qu'il lancera l'attaque malgré ses maigres moyens. Son plan est accepté par télégramme de Paris daté du 9 mars. Il doit tout faire « pour retenir, au profit des Russes et des Roumains, les forces qui lui sont opposées ».

Il est donc conscient que ses attaques ne peuvent aboutir lorsqu'il lance le général Jacquemot à l'assaut des pics enneigés. Il n'espère pas beaucoup de la 76e division du général de Vassart, à qui il reproche sa mollesse. L'Anglais Milne, pour sa part, ménagera sans doute le plus possible les forces qu'il accepte enfin de lancer en avant. Quant aux Serbes, précise-t-il à Paris, ils se disputent entre eux, « fortement émotionnés par les événements russes ». Sarrail ne s'attend nullement à réussir. Il attaque surtout pour ne pas être accusé de n'avoir rien fait.

Michaud ne le laisse pas dans l'ignorance des efforts inouïs déployés par les zouaves et les Belfortins. Il l'informe aussi du sacrifice de quelques bataillons de la 76e division engagés, entre les lacs de Prespa et d'Okrida, contre une force composée de régiments autrichiens et allemands renforcés d'un détachement de Turcs. Les soldats de Gap, d'Aix et de l'arrière-pays niçois, riche en amandiers et en mimosas, ont été engagés dans un relief montagneux dépourvu de toute végétation, sur des pics de plus de deux mille mètres, sans grands renforts d'artillerie.

– Sur la position dite de la Griffe, précise Michaud, près d'un pic de plus de mille six cents mètres, une compagnie du bataillon Estienne[1] de deux cent cinquante hommes n'a plus que vingt-trois survivants. Les rescapés ont ramené dans leurs lignes, avançant dans le brouillard et sous le feu des mitrailleuses ennemies, les corps de leurs camarades. Ils ont repoussé une contre-attaque en se battant dans la neige, enfoncés jusqu'au torse, au milieu de leurs morts. Sans pouvoir faire du feu, le ventre creux, les gourdes vides, ils ont attendu la relève toute la nuit. Pour se protéger et tenir bravement leur piton, ils ont dû creuser dans la glace afin de dégager des cavités de pierre sèche pouvant servir d'abris à leurs mitrailleuses.

– Il n'empêche, tranche Sarrail, que le général de Vassart a finalement fait rompre le combat à quatre bataillons. J'ai dû téléphoner personnellement pour faire engager l'artillerie de soutien contre des canons autrichiens. Vassart ne manquait pas de moyens, avec neuf batteries de 65 ou de 75, je ne sais plus...

– Des 65, mon général !

– Qu'importe ! Il pouvait aussi disposer d'une section de canons lourds de 120. Il aurait pu tenir. Le général de

1. Du 157e régiment de Gap.

Vassart ne sait rien de la guerre de montagne, rien de l'utilisation de l'artillerie dans ses rochers. Pour lui, l'infanterie ne doit être employée qu'au compte-gouttes.

– Il arrive tout juste de France, il n'est pas étonnant qu'il apprenne cette guerre d'Orient sur le tas. Nous avons tout de même pris, dans son secteur, mille deux cents prisonniers, et les soldats de la 76e se sont battus en braves. Vassart fait judicieusement ressortir, dans son compte rendu rédigé avec soin pour sa défense, qu'il a repoussé les contre-attaques et organisé au mieux son front. Il s'est trouvé dans une zone rocailleuse, impossible à creuser, surtout avec le gel et la neige. Ses travailleurs malgaches ont dû arracher les pierres une par une, pour ériger des murettes capables de protéger les mitrailleuses. Il sera très difficile, j'en ai peur, de tenir un front dans ces conditions, si l'ennemi se renforce. C'est la première fois que nous avons à combattre un détachement turc à l'extrême ouest de notre dispositif. Les Turcs à l'ouest de Monastir ! Pour une surprise, c'en est une !

– Nous en aurons d'autres, conclut Sarrail, satisfait des confidences détaillées de Michaud, d'ordinaire laconique. Et des renforts bulgares en grand nombre. Comment lancer une offensive dans ces conditions, avec les Serbes qui flanchent, les Anglais hésitants, les Russes démoralisés, et les Italiens uniquement soucieux de défendre leur chère Albanie ? On nous a confié, mon cher Michaud, une mission impossible.

* *
*

La troupe, dans les secteurs glacés, commence à s'en rendre compte. Les soldats de la 122e division, les *Chtimis* du général Jérôme, s'attendent à attaquer au centre, en pleine montagne, une position indestructible. Sans doute faut-il soutenir l'offensive problématique des Anglais vers la droite du front. Le général Jérôme se demande pourquoi il devient soudain, aux yeux de Sarrail, le favori de la *percée,* celui qui doit prendre le bourg montagneux de Huma, où les pertes seront certainement considérables. L'état-major lui fait connaître que le général britannique Milne semble enfin décidé à pousser son attaque.

Non sans raisons. Les deux armées anglaises du Proche et du Moyen-Orient, marchant depuis Alexandrie, progressent avec rapidité, après s'être très longuement préparées. Jérôme a appris, au contact des Britanniques, qu'Allenby, pour ne pas être en manque d'eau, a fait construire un pipeline le long du désert de Palestine, recruté soixante mille travailleurs égyptiens et quarante mille chameliers pour constituer le *Camel Transport Corps,* et qu'il repousse allègrement les Turcs vers Gaza dont il s'est emparé le 3 avril.

Allenby a fait prisonnier un état-major allemand. Les interrogatoires des officiers lui ont révélé que le maréchal von Falkenhayn en personne, ancien général en chef des armées allemandes, dirige les opérations contre lui. Quel redoutable honneur !

L'illustre Falkenhayn, malgré ses échecs de l'année 1916 en France, de Verdun à la Somme, est loin d'être interdit de guerre. Le Kaiser le tient au contraire pour responsable de l'ensemble des opérations en Orient. L'armée du général anglais Maude a enlevé Kut el-Amara et Bagdad avec l'aide de cavaliers arabes rassemblés par le colonel Lawrence. Il se dirige vers les champs pétrolifères de Mossoul.

S'ils veulent sauver leurs alliés turcs, les Allemands doivent prendre en main la défense de l'Anatolie. Il devient donc essentiel, pour la direction anglaise du Caire, que les divisions de Salonique attaquent à leur tour. Elles fixeront devant elles les forces allemandes et turques pour les empêcher de partir en renfort vers le Proche-Orient.

Ainsi, Sarrail revoit ses plans pendant que les canons ennemis bombardent chaque jour Monastir, pour prouver que les attaques des Français n'ont pas réussi à mettre la ville à l'abri. Les fantassins des bataillons de Jérôme, recrutés en 1914 dans le département du Nord, s'apprêtent donc à tenter l'impossible percée, avec la seule aide d'une division grecque vénizéliste que Sarrail a finalement accepté d'intégrer dans son armée.

Les *Chtimis* ne sont pas seuls dans les rangs. Les Ardennais du 148e régiment de Rocroi, décimés par les campagnes successives, ont accueilli, dans leurs compagnies réduites à des poignées de combattants, des Bretons venus de Vannes, le nouveau centre de recrutement du régiment. Les officiers sont des adjudants ou des sergents du Nord promus sur le tambour pour leur expérience des combats, et des cavaliers reconvertis, accourus de tous les régiments de dragons démontés faute de chevaux.

Les Grecs sont des insulaires, sans expérience des attaques en montagne. Sarrail ne se fait pas d'illusions sur leur valeur militaire et redoute qu'ils ne se fassent décimer aux premiers engagements.

Jérôme est cependant heureux de les accueillir, ne pouvant compter sur la vaillance légendaire des Serbes, bien souvent démoralisés par les querelles intestines de leurs chefs voïvodes. Le général Boyovitch, chef d'état-major de l'armée serbe, insiste pour que ses soldats soient constamment soutenus par des troupes françaises. Craint-il de les voir lâcher ? Il s'agit d'enlever des ouvrages si bien fortifiés par les Allemands que leur nom seul inspire la terreur : tranchée Hohenzollern, tranchée du Crime.

Les plus désespérés sont les biffins de Belfort et le bataillon de zouaves du commandant Coustou. Ils sont chargés de tenir à tout prix le piton 1248 où ils ont été rappelés d'urgence. Le bombardement des pièces lourdes a transformé la position en enfer de blocs disloqués, écrasé les PC, rendu impossibles le ravitaillement en munitions et la montée des convois sanitaires. L'ennemi n'a pas tardé à faire avancer les *Alpen* bavarois, spécialistes des attaques en montagne, qui ont réussi à reprendre le pic.

Au PC en ruine du commandant Coustou, un pigeon a délivré l'ordre du général Jacquemot : reprendre à tout prix la position. Les zouaves soutenus par les Belfortins sont repartis dans la neige, suivant la préparation des 65 de montagne du lieutenant Duguet. Edmond Vigouroux a perdu une nouvelle occasion de se faire tuer à la tête de son escouade, en attaquant à la grenade les niches où les Allemands avaient trouvé refuge. Il a échappé par miracle aux tirs de mitrailleuses ennemies, soutenu par le groupe de Benjamin Leleu et du farouche Rasario.

Les zouaves s'accrochent, les Belfortins n'ont plus d'officiers. Le colonel Broizat, blessé, continue de donner les ordres, d'orienter les maigres groupes de renfort. Arthur Schuster et Robert Soulé, skis déchaussés, combattent en fantassins, à l'arme blanche. Le pic est reconquis à l'arrachée, et les cadavres jonchent la neige. Coustou peut expédier à Jacquemot un message de victoire, avec demande instante de relève immédiate. Mais il a beau lancer ses derniers pigeons, rien ne vient. Qu'il panse ses blessés avec les moyens du bord et qu'il enterre ses morts ! Il n'y aura pas de renforts. Il est sur le pic, qu'il y reste.

* *
*

Sarrail, qui ne croit pas à sa propre offensive, n'est pas vraiment inquiet sur le rapport de force au front. Michaud lui a fait le décompte des armées en présence : contre deux cent vingt-huit mille combattants ennemis dont une division allemande et une autre turque, il peut aligner des forces supérieures françaises, britanniques, italiennes, russes, serbes, outre une division grecque et un contingent d'Albanais.

Pour soutenir cette armée de Babel, Sarrail a obtenu, à force de pleurer du canon dans les bilans expédiés à Paris, qu'elle reçoive sans délai quatre cents pièces lourdes et plus de mille 75 de campagne. On comprend que la direction de Paris considère désormais qu'il dispose de moyens suffisants pour engager une offensive modérée, destinée seulement à fixer le front. On ne lui demande pas de miracles.

Il est donc possible de relever dans la montagne les survivants des régiments de Belfort et les zouaves du commandant Coustou. Quand les escouades de pointe de la brigade du colonel Pruneau, de la 16^e^ division coloniale, apparaissent au sommet, les zouaves leur font fête. Les fantassins de Belfort blessés ou inaptes au combat pour cause de pieds gelés ou de fatigue extrême sont évacués avec ménagements. Les colonels estiment qu'il faut déduire vingt-huit mille hommes des effectifs combattants pour maladie ou indisponibilité. Plus de mille six cents soldats de la 57e division doivent être évacués par les sanitaires. Il en coûte, de faire la guerre sur les pitons glacés.

Les compagnies épuisées partent vers l'arrière, pendant que les brancardiers chargent les blessés dans les convois automobiles avancés sur la route du Dragor. Le général Jacquemot porte son état-major à Obsirina, dans la cave d'une villa épargnée par le canon. Les compagnies s'éparpillent dans la campagne macédonienne, à la recherche de bons gîtes. Soulé et Schuster sont à Lazec, avec les zouaves, à qui le commandant Coustou a donné carte blanche pour préparer le repas du soir. Ils ne manquent pas de « réquisitionner » dans les fermes les poulets étiques et les lapins prisonniers de cages grillagées.

Dans une maison évacuée de Lazec, les officiers ont installé une popote convenable, où Coustou rencontre le capitaine de la Légion Hanriot, de la 9e compagnie [1], également au repos.

– Mes hommes sont épuisés, confesse-t-il. Ils se sont emparés de vive force des ouvrages de la Tzervena Stena, après une très violente préparation de mortiers. Le vent était si fort que les légionnaires n'ont pu attaquer qu'en début d'après-midi, progressant le long de l'arête et enlevant les tranchées une à une. Ils ont fait deux cents prisonniers, conquis des positions de mitrailleuses, résisté aux contre-attaques. Ils ont eu peu de morts, et quarante blessés, grâce à l'action de l'artillerie. Ils devraient être satisfaits du résultat. Or, ils sont mornes, abattus, découragés. Un légionnaire n'a

1. Du 3e bataillon de la Légion, attaché à la 156e division coloniale, proche de la 57e de Belfort.

pas le droit de se plaindre. Leurs regards me font baisser les yeux. Où vais-je les conduire, demain ? Comment leur faire reprendre ce combat sans fin contre des Bulgares désertant à la première occasion mais constamment renforcés, et des Allemands furieux d'être immobilisés dans cet enfer de pierre mais décidés à tenir coûte que coûte ? J'ai surpris les plaintes d'un légionnaire croate. Il disait que cette guerre était sans issue.

– Il a tort, affirme Coustou. Les armées serbes vont être réduites à deux, mais renforcées. Je le tiens de Jacquemot. Un bataillon yougoslave – c'est ainsi qu'on le nomme – a été constitué en Russie avec des volontaires prisonniers, des Slaves des diverses tribus de Bosnie mobilisés de force dans l'armée autrichienne. Votre homme devrait quitter la Légion pour se joindre à ce bataillon, qui compte aussi bien des Slovènes et des Croates que des Serbes. Ces recrues sont arrivées à Orange le 25 mars, après un pénible voyage. Le général serbe Ratchich est allé les accueillir et les a embarquées à Marseille. Elles sont encore en mer.

– Promis au torpillage, soupire tristement Hanriot. Comme le paquebot *Athos,* des Messageries maritimes. Il vient de couler, venant de Chine, avec deux mille travailleurs chinois et des tirailleurs indochinois à son bord.

– Pas du tout, rectifie Coustou. Les Croates sont arrivés en camions par la route, de Brindisi à Santi Quaranta, sans aucune perte.

– Il me semble, conclut le capitaine de la Légion, que les combats d'hiver en montagne sont une contribution bien ingrate à l'effort de guerre allié. Voyez les chiffres de l'état-major : les Bulgares ne comptent pas. Réduits à leurs seules forces, ils renonceraient. Nous faisons tuer nos gens pour fixer devant nous dix-huit mille Allemands, au plus, mille Autrichiens et autant de Turcs. Ne trouvez-vous pas que nos sacrifices sont cher payés ?

C'est exactement ce que pensent, réunis autour du foyer de leur cantonnement, Rasario le zouave d'Alger, Schuster, le skieur d'Orbey, et Paul Raynal, le sapeur de Septfonds. Ils savent que la fonte des neiges verra la reprise de l'inutile offensive. Ils ne s'en indignent pas encore, ils s'en affligent.

# La Trinité à Athènes

Le jeudi 24 mai 1917, le sous-lieutenant d'artillerie Émile Duguet descend à l'aube du train de Monastir en gare de Salonique. Il est en permission, pendant les trois jours des fêtes de la Pentecôte grecque, et sa batterie, appelée à d'autres missions avec celles du groupe tout entier, a abandonné sa position en montagne pour prendre la route du sinistre camp de Zeitenlik.

Elle y rejoint plusieurs unités retirées du front, des bataillons de zouaves, et le 173ᵉ de Corte, un des régiments de la 30ᵉ division d'infanterie, recruté en Corse. Cette troupe enfin réunie, débarquée par petits groupes du 30 janvier au 15 avril, est à l'instruction accélérée dans le camp, comme si l'on brûlait de la faire monter en ligne. Pourtant, toute action est suspendue sur l'ensemble du front.

Émile Duguet, l'ancien des Dardanelles, flaire le coup sournois, l'expédition secrète. Il décide de se rendre à l'état-major où il a souvent servi sous les ordres directs du colonel Valentin, le chef du 2e bureau de l'armée, pour des missions très spéciales.

L'officier ne fait pas de difficultés pour le recevoir. Il l'accueille avec une sorte de complicité familière et l'emmène déjeuner au restaurant du Cercle français sur le port, où l'on peut déguster des frites et un vin de Bordeaux assez convenable. Il se laisse aller à des confidences mesurées.

Duguet croit comprendre que, depuis la veille, le général Sarrail a donné l'ordre d'interrompre toute offensive. Les échecs répétés des opérations désastreuses du printemps, d'un bout à l'autre du front, ont provoqué des pertes lourdes qui obligent les régiments à attendre des renforts parcimonieux venus de France, mais surtout d'Indochine, de Madagascar et d'Afrique, pour se reformer avec des effectifs toujours inférieurs à la norme. Le fiasco sanglant de l'offensive alliée dite du Chemin des Dames en France, du 16 avril au 10 mai 1917, n'est sans doute pas étranger à cette décision de *statu quo*.

Sarrail a besoin de rétablir l'ordre en Grèce avant d'entreprendre un nouveau bond en avant, encore imprévisible à la fin du mois de mai. Un poste de Sénégalais vient d'être massacré en Thessalie par les *comitadji*, Macédoniens d'origine bulgare pour la plupart, qui comptent en Thessalie trois cents partisans armés jusqu'aux dents, bien pourvus d'explosifs et clandestins, fondus dans la population des villages, insaisissables, encadrés, croit-on savoir, par un lieutenant grec royaliste et par un *Feldwebel* allemand.

Le général français médite depuis longtemps de se débarrasser du roi Constantin, mais ce désir reste un vœu pieux. Il ne peut qu'attendre, l'arme au pied, les ordres de Paris. Aussi estime-t-il nécessaire, au cas où le gouvernement prendrait enfin la bonne décision, de faire reposer les troupes, tout en les rapprochant de l'axe Corinthe-Athènes-Larissa, en Grèce continentale. Il a la ferme intention de prendre le pouvoir militaire en Grèce et le colonel Valentin, sur une question inquiète de Duguet, affirme qu'il en a les moyens. L'armée et la marine sont prêtes.

Il promet à l'artilleur un billet de logement convenable chez l'habitant, à Salonique, en attendant son départ imminent pour Athènes.

Duguet s'étonne de ces signes de précipitation. Valentin estime alors de son devoir de lui brosser à gros traits le dernier état de l'environnement international : les Alliés se sont rencontrés une première fois à Saint-Jean-de-Maurienne, le 19 avril 1917. Les chefs de gouvernement Ribot, Lloyd George et Sonnino ont admis le principe de conserver la monarchie en Grèce, mais décidé de détrôner le roi Constantin pour germanophilie. Lloyd George a été finalement convaincu par Alexandre Ribot. L'action retardatrice de l'armée grecque clandestine explique les échecs répétés du printemps sur le front, selon le commandement français. On ne peut faire la guerre avec un ennemi dans le dos.

Le roi Constantin a cru gagner du temps en changeant de gouvernement. Celui de Zaïmis, ami et complice de Vénizélos lors du rattachement de l'île de Crète à la Grèce, a tenté d'établir avec les ministres alliés des relations amicales, pour temporiser, maintenir vaille que vaille le roi dans son palais. Une confirmation définitive de Londres, attendue pour le 29 mai, devrait permettre de balayer les objections italiennes, la mauvaise humeur du gouvernement provisoire de Petrograd, et en finir avec le roi.

– Par la force?

– S'il le faut. On envisage de sang-froid le coup d'État. Alexandre Ribot, ce protestant non affilié aux loges maçonniques, aime les décisions nettes et fait confiance aux grands serviteurs de l'État, pourvu qu'ils soient réfléchis et déterminés. Un haut fonctionnaire vient d'être désigné pour liquider la situation au moindre coût.

«Ce Jonnart, nommé haut-commissaire des trois puissances[1], ancien député républicain modéré du Pas-de-Calais, est un homme d'âge et d'expérience : il a plus de soixante ans et une longue carrière derrière lui, au service des gouvernements du centre droit. Il a été pendant onze ans gouverneur à Alger avant de devenir ministre des Affaires étrangères dans un des cabinets furtifs présidés par Aristide Briand, pendant l'année 1913. Réputé pour sa sagesse, Jonnart est attendu à Salonique où il doit rencontrer Sarrail, auquel il a déjà demandé un plan d'action.

– Pour noyer Constantin dans la mer Égée? ironise Duguet.

– Non pas, répond Valentin, sérieux, comme si cette éventualité ne l'indignait nullement. Il partira en exil, avec la reine Sophie et probablement son fils Alexandre. Nous aurons peut-être à Athènes une république vénizélienne.

– Sans troubles?

– Nous l'espérons, mais ce n'est pas exclu. Jonnart s'est déjà entretenu avec l'amiral Gauchet des mesures de représailles

1. La France, la Grande-Bretagne et l'Italie. La Russie révolutionnaire est absente.

navales, si l'armée grecque résiste. Sarrail envisage allègrement de bombarder Athènes. Après Pâques, mais avant la Trinité.

* *
*

Fort de ce viatique, et princièrement logé dans une chambre d'hôte du palais de l'armateur grec Aristide Argiropoulos, d'une francophilie affirmée, Duguet, fataliste, se dit que rien ne presse, puisque l'on attend encore une décision diplomatique de Londres. Cent fois déjà, le refus des Anglais a suspendu la moindre opération de police intérieure en Grèce.

Et si rien ne presse, pourquoi l'artilleur se priverait-il de la traditionnelle tournée des grands ducs ? À commencer par le restaurant de la Tour Blanche, le meilleur, et de loin, sur la place de Salonique.

Au bar trône la silhouette lourde et rassurante de Richard Bartlett, du *Sunday Times*, toujours présent dans les moments de crise. Il s'entretient avec Jim Morton, du groupe de journaux Hearst, le plus puissant aux États-Unis, pays désormais allié ou associé. Duguet s'installe non loin d'eux, devant un verre de raki. Les journalistes devisent à voix haute, sans se gêner le moins du monde.

– Rien ne dit que le cabinet Lloyd George ne s'opposera pas de nouveau à un projet de débarquement au Pirée et à Corinthe, décrète Jim Morton, d'un ton pénétré.

Le jeune Américain croit les Britanniques capables de tout, quand leurs intérêts sont en jeu. L'empire victorien a dominé le monde pendant un siècle en appliquant ses principes d'égoïsme sacré. Il n'y a pas de raison qu'il change. Pas plus que les Italiens, spécialistes du marchandage. Les Anglais sont entrés en guerre en fonction de promesses territoriales faites par les Alliés dans des traités restés secrets. Ils voient probablement dans la chute de la monarchie en Grèce une atteinte à leur propre influence en Orient, au profit des Français.

Bartlett lui donne raison sur ce point, ajoutant que les *Frenchies* n'ont pas le sens de leurs intérêts. Ils s'obstinent à Salonique alors que l'enjeu juteux de la guerre est au Moyen-Orient, où ils sont absents.

– Je pense, ajoute-t-il, que Lloyd George, ce mineur de fond parfaitement inculte, serait pour une fois bien inspiré de défendre la politique traditionnelle de soutien de la monarchie à Athènes, au lieu de faire confiance à un aventurier de son espèce, ce Crétois mégalomane. Il devrait même retirer quelques unités de ce front où les Britanniques ne combattent guère que les moustiques, alors que tout le Moyen-Orient est à prendre d'urgence, et jusqu'à Bakou si possible.

Duguet offrirait bien un verre aux deux compères si son attention n'était détournée par le passage fracassant de la *divinissima* Lucia Benedetti, sa conquête adorée de Bucarest, qui s'engouffre dans le sas de sortie du bar. Émile joue des coudes au milieu d'une escorte d'admirateurs. Il arrive trop tard. La belle est aussitôt enlevée par deux d'entre eux dans une automobile aux chromes éclatants, conduite par un chauffeur turc.

– Elle va prendre son bateau pour Istanbul, dit un officier de marine français qui a dû rencontrer, en quelque occasion, l'artiste aux cheveux blond vénitien. Qui sait ? Elle y prépare peut-être l'arrivée du roi Constantin.

Au bar où il revient, poussé par le reflux, Duguet entend Richard Bartlett confier à Morton, avec une moue très méprisante.

– Une espionne ! Tout se sait à Salonique. Elle était ici la maîtresse d'un officier russe du régiment de Samara. Je peux vous dire son nom : le capitaine Maslov. Nous entendrons reparler d'elle un jour, si l'on juge bon de châtier les vedettes de la scène à la vie dissolue, pour l'exemple.

Jim Morton reste sceptique. Le mot « espionne » lui paraît abusif. Il lui répugne de considérer une jolie femme comme un agent trouble. Les coupables, à ses yeux, sont ceux qui l'utilisent. Elle ne sert, au pis aller, que d'intermédiaire.

– Si le général Sarrail a réellement le pouvoir de liquider la force armée du roi des Grecs, le nettoyage de Salonique sera sans pitié, assure Richard Bartlett en commandant son deuxième whiskey. Il faudra un cargo de fort tonnage pour évacuer ne serait-ce que la cohorte des agents allemands, le baron Schenk en tête. Est-il toujours dans Athènes ?

Un jeune officier grec en uniforme de l'armée royale bouscule Bartlett pour exiger d'être servi. Le barman s'empresse de donner satisfaction à ce client aux manières impérieuses. L'armée de Constantin est en principe désarmée, mais rien n'empêche ce fils de notable de parader, revêtu de ses décorations, parmi les officiers de toutes les armées alliées. Un colonel italien tiré à quatre épingles n'a pas manqué de l'inviter à sa table. Les royalistes n'ont-ils pas de patrie ?

– C'est Mikaël Baïras, dit Bartlett à qui rien n'échappe. Il est le fils du général qui commande à Chalcis la résistance de l'armée royale et se retranche dans l'île de l'Eubée. Les fusiliers marins français l'ont arrêté au mont Athos, alors qu'il portait secours aux sous-mariniers allemands. Ils se sont hâtés de le relâcher, sur l'injonction du ministre français à Athènes, un personnage timoré. Sarrail a dû avaler la couleuvre, une fois de plus. Il a fait fusiller les *comitadji* bulgares, mais il prend soin de ne pas toucher aux familiers du roi. Cela ne lui est pas permis.

* *
*

Duguet décide de quitter la Tour Blanche pour le café Flora, établissement très connu des permissionnaires et des pistonnés des bureaux de Salonique, mais il est submergé par la troupe. Sa grande salle peut recevoir une cinquantaine de clients, pas trois cents. Les tables sont prises d'assaut, les militaires se disputent les chaises. Dans le bruit et le brouillard de fumée des cigares, l'artilleur, à peine introduit, juge tout de même beaucoup plus facile de sortir que d'entrer.

Il rôde dans le quartier juif d'Agouda, près du port, et rentre dans un petit restaurant de la *caddé dé Veddé* qui propose à sa clientèle des plats sentant bon les épices. Quand il pousse la porte, tous les regards convergent vers lui. Il est le seul à porter l'uniforme.

Il retire son képi. Une femme lui sourit, le patron lui offre une table où une jeune serveuse se hâte de déployer une nappe blanche. Les conversations reprennent. À son accent du Sud, le cafetier l'a d'abord pris pour un Italien. Ils sont nombreux dans Salonique, mais leurs officiers préfèrent exhiber leurs uniformes bien coupés dans les endroits chics. À croire que leur solde – ou leur fortune personnelle – permet tous les excès à ces Tancrède costumés en carabiniers.

On n'a jamais vu ici de lieutenant français. D'une table à l'autre, l'information circule dans cette langue judéo-espagnole qu'Émile a du mal à comprendre : il est français, et cela ne semble pas déplaire. À la table voisine, un homme aux cheveux blancs lui souhaite, à sa surprise, le bonjour dans sa langue et se présente :

– J'ai longtemps travaillé à Paris, à l'agence du Crédit Lyonnais. Mon nom est Samuel Meir. Soyez le bienvenu parmi nous. Beaucoup des nôtres parlent votre langue et admirent la République française.

La serveuse, une brunette aux longs cils coiffée d'un bonnet blanc égayé de fleurs, lui propose les *mezze.* Il picore le caviar rouge écrasé à l'ail, le *garato*, du thon mariné, les boulettes aux poireaux ou aux céleris.

– Notre cuisine n'a pas changé depuis notre arrivée d'Espagne, sourit son voisin.

Quand Émile lui apprend qu'il est niçois, Samuel devient rayonnant :

– Mon cousin Isaac est aide-comptable à l'hôtel Négresco. Vous habitez la plus belle ville du monde, et la plus accueillante. Isaac me dit que les Russes ont une base navale à Villefranche et que les amiraux viennent, le soir, jouer au casino. Vous avez construit une promenade pour les Anglais ? Il ne vous manque que les Américains. Viendront-ils ici en Grèce ? Nous avons aussi des cousins à New York.

– Je ne crois pas. Ils n'ont même pas déclaré la guerre à l'Autriche-Hongrie. Pourtant, ils ont chez eux des communautés slaves, polonaises, tchèques, très opposées à la double monarchie de Vienne. Mais leur président n'a qu'une priorité : abattre l'Allemagne.

– Avant que la Russie ne lâche les Alliés, s'afflige Samuel Meir. Des émigrés arrivés hier nous ont expliqué qu'il ne fallait pas s'attendre à des miracles. Les soldats n'ont plus envie de tenir les tranchées, ils ne croient plus en leur officiers, nobles serviteurs du tsar. Les bolcheviks répandent d'un bout à l'autre du front les mots d'ordre de la propagande de Lénine pour la paix immédiate. Si le nouveau général en chef Broussilov lance son offensive, il a peu de chances d'aboutir.

Émile Duguet ne se sent pas d'humeur à poursuivre la conversation qui prend un tour politique. Il grappille les douceurs que lui apporte, sur un plateau, la jeune fille au bonnet blanc, en songeant à la silhouette de Lucia entrevue à la Tour Blanche. Son départ au bras d'un officier russe le désespère. Jamais femme aussi belle n'avait croisé sa vie. Pourquoi faut-il qu'elle soit aussi sacrifiée à la guerre ?

Il fouille sa mémoire pour retrouver les détails de leur folle nuit de Bucarest. Est-il sûr de se souvenir de son regard, de sa voix ? Il n'a rien gardé d'elle, pas la moindre photographie, pas même une de ces mèches de cheveux que les femmes donnent à leurs amants. Quelques sensations lui reviennent, comme la chaleur du grand lit de l'hôtel, la douceur des draps, plus encore la soie de son corps et la finesse de son cou de gazelle. Et pourtant, Lucia n'est qu'un songe. Il ne la reverra plus.

Samuel et les autres respectent son silence. Devine-t-on sa tristesse ? Ses yeux semblent soudain si pleins de désarroi. Pense-t-il à sa mère, à sa sœur, à quelque fiancée qui l'attendent au loin, à Nice ? L'odeur du café le tire de sa rêverie chagrine. Il le boit brûlant, pour s'éveiller. Ses lèvres s'animent, son regard perd sa fixité douloureuse.

– Tout cela finira un jour, glisse Samuel en lui prenant la main. Vous rentrerez chez ceux qui vous attendent.

– Je suis ici un peu chez moi, répond-il, grâce à votre amitié.

Dans la petite salle, les convives se lèvent en inclinant la tête quand il remet son képi, dans un hommage silencieux. Il représente à leurs yeux plus qu'il n'est. Ces gens saluent en lui le soldat de la liberté reconquise, pas moins.

* *
*

Le sous-lieutenant ne sait où terminer cette journée de solitude. Il a besoin de retrouver des camarades, la bruyante chaleur d'un cercle d'amitié. Retour à la Tour Blanche, dont il se souvient que le colonel Valentin lui a recommandé le *music-hall*.

On distingue à peine la scène, tant la salle est comble. Les nababs de l'intendance s'affichent dans les loges, aux côtés de quelques notables cousus d'or du commerce de guerre. Tous les fauteuils sont pris, mais les soldats se pressent dans les travées, le calot inséré dans l'épaulette, la vareuse et la chemise ouvertes. Les officiers italiens installés au premier rang protestent : des poilus braillards accompagnés de filles vulgaires et debout près de la scène outragent les chanteuses, les bombardent de quolibets, de piécettes et de projectiles divers. Ils réclament tout de suite la danse turque.

Les Écossais ne sont pas les moins impatients, avec les Serbes, les Australiens, les légionnaires en képi blanc, à exiger bruyamment le départ des chanteuses. La dernière fait retraite sous les huées.

Enfin une femme s'avance, parée de ses sept voiles, un diadème lançant mille feux sur ses cheveux lissés. L'orchestre commence à égrener les notes aiguës, lancinantes, d'une musique orientale. La salle retient son souffle, plonge dans une touffeur moite. La danseuse est-elle turque ? Au-dessus de sa voilette de gaze à sequins dorés, ses pommettes claires et ses yeux sombres ne sont pas loin de ressembler, se dit Duguet, à ceux d'une Napolitaine, d'une Espagnole ou d'une Niçoise.

Les applaudissements crépitent lorsqu'elle amorce quelques déhanchements lascifs et rythmés, face à la salle. Les paupières lourdes aux longs cils masquent son regard, ses bras paraissent plus nus sous la lumière crue des projecteurs. Le diamant qui orne son ventre scintille de tous ses reflets, les voiles tourbillonnent. Puis le rythme s'accélère, les tambourins de Dionysos s'accompagnent de sonneries aiguës de flûtes de Pan de Transylvanie. La bacchanale se précipite. On attend l'entrée sur scène du léopard divin venu d'Asie, coiffé d'un chapeau de paille et entouré de ménades.

Il n'en est rien. Les ondulations frénétiques de la danseuse suffisent au déchaînement de la salle. Elle s'incline jusqu'à terre, épuisée, ruisselante de l'effort accompli, quand retentit le coup de cymbales final. Un colosse à moustaches de fauve, enturbanné comme un janissaire, lui tend une cape à capuchon bleu de nuit, et elle est emportée hors de la scène, dans les bras de son garde du corps, ovationnée par le public.

Un soldat, puis deux, puis dix, grimpent les marches. L'orchestre s'apprêtait à ranger ses instruments. Il reçoit du patron l'ordre de poursuivre, pour éviter l'émeute et le sac. Un des poilus se détache du lot. Il scande le rythme en frappant l'estrade de ses croquenots, jette au premier rang sa vareuse et son calot. Il tape dans ses mains et amorce une danse burlesque, à la joie de ses camarades qui trépignent. Duguet le reconnaît : c'est Jules Lequin, le cantonnier de Marsillargues, le chouchou de papa Bailloud.

« C'est bien, se dit-il, il s'en est tiré. »

Lequin, rouge et essoufflé, est sur le point de s'écrouler, mais il trouve la force de crier à tue-tête :

– À moi, les zouaves !

Aussitôt jaillit, du fond de la salle, bousculant tout sur son passage, une tornade de chéchias rouges. Rasario est en tête, suivi de Ben Soussan, de Leleu et d'Edmond Vigouroux. Ils attaquent les paroles de *Monte là-dessus, tu reverras Montmartre* en se tenant par le bras, secouant l'estrade d'un galop effréné avant de mimer la danse du cancan. La salle applaudit à tout rompre, et les Anglais reprennent à leur manière les mesures de cette musique internationale. Mais un Écossais s'indigne. Le succès des zouaves l'irrite. Il lance un appel d'urgence dans son idiome et l'équipe d'Édimbourg se présente.

La bagarre se déclenche. Elle gagne la salle où l'on empoigne les tables et les fauteuils pour assommer plus fort. À sa surprise, Émile reconnaît Jean Wiehn, officier de la Coloniale, son prédécesseur dans le cœur de la belle Lucia. Il est aux prises avec un sergent australien qui le menace d'une fiasque de whiskey. D'un coup de poing l'Alpin l'étend pour le compte, mais il doit se défendre lui-même contre un parti d'anciens de l'Anzac survoltés.

Un coup de sifflet strident retentit. La police militaire franco-anglaise charge à la matraque, sans se soucier d'évacuer les corps qui tombent à terre inanimés, les uns sur les autres, pour être plus tard chargés dans des camions et conduits en prison. Les portes et les fenêtres sont ouvertes. L'air froid de la nuit calme enfin les plus ardents.

– C'est tous les soirs le même spectacle, dit à Émile le patron, un Grec du nom de Miltiades, locataire de la salle. On ne peut les tenir.

– Que voulez-vous, répond Émile en recoiffant son képi, il faut bien que guerre se passe !

* *
*

Les zouaves ont réussi leur sortie sans trop de casse. Certes, ils étaient ivres, mais les Britanniques encore plus. Ils sont tombés les premiers sous la matraque.

Quand Vigouroux revoit Émile Duguet à la lueur glauque et bleutée d'un réverbère, son cœur se réchauffe aussitôt, malgré le vent glacé. Ils étaient quatre au départ de Marseille. Il n'en reste que trois, en comptant Paul Raynal. Broennec, mort en mer, les a quittés.

Mais ils se sont fait de nouveaux copains : Leleu, le Dunkerquois, les Africains Rasario et Ben Soussan, et Mikaël l'*andartès,* et Robert Soulé le mennonite de Belfort, sans oublier Arthur Schuster, le skieur bûcheron d'Orbey. Vigouroux l'inconsolable se sent réconforté par leur présence. Ils sont là, tous en perme pour trois jours d'ivresse, Belfortins et zouaves réunis.

Mikaël serre Edmond dans ses bras. Il sait combien la mort d'Alexandra l'a frappé. Duguet tente de les séparer. L'apparition du Grec risque d'affecter de nouveau Vigouroux, en lui rappelant des souvenirs atroces.

Mais l'enfant de Limoux ne veut pas quitter l'*andartès.* Il l'entraîne à l'écart, sur la promenade ventée du bord de mer. Edmond veut parler d'Alexandra, la faire revivre un instant avec celui qui lui a fermé les yeux dans la montagne.

– Tu dois savoir, dit Mikaël, que son sacrifice a électrisé les habitants de ce pays, ceux qui ont du cœur. C'est un exemple, on vénère son nom comme celui d'une sainte chez les partisans et dans leurs familles. Les femmes, surtout, sont touchées par son action, pas seulement par sa mort héroïque. Quand elle s'efforçait de persuader les enfants qu'un Macédonien était le frère d'un Grec, et incitait leurs parents à apprendre à vivre ensemble, elle ne parlait pas seulement de liberté, mais de fraternité.

– Elle aimait le monde entier, dit Vigouroux étouffant un sanglot.

– Tu n'es pas le seul à la trouver inoubliable. Nous la regrettons tous, nous, tes frères. Car tu es des nôtres. Les tiens n'ont pas compris ton acharnement au combat, ton désir de gagner à tout prix. Je sais, moi, que tu as hérité de son courage. Elle ne t'a pas choisi par hasard. Elle te suit d'en haut dans la bataille, comme Athéna jadis Achille. Elle te protège des mauvais coups, éloigne de toi les billes d'acier. Tu as repris sa cause. Tu donnes l'exemple aux Français eux-mêmes, qui ne savent pas toujours pourquoi ils meurent aussi loin de chez eux. Tu as compris que cette bataille devait s'étendre à tous les peuples opprimés de la terre. Tu es un partisan.

– Tu sens bien, répond Vigouroux d'une voix enrouée par l'émotion, qu'elle ne m'a jamais quitté. Je ne suis pas un désespéré, tout au contraire, elle m'a rendu l'espoir. Je continue son combat de toutes mes forces. Elle m'a appris que l'on pouvait se battre, jusqu'au bout, pour l'amour des hommes, et trancher par les armes les liens qui les empêtrent au point de les dresser les uns contre les autres. Libérer les Balkans, cet enfer pavé de mauvaises intentions nationalistes, est devenu plus important pour moi que de libérer l'Alsace ou la Lorraine, arrachées de force à la France mais qui lui reviendront, si telle est la volonté de leurs habitants. J'ai envie de dire à ceux qui me reprochent sans cesse de trop risquer ma vie que la guerre a pour moi changé de sens, ou plutôt trouvé un sens. Je dois tout à Alexandra et je ne l'oublie pas.

– Les Français me demandent souvent pourquoi nous tenons à combattre seuls, en clandestins, au lieu de prendre l'uniforme distribué par les Britanniques aux volontaires des deux premières divisions grecques formées à Salonique par Eleuthérios. Tu dois leur expliquer que nous ne sommes pas exactement des hommes de Vénizélos, même si nous respectons ses idées démocrates. Il exploite à son profit l'image d'Alexandra. Il a fait tirer son portrait sur des affiches apposées dans les mairies. Elle devient l'héroïne du parti.

– Elle aimait Vénizélos le Crétois.

– Sans doute, contre la bande des généraux du roi. Contre son père ministre de la guerre allemande. Mais elle savait aussi qu'il était un farouche nationaliste grec, et qu'il revendiquait la terre avec les hommes, en Asie Mineure comme en Thrace, en Macédoine comme à Chypre. Nous protestons contre l'utilisation de son image par des gens qui refusent aux Macédoniens leur indépendance et prétendent disputer des îles aux Italiens et aux Turcs. Nous ne voulons pas d'une guerre de cent ans dans les Balkans et sur les bords de la mer Égée. S'il faut abattre les Turcs, il ne faut pas laisser la Turquie aux mains de ses généraux vaincus. À

Istanbul, comme à Athènes ou à Vodena, cette Édesse royale et sacrée des anciens souverains de la Macédoine, il ne doit pas y avoir de place pour les exigences injustifiées.

Le zouave de Limoux approuve de grand cœur et continuerait volontiers sa conversation fraternelle avec l'*andartès*, mais les copains du 2e bataillon le rejoignent et l'entraînent. Ils veulent finir la nuit tous ensemble, à la cantine de la caserne dont ils forceront la cambuse. Émile Duguet n'a pas une seconde la tentation de les abandonner pour retrouver sa chambre douillette au palais de l'armateur. Il suit ses amis sur l'air d'*Auprès de ma blonde*.

* *
*

– Il me semble qu'il nous manque quelqu'un au rapport, dit gravement le sous-lieutenant Émile Duguet en versant aux camarades de larges rasades de clair résiné sorties d'un tonneau mis en perce. Paul Raynal, bien sûr ! Qui l'a vu pour la dernière fois ?

– Moi, dit Mikaël. Il est tombé dans une crevasse. Nous l'en avons tiré indemne. Il a été évacué par luge et transféré à l'hôpital de Monastir pour y soigner un léger traumatisme crânien. De là, nous perdons sa trace.

– Je sais qu'il en est parti, affirme Jules Lequin. Un camarade m'a signalé que le lieutenant Layné, du génie, l'a fait charger dans un wagon sanitaire à destination de Salonique. Il doit être ici.

Duguet réfléchit. S'il a été transféré, il va mieux, ou beaucoup plus mal qu'on ne pense. Il peut s'être arrangé pour partir à la recherche de Carla, mais peut-être aussi l'a-t-on évacué, faute de spécialistes des affections crâniennes à Monastir.

L'incertitude lui pesant, il termine son verre et décide d'aller aux nouvelles, laissant le groupe à ses agapes. Vigouroux lui emboîte le pas.

– Je crois savoir, dit le zouave, que Carla se trouve à bord du navire-hôpital *France*.

Duguet marche en tête, de son pas vigoureux d'alpin.

– À mon commandement, à l'assaut! crie-t-il, en abordant la passerelle du navire.

Une sentinelle réveillée en sursaut prétend lui tenir tête.

– Écarte-toi, bleusaille, si tu ne veux pas finir la nuit dans la saumâtre!

Les voilà sur le pont. Il est quatre heures du matin et le silence règne dans les coursives. Ils retirent leurs chaussures pour entrer dans la salle où les aides-soignants sont assoupis, comme les blessés et les malades. Pas de surveillance. Une simple veilleuse permet tout juste de se repérer. Avec angoisse, l'Alpin tire de sa poche la lampe électrique dont il ne se sépare jamais et parcourt la double rangée de lits en scrutant les panneaux où sont inscrits les noms des patients. Pas de Paul Raynal. L'a-t-on déjà évacué sur la France? Son cas est-il si désespéré?

– Il reste les cabines des infirmières, suggère Vigouroux à voix basse.

Elles sont à la proue du navire, alignées derrière le carré de commandement. Duguet hésite. Comment oser déranger ces dames? Il avise leurs noms, inscrits par deux sur les portières. Celui de Carla Signorelli est seul. Il fait signe à Vigouroux de retenir son souffle, et entrouvre doucement la porte.

Un jet de lumière rapide, le voilà renseigné. Dans un lit pour une personne dorment, enlacés, Paul et Carla. Il faut croire que l'état du sapeur à cheval n'inspire aucune inquiétude, ou que le major Sabouret a fait le choix d'une thérapie particulière.

Il est temps de quitter le bord, pour annoncer aux copains la nouvelle : Paul est vivant, valide, entre bonnes mains. Ils peuvent boire à sa santé.

Un hourra général accueille ces paroles. Bien sûr, en cette fin de seconde journée de perme de Pentecôte, il n'est pas question de se coucher comme des bleus. Les moins éméchés décident à l'unanimité de finir la nuit, guidés par le bouillant Jules, chez Madame Joujou.

Ni Duguet ni Vigouroux n'ont envie de les suivre. Ils se réjouissent du fond du cœur que Paul ait réussi à retrouver sa Florentine. Il est le seul à ne pas endurer l'atroce séparation. Edmond et Émile, l'un comme l'autre, souffrent du mal d'amour. Le pire de tous, celui qui s'accompagne de la disparition d'un être. Ils n'osent confronter leurs malheurs.

Duguet n'est pas tenté d'évoquer Alexandra devant son ami. Il rêve de la lui faire oublier. Il redoute que son souvenir ne lui inspire de ces conduites héroïques où il a bien failli laisser sa peau.

Vigouroux, pour sa part, est loin de se douter des déboires amoureux qui tourmentent son aîné. L'Alpin semble à l'abri de toute faiblesse sentimentale. Pourtant, il souffre comme un damné, sans mesurer lui-même la profondeur de sa déception. Il est en manque, comme un drogué, et ne peut l'admettre. Elle est passée devant lui, vive comme un éclair, aussitôt disparue dans les bras d'un autre.

Il ne s'est pas rendu compte, à Bucarest, à quel point Lucia avait marqué son cœur. Plus l'événement s'éloigne, plus il est amoureux de la jeune femme. Longtemps perdu sur le piton glacé de sa batterie de montagne, il cherchait parfois consolation, sans jamais partager son secret, dans le seul souvenir de son sourire mélancolique et tendre. Le hasard l'a de nouveau placée sur sa route, l'espace d'un instant, mais pour lui échapper sans doute à jamais.

* *
*

La permission se prolonge pour le bataillon de zouaves, maintenu à Salonique. Les biffins du 235e de Belfort sont mobilisés en permanence au camp, et soumis à un entraînement progressif aux côtés du régiment corse de la 30e division. Les hommes s'étonnent de ne pas être au repos dans la ville, alors que le front est calme. Le commandant Coustou s'en ouvre à Broizat : une opération se prépare contre les Grecs. Il en a désormais la certitude.

Au matin du 1er juin 1917, le colonel Valentin convoque Émile Duguet au 2e bureau.

– Dans une semaine exactement, lui dit-il, les embarquements des troupes d'intervention vont commencer, par chemin de fer, vers Corinthe, Larissa et Athènes. Je compte sur vous pour une mission particulière : maintenir disponible le pont ferroviaire de Larissa. Je tiens de source sûre que les royalistes ont prévu de le saboter. Le général Sarrail a mis à disposition le 58e bataillon de chasseurs à pied d'Amiens pour soutenir l'opération, mais j'ai besoin d'une équipe pour neutraliser les saboteurs grecs. J'ai déjà fait venir de Monastir le lieutenant du génie Hervé Layné. Il sera là ce soir. Qui verriez-vous d'autre ?

Duguet hésite à avancer le nom de Paul Raynal. Il le sait trop heureux dans les bras de sa belle infirmière pour oser briser cette lune de miel, apparemment tolérée par le major Sabouret.

– Que pensez-vous de Raynal ? demande Valentin.

– Impossible. Il est soigné pour traumatisme crânien dans un hôpital.

– Me prenez-vous pour une bille ? Il vous attend dans la salle des opérations du quartier général. Je l'ai envoyé chercher sur son bateau. Vous êtes naturellement chef de mission.

– Layné est plus gradé que moi.

– Le général Sarrail vous a déjà nommé lieutenant à titre provisoire. Vous pouvez vous faire coudre sur la manche la ficelle d'or. Partez immédiatement pour Larissa. Vous y devancerez la troupe.

Ainsi se trouve reconstituée l'équipe spéciale des Dardanelles. La même qui, en 1915, a fait sauter un transport turc dans la rade de Gallipoli.

La mine sombre de Paul Raynal inquiète Duguet. Il redoute des séquelles du traumatisme. Il se trompe. Le jeune margis lui en veut seulement de l'avoir sorti de son cocon. Le major Sabouret a été sommé par l'état-major de signer immédiatement l'ordre d'évacuation du blessé. Le chirurgien n'a protesté que pour la forme, sachant bien que son malade ne ressentait plus aucun trouble. Il avait seulement droit à une convalescence prolongée. Qu'il la prît à bord n'était pas très régulier. Le major a cédé, une fois la certitude acquise que la mission confiée à Paul Raynal n'était en rien dangereuse.

– Il faut que tu saches, lui dit Duguet en aparté, que je ne suis pour rien dans ton affectation. Le colonel Valentin en a décidé seul.

– Tu aurais osé partir sans moi, lâche Paul en lui donnant une bourrade, je te crois capable de tout.

Ils embarquent dans un compartiment de première classe, en gare de Salonique. Layné a pris soin de faire placer dans le fourgon, sous son contrôle, de lourds bagages confiés à la garde d'une escouade de tirailleurs sénégalais en armes, qui resteront à leur entière disposition aussitôt les caisses débarquées à Larissa. Ils ont ordre de tirer au moindre soupçon, pour donner l'alerte. Le train doit s'arrêter à Ekaterini, à Platomon, à Stamion, et chaque étape peut être l'occasion d'une attaque à main armée montée par les colonels grecs.

Les compagnons de voyage de Duguet, Raynal et Layné, sont des modèles apparents d'insignifiance, civils en costumes noirs et cols blancs portant des bagages à main discrets. Dans le couloir, l'artificier Layné, toujours aux aguets, surprend deux personnages vêtus d'imperméables bleu sombre conversant en anglais. Il s'en ouvre à Duguet.

– Valentin m'a prévenu, Sarrail redoute en ce moment les Britanniques, toujours prêts à retarder toute épreuve de force. Il a refusé de communiquer au général Milne la moindre information sur ses projets. Ceux-là sont sans doute de l'*Intelligence Service.* Ils nous surveillent comme le lait au feu. Cela ne doit pas nous empêcher d'agir.

Au wagon-restaurant réservé aux officiers, l'attention de Duguet est attirée par un jeune homme mince aux cheveux bruns. Ce dandy en costume *Prince of Wales,* à la mode déjà ancienne du bon Édouard, futur roi d'Angleterre et noceur de chez Maxim's, veut sans doute se faire passer pour un

*British* mais sa boutonnière s'orne d'un œillet blanc, fleur favorite des royalistes grecs.

L'Alpin l'observe avec insistance. Ce visage ne lui est pas inconnu. Où l'a-t-il rencontré ? La lumière vient d'un coup, quand le dîneur, se sentant épié, quitte sa table un peu précipitamment. Duguet a vu ces yeux ardents, zébrés d'éclats d'arrogance… la veille, bien sûr, au bar de la Tour Blanche. C'était bien lui, le provocateur en uniforme de l'armée royale, Mikaël Baïras.

* *
*

À peine débarqués, Paul Raynal et Émile Duguet montent dans une voiture de louage pour se faire conduire à l'hôtel Olymbion où les attendent des agents spéciaux chargés de les guider dans la ville vers les cibles stratégiques.

Le lieutenant Layné les suit dans une fourragère bâchée contenant ses caisses d'armes et d'explosifs. Les Sénégalais surveillent l'arrière, casqués, Lebel en main. Tout est mis en sûreté près de l'hôtel, au relais de poste, et la consigne, pour l'escouade, est de monter la garde jour et nuit.

L'automobile repart aussitôt vers la sortie de la ville, conduite par Layné qui cherche sur la carte le viaduc du chemin de fer, d'une importance capitale pour le mouvement des troupes d'intervention vers Athènes et Le Pirée à travers la Thessalie. Que l'ouvrage saute, et le plan du général Sarrail s'effondre.

Layné tente de gagner de la vitesse, peste à coups répétés de klaxon quand la route est obstruée, tantôt de caravanes d'ânes chargés de ballots et de paniers, tantôt de charrettes tirées par des buffles. La Thessalie est le grenier de la Grèce. Les blés sont encore verts mais les paysans macédoniens commencent à couper les foins pour nourrir les vaches affamées, et font déboucher sans vergogne leurs attelages sur la chaussée.

Le lieutenant déchiffre enfin sur sa carte le cours inscrit en grec de la rivière du Pénée, qui descend du fleuve pour drainer la plaine avant de se jeter dans l'Égée. Il fulmine contre la Renault poussive qui fume et tressaute, craint de tomber en panne quand il est dépassé, dans un nuage de poussière, par une limousine découverte, sans doute allemande, où six passagers se tiennent à l'aise. L'un d'eux, assis à l'arrière, semble les narguer en les saluant de son panama. Les autres arborent des casquettes à longues visières et ont le visage masqué par des lunettes de conduite. Émile Duguet, flairant le piège, sort son revolver pour tirer dans les pneus, sans pouvoir les atteindre.

Au loin, près du pont, une fusée rouge s'élance dans le ciel au moment où surgit un avion allemand.

– Un Fokker ! crie Layné, bloquant les freins.

Couchés dans le fossé, ils attendent la rafale de mitrailleuse. Ils aperçoivent au-dessus d'eux le fuselage jaune marqué de la croix de Prusse de l'avion qui se redresse. Le Fokker ne s'intéresse pas à eux, reprend de l'altitude, pique droit à trois kilomètres environ, mitraille la route et lâche deux bombes. Un nuage s'élève dans un bruit assourdissant, et l'appareil disparaît aussitôt dans le ciel.

Layné se précipite au volant, constate que les bombes ont vraisemblablement manqué leur cible. Au loin, le viaduc semble intact.

– Le moteur a pu respirer un instant, remarque Duguet, il tourne mieux.

Au loin, un panache de fumée noire sort d'une épave. C'est la limousine, hachée par la mitraille, son réservoir touché par les balles, qui a explosé. Le pilote de l'avion allemand a envoyé en enfer, sans le savoir, ses amis grecs.

Des paysans du village voisin sont accourus, arrosant en chaîne l'amas de ferraille avec des seaux d'eau. Il est impossible de reconnaître les corps, déjà recroquevillés sous la chaleur de l'incendie. Fouillant les décombres avec une canne à pointe d'acier, Hervé Layné en dégage des pistolets noircis au canon éclaté, de marques allemande et espagnole. L'un des cadavres porte au poignet un bracelet militaire noirci que le lieutenant fait dégraisser en l'arrosant d'essence. Il parvient à déchiffrer son nom inscrit en grec : lieutenant Baïras.

– Vite, au pont ! lance-t-il. Ceux-là étaient venus pour le faire sauter. D'autres reviendront !

La rivière est proche. L'ouvrage métallique, très long, repose sur des piliers de maçonnerie. Il n'est pas gardé. Aucun soldat grec en vue. Layné saute dans une barque, et les autres le suivent, ramant de toutes leurs forces.

– À chacun son objectif, leur crie Layné en se dirigeant vers le plus proche pilier.

Godillant, il tourne en vain autour. Les blocs de pierre n'offrent pas la moindre fissure. Raynal et Duguet accélèrent la cadence pour gagner en vitesse les autres piliers de l'ouvrage mais font pareillement chou blanc.

– Les Boches de la voiture venaient pour miner le pont, pas pour le faire sauter, dit Émile Duguet en s'épongeant le front.

– Je ne crois pas, répond Hervé Layné l'artificier. La préparation d'une charge est longue et minutieuse. Ils voulaient seulement allumer les mèches. Le gros du travail a déjà dû être réalisé par des équipes spéciales.

Ils accostent dans une crique dessinée par la rivière, dissimulent leurs barques dans les roseaux, et grimpent la pente très raide garnie d'arbustes épineux qui donne accès à la voie ferrée.

– Il n'y a pas un moment à perdre, ils peuvent avoir réglé un dispositif retard, dit Layné en sortant d'un sac un matériel de déminage.

– Impossible de progresser sur la voie. Les trains se suivent à un quart d'heure d'intervalle, fait remarquer Duguet, l'œil sur sa montre.

Sans doute l'invasion de la Thessalie par les Français a-t-elle commencé. La fréquence des convois en témoigne. Le sapeur s'engage résolument le long de la voie, s'accroche au garde-fou pour ne pas être précipité du haut du pont par le souffle de la locomotive. Il distingue sous les poutrelles, à hauteur du premier pilier, un paquet suspect. La première charge.

Le sapeur s'efforce de se glisser sous le tablier supportant les rails, quand un nouveau convoi surgit. Les copains le croient mort. Il se redresse triomphant, deux tronçons de fil électrique en main. C'est un jeu que de trouver les autres charges. Le pont tout entier devait sauter. Il est sauf. Le lieutenant Baïras est arrivé trop tard.

**
*

Dans la nuit du 10 au 11 juin 1917, les zouaves de Coustou embarquent à leur tour dans un convoi ferroviaire, pendant que l'équipe spéciale du lieutenant Duguet s'est avancée en voiture jusqu'au Pirée. Elle veut rejoindre, à quai, les fusiliers marins préparant le débarquement de quatre mille hommes en attente fébrile dans les transports qui s'étirent jusqu'au pont.

Il suffit de montrer le drapeau français pour conquérir la Thessalie. C'est une surprise. On croyait cette province aux mains des *comitadji*. En fait, ces agents bulgarophiles ne sont qu'une petite minorité active. La masse est acquise à la démocratie. Le calcul de Sarrail repose sur la politique pratiquée dans cette province par Vénizélos, qui a morcelé les grands domaines des propriétaires turcs, les *tchiftlik,* pour distribuer les terres aux petits paysans. Ils se rallieront comme un seul homme, s'engageront même dans l'armée nouvelle, à moins qu'ils ne soient tombés sous la coupe de quelque gros propriétaire grec royaliste, de quelque cavalier richissime amateur de chevaux anglais et jouant ses revenus au champ de courses d'Athènes.

La gare de Larissa, capitale de la province où doivent se regrouper les bataillons de zouaves, est déjà cernée par des chasseurs d'Afrique et des spahis marocains. Une automitrailleuse parcourt les rues, paradant devant l'ancienne mosquée. Une autre prend les abords de la gare en enfilade. Les zouaves, sortant des trains par escouades, occupent les centres nerveux, la préfecture où trône le général Safis Baïras, la poste, le télégraphe, les anciens PC de l'armée grecque.

La résistance va-t-elle cesser pour autant ? La troupe passe la nuit sur place, sous la tente, sentinelles aux aguets, pour ne pas être agressée dans les immeubles urbains peu sûrs. Le 12 juin au matin, les zouaves reçoivent l'ordre de se rendre à la préfecture, où les autorités semblent vouloir faire traîner l'opération en longueur en discutant des conditions de la reddition. Ils encerclent le bâtiment et attendent les résultats de la discussion ouverte par leur commandant dans la place.

En sa présence, le général grec donne, par téléphone, l'ordre aux siens de ne pas opposer de résistance aux Français. Le roi, explique-t-il aux soi-disant gendarmes qu'il commande, le veut ainsi. Faisant confiance à sa parole, Coustou demande au lieutenant Benjamin Leleu de dégager la préfecture, et de vérifier que les gendarmes grecs remettent dûment leurs armes aux zouaves dans leur caserne.

Leleu entraîne aussitôt une section commandée par Vigouroux, avec les escouades de Rasario et de Ben Soussan, précédées de cavaliers marocains en burnous blanc, le sabre en main. Mais devant la caserne, les Grecs ouvrent le feu sans sommation. Les zouaves s'aperçoivent qu'ils sont face à un bataillon complet d'infanterie en uniforme et un groupe d'evzones enjuponnés, les gardes d'élite du palais royal, prêts à mourir pour Constantin.

Vigouroux enjoint aux siens de se protéger derrière les troncs des platanes, en attendant du secours. Les spahis marocains, rendus furieux par cette opposition imprévue, attaquent sabre haut, et se font hacher par une décharge de mousqueterie. De la fenêtre fracassée d'un immeuble, juste en face de la caserne, les zouaves commandés par Coustou en personne mettent en batterie un fusil-mitrailleur qui balaie les evzones, pendant que Vigouroux dirige par signaux optiques le feu des automitrailleuses qui surgissent, écrasant les pavés.

Les soldats grecs quittent leur caserne en ordre dispersé pour tenter de sortir de la ville. Les chasseurs d'Afrique lancent aussitôt la poursuite à cheval, sabrant les fuyards effarés. Vigouroux et son escouade pénètrent alors dans le bâtiment, désormais silencieux. Ils repèrent plusieurs officiers hellènes s'échappant par les portes des écuries situées à l'arrière de la cour.

Les chasseurs du 58e bataillon d'Amiens arrivent à la rescousse, occupant les lieux, vidant les chambrées, les salles de réunion, et jusqu'à l'infirmerie. Ils découvrent les cellules de prisonniers qu'ils libèrent : des *andartès,* partisans vénizélistes, attendaient leur exécution pour le lendemain à l'aube. Empressés et heureux de reprendre le combat, ils guident les chasseurs jusqu'à l'arsenal de la caserne où sont empilées des caisses d'obus, de munitions, d'explosifs, de quoi soutenir un siège.

Vigouroux a rattrapé les officiers grecs qui ont tous levé les bras. À la moindre résistance il les aurait mitraillés, de rage contenue. Ils sont conduits devant Coustou et déclinent fièrement leur identité : colonel Grivas, du 4e régiment d'infanterie, colonel Frangos, des evzones de la garde. Ces hommes ont sciemment contrevenu aux ordres de Safis Baïras. À moins que le général ne leur ait non moins sciemment précisé d'oublier ses consignes, s'ils tombaient aux mains de l'ennemi.

Le feu cesse. Le général Venel, qui dirige l'opération sur ordre de Sarrail, arrive sur place pour se rendre compte des pertes : deux officiers de spahis sont morts, et plusieurs cavaliers. Les chasseurs accusent quatre tués. Par miracle, les zouaves, en tête de l'assaut, n'ont pas eu le moindre blessé. Ils ont abattu une soixantaine de Grecs.

Coustou demande au général Venel ce qu'il doit faire de Baïras, de Frangos et de Grivas. Les ordres de Sarrail sont formels : aucune exécution de militaires, déportation au fond de la presqu'île du Péloponnèse, dans un camp de prisonniers. Les deux cent soixante-neuf soldats hellènes prennent le chemin du camp, à pied. Les officiers sont chargés dans un fourgon.

Il est convenu que des pelotons de cavalerie tiendront seuls la ville de Larissa, qui n'offre plus de résistance. Le bataillon de zouaves reprend le train pour attaquer la cité assez proche d'Elassona avec l'ordre de s'en emparer, au besoin par force : c'est un autre centre de résistance supposé de l'armée royale. Pour avoir réussi la capture du général Safis Baïras, Vigouroux se voit décerner une citation par le commandant. Il ne peut savoir que le fils de cet officier vient de mourir, victime de balles allemandes, sur la route du Pénée.

Venel fait le point de l'opération des 11 et 12 juin 1917 pour informer le chef de bataillon Coustou : les Ardéchois du 61e régiment prendront position au sud de la ville pendant que les chasseurs à pied remonteront en train, afin de maîtriser le port et la gare de Volos, centre nerveux des chemins de fer de la province. Trikkala, à l'ouest de Larissa, est aux mains des spahis. La riche Thessalie est enfin aux Français. Ils pourront y faire la moisson.

* *
*

Et les vendanges à Corinthe, dont le général Boblet s'est rendu maître sans incident notable, avec les fantassins de Corte et les Russes du 3e régiment. Le canal est désormais contrôlé par les Français qui coupent également le débouché de l'isthme, enfermant dans le Péloponnèse toutes les unités de l'armée royale, sommée de se rendre en bloc. Pendant ce temps, les Italiens ne demandent la permission de personne pour occuper la province grecque de l'Épire et faire une entrée sonore dans Jannina, où ils déploient le drapeau royal de Savoie.

Reste Athènes, pièce maîtresse de l'opération, où l'équipe d'Émile Duguet est rejointe par le colonel Valentin. Le chef du 2e bureau a reçu l'information que dix mille réservistes sans uniformes, soi-disant employés comme ouvriers, étaient massés au Pirée pour intervenir sur ordre de leurs officiers demeurés dans la capitale, au palais royal. Il est urgent de rendre inaccessible à l'ennemi la route du Pirée à Athènes, si vitale que les Grecs anciens l'avaient protégée de hauts remparts au temps de Thémistocle.

La première tâche d'Hervé Layné est de neutraliser les communications téléphoniques ou télégraphiques entre les deux cités. Il ne peut faire sauter le central du Pirée, qui doit servir à diriger les opérations des troupes débarquées. Il choisit donc d'interrompre les lignes le long de la route en sciant les poteaux, quitte à les rétablir plus tard.

Émile Duguet repère soigneusement en automobile les dix kilomètres qui séparent Athènes du Pirée. Il aperçoit au loin les cuirassés de la flotte alliée, canons braqués sur la cité. Il estime utile de tenir la route pour surveiller le passage des convois et ne pas les exposer à des attaques dans les faubourgs industriels du port, dont la population n'est pas sûre.

Layné se garde bien de placer ses charges de dynamite dans ce secteur délicat. Il est plus aisé d'y faire aménager, par des travailleurs grecs venus des îles, une série de chicanes faciles à contrôler en y postant des mitrailleuses. Avant l'arrivée à pied, en colonnes par deux, des compagnies d'infanterie débarquées sur le quai du Pirée, l'escouade des Sénégalais monte la garde. Layné pénètre ensuite avec son équipe dans la ville d'Athènes, pour s'assurer du central téléphonique et établir un service d'écoutes sur les lignes du palais.

Ils entrent sans difficulté dans la capitale. La chaleur est étouffante. Dans le quartier populaire de Plaka, les tavernes fleuries sont fermées. Après l'arrivée au galop des premières patrouilles de spahis marocains à cheval parcourant les faubourgs sabre en main, la crainte des tirailleurs sénégalais s'est répandue dans la cité. On redoute les violences, les représailles, le sac des maisons et des banques.

Paul Raynal, très assoiffé, donne un coup de poing sur l'arrondi tentant d'un tonneau géant de résiné. Il est vide. Les commerçants ont baissé leurs rideaux de fer. Les Athéniennes accompagnées d'enfants entrent en foule dans la vaste église Haghios Nicomedos, sans doute pour y chercher protection. Des familles prudentes organisent leur survie dans les caves. Les plus huppées ont réussi à trouver refuge à l'école américaine fondée à la fin du XIX^e siècle et dont l'accès est en principe interdit. Le drapeau étoilé qui flotte en façade semble une garantie. Qui oserait attaquer ce lieu ?

Pas de soldats grecs en armes dans les rues, seulement à l'entrée des bâtiments officiels. Les ambassades et les légations de l'ennemi sont évacuées. Celles des Alliés sont gardées par des fusiliers marins français et britanniques, par des soldats russes et italiens. Des postes grecs sont visibles uniquement aux abords du palais, et des groupes de gendarmes et d'evzones sont mis en état de combattre dans les casernes.

Les Grecs savent que les Français, secondés par un groupe de cinq cents soldats britanniques, ont investi Le Pirée. En moins d'une demi-heure, ils peuvent faire leur entrée dans la capitale. Les groupes de spahis continuent de parcourir les avenues au trot, repérant les obstacles. Les chasseurs d'Afrique les suivent. Des avions à cocarde tricolore survolent l'Acropole. Lâcheront-ils des bombes sur le Parthénon où les Turcs, dans un passé lointain, avaient installé une poudrerie ? L'assaut est imminent.

Pendant que Layné surveille les chicanes de la route du Pirée et la circulation des premiers convois de soldats marchant vers Athènes, Duguet, accompagné de Raynal, pousse la porte de l'hôtel de Grande-Bretagne, place Syndagma, centre nerveux d'Athènes. Par miracle, le bar de l'établissement est resté ouvert, son accès est libre. Sans doute à l'intention des journalistes étrangers qui doivent pouvoir télégraphier les informations dans leurs capitales.

L'inévitable Richard Bartlett est accoudé au comptoir d'acajou et de cuivre. Il ne veut à aucun prix manquer le départ du roi. C'est le seul épisode qui l'intéresse. Les Français, les Italiens et l'américain Jim Morton sont tous réunis au Pirée, pour suivre à la source la marche des troupes alliées et les mouvements de la marine.

Bartlett s'interroge sur les derniers moments de la monarchie. Le roi Constantin partira-t-il ? Lloyd George le Gallois a-t-il levé la main sur lui ?

Il accueille en grognant l'officier français dont le visage, rencontré depuis les Dardanelles au détour des chemins, finit par lui devenir familier. Il accepte de lâcher, contre un verre de whiskey, quelques informations récentes : hier, le Français Jonnart, « haut-commissaire des puissances protectrices », a été reçu par le nouveau premier ministre Zaïmis. Il sait de source sûre que le Grec a pris en plein visage, comme une gifle, cet ultimatum de vingt-quatre heures : le roi doit partir, ainsi que son héritier, le diadoque Georges, qui paradait devant ses troupes en casque à pointe.

– Les Alliés veulent-ils vraiment abolir la monarchie ?

– Pas que je sache, lâche Bartlett en haussant les épaules.

Pour lui, les jeux sont faits, et la puissante Albion a cédé, à moins qu'un dernier sursaut ne rende la raison aux dignes membres du cabinet britannique. À lord Balfour, par exemple, qui ne passe pas pour un excité.

– Il n'est jamais très sain, grogne-t-il, de détrôner un roi. On parle pour successeur du second fils de Constantin, un simple capitaine de l'armée hellène, le prince Alexandre. Le roi a réuni le Conseil de couronne, composé des anciens présidents du Conseil. La cause semble entendue. Mais les portes du palais viennent de s'ouvrir devant une délégation de quelques centaines d'*épistrates*[1], dirigée par le capitaine de frégate Mavromichalis. Ils offrent au souverain d'organiser la lutte du dernier carré des fidèles. La résistance est-elle encore possible ? Depuis ce matin, le procureur Liveriatos fait sonner le tocsin.

Duguet comprend pourquoi les églises de la capitale sont combles. Le clergé estime de son devoir de protéger la population contre les exactions de la troupe. Il considère les Alliés comme des envahisseurs, capables de tous les excès, par esprit de représaille. Les Français sont à ses yeux de tristes républicains sans scrupules employant des coloniaux à demi sauvages.

Émile jette un coup d'œil par la fenêtre du bar. Midi sonne à l'horloge. Un groupe d'hommes à la mine sombre, portant melon et pantalon rayé, sort du palais. Bartlett

1. Officiers supérieurs de l'armée et de la flotte de guerre hellènes.

reconnaît Jonnart que le premier ministre Zaïmis raccompagne jusqu'à sa voiture.

– Les dés sont jetés, déplore-t-il. Le roi a renoncé.

**
*

Valentin entre en trombe dans le bar en disant :

– C'est fait ! Constantin vient d'abdiquer, la reine s'en va, et le diadoque est écarté.

Bartlett, ostensiblement, lui tourne le dos. Les traits tendus, il consulte sa montre. Midi cinq. Depuis cinq minutes, la Grèce n'a plus son roi. Constantin s'est décidé à quitter son palais pour résider avec son épouse et son fils aîné au château de Tatoï, à quelques kilomètres au nord d'Athènes, en attendant son départ définitif en exil.

– Vous ne savez pas le plus drôle ? jette Bartlett sans même se retourner, comme s'il s'adressait au barman. Dans sa mansuétude extrême, le « haut-commissaire des puissances protectrices » a également exigé le départ d'un innocent personnage, le prince Nicolas, second fils du vieux roi Georges et frère de Constantin. Je pense qu'on retrouvera, aux archives du *Times,* la photographie où ce dangereux membre de la famille royale joue sur quelque scène parisienne une bluette intitulée *1807*, en habit d'officier de hussards de Napoléon. Quant au diadoque Georges, tous les Français ont lu dans leur presse indiscrète que son épouse, la tendre princesse née Marie Bonaparte, arrière-petite-fille de Lucien, le frère de l'Empereur, était la maîtresse d'Aristide Briand. Ses ennemis politiques les plus sérieux expliquaient ainsi, en plein Parlement, l'indulgence du premier ministre français pour la famille royale d'Athènes.

Valentin hausse les épaules. Que lui importent les racontars de ce *whiskey drinker*, plus à son aise dans un club conservateur de Londres que sur le théâtre d'un coup d'État imposé à des *natives*, les Grecs clients du Kaiser par nécessité militaire et par embarras financier ?

Après tout, les Britanniques n'ont fourni qu'un contingent symbolique ne les autorisant guère à critiquer la position ferme de Jonnart. Quant au coup d'État désavouant un roi bochophile, Valentin se souvient d'avoir lu, au Cercle, que le roi d'Angleterre George V avait décidé de modifier son nom de famille inscrit dans le Gotha. Il lui déplaisait de descendre d'ancêtres issus de la maison très germanique de Saxe-Cobourg-Gotha. Il avait fait imprimer : *Maison royale de Grande-Bretagne*. Bartlett pouvait-il l'ignorer ?

La satisfaction du colonel Valentin enchante Duguet et Raynal. La rue d'Athènes se réveille aux cris des vendeurs de journaux, deux heures plus tard. On annonce l'avènement du nouveau roi des Grecs, le prince Alexandre, dont la photographie s'étale en première page.

On peut gager qu'il se passera de couronnement. Une simple cérémonie religieuse à la basilique, peut-être une discrète prestation de serment au palais, pour éviter tout incident. On apprend dans la soirée que Vénizélos vient d'être désigné comme premier ministre par le jeune souverain. Le régime est au pli. Il n'aura plus aucune initiative. L'ordre colonial règne à Athènes.

Les partisans du Crétois veulent organiser, pour son retour, une parade à l'américaine dans les rues de la capitale. Il est sans doute trop tôt. Même purgé de ses royalistes clandestins, le port du Pirée peut toujours réunir, avec ses dockers, ses marins et ses ouvriers des chantiers navals, une masse de manifestants capable de prendre en cortège la route d'Athènes et de submerger la ville restée royaliste, même dans le quartier populaire traditionnel de Plaka, où les boutiquiers et taverniers n'aiment pas les révolutions. Les vénizélistes exhortent leur idole, mais le sage Crétois préfère éviter les affrontements dangereux qui l'empêcheraient de négocier avec les Alliés l'entrée de la Grèce dans la guerre mondiale. Il dispose d'un atout appréciable : cent mille hommes en état de combattre, et une flotte non négligeable.

Le colonel Valentin, en contact étroit avec l'état-major de Sarrail, part à la rencontre de Jonnart, installé dans la rade de Salamine à l'état-major de la marine, qui dispose à bord du navire amiral de liaisons modernes avec Paris, Corinthe et Salonique. L'équipe spéciale reste provisoirement à Athènes. Prête à intervenir si le climat se gâte, elle rejoint la poste centrale où Layné surveille la régularité des communications.

Jonnart, avec une maîtrise que Valentin admire, assure l'ordre dans cette période intermédiaire, avec l'aide de généraux grecs vénizélistes et de préfets ralliés. Il recommande au général Régnault de limiter au minimum l'occupation. Sarrail envisageait de faire bombarder le palais royal par avion en cas de résistance du roi. Le haut-commissaire interdit tout survol. Il veut éviter la panique et s'arranger pour que défilent dans les rues d'Athènes, aux côtés des fantassins de la 30e division du Midi, des bataillons serrés de soldats russes et britanniques. L'opération doit témoigner de la solidarité des Alliés.

Il charge le général Régnault de trouver au Pirée des stocks de farine pour l'armée. Un convoi de camions livre bientôt des centaines de sacs aux nécessiteux, en accord avec les autorités religieuses chargées de la distribution, qui font également rouvrir les magasins d'alimentation, dont l'accès est protégé par des gendarmes grecs ralliés. Les postes militaires sont limités à la protection des édifices publics, des ambassades et légations, et vite remplacés par des sections de l'armée grecque, organisée sans retard par fusion des anciens et des nouveaux bataillons, sous la direction des colonels nommés par le nouveau régime. Les seuls soldats alliés bien visibles doivent se cantonner autour de la poste, de la gare, et sur l'Acropole, au pied des marches du Parthénon. Valentin revient à Athènes pour s'assurer de la bonne exécution des ordres.

L'ordre n'est troublé nulle part. À cheval, il parcourt avec Duguet et Raynal les avenues de la ville : tout est calme, depuis la vaste place de la Constitution (ou Syndagma) où, devant le vieux palais, la garde royale organise de nouveau la relève solennelle des evzones, jusqu'à l'École polytechnique et à la prison du quartier Averof, vidée de ses condamnés politiques.

Les habitants sortent des caves et des églises pour rentrer chez eux, ouvrir leurs volets, installer aux fenêtres les drapeaux alliés. Les enfants dans les rues applaudissent les patrouilles de chasseurs d'Afrique et assaillent les postes de biffins pour demander du chocolat.

**
*

Reste à évacuer la famille royale. Valentin, le 16 juin, jour de fête de la Trinité dans le culte orthodoxe grec, dépêche Duguet et Raynal à cheval vers le petit port de pêche d'Orôpos, débouchant sur le canal de l'Eubée. Les femmes de la bourgade sont à la messe, priant pour la paix. Quand leurs maris seront de retour de la pêche en mer, ils auront la surprise d'apercevoir, ancrés devant le môle, deux contre-torpilleurs français.

Sur leurs ponts, les équipages sont rassemblés, les marins alignés en tenue blanche d'été, sous le grand pavois. Les canons, sagement alignés vers l'avant, ne menacent plus la côte. Les officiers sortent leurs montres, impatients. Une chaloupe, rames relevées, est à quai. Les matelots semblent attendre des ordres.

– Un contretemps ? s'inquiète Duguet auprès du lieutenant de vaisseau en tenue de parade qui a sauté à terre, sans doute pour présenter ses devoirs au souverain déchu.

– Un retard, tout au plus. L'arrivée du roi était prévue pour huit heures.

Pas le moindre convoi sur la petite route blanche et sinueuse qui conduit au port, à travers des buissons d'aloès, d'agaves ou de figuiers de Barbarie. À la jumelle, l'officier scrute en vain les lointains. L'opération est-elle décommandée ?

Des pêcheurs sortent de la taverne où ils ont bu leur café turc avant d'assister au spectacle. Ils sont rejoints par les femmes et les enfants en habits de fête, à peine la cloche de l'église orthodoxe a-t-elle sonné la fin de la messe. Le pope lui-même paraît. Pas de doute pour Émile et Paul : ils attendent bien le roi.

– Derrière le rocher ! lance Duguet.

Raynal suit son regard. La proue d'une blancheur étincelante d'un yacht long de trente mètres surgit, majestueuse, et s'avance vers le rivage. Le drapeau bleu et blanc aux armes royales est en poupe. On peut lire le nom du navire, le

*Spacteria,* inscrit en lettres d'or sur son flanc. Les marins jettent l'ancre, l'équipage n'est pas en tenue de sortie. L'officier de bord met en place la coupée et déroule un tapis rouge. Le capitaine reste en cabine. Une chaloupe est mise à la mer, servie par un officier grec en tenue et son équipage de rameurs en uniforme. Elle vient se placer tranquillement au côté de l'embarcation française, sans que le lieutenant grec échange le moindre regard avec son voisin français.

Duguet croit de son devoir d'intervenir, pour éviter un incident. Il s'adresse en anglais au Grec, qui ne répond rien, comme s'il n'entendait pas cette langue. Pas un muscle de son visage ne bouge. Sa casquette blanche fixée par une jugulaire, il regarde obstinément la côte, tête droite.

Enfin, quatre limousines noires se profilent au sommet de la dune qui entoure le port. Elles avancent lentement, comme à la parade, précédées par des gendarmes grecs à cheval, en tenue de campagne.

De la voiture de tête descendent des civils, sans doute les inspecteurs de police du château, qui se tiennent à quatre pas, l'un d'eux s'approchant de l'automobile du roi pour en ouvrir la portière. Il est en uniforme de grand amiral de la flotte grecque. La reine Sophie le suit, robe sombre, capeline de paille blanche, voilette noire sur le visage.

– Va-t-elle soigner ses abeilles dans la ruche ? demande Paul, qui n'arrive pas à distinguer les traits de la souveraine.

– Ses chagrins plutôt, au soleil d'Italie. Regarde la coupée : le pacha est enfin visible. Il a attendu le couple royal à son bord, sans stopper les machines.

Les deux Français s'immobilisent au garde-à-vous. Les familles des pêcheurs agitent des drapeaux bleu ciel et blanc, en criant sans doute dans leur langage *Vive le roi !* Constantin salue d'un geste noble. L'ex-diadoque Georges, grand cordon en travers de sa vareuse immaculée, s'avance derrière son père. Il porte toujours un casque à pointe dorée et marche droit, à pas comptés, tel un officier prussien commandant la parade dans la cour de l'Académie militaire de Berlin. Le prince Nicolas le suit, simple voyageur en élégant tailleur d'alpaga, la canne à la main, comme s'il se rendait à Paris pour convenance personnelle.

Le roi embarque aussitôt, sans saluer l'équipage français. Le lieutenant aide la reine à prendre place sur les coussins armoriés de la chaloupe. Le prince Georges et son épouse les rejoignent.

Une deuxième embarcation, plus large, attend les gens de la suite royale et le personnel du voyage qui sortent des deux limousines de queue de cortège. Des officiers de l'armée grecque en uniforme kaki, des serviteurs en frac noir.

Un mugissement de sirène à bord d'un des contre-torpilleurs. Le lieutenant français saute sans se retourner dans sa chaloupe, et les marins souquent rapidement pour rejoindre leur navire qui lève l'ancre avec son *sister ship,* dans un grincement de chaînes.

Duguet fixe avec attention ceux de la suite royale. Son visage soudain se pétrifie. Là, sous ses yeux, marchant d'un pas rapide au bras d'un officier grec, cette femme coiffée d'un turban rouge à franges d'or et vêtue d'une robe longue si moulée que son compagnon doit la prendre dans ses bras pour la déposer sur le banc de la chaloupe... Aucune erreur n'est possible : c'est bien Lucia.

Elle le dévisage de son beau regard vert et impassible, comme si elle ne l'avait jamais rencontré. Il se porte vers le rivage, sur le point de crier son nom, mais se ravise brusquement : elle est sans doute en fuite, en danger. Il regarde, désemparé, s'éloigner la chaloupe. Lucia monte à bord. Le yacht royal prend la mer, escorté de loin par le contre-torpilleur.

Rentrant au Pirée, Duguet apprend de Valentin que les Italiens attendent la famille royale et sa suite dans le port de Messine pour les transférer en Suisse. Sans doute seront-ils reçus par Vittorio Emanuele avant leur départ pour l'exil, dans quelque résidence discrète. L'histoire souffle, impuissante, sur la couronne des rois. Ils la portent encore quand ils ne règnent plus et les familles régnantes, même ennemies, restent solidaires.

* *
*

Au Pirée, la fête de la Trinité s'achève dans les prières publiques, sans le moindre accroc au programme de remise en ordre du haut-commissaire Jonnart.

Duguet rentre à cheval, perdu dans ses pensées. Sa chère Lucia était donc au service de l'ennemi. Son départ en est la preuve. Au lieu de s'en indigner, il la plaint. Hier au bras d'un Russe, aujourd'hui d'un Grec, elle ne s'appartient plus. Sa beauté, loin de la préserver du danger, la rend aussi vulnérable que celle d'Aphrodite, jalousée de toutes les déesses de l'Olympe. Doit-il la dénoncer ? Quand le colonel Valentin lui demande le compte rendu détaillé du départ de la famille royale, il oublie simplement de mentionner Lucia.

Il fait très chaud, le général Régnault porte le casque colonial sur le quai du Pirée où il assiste au réembarquement des troupes et des chevaux pour Salonique. En face de lui se tient le corpulent amiral de Gueydon en tenue et casquette blanches, devant le port antique de Zea où Thémistocle alignait ses deux cents trières, l'orgueil d'Athènes. Le soleil couchant illumine de rayons roses les tours et la coupole de l'église orthodoxe Haghios Nicolaos. Est-ce la fin des combats ?

Valentin franchit avec Duguet la coupée du cuirassé *Bruix*, à quai dans le port de guerre. On le dirige aussitôt vers la salle de conférence, où il est présenté par le général Régnault à Jonnart, vieil homme aux cheveux blancs coupés en brosse, à la Lyautey.

Il semble pressé de régler les dernières mesures d'apaisement avant de rentrer en France, mission accomplie. Pour le proconsul de la République en mission, les militaires n'ont qu'un pouvoir délégué, surtout dans le domaine politique qui doit leur rester interdit. S'il sollicite leurs conseils, il leur donne des ordres. Il n'a pas à lâcher la bride à Sarrail, mais simplement à l'informer des décisions prises, pour exécution. Au Pirée, à bord du *Bruix*, Jonnart parle en maître, investi de la confiance du président du Conseil Ribot. Il sait que s'il échoue, sa carrière sera brisée.

Il n'a pas l'air soucieux pour autant. Hâtif, plutôt, tranchant comme un sabre, énonçant les mesures prises d'une petite voix distincte et ferme, mais très basse, qui oblige l'assistance au silence absolu.

– Surtout, pas de représailles, dit-il à l'intention du général Régnault. Quelques arrestations indispensables, avec expulsion immédiate hors du territoire. Les préfets doivent être changés, ainsi que les quelques généraux germanophiles qui nous ont attaqués dans le dos.

Le 25 juin 1917, le premier ministre Vénizélos fait dans Athènes une entrée parfaitement réglée par Jonnart, dont le haut-commissaire a la bonne grâce de se dire satisfait. Une foule chaleureuse, la même qui acclamait le roi quelques jours plus tôt, salue le Crétois avec ferveur. Beaucoup d'inspecteurs en civil dans les rues pour parer à tout incident. Les enfants des écoles agitent le drapeau national. Jonnart exprime aux responsables militaires toute sa gratitude.

Il se lève, fait quelques pas sur le pont, contemple le quai encore encombré de troupes françaises et britanniques.

– Tout rentre dans l'ordre, dit-il à Valentin qu'il prend à part, comme chef du 2e bureau. Que le général Sarrail prépare à loisir les plans de sa nouvelle offensive. Il n'aura plus de problèmes avec les Grecs. Le premier ministre, investi par le jeune roi Alexandre et rétabli par nous, annonce des élections et la réouverture de la Chambre, fermée par le précédent souverain au palais vieux. Vénizélos vient de prévenir les légations de Vienne, de Sofia et de Constantinople que son pays rompt toute relation avec l'Allemagne, l'Autriche-Hongrie, la Bulgarie et la Turquie. Les ministres de Grèce dans ces pays sont rappelés.

Il tire son oignon d'or de la poche de son gilet :

– Samedi prochain, à la même heure, Vénizélos reconnaîtra l'état de guerre avec l'Allemagne et ses alliés.

Ainsi tout est réglé. L'amiral de Gueydon dicte déjà des ordres pour rapatrier à Marseille, à bord d'un torpilleur, le « haut-commissaire des puissances protectrices ». Jonnart a terminé sa mission. Il n'y a plus, en Grèce, la moindre opposition à la politique des Alliés.

Valentin ne peut s'empêcher de reconnaître au ministre un courage politique exemplaire. Il a brusqué les Anglais et les Italiens qui multipliaient les représentations et les accès de mauvaise humeur. Il était à la merci d'un incident grave, d'une série d'attentats, d'une résistance imprévue susceptible de mettre le feu à Athènes et de déchaîner la guerre civile. Il a su éviter les mesures de répression, organiser avec le premier ministre grec l'amalgame entre vénizélistes et royalistes dans la nouvelle armée hellène, au prix dérisoire de quelques mutations dans le commandement, voire d'un petit nombre de départs en exil.

– Jonnart a fait du bon travail, dit à Duguet le colonel. Nous pouvons compter à brève échéance sur le renfort d'une armée grecque d'au moins cent mille hommes. Elle vient à point quand les Russes nous lâchent et les Italiens ergotent. Voilà renflouée la barque de Sarrail.

Duguet comprend mieux pourquoi sa Lucia a profité des limousines quittant la Grèce pour l'exil. Sans doute afin d'échapper aux mailles du filet se resserrant dangereusement sur tous les Allemands et autres ennemis présents à Salonique et dans la capitale. Pour avoir réussi à se faire admettre dans l'ultime cortège royal, faut-il qu'elle ait joué un rôle d'importance! En ce cas, le colonel Valentin, chef du 2e bureau, ne peut manquer d'avoir archivé sur l'espionne un dossier circonstancié. Il ne lui en a jamais parlé. Est-ce à Émile de prendre l'initiative?

**
*

Duguet n'a pas le temps de réfléchir. Préoccupé, la mine sombre, le colonel l'entraîne vers sa voiture en compagnie de Paul Raynal. Départ pour Salonique par le train.

Pendant le parcours, Valentin les interroge sur les Serbes qu'ils ont pu rencontrer au cours de leurs campagnes. Raynal se souvient seulement du soldat Georgi Georgevitch, un violent au physique de bûcheron avec lequel il s'était finalement lié d'amitié. Duguet évoque pour sa part la silhouette énergique d'un colonel, Givko Pavlovitch, parlant parfaitement le français pour avoir, comme le roi Pierre lui-même, suivi les cours de Saint-Cyr.

Valentin les entretient alors de la crise grave que traverse l'armée serbe, pas seulement morale. La tarentule politique travaille de nouveau les exilés, du moins les généraux et les officiers.

– Il ne faut pas oublier, explique-t-il, en bon lecteur du manuel d'histoire d'Albert Malet, ancien précepteur du prince Milan [1], que les deux familles princières des Obrenovitch et des Karageorgevitch sont depuis toujours en rivalité pour la couronne de Serbie. La succession s'opère généralement par des assassinats, notamment après une défaite militaire. Milan Obrenovitch devait à l'amitié de l'Autriche la constitution indépendante de son royaume. Il penchait, dans les années 1880, pour l'entente avec Vienne alors que son épouse Natalie Kechko, fille d'un officier russe, était pour le tsar. Après une défaite militaire contre la Bulgarie et une querelle avec sa femme, le roi avait demandé le divorce, obtenu en 1888, et la reine était partie en exil avec son fils Alexandre. Les élections avaient balayé le parti libéral austrophile et conduit au pouvoir les radicaux derrière Pachitch. Le roi Milan avait alors été contraint d'abdiquer au profit

1. Albert Malet, professeur d'histoire, coauteur du célèbre manuel Malet et Isaac.

d'Alexandre. Très vite, celui-ci s'était déclaré l'ami des Russes.

Duguet se demande quelles raisons poussent ainsi Valentin à leur raconter l'histoire ancienne des Serbes.

– Quel rapport, interroge-t-il, entre ce lointain successeur du roi Milan et le jeune régent Alexandre, qui commande l'armée serbe aujourd'hui ?

L'artilleur avoue qu'il patauge un peu dans cette généalogie royale.

– Aucun rapport. Mais le régent vient de faire arrêter un groupe d'officiers serbes qui ont trempé dans l'assassinat du roi Alexandre Obrenovitch, en 1903. Ce souverain avait épousé, avec la bénédiction du tsar de toutes les Russies, sa maîtresse de réputation douteuse, Draga Matchin, de douze ans son aînée et parfaitement stérile. Le couple annonçait triomphalement la venue d'un héritier. La reine mère Natalie, écartée du pouvoir par son fils, avait fait venir de Pétersbourg un médecin russe qui avait dénoncé la supercherie. Draga n'était pas grosse, l'accoucheur de la tsarine l'affirmait. Le futur chef de la Main noire [1], le lieutenant Dimitriévitch-Apis, à la tête de cent vingt conjurés, avait alors assassiné le roi. Un des officiers, aujourd'hui lieutenant-colonel, avait assommé et violé la reine Draga, avant de promener sa matrice au bout de son sabre. Le roi Pierre actuel, du clan Karageorgevitch, était monté sur le trône à la suite de ce scandale qui avait ému toute l'Europe. Le cabinet de Londres, horrifié par la mort d'Alexandre, avait mis très longtemps avant de reconnaître le roi Pierre, taxé de régicide.

1. L'organisation nationaliste serbe responsable de l'assassinat à Sarajevo du couple héritier autrichien par un Serbe de Bosnie, Gavrilo Princip.

– Celui qui s'est illustré par son courage dans la retraite des Serbes en 1915 ?

– Oui, c'est le père du régent Alexandre, chef de notre armée serbe et créateur de l'armée nationale, la *Narodna Vojska.* Il vient d'être l'objet d'un attentat de la Main noire. Le piétinement des Serbes dans l'offensive, la désorganisation des divisions lui sont imputés par les nationalistes qui veulent en finir avec la régence. Nous sommes rappelés d'urgence par Sarrail pour obtenir des renseignements sur l'état moral de l'armée serbe. Vous marcherez sur Pétalino, dans la montagne, où la division Morava est en secteur. Il se trouve qu'un des colonels comploteurs commandait une brigade dans cette division.

Paul, furieux d'être rembarqué aussitôt en gare de Salonique sans pouvoir revoir Carla, ne fût-ce qu'un instant, estime, comme Duguet, que son rôle n'est pas d'enquêter sur la Main noire. Le procès vient d'avoir lieu. L'un des condamnés s'est suicidé dans sa prison. Du moins l'a-t-on retrouvé mort. Le général, ex-commandant des troupes serbes à Uskub, a été condamné au peloton avec huit de ses camarades. Les autres, dont un moine fanatique, à quinze ans de forteresse. Trois ont été exécutés. Le régent reste à la tête de l'armée et le premier ministre Pachitch dirige toujours le gouvernement en exil à Corfou.

– Pourquoi nous assomme-t-on à ce point avec les Serbes ? soupire Paul.

Ils retrouvent le colonel Pavlovitch à son état-major, après un très long voyage. L'homme les reçoit avec chaleur, se souvient parfaitement d'avoir combattu à leurs côtés dans l'affaire de Florina. Il déplore le mauvais moral de son armée, qui résulte, affirme-t-il, de l'inaction. Il ne fait aucune difficulté pour leur confirmer que la politique du régent est contestée dans l'armée. Les patriotes le soupçonnent de vouloir tourner casaque à la suite de la déposition par les Alliés du roi Constantin XII (ainsi appelé parce qu'il prétend descendre du dernier empereur de Byzance).

– À qui se fier ? s'indigne Duguet. Alexandre, le fils du roi Pierre, prêt à abandonner le combat !

– Il exige une offensive immédiate, sachant Sarrail incapable de l'entreprendre, uniquement pour avoir un prétexte à entamer des négociations secrètes avec les Autrichiens. Il revient à la politique viennoise des Obrenovitch, lui, un Karageorgevitch. La Main noire a tenté de l'en empêcher. Radicalement. Je pense qu'il aura compris. Du moins, Sarrail l'espère.

Duguet et Raynal ne s'attardent pas au PC de Pavlovitch. Un message codé envoyé par Valentin les rappelle : les Serbes ne sont pas les seuls à déserter leurs unités, après les Russes. Un régiment français de Belfort donne des signes alarmants d'indiscipline. Les mutineries du front de France vont-elles gagner toute l'armée d'Orient ?

# Les mutins de Zeitenlik

Les régiments de Belfort et d'Épinal ont été retirés du front pour se reconstituer à Salonique et permettre aux permissionnaires d'embarquer pour la France. Les officiers de la 57e division, tenue si longtemps à l'épreuve, ont promis la *longue perme* à ceux qui accusent plus de dix-huit mois de présence en Orient. Les *dardas*, si souvent déçus, n'osent pas croire qu'on songe à les rapatrier mais patientent, jour après jour, au camp de Zeitenlik.

Deux régiments seulement sont en attente, le 235e et le 242e de Belfort, les deux autres unités de la 57e se reposant en Piémont, dans des villages assez accueillants vers l'ouest du front. Installé dans le camp, Arthur Schuster a depuis longtemps raccroché les skis. Le Vosgien souffre de la canicule. Il absorbe en se pinçant le nez la dose de quinine quotidienne qui lui permet de lutter contre le paludisme, car les vols de moustiques, le soir à Zeitenlik, sont plus redoutables que les avions bulgares.

– Si tu veux repartir en France les pieds devant, ironise le major Luciani, remplace la quinine par le raki. Assurément, c'est bien meilleur. Mais tu ne feras pas long feu, tu voyageras dans un beau coffre de sapin et tu ne pèseras pas plus lourd qu'un chien pesteux.

Le bûcheron d'Orbey se résigne, comme son camarade Robert Soulé. Le mennonite de Belfort ne participe pas aux réunions des anciens qui protestent en chœur contre les lenteurs de leur embarquement pour la France. Robert n'est en Orient que depuis trois mois et sait qu'il n'a droit à rien, malgré sa tenue irréprochable en campagne. Il profite de son séjour dans le camp délabré pour visiter, en compagnie de Marceau Delage, les différents quartiers de l'armée.

Marceau, l'enfant de Caussade, le tringlot chauffeur des généraux, est rentré dans le rang. Il n'a désormais qu'un volant de vieux camion à prendre en pogne. Son rêve serait de piloter une automitrailleuse, ou, mieux encore, la Peugeot blindée et les deux Citroën revenues de la campagne de Thessalie et présentes dans le camp, mais il lui est interdit d'en approcher. Les cavaliers qui les conduisent les surveillent aussi jalousement que jadis leurs chevaux. Elles doivent repartir en campagne vers l'ouest, sur les routes bosselées et poussiéreuses d'Albanie.

Le Breton Jean Cadiou accueille le chauffeur dans sa batterie au repos. Ils parlent bien sûr des permes. L'artilleur de Concarneau prendrait volontiers lui aussi le bateau pour la France. Il gravite en Macédoine depuis octobre 1915, en Orient depuis mars de la même année. Un temps réglementaire largement dépassé, mais il sait trop bien que les permes ne jouent pas chez les *artiflots,* rivés à leurs 75 aussi sûrement que les Bigoudens à la glèbe. On les considère en haut lieu, au regard des biffins, comme des privilégiés de l'armée.

La batterie, intacte, est rutilante. Les servants astiquent l'âme avec un écouvillon, comme au temps de l'Empire. D'autres repeignent l'affût en bleu-gris. Un sergent vérifie les niches des caissons, et les culs d'obus en cuivre brillent au soleil. Les chevaux doivent se contenter de ballots de foin sec vendu par les Grecs au prix fort.

– Je crois que nous passerons ici la fin de l'été, dit le Breton, résigné. Nous n'attaquerons pas les Bulgares avant l'automne ou l'hiver, comme d'habitude. Les majors n'ont pas soigné de pieds gelés depuis très longtemps, ils s'ennuient.

– Ils ont le scorbut pour se consoler.

– Pas un seul cas depuis décembre, d'après Luciani. Mais Grossetti, le général, file un mauvais coton. Je l'ai vu hier en inspection. Ce gaillard qui a cent fois bravé la mort au front marche désormais avec une canne et a dû perdre vingt kilos. À mon avis, il ne passera pas l'été.

Marceau n'a plus de tendresse pour les généraux depuis qu'ils refusent de le prendre à leur service.

– Grossetti est une peau de vache.

– Mais c'est un bon général ! proteste le major corse, dont Grossetti est l'idole. Il aura un jour sa statue sur la grande place d'Ajaccio, c'est sûr.

– Là, au moins, il ne pourra plus nuire.

– Il n'est certainement pas un homme de bureau, poursuit Luciani. Il paie de sa personne. Il a commencé à dépérir depuis la fin des offensives du printemps. Il sort rarement, on ne le voit plus guère en secteur.

De l'avis de Luciani, le général est atteint d'une forme de paludisme qui ne pardonne pas, celle qui ne laisse plus que la peau et les os au corps du malade, bientôt transformé en squelette. Grossetti est courageux. Il tiendra jusqu'au dernier moment. Mais Sarrail envisage déjà de le rapatrier, soi-disant pour le sauver, alors qu'il n'y a plus rien à faire.

– Sarrail ne plaisante pas sur les soins préventifs, commente Cadiou. Au fond, il protège ses hommes.

– Il ne jure que par la quinine. Il vient de donner trente jours d'arrêt à un médecin du 88e d'infanterie qui ne veillait pas d'assez près aux distributions quotidiennes dans son régiment. Un colonel a été sanctionné de huit jours pour avoir affaibli la dose de son propre chef. Sarrail pense qu'il peut ainsi venir à bout de cette saloperie. Mais il n'éliminera pas les anophèles qui piquent les Russes à la peau blanche quand ils se baignent dans les lacs pourris, les Écossais qui jouent au croquet les jambes nues, ou les Serbes qui refusent obstinément tout médicament.

– As-tu une idée du nombre d'évacués de l'année dernière pour cause de maladie ? Cent mille hommes, pas moins, affirme Delage, qui assure tenir ce renseignement d'un major plus haut placé que Luciani. Soit six soldats sur dix, et je ne vois pas pourquoi les chiffres de l'été 17 seraient inférieurs, malgré l'emploi de la quinine. Deux parlementaires en mission viennent de vérifier l'état sanitaire de la troupe. Ils ont été reçus par des majors pessimistes, qui leur ont fait entrevoir le pire. Sarrail s'est arrangé pour qu'ils ne s'attardent pas dans les parages, sous prétexte qu'ils pourraient nuire au moral de l'armée, à trop écouter les avis de médecins incapables. Il a fait désinfecter les lieux insalubres et rendu la moustiquaire obligatoire sous la tente. As-tu la tienne ?

– Bien sûr, dit Cadiou. Et je fais même brûler du papier d'Arménie. Il paraît que son parfum dégoûte les bestioles, qui préfèrent les torses en sueur et les pieds qui puent. Les anophèles manquent de délicatesse. Une infirmière écossaise m'a confié une lotion dont les soldats britanniques usent abondamment, mais elle sent le camphre et me donne mal au cœur. Il n'y a vraiment que la quinine. Le major t'a-t-il fait pisser dans un verre ?

– Plusieurs fois, au cours d'un contrôle. Ils analysent ton urine. Si elle ne contient pas de traces de quinine, tu es bon pour le falot.

– Tu oublies les dysenteries, qui peuvent être mortelles. Elles progressent, si le palu diminue. Je me demande comment font les Russes de la 2e brigade. Ils se baignent, jouent au football, au croquet avec les Anglais, quand ils n'organisent pas, malgré la chaleur, des courses à pied et des séances de gymnastique ! Ces gars-là sont bâtis à chaux et à sable.

* *
*

Cadiou a ses pratiques dans le camp des Russes. Ceux du 7e régiment de Moscou sont accueillants. Le sergent Malitchenko feint de comprendre son parler breton mieux que son français. Sous sa tente, les veillées n'ont rien de funèbre. On chante et on danse à la cosaque autour d'un feu de bois qui tient les moustiques à distance. À force d'assiduité, le Breton a fini par apprendre des bribes d'argot moscovite. Les Russes apprécient toujours l'échange qu'il leur propose en arrivant à leur cantonnement : cognac contre vodka.

Marceau Delage s'est lié d'amitié avec Sacha Korovski, engagé volontaire à dix-huit ans, qui a appris un peu de français au stage des sous-officiers. Toujours curieux, il demande innocemment au Russe si le moral est bon.

– Pas de fusillés chez nous, répond Korovski, si l'on met à part les sept soldats qui, l'année dernière, ont tué un chef de bataillon de notre brigade. Depuis, rien.

Sacha Korovski a pris au camp de Zeitenlik des habitudes vestimentaires que les officiers ne songent même plus à réprimer. Il a abandonné la casquette pour le calot, les bottes pour les bandes molletières à la française. Il s'exhibe le jour dans une vareuse tropicale achetée à un Anglais, façon armée d'Égypte. Il n'a de russe qu'un revolver Nagant passé dans son ceinturon. Une arme réservée aux officiers qu'il s'est appropriée, explique-t-il avec force détails, après avoir sauvé un capitaine de la capture. Personne n'a songé à la lui retirer. On l'a décoré pour son exploit de l'ordre de Sainte-Anne, qu'il ne porte pas, ayant en horreur les médailles pieuses.

Bavard impénitent, Korovski explique qu'il n'a plus de tsar, ce qui ne semble pas l'affecter outre mesure. Il invite ses amis français à une cérémonie solennelle qui doit réunir dans le camp, le lendemain, toute la brigade. Il prévient que les officiers fidèles au général Léontiev, bien qu'ayant prêté serment comme tout un chacun, risquent de se livrer à un hommage non programmé au tsar détrôné et pour l'heure prisonnier.

Il leur est assez intolérable que Finkelstein, ancien premier violon au Bolchoï devenu chef de musique de la brigade, ait prévu de faire chanter par le chœur des soldats, non pas l'hymne tsariste désormais abandonné, mais la *Marseillaise* en français, parce que les mots *liberté* et *égalité* sont connus de tous. Le musicien rappelle aux officiers supérieurs qu'en 1914, lorsque le président de la République française Raymond Poincaré avait débarqué très officiellement à Saint-Pétersbourg, les ouvriers révoltés avaient chanté l'hymne français pour la même raison, devant le cortège conduit par le tsar.

Les Moscovites ne sont pas moins républicains que les Pétersbourgeois, Korovski se dit prêt à en jurer. Ils chanteront *la Marseillaise* comme un seul homme.

Cadiou et Delage rallient les camarades. Un groupe du 235e de Belfort, Arthur Schuster en tête, se lève tôt pour ne pas manquer le spectacle. En apparence, rien de changé dans cette parade militaire. Les soldats sont alignés au carré. Au centre, devant un autel improvisé, un pope dit la messe sous l'étendard russe déployé – non plus l'impérial aux images religieuses, mais un nouveau modèle bleu, rouge et blanc à bandes horizontales. Cadiou remarque pourtant, çà et là, des drapeaux rouges portant l'inscription *liberté* en français, hissés par de simples soldats, comme s'ils voulaient faire comprendre à leurs frères de combat, les *Françouski*, le sens de leur manifestation, et, si possible, les entraîner dans leur action.

Le général Léontiev, commandant la brigade, est absent. Il est parti précipitamment, en Russie ou ailleurs, toujours inconsolable de la chute de Nicolas II. La cérémonie, prévue pour les deux unités présentes à Salonique, est réduite au 7e régiment de Moscou, réputé sensible aux mots d'ordre de la propagande révolutionnaire des comités de soldats.

Le colonel Motchoulski avance bardé de ses décorations et prête serment de fidélité au nouveau gouvernement sur une icône de Nicolas thaumaturge, devant le photographe officiel Stanislas Sorokine. Le lieutenant-colonel Boris Andreïévitch, reconnaissable à sa *papakha,* le suit aussitôt. Sur sa poitrine, l'ordre de Saint-Stanislas et celui de Sainte-Anne. Cet ancien de la guerre russo-japonaise de 1905 est respecté pour son courage. Des bravos vibrants saluent son serment. Toute la troupe défile ensuite, pour la même prestation. Pas un refus, pas un sourire. Les hommes restent pénétrés du sentiment religieux. Ils sont apparemment prêts à mourir pour la sainte Russie, avec ou sans le tsar.

Le chœur entonne *fortissimo la Marseillaise* sous la baguette de Finkelstein. Le mot « liberté » jaillit amplifié de trois mille poitrines, à l'étonnement des Français pour qui l'hymne national n'est qu'un chant patriotique. Les officiers russes l'entendent sans sourciller. Le ministre de la Guerre Kerenski n'a-t-il pas envoyé à toutes les unités sa « déclaration des droits du soldat » ? N'est-ce pas le mot d'ordre du nouveau gouvernement, qui s'appuie sur les députés libéraux de la douma ? Les gradés ne trouvent vraiment rien à reprocher à l'initiative de Finkelstein, sinon qu'il aurait peut-être pu produire un hymne original, écrit en russe, au lieu de cette adaptation du *Chant de guerre de l'armée du Rhin* dû à l'officier du génie Rouget de Lisle et devenu depuis peu l'hymne national français.

L'ours Michka, à la fin de la cérémonie, réjouit les officiers qui, réunis en cercle, lui donnent à ronger un drapeau rouge, à l'indignation de nombreux soldats. Il fait mine de le déchirer à belles dents, puis se ravise, le fait sauter en l'air pour le rattraper comme un funambule. Il faut s'y résigner : la mascotte du régiment, qui a pour marraine Mistinguett, n'éprouve aucune colère à la vue du rouge emblème des comités de soldats.

Le Bigouden Cadiou se rassure. Que les officiers du tsar prêtent serment lui paraît de bon augure. Ils restent en place et risquent de repartir pour le front. Tout finit dans l'ordre, avec la bénédiction des popes et la dispersion réglementaire des fantassins en armes, compagnie par compagnie.

Le fait que les régiments aient constitué des comités lui paraît toutefois contraire à la discipline. Que dirait le général Sarrail, pourtant républicain avancé, à ce qu'on en dit chez les cavaliers, si le 235e régiment de Belfort élisait un comité de soldats, une sorte de syndicat libre discutant les ordres des chefs ? Il est vrai que le ministre de Sarrail, Paul Painlevé, lui aussi de la gauche modérée, n'est pas soumis à Paris à la pression politique constante d'un comité élu d'ouvriers et de soldats.

– Sais-tu comment on appelle en russe ces comités, lui dit Korovski ? Des *soviets*. Le drapeau rouge est leur insigne.

– Le gouvernement les tolère ?

– Bien obligé. Le soviet de Petrograd lui mène la dragée haute. Il ne peut rien faire sans son accord, ce qui explique l'indiscipline dans l'armée, soumise à la propagande politique. Mais rassure-toi : aucun de nos comités n'est pour la paix. Pas que je sache. Pas encore.

**
*

Korovski se trompe. Le comité de son régiment a eu tout le temps, depuis mars, de recevoir des informations de France, où les bataillons ont suivi et même précédé les mutineries, y compris des nouvelles de Moscou, où les agitateurs publient des tracts et des journaux en faveur de la

« paix blanche », la « paix immédiate », qu'ils envoient aux armées.

Il est le premier surpris de recevoir un jour au courrier venant de Russie le *Golos Pravdi,* et même le *Nache Slovo* dans lequel s'exprime avec fièvre un certain Leiba Bronstein, dit Lev Davidovitch, puis Trotski, dont il ignore encore le nom. Un simple soldat, Zonié, distribue le soir des tracts dans le cantonnement, sans que personne y trouve à redire. Ceux qui savent lire les expliquent aux autres, avides de nouvelles venant du pays.

Les officiers semblent avoir renoncé à toute idée de répression. Le général Léontiev, qui dirigeait fermement la brigade, a définitivement disparu. A-t-il démissionné ? A-t-il été rappelé par Broussilov pour reprendre l'armée en main ? On parle du départ du général en chef Diterichs. Les nouveaux cadres connaissent les événements de France, et ils évitent toute provocation pour apaiser les soldats, même s'ils voient bien que certains ont arraché leurs épaulettes.

Cadiou est bientôt convié par Sacha Korovski à un rassemblement d'un tout autre genre, quinze jours plus tard, à la fin de juillet : l'offensive montée par Broussilov a déjà échoué. Le lieutenant-colonel Dourov, chef d'état-major de l'une des deux brigades macédoniennes, sait parfaitement que les vingt-trois divisions de Broussilov ont attaqué le 1er juillet en direction de Lemberg. Elles ont fait dix mille prisonniers, emporté les premières lignes ennemies, mais, avant la contre-attaque allemande, les comités de soldats se sont consultés. Ici deux divisions de réserve ont refusé de monter à l'assaut pour livrer un combat douteux. Il est par trop certain, ont affirmé les comités, que les Russes se feront tuer par le canon boche rassemblé pour la riposte. Ils ne peuvent pas tenir.

Cadiou assiste à une réunion très différente de la cérémonie du serment. Les soldats s'y rendent sans armes, sans ordre précis, dans des tenues fantaisistes, et semblent provenir de plusieurs bataillons différents. Un vieux général tente de les rappeler à la raison, évoque le devoir militaire. Près de lui, Vladimir Rychlinski, lieutenant au régiment blanc de Samara, ne peut se retenir de pester contre l'indiscipline des escouades. D'une voix chevrotante, le général intime aux soldats l'ordre de regagner leur cantonnement.

– *Oubiou, dourak*[1] *!* lui crie un Moscovite à la chemise ouverte, sans pattes aux épaules, un casque colonial anglais de guingois sur ses cheveux noirs et frisés.

– Ne vous donnez pas cette peine, mon ami, je suis vieux. Je crois qu'il est temps que je rentre chez moi.

Cette démission est saluée par des cris de triomphe. Les membres du comité grimpent sur une estrade et donnent la parole à un agitateur politique portant l'uniforme. L'orateur explique que les réactionnaires ont voulu arrêter le grand Lénine qui a pu s'enfuir en Finlande. Son nom est encore moins connu de la majorité des soldats que celui de Trotski. Ils applaudissent néanmoins.

– Il est grand temps, tonne l'agitateur au-dessus du brouhaha, que les comités obligent les officiers à sortir de cette guerre qui ne concerne en rien les révolutionnaires de tous les prolétariats du monde !

Il poursuit en assurant que Lénine veut donner la terre aux paysans et signer la paix. Il reviendra, c'est sûr, et la vraie révolution donnera enfin le pouvoir au peuple.

1. Je vais te tuer, imbécile !

Delage se fait traduire ces paroles par l'indolent Korovski, peu sensible à la propagande des gens venus de l'arrière. Il s'exécute en bâillant, dans un français approximatif. Sur un drapeau rouge, inscrits en russe, les mots d'égalité, de liberté et de fraternité sont applaudis avec frénésie. Korovski hausse mollement les épaules, comme s'il n'était en rien concerné par cette pantalonnade. Non qu'il soit tsariste, mais les orateurs débraillés qui emploient, sur ordre, une langue rudimentaire et convenue le dépriment.

– La question de la guerre et de la paix, précise-t-il à Delage, a été posée dès le 24 mars par le soviet de Petrograd qui a demandé « l'ouverture de négociations avec les ouvriers des pays ennemis ». Impossible de lui imposer silence. Kerenski sait très bien que les troupes de la capitale sont aux ordres du soviet, qui délibère nuit et jour. C'est lui, le vrai maître de la Russie.

Vladimir Rychlinski, le lieutenant au régiment de Samara, blêmit de rage en entendant ces paroles. Il réprouve la résignation du *tovaritch* Korovski. Pour lui, l'argent allemand nourrit les Lénine et les Trotski depuis longtemps. Des subsides versés en Suisse leur ont permis d'y vivre tranquilles pendant toute la guerre, grâce à l'entremise du comte von Brockdorff-Rantzau qui suit de près l'affaire russe depuis son poste d'ambassadeur au Danemark. C'est un complot savamment ourdi, qui a des chances d'aboutir à cause des pertes immenses des armées tsaristes sur le front et de la famine en Russie. Promettre aux Russes la paix et les terres, voilà d'excellents mots d'ordre qui ne peuvent se noyer dans un flot de vodka.

– Il faut frapper fort et vite, explique à Cadiou le lieutenant russe, pour restaurer le tsar prisonnier des rouges. Le peuple reste pieux et dévoué à la sainte Russie. Il est encore temps. Kornilov tient bon et il n'est pas loin de la capitale. Ce général de l'ancienne école est sûr de son armée. Il peut rétablir la situation en marchant sur Petrograd.

Korovski demeure silencieux. Il sait qu'il n'en est rien, que son camarade Rychlinski, le plus fidèle des officiers du tsar, est victime d'une illusion. L'armée est gangrenée, les généraux s'en vont. Les désertions se multiplient. Les soldats n'ont qu'une idée : rentrer chez eux pour bénéficier du partage des terres de la Couronne, offertes à l'encan.

**
*

Le colonel Valentin expose la situation devant le général Sarrail. Il évoque l'affaiblissement du moral chez les Russes, la contamination possible par les idées révolutionnaires des troupes des autres nations dans le camp de Zeitenlik.

– C'est vous-même et le général Diterichs qui m'avez proposé de mettre les brigades russes au repos, sourit-il. Je vous ai obéi. Voyez le résultat.

– Il est urgent de les faire repartir au front, dans un autre secteur, et de consigner au port les Russes qui débarquent encore sous prétexte de renforcer les unités. Ils doivent être passés au crible par un service politique spécialisé qui saura dépister les agitateurs formés au soviet de Petrograd.

Le général est de bonne humeur. La mine renfrognée de Valentin l'amuse. Il ne prend visiblement pas au sérieux les menaces de défection des Russes.

– Vous oubliez que s'ils entrent encore à Salonique, avec notre consentement, ils ne peuvent en repartir, à moins de déserter dans les lignes ennemies. Ils ne disposent pas, ici, d'un environnement populaire leur permettant de tenir la dragée haute à des autorités politiques. Le gouvernement Kerenski est très loin. Les maîtres en ces lieux sont Diterichs – qui n'est pas encore parti –, et moi-même. Nous pouvons les disperser sur ordre, et ils obéiront. Je compte les expédier du côté de Koritsa, très loin vers l'ouest albanais, dans les marais longeant les lacs de Prespa. Ils auront tout loisir de s'y refaire une santé morale.

– J'ai des informations sur les services de propagande montés par le docteur Ludwig Curtius, le chef allemand du 2e bureau bulgare. Des sections spéciales seraient formées par les Autrichiens pour inonder, par avion, les troupes russes de tracts les incitant à la désertion, dès qu'elles reparaîtront en ligne. Des haut-parleurs diffuseront des mots d'ordre rédigés en russe, de tranchée en tranchée.

– C'est de bonne guerre, et j'aurais fait de même si la révolution avait éclaté en Autriche ou en Allemagne, au lieu de ravager la Russie. Prenons le risque : si les Russes passent à l'ennemi, bon débarras. Ils ne contamineront pas les Serbes et nous avons des Grecs pour les remplacer.

– Beaucoup moins combatifs.

– Je n'en suis pas sûr. Ils auront à cœur de s'implanter en Macédoine, une fois remués par la propagande de Vénizélos sur la libération des terres grecques. Quant aux Russes, je ne partage pas votre pessimisme. J'en ai parlé longuement avec Diterichs. Comme par hasard, la seule troupe vraiment endoctrinée, c'est le régiment de Moscou. Ces soldats, souvent issus d'un milieu ouvrier, sont sensibles à la propagande des agitateurs en uniforme. Mais ils ne sont que trois mille, sur un effectif de douze mille environ dans les lignes.

D'ailleurs, beaucoup d'entre eux sont récupérables par des officiers sachant faire vibrer la corde de la patrie russe. Qu'on ne prenne aucune sanction, qu'on laisse parler les orateurs. Personne ne comprend le russe, sauf les Russes, naturellement, et peut-être aussi les Serbes. Vous l'entendez, vous, Valentin ?

– Quelques mots, mon général. *Mir* par exemple, qui veut dire à la fois la paix et la communauté du village.

– Devenez-vous bolchevik ? Ils ne sont pas près de prendre le pouvoir, et le prendraient-ils qu'ils livreraient le pays à l'anarchie. À Salonique, en tout cas, il n'en est pas question. Il me suffit de savoir que Diterichs se fait fort de les mettre en route vers l'ouest au plus tôt. Il a dissous du côté de Verria un bataillon de marche qui s'était signalé par son manque d'ardeur. Il a exigé des officiers hésitants de reprendre leur place dans les tranchées, près de leurs hommes, et de rétablir sous le feu la discipline. Je crois que nous pouvons leur faire confiance. Les soldats se tiendront convenablement, pourvu que nous les soutenions par le canon. Il faut les rendre à leurs tâches militaires et leur faire oublier la propagande politique, qui les touche peu dans le milieu très fermé de la Macédoine. D'ailleurs, la plupart des unités sont levées dans des régions bien particulières, qui fournissent au tsar ses régiments depuis Pierre Ier. Les cosaques, par exemple, qui viennent de réprimer pour le compte de ce Kerenski une émeute bolchevik à Petrograd. Mais aussi bien nos fantassins de Samara. Ils sont soldats de père en fils.

– Où voulez-vous exactement diligenter la 4e brigade russe, celle où figure le 7e régiment ?

– Les Russes de Moscou seront alignés en tête du secteur, sur un front resserré. Derrière eux, les plus fidèles des fidèles, prêts à contre-attaquer en cas d'abandon, et à tirer sur les déserteurs. Par sécurité, ajoutez sur les arrières un ou deux escadrons de spahis marocains. Du canon français en abondance à deux mille mètres. Ne ménagez pas les pièces lourdes, que diable! Aucune offensive n'est en route pour le moment. Dites aux Russes qu'il faut en finir avec ces traîtres de Bulgares, qui ont pris les armes contre le tsar de Russie, leur libérateur. L'excellent Diterichs, malgré son prochain départ pour Petrograd, a accepté cette reprise en main. Il fera cela très bien, avec l'éloquence d'un pope anathématiseur.

– Vous les enverriez à l'ouest du front?

– Pourquoi pas? Sur un secteur resserré. Ils pourraient relever la 76e division niçoise du général de Vassart d'Andernay, dont Michaud, qui a l'âme tendre, prétend qu'elle est épuisée. Je dis et je répète que ce secteur est calme, et que les Russes pourront s'y refaire, face à l'ennemi. Diterichs m'a juré que les officiers réprimeraient avec détermination tout relâchement dans la discipline.

* *
*

L'artilleur Cadiou et le tringlot Delage ont assisté au départ des Russes, lent, résigné, sans tambour ni trompette. Ils ont été embarqués dans les camions Berliet bâchés sans protestations ni exhibitions de drapeaux rouges.

– Que veux-tu qu'ils fassent d'autre? grince Cadiou, vexé de servir dans cette armée de Babel où chacun n'en fait qu'à sa tête, suivant la politique de son pays. Ils sont, en somme, nos prisonniers en armes.

Comment ne pas se décourager, à la longue, même si l'on est aussi patriote que Cadiou ? Rien ne se passe sur le front de Salonique. Au camp, les Français pêchent des grenouilles et les Anglais des écrevisses. Les Serbes, également au repos, ont perdu tout esprit offensif. Ils se sentaient proches des Russes qu'ils invitaient volontiers à leurs fêtes, assistaient le soir aux réunions des Moscovites du 7e régiment et revenaient sous leurs tentes en hochant la tête. Les voilà soudain orphelins. Si le grand ami russe se retire, à quoi bon combattre ? Avec les Grecs qui les détestent, les Italiens qui leur taillent des croupières ? D'unité en unité, le découragement russe s'est propagé et a fini par tous les gagner.

Delage est perplexe. Il les entend le soir chanter près de leurs tentes, et noyer leur cafard dans la gnôle. Il est loin, le temps où les Serbes partaient pleins d'entrain pour délivrer leur patrie. Invités autour du feu par Georgi Georgevitch, Marceau et Cadiou écoutent leurs mélopées d'amour et de nostalgie que le Serbe traduit de son mieux, mais plus de chants de guerre, comme si chacun aspirait au repos. Plus de ces couplets vengeurs qu'ils improvisaient jadis contre les Autrichiens. Ce sont les Bulgares qu'ils combattent, des frères slaves qui fraternisent volontiers dans les lignes.

– Ne croyez pas que les Bulgares soient heureux de continuer la guerre, dit Georgi aux Français. Ils ont conscience, comme nous, d'être au service des intérêts supérieurs des grandes nations. Sans les Allemands, ils seraient retournés chez eux, et nous serions rentrés dans nos foyers, l'âme en paix. J'ai recueilli des centaines de déserteurs.

– Pourtant, ils renforcent leurs lignes, remarque Cadiou.

– C'est la saison d'été, la meilleure époque pour combattre dans la Moglena. Les vois-tu attaquer ? Ils ne bougent pas plus que des souches. Les brigades popotent tranquilles à l'ombre des pitons où la neige a fondu, à peine dérangées par nos salves d'artillerie. Leurs chefs de pièce ont l'ordre de ménager les munitions. Ils sont au frais, dispos – mal nourris, il est vrai. Les Allemands les ont fait travailler aux fortifications, comme des Turcs. En ont-ils aménagé, des abris bétonnés et des sentiers de gravier !

– Les vôtres ont-ils été épargnés par les travaux en haute montagne ?

– Pas davantage, et malgré nos efforts, nous occupons toujours les pentes, et les Bulgares les crêtes. Je pourrais vous faire rencontrer les vétérans du 104e d'artillerie auxquels vous avez fourni des pièces lourdes, des 120 longs de Bange. Ils ont dû les hisser sur le mont Floka, à plus de deux mille trois cents mètres d'altitude, au prix d'une fatigue surhumaine. Aucun résultat tactique : les Bulgares ont gardé la ligne de faîte. Nous restons avec le feu au-dessus de nos têtes et le vide derrière les talons. Quand les nôtres semblent fléchir, las de tant d'inertie, le Prussien surgit aussitôt. Sur une position désignée par le sigle 2R sur sa carte autrichienne, le colonel brandebourgeois von Reuter a fait fusiller les fuyards bulgares sans hésiter, et sans en référer à leurs officiers.

– Je me souviens de ces pics insensés, opine le Breton Cadiou. J'ai pris sous le feu de ma batterie un sommet que nous surnommions le Dard, et mes serveurs auvergnats le Capucin, du nom d'une montagne près du Mont-Dore. Impossible d'en chasser les Bulgares.

– Ils sont aussi impuissants que nous le sommes, assure le fusilier serbe. Humiliés, même. Ils éprouvent ce que nous ressentons quand les Français nous lancent à l'assaut sans nous donner de canons convenables. Les Allemands les traitent comme des chiens. Les prisonniers ne s'en cachent pas, et encore moins les déserteurs qui dévalent la montagne comme des fous pour aborder nos lignes, un mouchoir blanc sur la tête, sous le tir de représailles très ajusté des leurs. Épuisés, mais soulagés d'avoir terminé cette guerre une fois pour toutes, les survivants nous parlent d'abondance.

– Vous les comprenez ?

– Sans aucune difficulté. Nos langues sont sœurs, ou cousines.

– Croyez-vous vraiment à leur sincérité ?

– « Nous détestons tout autant que vous les *Germanski* », m'a assuré un sergent du 81e régiment dont l'unité tout entière avait déserté. Les Allemands ont fait tirer sur ses hommes au canon. Dans le secteur d'Okrida, au 19e régiment, ils ont fusillé dix-neuf mutins. Les bataillons convaincus simplement d'indolence sont condamnés à casser les cailloux sur les routes, sous la surveillance des *Feldwebel* armés de matraques. Des soviets se sont constitués dans quatre régiments de la 4e division. Le comité de soldats, formé à la russe, a proposé d'attaquer les *Germanski,* ou d'abandonner les tranchées. Les Teutons se conduisent en Bulgarie et en Turquie comme des soudards auxquels tout est dû. Quand les Bulgares, au prix de lourdes pertes, s'emparent d'une position, les journaux allemands célèbrent cette « victoire » comme s'il fallait l'imputer à leurs troupes.

– Je ne suis pas sûr que les journaux français soient beaucoup plus honnêtes, avance Cadiou.

– Les soldats songent de plus en plus à rentrer *na domovété si*, comme ils disent, dans leurs foyers, les armes à la main, franchissant les lignes au péril de leur vie. Les maîtres teutons sont haïs. Ils se croient en pays conquis, chez des indigènes cupides et illettrés. Ils les traitent comme les Bantous de leurs colonies d'Afrique, allant jusqu'à les accuser de saboter les téléphériques pour dérober le contenu des bennes.

"Ils n'ont pas tort", m'a dit le déserteur. "Nous volons en effet leur nourriture sans vergogne, car ils sont gavés comme des porcs, réquisitionnant tous les vivres pour eux. Ils interviennent en force dans les centres de ravitaillement qui nous sont réservés, saisissent nos vaches aux pâturages."

– Leurs officiers devraient les défendre! s'indigne Cadiou, pour qui le premier droit du soldat est la nourriture suffisante.

– Toujours selon les dires de mon déserteur, leur attitude serait comparable à celle des Allemands : ils se sentent d'une autre race que leurs hommes. On n'a jamais aperçu dans les lignes un seul général de division bulgare. Ils résident à l'arrière, noyés sous la paperasse, comme si le commandement teuton voulait les neutraliser en les accablant de tâches bureaucratiques inutiles. Il faut dire que l'état-major allemand ne leur inspire aucune confiance. Alors, pour la moindre opération imposée par un général prussien, ils exigent un ordre écrit. Il leur est bien difficile de se comprendre avec leurs maîtres : leurs officiers parlent tous le russe et le français, rarement l'allemand. Seuls les plus jeunes ont fréquenté l'Académie militaire de Berlin.

Cadiou n'est qu'à demi convaincu par les propos rapportés du déserteur. Les Bulgares, même sous la menace, tiennent leurs positions, et leur rivalité avec les Serbes, dont ils ont envahi le pays, n'en reste pas moins vive. Georgi lui-même baisse la tête, à l'évocation de son village occupé.

Il est parfaitement clair que les intentions bulgares sont d'exploiter le plus longtemps possible les maigres ressources de la Serbie, et de se tailler à ses dépens un vaste royaume. La présence des Allemands est certes incommode, mais les officiers généraux bulgares ne se privent pas de protester quand Hindenburg retire de leur front une unité de plus. Cela n'empêche pas les soldats des deux nations, la serbe et la bulgare, de fraterniser à l'occasion sur les points d'eau, en frères de misère, quittes à se retrouver sévèrement châtiés s'ils sont surpris.

* *
*

Les Serbes s'ennuient à Zeitenlik. Ils ont envie de retrouver la fraîcheur des montagnes, depuis qu'ils ont reçu le renfort des Slaves prisonniers des Russes, et rapatriés par bateau. Mais ils veulent que tout le monde parte ensemble, y compris les Anglais.

Les difficiles rapports de Sarrail et du général Milne ne sont un secret pour personne. Ils ne sont pas clairs : Sarrail commande en chef, mais le Britannique conserve le pouvoir d'en référer à son chef d'état-major de Londres. Les plans que propose le général français doivent toujours être approuvés par sir Robertson avant de devenir opérationnels, même s'il s'agit d'une simple action de police dans les rues d'Athènes.

Nul ne peut prévoir les intentions exactes des Anglais au 15 juillet 1917. Ordonneront-ils le retour en Égypte d'une division, prélude à l'abandon du front d'Orient? Entre l'intention et la décision, le délai peut être très long, leurs chefs d'armée dépendant toujours du bon vouloir des responsables politiques.

Une visite de Valentin accompagné de Paul Raynal dans leur cantonnement signalé par le drapeau à croix de Saint-Georges, sans autre but que d'ausculter le moral des troupes, ne leur fait pas bonne impression. Les soldats anglais lisent dans le *Times* ou le *Guardian,* qui leur arrivent avec retard, les exploits de l'armée d'Égypte en Syrie, et de leurs bataillons alliés aux Arabes en Mésopotamie. Cette guerre de mouvement, où s'illustrent Allenby, Maude et le colonel Lawrence, a le prestige d'une épopée orientale, alors qu'eux se voient réduits à la quasi-immobilité dans le secteur de la Strouma. Ils sont en attente d'un ordre de départ et nullement motivés pour combattre sur le front de Salonique. On les rencontre plus souvent en ville qu'au cantonnement, s'adonnant à des activités sportives pour passer le temps et rester en forme. Sir Milne, leur général, se fait de plus en plus tirer l'oreille, chaque fois que Sarrail lui demande d'engager une action dans le cadre d'une offensive générale.

À peine entrés dans le camp, Valentin et Raynal se font siffler par un sergent :

– Aux abris ! crie-t-il, une escadrille d'Albatros est signalée sur Salonique.

Ils s'enfoncent par un escalier de bois dans une longue tranchée assez profonde, recouverte de sacs de sable.

– Que voulez-vous, dit Valentin en s'époussetant les manches, nous ne pouvons pas lutter désormais contre le nouveau chasseur allemand, l'Albatros DV.

Il lui est désagréable que l'immeuble même de l'état-major de Salonique ne soit pas à l'abri des bombinettes allemandes, capables, il est vrai, de ne briser que quelques vitres, mais aussi de mettre le feu. À Florina, les aviateurs boches ont réussi à tuer plusieurs Macédoniens en larguant une bombe sur le marché. Aussi le colonel prend-il grand soin de s'informer, avec une précision maniaque, sur les performances des derniers modèles de chasseurs dans les deux camps.

– Déjà, maugrée-t-il, le D3 était redoutable, supérieur aux nôtres par sa vitesse de grimpée d'au moins dix kilomètres supplémentaires à l'heure.

Tant de compétence aéronautique lui attire l'admiration de son voisin de la tranchée refuge, un éternel jeune homme à la fine moustache blonde taillée en pointe mais au front déjà strié de rides sous la salade d'acier réglementaire qu'il porte avec fantaisie, légèrement de traviole :

– Vous avez tout à fait raison ! dit ce lieutenant britannique, qui semble reconnaître Valentin.

Un officier anglais n'adresse la parole qu'à un homme qui lui a déjà été présenté, pourvu qu'il soit d'un grade au moins équivalent au sien.

Le Français, après quelque hésitation, finit par mettre un nom sur ce visage : c'est David Pinter, ex-officier de liaison du général Hamilton aux Dardanelles, qu'il n'a pas revu depuis plus de dix-huit mois. Il se réjouit de le retrouver, et se souvient de leurs rapports cordiaux qui lui permettaient de décoder les projets brumeux de l'intraitable général Ian Hamilton.

– Nos pilotes sont trop vite formés, et nos avions ne sont pas à la hauteur, face aux mitrailleuses doubles des Huns. Savez-vous qu'ils ont détruit hier treize de nos chasseurs dans l'aérodrome de Yanes ? Les nôtres n'ont pas même pu prendre l'air. Les hangars du camp ont été incendiés. Vous pouvez les voir continuer de brûler, car les pompiers manquent d'eau. Ils ont même frappé les campements et les hôpitaux. Songez qu'ils ont tué ou blessé deux cent quatre-vingts soldats, outre des infirmiers et infirmières.

– Vous voulez dire qu'ils sont capables d'attaquer le port ? demande Raynal, soudain inquiet.

– Certainement. Salonique n'est plus à l'abri des raids de ces Albatros, autrement dangereux que les dirigeables du Graf Zeppelin.

– Le capitaine Denain demande à genoux l'obtention de vingt avions modernes, intervient Valentin. Sarrail multiplie à Paris les mises en garde, mais les appareils n'arrivent pas.

Le lieutenant britannique convient qu'aucune troupe ne peut conserver le moral quand son artillerie n'est pas capable de repérer les objectifs ennemis. Ni les avions d'observation, ni les ballons ne peuvent prendre l'air sans être aussitôt abattus.

– Ils ont multiplié les bases derrière la montagne, peste Valentin. Nous avons calculé qu'ils pouvaient frapper, avec leurs bombes incendiaires, jusqu'à trois cents kilomètres, aussi bien à Salonique qu'à Koritsa. Savez-vous qu'ils ont réussi à bombarder des bateaux dans la rade, malgré les batteries antiaériennes installées sur le quai ? Elles sont peu efficaces. Le seul remède est de construire des moteurs plus puissants pour nos avions. Nous les avons, en France, mais impossible de les faire arriver jusqu'ici.

Valentin s'interrompt. Il réalise soudain que le seul souci apparent des Anglais semble être, outre le paludisme, les raids des chasseurs allemands. Ils ont la chance de n'avoir devant eux, sur le front de la Strouma, que des Turcs et des Bulgares. Pas une unité teutonne n'a été clairement identifiée.

– C'est vrai, concède Pinter. Le général bulgare Todorov reste sage et tranquille dans son QG de Sveti Vrac. Il sent bien que nous n'avons pas envie de nous éterniser ici, encore moins de combattre. Une de nos divisions inoccupées va d'ailleurs repartir pour l'Égypte.

– La force des Allemands, sur notre front de Macédoine, vient de leur unité de commandement, énonce lentement Valentin qui semble poursuivre une idée. Le QG, entièrement entre leurs mains, bien qu'ils n'aient en ligne qu'une poignée de troupes, a réalisé un parfait amalgame des éléments disparates dont ils disposent. Le général qui commande la région d'Okrida et des lacs a son PC plus au nord, dans la ville serbe de Prilep. Le connaissez-vous ?

– Naturellement, répond Pinter, qui reste un excellent chef d'état-major. C'est von Winckler.

Ce Prussien de vieille souche a effectivement groupé entre les deux lacs des bataillons venus des armées alliées des empires centraux : la cavalerie est bulgare, l'infanterie se compose de deux régiments autrichiens et bulgares intégrés, encadrés de chasseurs saxons. Et cet amalgame ne suscite pas le moindre problème, tous ces éléments acceptant sans les discuter les ordres de l'état-major prussien où ils ont des représentants.

– Vous connaissez aussi le *General-Leutnant* Seren, qui commande dans la boucle de la Cerna ?

La bête noire de l'état-major français. L'insatiable qui lance sans répit des contre-attaques pointues, efficaces, meurtrières, dans ce secteur difficile.

– Il ne supporterait pas, assure Valentin, que les quatre régiments bulgares refusent d'obéir directement à ses ordres, alors qu'il tient à sa disposition les meilleures troupes allemandes, *Alpen*, tirailleurs et chasseurs de la garde.

– Certainement pas, opine David avec flegme.

Mais Valentin s'emporte :

– Chez nous, les Russes battent la semelle, les Serbes discutent, les Italiens jouent leur jeu sans consulter personne, et vous, Anglais, ne prenez vos ordres qu'à Londres. C'est miracle que nous puissions résister à une armée de deux cent cinquante mille hommes renforcée en artillerie et dotée de l'aviation la plus moderne. Nous n'avons pas de commandement unique. Le képi offert à Sarrail n'est qu'un bout de coton !

– Que voulez-vous, même sur le front français, le maréchal Haig n'obéit qu'au roi George. C'est ainsi, chez nous ! conclut Pinter dans un sourire.

Non sans lâcher, avant de s'éloigner, une fléchette du Parthe, jeu où les Anglais excellent :

– Du moins n'avons-nous pas à déplorer de mutinerie...

* *
*

Dans le camp de Zeitenlik, le ras-le-bol affecte en priorité un bataillon du 242e régiment de Belfort. Le capitaine Baujon sait que ses hommes sont à bout de forces. Ils ont été dirigés sur la place de Salonique pour que les impaludés y reçoivent des soins, et que les anciens, depuis plus de dix-huit mois en ligne, repartent en France conformément au règlement ministériel sur les permissions, signé de la main de Paul Painlevé.

Le premier mouvement de Sarrail est de taper sur la table. Il ne peut être question de lâcher des permissionnaires alors que ses effectifs fondent au soleil. Valentin a averti le colonel du régiment incriminé, signalé par son mauvais esprit.

Sarrail a prévenu le ministère dès le 12 juillet : ils sont vingt mille dans la tranche des dix-huit mois et plus. S'ils partent tous, quatre divisions françaises seront désorganisées, incapables de résister à une pression de l'ennemi. Le général comprend fort bien à quel point il est nécessaire de donner satisfaction aux « intérêts légitimes » des soldats, mais il serait alors indispensable de prévoir un courant de remplacement plus intense vers l'Orient. Il n'en est pas question pour l'instant, à l'état-major de Paris.

Par son colonel, le capitaine Baujon est informé qu'il ne pourra employer la force, en cas de révolte de sa compagnie du 242e. Sarrail s'y oppose. Il lui est recommandé de rencontrer les hommes, de discuter avec eux, d'expliquer. Le régiment voisin de Belfort ne bouge pas. Le colonel Broizat, du 235e, parle à ses biffins. Que Baujon imite donc au plus tôt cet exemple édifiant.

Broizat s'adresse d'un ton affectueux aux rescapés des pentes glacées du Péristéri. Il connaît ses Belfortins, tous patriotes, lance-t-il, et capables des plus grands sacrifices. Pour qu'ils en viennent à menacer de se mutiner, il faut qu'ils aient des motifs graves, dont il reconnaît la valeur. Il ne les voit pas suivre le troupeau des Russes démoralisés. Chez eux, le moindre des caporaux est un médaillé militaire. Pas d'agitateurs politiques dans la troupe. Le seul pacifiste, Robert Soulé le mennonite, l'ancien objecteur de conscience, est devenu très vite un soldat modèle et estimé de ses camarades, qui s'est encore signalé par son courage en secteur. Le colonel le cite volontiers en exemple. Il y a plus de mérite à se battre pour son pays quand on est hostile à la guerre.

Au repos à Zeitenlik, on a laissé entendre aux poilus, dont beaucoup sont des *dardas*, que les anciens avaient droit à une permission en France. C'est vrai, explique Broizat, suivant les directives de Valentin, mais il faut attendre : les départs ne pourront se faire que par petits groupes, quand les remplaçants pourront débarquer.

Dans la troupe, les biffins grognent. Arthur Schuster et Jean Hasfeld s'efforcent de les calmer. Ces deux-là sont-ils crédibles ? Ils ne sont pas des *dardas*, ils n'ont pas droit eux-mêmes aux permes. Pourtant, ils sont écoutés lorsqu'ils évoquent longuement le sacrifice des anciens, des héros de la retraite de l'hiver 1915, sous Leblois, mais aussi les morts récents du Péristéri, de Beaufret, ce sergent adoré de tous, vénéré pour son courage et son esprit de camaraderie.

– Le colonel s'en occupe, disent-ils aux autres très simplement.

Et les grognards savent que Broizat obtiendra pour eux tout ce qu'il est possible d'espérer, dans l'état d'abandon où Paris laisse les poilus d'Orient – ces parias, ces maudits qui n'ont jamais droit à rien.

Baujon n'est pas aussi à l'aise que Broizat, en matière de discours politique à la Jules César. Il vient de prendre son commandement à la tête du 2e bataillon, en remplacement de Lucote, mort du paludisme. Cet ancien lieutenant du 31e dragons de Vitry-le-François a été versé en prenant du galon dans l'infanterie, son régiment étant descendu à la tranchée. Un Bourguignon solide, inconnu des poilus qui tiennent très injustement les officiers de cavalerie pour des traîneurs de sabre. Il n'a pas eu l'occasion de les suivre au combat. Pour eux, il est seulement le représentant de la hiérarchie et sa compétence reste douteuse. Non seulement il est cavalier, mais il débarque de France, ignorant tout de la guerre en Orient. Il se sent incapable, comme Broizat, de haranguer les opposants pour leur faire entendre raison. Il reste muet, et son silence est interprété par les poilus comme de l'hostilité.

Au cantonnement, des groupes se réunissent le soir, pour discuter de la situation. Les soldats se sentent livrés à eux-mêmes, et ne font pas confiance aux officiers.

– Des camions sont prêts pour nous conduire vers l'ouest, comme les Russes, affirme Nissart, un caporal de Belfort, ajusteur dans une grande entreprise. Delage, un tringlot, me l'a certifié. Il n'est plus question de permes.

Albert Dolfus, natif de Champagney, prétend que même les impaludés seront soignés sur place, faute de navires-hôpitaux en nombre suffisant. Le *France* les recueillera, et le major Luciani lui a dit que le bateau était à quai pour longtemps. Depuis que le bataillon est à Zeitenlik, plusieurs camarades sont pris de vomissements, de fortes fièvres. On compte déjà, paraît-il, quinze décès qu'on leur cache. Les corps ont été immergés au large, en catimini. Le *France* était vide, à son accostage. Il est désormais plein de malades et doit en refuser. Ils vont tous crever sur place.

– Nous n'avons plus aucune nouvelle des nôtres, déplore Jules Touranes, un cultivateur de Valdoie, près de Belfort, père de deux enfants. La dernière lettre que j'ai reçue remonte au 10 juin. Rien depuis, et nous sommes le 15 juillet. Je sais que ma femme m'écrit tous les jours. Quant aux colis, n'en parlons pas, ils doivent nourrir les requins.

– À Verdun, en dehors des offensives, il y a des vaguemestres, assure avec aplomb Mouriane, instituteur dans le civil.

La médaille militaire de ce caporal marsouin inspire le

respect. Les fantassins l'ont accueilli en copain. Mouriane est de Marseille, il suit de près le mouvement des bateaux dans le port de Salonique pour confier des lettres à poster sans délai, dès leur arrivée en France, aux camarades matelots. Il parle avec l'autorité d'un ancien.

– Depuis une semaine, les Sénégalais débarquent. Des bataillons entiers, juste formés au camp de Fréjus. Croyez-vous qu'ils les expédient dans les lignes? Ils restent cantonnés à Zeitenlik, avec leur compagnie de mitrailleuses prête à donner en cas de mutinerie.

Un Toulonnais le soutient. Le marsouin Jean Galois est indigné de voir qu'on marchande à vingt mille poilus le droit reconnu par le ministre à partir en perme, alors que les Alliés font tous plus ou moins défection.

– La 228e brigade anglaise, l'informe Mouriane, est uniquement composée de blessés, d'éclopés, d'hommes âgés incapables de soutenir un vrai combat. J'ai parlé avec plusieurs de ces vieux soldats. Il est question de les rapatrier tous.

« Vous avez vu disparaître les Russes vers le front ouest, poursuit-il. Vous ne les verrez pas revenir. Je ne donne pas cher de leur peau. Les Serbes refusent de monter en ligne. En face, l'armée bulgare est d'une discrétion surprenante. Je ne vois pas qu'une offensive se prépare, justifiant ainsi le maintien en ligne de tous ceux qui ont droit à revoir leurs familles. Paris nous traite en esclaves, comme si nous devions être punis d'avoir été expédiés à Salonique. La camarilla au pouvoir ne tient aucun compte du désir de paix de tous les peuples.

– Je dirai plus, intervient le caporal Nissart. Personne, pas même en France, n'a plus envie de faire la guerre.

L'armée s'est mutinée à 50 %. Avez-vous vu les Allemands en profiter pour attaquer ?

* *
*

Pour tenter de juguler la révolte, le colonel du 242ᵉ donne l'ordre de préparer le départ vers l'ouest pour le lendemain matin. Les paquetages doivent être prêts, les armes révisées. Seuls les impaludés seront dirigés vers les centres de soins. Les permissions sont remises à plus tard.

En délégation, les poilus du deuxième bataillon informent le capitaine Baujon qu'ils refusent de partir tant que la question des permissions n'est pas réglée pour les cent cinquante anciens qui peuvent faire valoir leurs droits. Le caporal Nissart se présente en tête pour lire un texte rédigé d'un commun accord, et signé des responsables.

– Un comité de soldats au 242ᵉ ? C'est une mutinerie ! Vous prenez-vous pour des Russes ? s'exclame Baujon.

Le capitaine veut faire mettre les mutins aux arrêts par le prévôt. Les gendarmes s'approchent. Aussitôt, les soldats sortent des tentes des bataillons voisins. Trois mille hommes sans armes se regroupent derrière leurs camarades, hurlant des slogans de permes, menaçant de brûler les camions si l'on persiste à leur refuser un droit reconnu. Mouriane et Galois contactent les sous-officiers du régiment voisin, le 372ᵉ, qui forme à son tour des comités. Les mutins défilent dans le camp immense, essayant d'enrôler d'autres unités. Les gendarmes doivent les contenir, avec l'aide des Indochinois et des Malgaches en armes. On ramasse des blessés, des contusionnés que les camarades entraînent dans les infirmeries du camp.

Des troubles sporadiques éclatent alors, bagarres courtes mais violentes entre groupes de soldats. Ceux de la 122e division coloniale ne supportent pas l'idée d'une mutinerie, refusent d'imiter celles de France. Ils estiment qu'ils doivent donner l'exemple aux soldats d'Afrique, et ne pas être la risée des Britanniques qui les regardent en fumant leur pipe. Les prisonniers bulgares, enfermés provisoirement dans un camp par les tirailleurs malgaches, sont aussi témoins de la rébellion de l'armée française. Ceux de la 122e auraient aussi envie de permes, mais ils ont honte de la dégradation de l'armée.

Sous les charges mesurées de la prévôté, les mutins se dispersent, mais tentent plus loin d'en rameuter d'autres en hurlant le slogan : *«Permissions immédiates»*, ou encore *«Plus de secteur sans perme»*. Ils se font fermement repousser par les légionnaires ou les marsouins, plus encore par les chasseurs d'Afrique qui montent en selle aux ordres des margis, cernent les groupes de mutins sans tirer le sabre, se bornant à les séparer, les morceler, provoquer leur retraite dans leur cantonnement. Un seul mort, et l'émeute pourrait tourner à la révolte armée.

Sarrail, informé, délègue aussitôt le colonel Valentin accompagné du capitaine prévôt Fourat. Il ne se rend pas lui-même sur les lieux de l'émeute. Contrairement à Scipion qui haranguait, selon Tite-Live, ses légionnaires mutinés en Espagne, ces messieurs à képis de feuilles de chêne considèrent que ce rôle revient à un officier de troupe, colonel, à la rigueur brigadier. Ils renouvellent l'ordre de n'employer aucune force de répression : les mutins ne sont pas armés, n'insultent ni n'agressent les officiers. Ils refusent seulement le service.

Valentin rejoint le secteur de Broizat, pour prendre la température de la 57e division. Il trouve le colonel au PC du général Jacquemot. Comme ses collègues du Chemin des Dames au mois de mai, ce divisionnaire a tendance à penser que les agitateurs sont responsables du désordre. Des pacifistes, qui font circuler en cachette des feuilles incendiaires dans les rangs. Des socialistes, qui revendiquent la paix blanche « sans annexions ni indemnités de guerre », celle de la rencontre de Zimmerwald[1].

– Une paix banche, après un million de morts ! Ils osent imprimer ça dans leurs torchons, lance le général en tendant à Valentin une feuille de tranchée.

– Rien de révolutionnaire, constate Valentin. Un slogan très modéré, autrement bénin que le texte de la conférence de Kienthal, dominée par Lénine qui demandait l'arrêt immédiat de la guerre et le refus du vote des budgets militaires. Je vous signale, mon général, que cette feuille reproduit le programme de paix du président Wilson. Nos mutins sont wilsoniens. Je n'ai d'ailleurs pas vu de drapeau rouge parmi eux. Ils pourraient avoir brandi l'étendard américain.

– Du diable ! Les Américains se battent à nos côtés.

– Certes, mais pour le droit des peuples à disposer d'eux-mêmes. N'oubliez pas qu'avant d'entrer en guerre,

1. À Zimmerwald, près de Berne, dès septembre 1915, deux délégués socialistes français et deux allemands avaient ensemble rédigé un manifeste « aux prolétaires d'Europe ». À Berne, le 1er mai 1916, un « appel aux peuples qu'on ruine et qu'on tue » avait recommandé aux prolétaires, par tous les moyens en leur pouvoir, « d'amener la fin de la boucherie mondiale ». Ce texte venait d'être repris par les zimmerwaldiens, encore minoritaires dans les partis nationaux (l'extrême gauche des partis socialistes), à la rencontre de Stockholm en mai 1917.

le président Wilson a tenté d'imposer sa médiation à tous les belligérants.

– Il reste que ces bruits de négociations ne sont pas censurés dans les journaux et qu'ils alimentent une propagande sournoise, tenace. Beaucoup de nos poilus pensent que la paix sera finalement signée, faute de combattants. Ils imaginent la révolution russe déferlant sur l'Allemagne et l'Europe. Ils ne réalisent pas que les bolcheviks ont été payés par les Allemands.

Valentin coupe court à la tirade, qu'il connaît par cœur. Les généraux font tout pour se couvrir, pour imputer la responsabilité du trouble moral de l'armée aux journaux, épargnés par la censure, et à la mollesse répressive du gouvernement.

– En réalité, conclut-il, nos poilus ont besoin de permes, et de quitter d'une manière ou de l'autre le camp pourri de Zeitenlik. Si vous leur faites des promesses, ils ne vous croiront pas. Je propose que nous persuadions le colonel Broizat, qui a toute notre confiance tout en gardant la leur, de susciter la création de comités de soldats dans son régiment parfaitement calme. Ils se mêleront à leurs camarades mutinés et diffuseront quelques nouvelles encourageantes. Par exemple, le rapatriement immédiat des plus anciens et des plus affaiblis de leurs camarades, dont ils pourront citer les noms. Ils peuvent expliquer posément qu'un tour de perme nominatif va être établi et affiché, tenant naturellement compte des départs de navires vers la France.

* *
*

Au cinquième jour des manifestations, la situation se délite au 242e d'infanterie de Belfort, le plus dur des deux régiments mutinés. Un simple cordon de service d'ordre contient les soldats. Ils sont entourés, isolés, mais pas attaqués. Les officiers ne promettent pas de sanctions. Les mutins finissent par se lasser de paraître aux *meetings* où les mêmes orateurs reprennent leurs thèmes sans les renouveler et, pour pousser les hommes à bout, mettent la guerre en question. Ils vont trop loin, estiment bien des Belfortins. Ceux-là refusent d'entendre les discours politiques violents et repoussent les thèses pacifistes.

– Les nôtres ne se sont pas battus trois ans, jurent-ils, pour signer une paix blanche alors que l'ennemi est encore là !

Le public des rencontres est de plus en plus clairsemé, ce qui peut aussi s'expliquer par la température : cinquante degrés au soleil.

Mais les grognards n'ont pas tous désarmé dans les popotes. Le colonel Broizat a jugé inutile et même dangereux de constituer des comités de soldats, il n'en a pas besoin. Il ne s'oppose pas à la propagande des mutins, qui sont laissés libres de circuler dans les limites du cantonnement de la division. Les camarades les plus motivés, ceux de la ville de Belfort et du 235e mutiné, où l'on compte beaucoup d'anciens ouvriers d'usines, rendent visite à tous les bataillons et diffusent des informations nouvelles, qui suivent de près l'évolution de la révolte et la tactique du commandement.

– On veut nous expulser à toute force, dit le caporal Galois, car on pressent que la situation révolutionnaire mûrit dans le camp.

– Il n'en est rien, explique Arthur Schuster à ses conscrits d'Orbey, débarqués en renfort. Le colonel veut se tirer de ce camp pourri où il a perdu déjà dix hommes depuis notre arrivée. Nous marchons vers un secteur calme de l'ouest, pour respirer l'air des montagnes.

Ces propos idylliques déchaînent la colère des plus modérés :

– Si nous cédons sur les permes, nous envoyons au falot les camarades révoltés. Ne croyez pas qu'ils s'abstiendront d'arrêter les meneurs, comme ils le promettent, lance Albert Dolfus. En France, ils en ont fusillé beaucoup, mais les mutins ont obtenu un tour de perme régulier, voyage non compris.

– N'oublie pas, signale le sergent Hasfeld – surnommé *Sergent Fayot* en dépit de sa bravoure –, que quatre mois d'absence sont ici nécessaires entre le jour du départ et celui du retour. Nous sommes vingt mille à souhaiter partir. Une division et demie. Crois-tu que nous pouvons nous payer ce luxe sans ouvrir le front à l'ennemi que nous contenons à grand-peine depuis bientôt deux ans ?

Les autres se taisent, mâchant leur ressentiment. Ainsi, l'éloignement et la durée du transport seraient au commandement le bon prétexte pour les laisser en plan sans scrupules dans le bourbier de Salonique, alors qu'ils ont subi autant de pertes que les régiments de la Somme ou de Champagne. Le pire de leurs griefs est ce mépris indigne dans lequel on les tient. Ils n'ont rien à dire, les *jardiniers de Salonique*. Ils ont assez demandé à partir au soleil. Qu'ils y restent ! Qu'ils fassent pousser en paix leur salade macédonienne ! Personne ne les plaint à Paris. Tous les ignorent en France, sauf les familles des victimes, bien sûr.

– Laissez faire le capitaine Baujon, et vous serez bientôt envoyés au falot, renchérit le caporal Galois. Un vrai cavalier, celui-là, dur, intransigeant, qui n'a qu'une parole. Il est tout prêt, s'il en reçoit l'ordre, à faire donner les mitrailleuses tonkinoises. Faites-lui confiance, il fera place nette. Vous partirez en perme dans un coin réservé du cimetière de Zeitenlik, avec, en prime, l'inscription « Mort pour la France ». Mort avec douze balles dans la peau. À moins qu'ils ne vous jettent à la baille en vous portant disparus sur leurs états.

– Lâchez-nous si vous voulez, dit Mouriane, nous irons jusqu'au bout. Si les camarades de France sont traités enfin comme des hommes, c'est au sacrifice des mutins qu'ils le doivent. Nous sommes des poilus sachant mourir comme les autres, et moins bien traités que les autres. La République, c'est la justice pour tous, et l'égalité devant la mort.

Le sergent Hasfeld proteste. Il n'accepte pas d'entendre insinuer que les généraux qui les commandent ne sont pas ceux de la République. Tenir de tels propos n'est pas le fait d'un patriote.

– Croyez-vous que Mouriane ait gagné sa médaille militaire en pêchant des grenouilles ? le bouscule Dolfus en lui montrant la poitrine décorée du caporal. Il est aussi patriote que vous.

Au matin, la diane réveille les deux régiments mutins. Broizat accompagne leurs colonels, ses collègues, pour couvrir de son autorité l'ordre d'embarquer au 372e, destiné au front tenu par le général Jacquemot du côté de Koritsa. La plupart se résignent. Le caporal Mouriane, le soldat Jules Touranes et le caporal Nissart refusent d'obéir, suivis par un groupe de camarades. Ces quatre-vingts mutins sont poussés dans un angle du camp par les prévôts en armes, qui les isolent de jour et de nuit avant de les obliger à se constituer prisonniers.

Pas d'effusion de sang. Une résistance symbolique ponctuée d'insultes et de coups. Un conseil de guerre est réuni pour juger des culpabilités. Pas d'exécution capitale. Quelques peines de prison. Certains, condamnés à un temps de travaux forcés, sont affectés à une compagnie de *joyeux*, des délinquants jugés par des tribunaux civils qui ont purgé leur peine en Afrique du Nord à construire des routes sous un soleil de plomb, avant d'être débarqués à Salonique.

– La mutinerie est impossible dans le camp de Zeitenlik, conclut Valentin en cherchant des yeux le margis Raynal, qui a disparu.

Il a faussé compagnie au colonel pour courir au port et s'assurer que le *France* est toujours ancré à son emplacement. Il lui est impossible d'en approcher, ni même de se frayer un chemin dans les rues du centre de la ville, empuanties par une âcre odeur de fumée noire. Un nouveau bombardement ? Le quartier du port est en flammes.

* *
*

Faut-il attribuer l'incendie à des bombes larguées d'un avion, à l'imprudence d'un artisan qui fut déjà à l'origine du sinistre de 1890 ? Personne n'en sait rien. On accuse sans preuve un habitant du quartier turc d'avoir mis le feu à sa maison. Les soldats hellènes, mais aussi quelques Français rencontrés en chemin, se hâtent de rejoindre les équipes de pompiers improvisés. Paul est entraîné au passage par un capitaine de zouaves qui le réquisitionne pour effectuer une coupure en pleine ville, à la dynamite s'il le faut.

Layné est déjà sur place, avec son équipe. Le vent violent venu de la vallée du Vardar attise les flammes, rend les secours problématiques. La ville gris et jaune est surmontée d'un épais nuage noir qui, de loin, en mer, évoque une sombre montagne. Les maisons de bois s'embrasent comme des torches. Le feu se faufile sous les portes, gagne les plafonds et consume aussitôt les poutres qui s'écroulent. Partout, des tuiles dégringolent en trombe sur les pavés.

Sur le quai, les dockers arabes abandonnent les ânes et les mulets pour se jeter dans les caïques qui hissent la voile latine afin de gagner le large au plus tôt. Les habitants sortent de leurs maisons des quartiers du port à demi nus, les yeux fous, tenant des bébés dans les bras et fuyant aussi vers la mer pour tenter d'embarquer. Les quartiers juifs sont les premiers touchés.

Paul tente de s'approcher du rivage, mais fait un saut de côté. Une Américaine en pyjama échappée de son consulat menacé vient de le frôler à bicyclette, dans un bruit de pédales crissant sous ses efforts désordonnés. Elle agite fébrilement sa sonnette au milieu des dockers et godille entre des paquets léchés par les flammèches. Elle doit se rabattre sur les rues encombrées en direction de la tour blanche, où elle croit trouver le salut. Téléphoniste à son consulat, la jeune fille a été oubliée dans la panique de l'évacuation, abandonnée dans sa chambre où elle dormait à poings fermés. Elle s'est réveillée juste à temps et pédale comme si elle était poursuivie par le diable en personne.

Un instant distrait par cette vision, Paul tente, lui aussi, de déboucher sur le quai. Dans une rue gris et noir, où les retombées de cendre et de poussière empêchent d'y voir à dix pas, il aperçoit Carla, portant dans ses bras une jeune fille inanimée.

– Prends-la dans tes bras, conduis-la vite à bord du *France*. C'est la fille de Radu, le cabaretier. Elle a de graves brûlures. Il faut intervenir d'urgence pour la sauver.

Il se souvient de ces hôtes si charmants qui les avaient accueillis et réconfortés dans leur petit restaurant, et voilà leur fille défigurée, inanimée. Pour se frayer un chemin sur le quai, Paul doit franchir une foule dense de réfugiés chargés de valises, de ballots de vêtements, certains déménageant même leurs meubles.

Une double haie de fusiliers marins est déployée pour permettre l'évacuation du consulat de France. Ces privilégiés marchent sans se presser. Les femmes rajustent leurs chapeaux de paille, les hommes fument le cigare. Paul réussit à bousculer matelots et consuls, mais il est arrêté à la coupée du *France* par des Sénégalais en armes qui ont ordre de s'opposer à toute intrusion des civils.

Le major Sabouret heureusement l'aperçoit. Il donne l'ordre d'aider le sapeur sauveteur et fait aussitôt conduire la jeune victime dans une salle d'opération.

– Où est Carla ? s'inquiète le chirurgien.

– Au secours des malheureux qui brûlent vifs.

– Ce n'est pas son rôle. Ramenez-la !

Paul hausse les épaules. Il court en effet pour la retrouver, sachant bien qu'elle se dévouera corps et âme à soulager la détresse des sinistrés. Impossible d'approcher de la zone de débarquement des grands transports militaires. Les hommes ont reçu l'ordre de retourner à bord, non sans récupérer les caisses de munitions et les sacs de vivres déjà débarqués. On craint l'extension de l'incendie jusqu'au bord de mer. Le soir tombant, les flammes dansent tout près du clapotis furieux des vagues, agitées par le vent. Quand les transports s'éloignent, leurs passagers à bord, d'autres soldats venus en nombre des camps de l'intérieur prêtent enfin leur aide sans réserve aux secouristes grecs débordés.

Les Français et les Anglais armés de pelles et de haches, le visage masqué par des foulards et des passe-montagnes, interviennent pour sortir des maisons en flammes ceux qui en sont encore prisonniers. Les victimes sont nombreuses, mais beaucoup d'habitants ont pu s'enfuir avant l'approche de l'incendie pour gagner les quartiers hauts, protégés du vent furieux par la montagne. D'autres ont réussi à rejoindre la route de l'ouest, franchissant l'antique muraille pour se retrouver en pleins champs. Le désordre des rues freine l'avancée des camions porteurs de barriques d'eau. On court en tous sens, on organise, à défaut de pompes en état de marche, des chaînes de secours à l'aide de seaux.

Au deuxième jour de l'incendie, Eleuthérios Vénizélos est sur place, avec le général Sarrail et le préfet de la ville. Ils ne peuvent qu'assister, impuissants, à la destruction de plus de cent hectares du centre historique, y compris des mosquées, des églises et des synagogues. Saint-Nicolas-le-Grand brûle encore, loin du port. La banque d'Athènes, la banque nationale, la banque ottomane et le café Floca, bien connu des permissionnaires, sont en cendres. On a dynamité en vain des quartiers entiers pour empêcher le feu de gagner. Les lances d'incendie, trop rares, se regroupent dans l'avenue, devant le port, de peur que les bateaux ne soient la proie des flammes, hautes de cent mètres. Les artilleurs coulent à coups de canon des voiliers pris par le feu.

* *
*

Des tirailleurs malgaches dépêchés dans les quartiers sinistrés s'efforcent d'éteindre à la pelle le feu qui reprend au moindre souffle du vent. Suffoquant et noirs de fumée, ils disposent de nouveaux corps martyrisés, pris dans les décombres, sur des couvertures de l'armée. Ils se démènent pour transporter de vieilles femmes inanimées jusqu'au port, avec l'espoir de les ramener à la vie. Dans les centres d'accueil de première urgence du front, ils ont souvent vu des majors accomplir des miracles sur les brûlés victimes des lance-flammes.

– Il faudrait la force de Darafify pour les sauver tous, gronde l'un d'eux. Lui seul, notre bon géant légendaire, pourrait les porter d'un bond loin dans les îles, à l'abri du feu.

Sans peur, ils s'enfoncent dans le quartier d'Agouda où les habitants, pour se sauver, ont sauté par les fenêtres. Ils placent les blessés sur les brancards pendant que les sapeurs du génie défoncent des portes encore intactes, à la recherche de survivants.

Parcourant les ruines du marché de la Tcharnia, la bouche protégée par un linge humide, Paul s'engage dans l'enfer du quartier de la Plaka. Il retrouve enfin Carla, le visage noirci, les cheveux en désordre, portant un bébé dans ses bras. Elle le lui tend.

– La mère est gravement brûlée, dit-elle. Elle a trouvé la force de me dire qu'elle était l'épouse de Samuel Meir. Il faut la secourir, elle a perdu la vue et son mari a disparu.

Elle repart en haletant, laissant Paul déposer l'enfant dans un poste de premiers secours organisé par des infirmières écossaises, qui recueillent les bébés pour leur donner du lait. Les Anglais, en short et casque colonial, organisent sans s'émouvoir l'accueil des soixante-douze mille sans-abri, dont les trois quarts sont des juifs, sous les vastes tentes de l'armée, où des roulantes distribuent des vivres.

Les coloniaux d'un bataillon de renfort de la 122e division accourent de Zeitenlik pour participer aux opérations de sauvetage, en même temps qu'une compagnie de Belfortins, celle du sergent Hasfeld, de Schuster et de Soulé, qui n'a pas encore pris la route de l'ouest.

Les grognards du camp oublient leurs rancunes contre Sarrail en mesurant l'ampleur du sinistre et la détresse de la population. Les corps martyrisés des victimes, de plus en plus nombreuses, sont regroupés sur des toiles de tentes et recouverts. Les Saloniciens se dévouent, grecs ou turcs, bulgares ou juifs. Un médecin arménien déshabille un gosse hurlant de douleur pour passer du baume sur ses brûlures.

Arthur Schuster, la hache en main, force une porte bloquée par une poutre pour sauver une famille terrorisée. Robert Soulé le mennonite aide un rabbin à convaincre un vieil homme vêtu d'une longue robe noire de quitter sa masure embrasée.

– J'y suis né, j'y mourrai ! murmure-t-il dans son langage, avant de se laisser porter de force au poste de secours.

Les riches des villas proches de la mer ne sont pas épargnés. Leurs maisons sont aussi parfois la proie des flammes. Mais ils organisent leur départ, se réfugient dans les navires de commerce, qui souvent leur appartiennent, et recommandent au capitaine de lever l'ancre pour mouiller au large, non sans avoir chargé à bord une partie de la population sinistrée.

Les voiliers des pêcheurs transportent aussi vers l'avant-port des cargaisons d'hommes, de femmes et d'enfants hagards, dans un début d'exode. Reviendront-ils jamais à Salonique, plus frappée que Sodome et Gomorrhe ? Les Turcs du quartier haut, épargnés par les flammes, descendent bravement vers le port pour se joindre aux équipes de secours.

Comment envisager de reconstruire en pleine guerre une cité frappée d'un tel sinistre ? Certains n'ont pas attendu les secours pour partir aussi loin que possible, dans la campagne où ils possèdent souvent des troupeaux de chèvres et de brebis. Les plus démunis seront relogés dans les quartiers de Haghia Paraskevi, Kéramiski, Karagatch. Plusieurs familles se sont déjà rassemblées dans les banlieues ouvrières du Nord-Ouest, où les hommes commencent à ériger des abris de fortune.

Chacun sait désormais qu'il est inutile de chercher à fuir par la mer. Les navires et les barques ont tous quitté le quai pour se réfugier plus loin dans la rade. La ville nonchalante, orientale, cosmopolite, est dévastée, calcinée, dans sa partie la plus riche en culture, la plus ancienne.

Paul, de retour vers la Tcharnia où il espère retrouver Carla, se souvient avec tristesse des cafés pittoresques, de l'accueil des marchands de *fritadas*, des rues étroites et coudées parcourues avec elle. On reconstruira sur ces ruines de larges avenues à l'américaine, encadrant des blocs carrés. Plus tard, beaucoup plus tard. En attendant, une partie des familles sans abri sera relogée dans le désordre des baraques de planches fournies par les armées. Salonique avait déjà ses prisonniers du camp de Zeitenlik, elle aura en plus les survivants dénués de ressources de ses quartiers réduits en cendres.

Quand s'éteignent les dernières flammes, le général Sarrail parcourt à cheval les zones détruites sur un bon tiers de la superficie de la ville. Un cavalier en uniforme grec l'accompagne. C'est Alexandre, le nouveau roi des Hellènes. Pas un sinistré ne se lève pour le saluer. Pourquoi des hommes au visage encore noirci de fumée acclameraient-ils, fussent-ils grecs, un roitelet de passage, bien conscient de ne pas être au milieu des siens, mais sur le territoire des Alliés ? Il pique des deux dans l'indifférence générale, sans même visiter les blessés transportés vers les hôpitaux français et britanniques. À quoi bon ? Ces gens abandonnés par Dieu ne comptent aucunement sur lui. Ils savent qu'une fois de plus, ils ne devront leur salut qu'à leur volonté de s'en sortir.

* *
*

Salonique a perdu sa joie de vivre. Les secours s'organisent. Des camps sont aménagés pour loger sous la tente les réfugiés éperdus de douleur, qui ont vu disparaître beaucoup des leurs sans même pouvoir reconnaître les corps. Les médecins militaires ont installé des antennes spéciales pour les soins aux brûlés, car les hôpitaux grecs et alliés sont submergés. Les Écossaises de Zeitenlik se joignent aux équipes françaises, et Carla a obtenu du major Sabouret la permission de descendre à quai avec un groupe d'infirmiers pour aider les sinistrés. Le major a fermé les yeux. Il doit, en principe, réserver tout son personnel aux blessés et malades militaires.

L'armée d'Orient n'a pas retrouvé son moral. La seule satisfaction des poilus est l'échelonnement des départs des permissionnaires. Les promesses du commandement ont été tenues. Les soldats ont pu voir plus de mille des leurs monter à bord du croiseur *Châteaurenault* dans le port d'Itéa, en creux du golfe de Corinthe, au pied du mont Parnasse. Il a embarqué en premier les anciens du 242e de Belfort. D'autres se sont installés sur le pont du transport *Canada,* pour rentrer en France. La machine est bien amorcée. Sarrail aura bientôt évacué sur la métropole, progressivement, les vingt mille soldats les plus anciens, ceux qui avaient entre dix-huit et vingt-huit mois de service en Orient.

Après les mutineries, il règne au camp un climat d'abandon, comme si jamais une action d'ensemble ne pouvait être montée contre les Bulgares par l'armée de Babel. Bientôt arrive à l'état-major de Sarrail notification de l'envoi en Palestine d'une division anglaise. Le général sir William Robertson en a obtenu l'autorisation lors de la conférence interalliée de Paris, où se sont rencontrés Lloyd George, Balfour, Ribot et Painlevé. Une offensive à Salonique, a dit Robertson, ne présente aucun avantage pratique. Première défection, celle de la Grande-Bretagne.

Vient ensuite le découragement de l'armée serbe, de plus en plus croissant. Le général Boyovitch, chef d'état-major, estime qu'il doit se débarrasser des soldats de plus de cinquante ans, incapables de suivre un assaut, mais aussi des plus jeunes recrues, trop faibles pour tenir le front. Il envisage donc le retrait complet des divisions serbes pour une « reformation », qui se traduira par un secteur réduit à une seule unité. Sarrail est averti : les Serbes ne donneront pas plus. Déçus par la défection des Russes, ils sont entraînés dans le relâchement général et n'espèrent plus rien de la guerre. Ils errent dans le camp de Zeitenlik, leurs curieux bonnets de laine remplaçant les casques abandonnés.

Il ne faut pas compter davantage sur les Russes. Si le 7ᵉ régiment a continué à évacuer Zeitenlik pour monter en ligne, le commandement de la 2ᵉ brigade, du côté de Prespa, hésite à donner des ordres à ses officiers impuissants. Rien ne marche plus dans les unités, ni le ravitaillement, ni l'équipement. Les soldats ont jeté casques et cartouches le long des chemins.

– *Nitchevo!* disent les officiers devant l'indolence des 3ᵉ et 4ᵉ régiments. Ils s'estiment débordés, sans prise sur la guerre, même si leurs hommes ne sont pas en révolte ouverte. Ils déambulent dans les tranchées et c'est miracle que les Bulgares n'en profitent pas pour les exterminer jusqu'au dernier, à croire qu'ils les ménagent.

Peut-on faire fond sur l'armée grecque? Une lettre envoyée à Sarrail par Foch, major général de l'armée, témoigne de la perplexité des militaires français. Selon Paris, le premier ministre Vénizélos ne dispose pas encore d'une armée solide et fidèle, et la relève des Russes défaillants par les Hellènes n'est pas pour demain. Quant aux Italiens, ils s'obstinent à ne pas vouloir élargir leur front et se bornent à défendre leurs intérêts dans le sud de l'Albanie.

Il n'échappe pas aux habitants de Salonique que la guerre sommeille en Orient, et que rien ne peut la réveiller. Ils reprochent à Sarrail et au préfet grec d'avoir laissé brûler les quartiers juifs et bulgares sans intervenir avec des moyens convenables.

La ville et les états-majors alliés se sont montrés négligents. Ils se sont surtout préoccupés d'évacuer les bâtiments officiels, tel un hôpital français du centre. Ils ne dispensent pas de secours aux sinistrés avec assez de générosité. Ils se reposent sur Vénizélos, qui n'a aucun moyen de faire face.

Deux semaines après le sinistre, plus de cinquante mille personnes sont toujours sans abri et nul ne s'en préoccupe vraiment.

Est-ce la fin d'un règne, ou d'une phase de la guerre? Dans les palais encore debout du front de mer, les notables saloniciens évoquent à mots couverts le départ de Sarrail, qui ne finirait pas l'année. L'incendie dévastateur autant que les mutineries supposent une nouvelle donne, si les Alliés veulent défendre la Grèce et s'ils ne sont pas résignés à la perdre. Les services de renseignement font état d'un départ progressif des unités allemandes et autrichiennes sur le front.

* *
*

Alors que Salonique s'assoupit dans les fortes chaleurs estivales, voilà que Paris se réveille, et exige des troupes parfaitement amoindries et découragées une reprise d'offensive immédiate, destinée comme toujours à fixer l'ennemi sur ce front. Paradoxe du Grand Quartier général, où l'on reconnaît la « patte » de Foch : c'est quand il manque totalement de moyens qu'il préconise d'engager des actions.

Les zouaves, stationnés à l'ouest du grand lac d'Ostrovo autour d'Eksisu, ainsi que le bataillon du 235e de Belfort, maintenu à peu près intact malgré les départs des permissionnaires, reçoivent des ordres comminatoires. Ils doivent se préparer au harcèlement des lignes ennemies. Le commandant Coustou se concerte avec Lepape, le nouveau capitaine nommé à la tête du premier bataillon du 235e régiment. Celui-là a commandé aux Dardanelles. Il connaît l'Orient et ses pièges. Il sait qu'un ordre d'attaque n'implique jamais une véritable offensive mais, comme disait Grossetti, de simples « tireries de canons ».

– Le Bulgare dort, ironise Coustou. Tranquille dans ses montagnes. Pourquoi le réveiller ?

– Nous sommes censés faire la guerre, répond Lepape, même avec des moyens réduits. Enlever le centre de Pogradec entre les lacs Okrida et Malik ne me paraît pas un objectif insensé. Nous avons du canon à satiété. Il faut rassurer les hommes, comme Pétain l'a fait sur le front français. Plus d'offensive sans une intense préparation d'artillerie. Nous devons écraser d'obus l'ennemi terré dans ses tranchées avant d'attaquer. À cette condition, les poilus de Belfort, même ceux du 372e régiment mutiné, marcheront sans rechigner.

– Je comprends pourquoi on nous demande d'attaquer dans ce secteur. D'après le service des renseignements, on y compte encore deux bataillons allemands, trois autrichiens et trois turcs. On a repéré des *Grenzjäger*[1], des soldats de la *Landwehr* et des réseaux de tranchées situés à mi-pente, peu accessibles aux obus. L'artillerie est allemande ou autrichienne. Elle est en place, bien camouflée derrière les hauteurs. Les routes sont impraticables pour nos camions, encore plus pour les pièces lourdes. Le génie aura une tâche effrayante pour aménager des chaussées à peu près abordables. Les mutins de Zeitenlik ne seront pas à la noce. Les rivages des lacs sont infestés de moustiques.

Les Belfortins sont toujours sous les ordres de Jacquemot, pour qui Sarrail a constitué une division d'infanterie provisoire afin de mener une offensive précise, à l'ouest, contre la

1. Chasseurs de montagne.

ville de Pogradec. Il compte ainsi établir un front continu, inattaquable, avec les Italiens. Cette opération raisonnable, n'engageant qu'un minimum d'effectifs, peut produire un effet stimulant.

L'infanterie est en place, après un long parcours, heureusement accompli de nuit. Les biffins ne respirent pas l'air pur des montagnes qui pourtant les entoure. Ils se calfeutrent sous les moustiquaires, au nord de la rivière Devoli, qui se jette dans le lac Malik entièrement paludéen. Cette zone a été choisie par l'état-major pour la concentration avant l'attaque des pitons et des mamelons.

Les officiers du génie sont à l'œuvre, pour construire la route qui doit permettre d'amener du canon. Raynal reprend du service, avec Layné et le capitaine Maublanc. Il est question non pas de rebâtir un pont détruit par l'artillerie autrichienne, mais simplement d'aménager un gué pour faire franchir aux batteries de 75 la rivière Devoli en étiage, et de lancer des passerelles métalliques pour l'infanterie. Raynal retrouve avec joie ce métier de pontonnier que Mazière lui a enseigné pendant sa période d'instruction.

Alors que le reste du front est des plus calme – du moins chez les Anglais, les Russes et les Serbes qui, en fait d'offensives, se sont bornés à des démonstrations –, les Belfortins, encadrés par des troupes coloniales, ont conscience d'être de nouveau au premier rang des opérations insensées d'escalades de pitons et d'attaques de bunkers.

Une seule satisfaction : l'Albanie n'est pas la Macédoine. Inconnue, sauvage, verdoyante, montagneuse, elle est parsemée de lacs qui recueillent les eaux des torrents dès la saison des pluies. Elle garde sa fraîcheur l'été, mais il est difficile de se repérer dans ses sentiers touffus, ses cols inaccessibles. Elle donne de la tablature aux officiers dépourvus de cartes, qui doivent se repérer au soleil et à la boussole, mais elle séduit les soldats qui pêchent les truites saumonées du lac d'Okrida et s'enfoncent, pour chasser, dans les immenses forêts de pins où foisonne le gibier.

On fait grâce aux poilus du barda réglementaire afin d'alléger leur marche, mais Schuster calcule qu'avec sa toile de tente, sa moustiquaire, ses vivres, cartouches, grenades et outils, on leur colle tout de même sur le dos une quinzaine de kilos, en comptant le Lebel et les godillots de rechange indispensables au biffin en campagne.

Pas un murmure, pourtant, au 235ᵉ. À croire que la révolte des autres régiments de la division est oubliée. Les poilus du 372ᵉ ont retrouvé leur allant. Ces mutins grimpent allègrement les crêtes, délogeant les Autrichiens assommés par un interminable bombardement d'artillerie. Les Croates, les Slovènes, les Tchèques recrutés pour le service obligatoire dans les régiments *K und K*[1] ne se sont pas engagés avec une grande ferveur dans cette guerre impériale, même s'ils souhaitent ardemment leur indépendance. Ils ne se défendent guère contre les Français et les Russes, et leurs officiers allemands se voient contraints d'évacuer le redoutable massif de Gradiste, pour ne pas être pris à revers. La prise de Pogradec est ainsi rendue possible, d'un seul galop, par les spahis marocains. Le 372ᵉ fait mille prisonniers sans subir de pertes lourdes. Les Marocains chargeant à découvert sont les seuls à trinquer.

1. *Kaiserlich und königlich.* L'empereur d'Autriche est en même temps roi de Hongrie.

Quand les Belfortins vainqueurs s'avancent sur la route de Monastir à Struga, ayant conquis les rives du lac d'Okrida, le capitaine Lepape reçoit un ordre du général Jacquemot. Il ne doit pas poursuivre son offensive victorieuse, mais arrêter sur-le-champ toute l'opération. Les Italiens, furieux de l'avance des Français en Albanie, ont multiplié les protestations auprès de Sarrail à Salonique.

Les bataillons de Belfort reprennent donc à pied la route de Macédoine, marchant de nuit pour éviter les bombardements et les attaques aériennes, et surtout profiter de la fraîcheur. Même au début de septembre, la chaleur est accablante dans la journée. Des arabas charrient les bardas, mais les étapes sont longues et surtout, le moral de la troupe est au plus bas : elle n'accepte pas d'avoir été sans raison privée de sa victoire. Une guerre qui se perd faute d'entente entre alliés est condamnée d'avance. Une fois de plus, ils ont été engagés à la légère, comme en 1915, quand les anciens partaient au secours des Serbes qui étaient déjà battus.

Ils retrouvent au cantonnement de Florina les sapeurs du génie, fort irrités eux aussi de s'être échinés pour rien... Raynal et Layné partagent la colère des poilus. Robert Soulé, toujours conciliant et modérateur, se démène en vain parmi les bleus pour tenter de les calmer par un prêche. Le général Jacquemot n'est pas le dernier, leur affirme-t-il comme s'il en était informé, à contester cet arrêt forcé de l'offensive.

Contrordre le surlendemain. Les biffins repartent pour l'offensive, éclairés par la cavalerie. De Paris, Sarrail s'est fait savonner par télégramme. On lui reproche pour une fois d'avoir été trop diplomate. Les querelles avec les Italiens ne doivent pas nuire à l'intérêt général. Il est essentiel pour les

Alliés, qu'ils soient français ou italiens, de tenir solidement la route de Durazzo qui permet d'occuper tout le sud de l'Albanie, que cela plaise ou non au général Cadorna. Il ne tenait qu'à lui de lancer ses *alpini* sur Pogradec. Les Français l'ont pris, ils le gardent.

Nouvelle et pénible marche de nuit pour les Belfortins, mais cette fois avec des murmures dans les rangs. Les anciens pensent que rien n'a changé, qu'on se paie toujours leur tête. Vont-ils encore se mutiner ? Non, ils vont donner une leçon aux Italiens. Hélas les Autrichiens se sont retranchés, il est trop tard. L'artillerie ne peut venir à bout de leurs défenses et les pertes s'accumulent dans les bataillons de Belfort. Beaucoup de bleus, pleins d'ardeur à l'assaut, laissent leur vie dans cette affaire mal préparée, à peine repérée par les patrouilles de reconnaissance. Soulé le mennonite fait partie des blessés. Il refuse de se faire évacuer et reçoit les soins d'un major dans une antenne provisoire où l'on désinfecte à l'alcool, sans l'endormir, la plaie en séton d'une balle qui lui a traversé le gras de l'épaule.

Raynal a été surpris par l'acharnement rageur des anciens mutins à défendre Pogradec, leur conquête, leur prouesse. Est-il si facile de motiver les hommes les plus découragés, révoltés au point de n'avoir plus peur du conseil de guerre, dès que leur amour-propre est en cause ? Mais les biffins de Belfort n'ont pas seulement voulu humilier les Italiens. Ils n'ont pas admis qu'une série d'ordres et de contrordres de l'état-major les contraigne à des marches et contremarches inutiles, les dépossède d'une victoire acquise la veille pour les envoyer le lendemain se fracasser dans un combat perdu d'avance et sanglant.

Ils sont plus que jamais convaincus que les mutins avaient raison. La guerre, puisqu'il faut la poursuivre même en Orient, changera de face quand les képis étoilés seront contraints de penser d'abord aux hommes.

# La part du diable

Le 12 novembre 1917, dans un *caféion* de Pogradec vrombissant de mouches, Paul Raynal décachette une lettre de sa mère, postée de Septfonds le 8 septembre. Par quel miracle l'enveloppe jaunie, froissée par des mains impatientes aux centres de tri des vaguemestres, a-t-elle réussi à lui parvenir enfin dans ce bled d'Albanie, entouré de montagnes déjà blanches des premières neiges macédoniennes ?

Il reconnaîtrait entre mille l'écriture penchée et appliquée de Maria. Ses lignes courent, sans ratures ni renvois, presque sans ponctuation, comme tracées sous la dictée précipitée de son amour pour son fils unique. Elle essaie de le distraire, de lui rappeler des souvenirs heureux.

« Souviens-toi, commence-t-elle, il y a six ou sept ans déjà. Tu partais à bicyclette, avec tes habits du dimanche, propre comme un sou neuf. Tu retrouvais tes copains devant leurs fermes, tous parés comme pour une noce. Vous alliez danser à la fête de septembre de Caussade. Tu avais dix-sept ans à peine à ta première sortie, et je guettais ton retour dans la nuit. Ta chienne Fida, qui se fait vieille, aboyait joyeusement, annonçant ton arrivée au bout du chemin éclairé par la lune. Elle t'attend toujours, chaque soir, postée dans la cour, prête à trotter à ta rencontre. Au matin, elle gratte à la porte et se couche près de l'âtre, la queue basse. »

Il se souvient qu'il ne racontait rien à sa mère de ses sorties nocturnes. Elle usait chaque fois de toutes les ruses pour savoir, auprès de ses camarades, avec qui il avait dansé. Avec la fille Servière ou la petite Mayol de Nègrepelisse ? Pas de réponse : Paul était bien trop timide pour inviter une fille et d'ailleurs, il ne savait pas danser. Elle s'en doutait, et s'en inquiétait. La tante Isabelle trouvait ce garçon rêveur, renfermé, distrait.

– Avec tout ce qu'il a en tête, assurait Maria, il ne sait par où commencer, quand il veut parler aux demoiselles !

Son père s'impatientait à le voir paresser au lit le lendemain. L'image d'Éloi attendrit Paul. Il lui écrirait volontiers, mais il sait à peine lire et écrire, sans vouloir en convenir. Il prétend que le fer pesant des chapeliers de paille lui a tellement noué les articulations des doigts qu'il ne peut plus tenir un porte-plume.

C'est vrai, Éloi Raynal ne commençait jamais une journée sans parler à son fils. Il avait pour lui les ambitions les plus folles, qu'il ne dissimulait pas. Maria et lui avaient consenti des sacrifices pour l'envoyer en Angleterre, dans une école commerciale, sur les conseils de l'institutrice, Mme Sangnier. Éloi l'avait placé, avec l'appui de Marcel, son cousin chanoine, à l'école de commerce d'Agen. Il aurait plus tard à ses côtés un garçon instruit, prêt à conduire une affaire en règle, avec du beau papier imprimé à Caussade.

« Ton père est morose, poursuit Maria dans sa lettre. Il ne me parle plus que pour me demander de lui lire le journal, et seulement les articles sur Salonique. »

Paul interrompt sa lecture, ému aux larmes. Ses parents ne pensent qu'à lui. Il se reproche encore de ne pas leur écrire plus souvent. Ils doivent attendre le facteur comme le Messie.

« Nous avons fermé l'atelier, faute de clientèle, poursuit Maria. Ton papa s'est fait recruter, malgré son âge, dans une fabrique de casques coloniaux. On ne regarde plus aux cheveux blancs quand les jeunes se font tuer au front, comme les deux fils de nos voisins, les Carrière, morts en Champagne. Ceux qui restent valides, même à plus de soixante ans, tournent les obus à Montauban. »

Paul réalise que son père a bel et bien dépassé les soixante ans. Il est plus jeune que Pétain et Sarrail, certes. Mais il faut être général pour être recruté par l'armée à un âge avancé. Les pioupious doivent avoir de la jambe pour les attaques, et des bras solides pour tirer à la baïonnette. La guerre de masse est un métier manuel. Pour un sexagénaire banal, sans brevet de l'École de guerre dans sa giberne, le guichet du recrutement est fermé. Les tranchées, c'est pour les jeunes. Paul sourit. Il ne voit pas son père en uniforme, il se méfie trop des gendarmes.

« Marie Bordarios, notre centenaire, ne t'a pas oublié. Elle nous fait comprendre par bribes qu'elle aimerait te voir partir à la pêche dans la Leyre. Le cousin Marcel assure qu'elle verra la fin de la guerre et ton retour au pays. Il est chanoine, il sait tout mieux que nous. Le Bon Dieu le renseigne. Il dit aussi que tu reviendras bientôt de Salonique, et peut-être pas tout seul. »

Elle écrit cette supposition à la dernière ligne, comme une note d'espoir partagé, juste avant de lui répéter qu'elle le chérit tendrement. Paul sourit. Il se rappelle avoir dit dans une de ses dernières lettres combien il était heureux d'avoir rencontré une jeune infirmière belle et dévouée, capable de soigner toutes les maladies, « même les maux d'amour ». Ainsi, sa mère les attend-elle tous deux dans sa maison, bonheur suprême. Il voit déjà Carla en robe blanche, au repas de fête, accueillie comme une reine à la ferme aux tuiles romaines de la tante Isabelle.

Maria chantera sans doute au dessert, de sa belle voix chaude d'Occitane, quelque vieille mélodie de langue d'oc, comme elle le fait chaque dimanche, à la demande d'Éloi. Et Paul pourra apprendre à danser enfin, jusqu'à perdre haleine, avec sa Carla chérie, la valse de l'amour dans la paix des amis revenue.

* *
*

Où est-elle, depuis que leurs chemins se sont de nouveau séparés pendant la fournaise de Salonique ? Il ne supporte plus son absence. Et pourquoi s'escrimer à construire des ponts provisoires pour une offensive encore vaine ?

Le capitaine Lanier, des chasseurs d'Afrique, casse sa haute taille pour franchir la porte étroite et basse de la taverne.

– Donne à manger à mes chevaux, lance-t-il au tavernier albanais, qui se hâte de lui servir le café turc arrosé d'ouzo.

Il reconnaît Paul Raynal, pour l'avoir rencontré sur la rive d'Asie, aux Dardanelles, quand il galopait autour des tombes d'Achille et de Patrocle, sur les dunes recouvrant l'antique Troie.

– J'ai des chevaux, mais pas de cavaliers, lui dit-il. On me les a tous pris pour les permes. Mon 8e régiment va être dissous et j'ai déjà perdu mon escadron. Veux-tu un cheval, margis ? Un tarbais de la belle époque ? Tu le monterais comme un chef.

– Je suis déjà pourvu, répond le Quercinois, en rosses d'Espagne, bonnes à traîner les charrettes. Pour les fantasias, il y a les Marocains.

– Ceux-là ne demandent pas de perme, et ils attaquent à pied ou à cheval, toujours bons pour la castagne. Sans eux, nous n'aurions jamais pris Pogradec. J'ai demandé au colonel de les rejoindre. Il n'a dit ni oui ni non.

– En somme, te voilà au chômage.

– Un officier ne retourne pas en France, sauf les pieds devant. Je vais partir, c'est vrai, mais pour l'Orient. Le colonel de Piépape forme un escadron pour faire figurer le drapeau français dans l'armée de sir Allenby, celle qui marche sur Jérusalem. Je me suis porté volontaire. Il est difficile, quand on bourlingue depuis deux ans des Dardanelles au Vardar, de rentrer à Bayonne et d'attendre au corps sa feuille de route pour la Champagne. Pourquoi es-tu resté toi-même dans ce réduit sauvage, au lieu de prendre ta perme, comme les autres ? Tu as assez de brisques sur le bras pour partir, j'en compte au moins quatre.

– Autant que toi, répond Paul.

Il réfléchit. Jadis, il avait eu le désir très ardent de rentrer en France, alors qu'il n'y avait pas droit. Il aurait rejoint bien volontiers Carla à son stage de Montpellier si on l'avait laissé partir, grâce à ces permissions spéciales très rarement accordées, à des malades de préférence. Maintenant que son amoureuse est bien ancrée dans la rade de Salonique, est-ce vraiment le moment de partir en perme ?

Lanier, un enfant de l'amour né à Pouy, près de Dax, au pays de saint Vincent de Paul, devine quelque affaire de ce genre. Il n'est pas normal qu'un gaillard de vingt-trois ans, gascon comme lui, de Quercy certes et non de Bigorre, mais de sang chaud et d'énergie à revendre, ne profite pas du temps des permes pour revoir les payses, à moins qu'il ne soit fixé sur place.

Il n'a pas le temps de susciter des confidences. Un soldat italien pousse la porte du *caféion*. Moustache fine, rasé de frais, l'œil accrocheur, il s'adresse familièrement en albanais à l'hôtesse. Sourire de connivence : ces messieurs sont des habitués du lieu, dans une ville conquise et occupée par les Français. Un collègue compatriote accompagne le joli cœur, tiré lui aussi à quatre épingles dans son uniforme vert de bersaglier. Ils dévisagent les Français sans les saluer.

– Il y a longtemps que je n'en ai pas provoqué en duel, dit Lanier, la main sur la poignée du sabre et roulant des yeux féroces. Nous avons pris Pogradec en y laissant beaucoup des nôtres, et voilà qu'ils viennent en touristes, cajolent la population pour se faire bien voir. Demain, ils parleront en maîtres. Ils demandent déjà notre départ par le circuit des ambassades et des ministères, rêvant d'annexer toute l'Albanie.

– Il n'en est pas question, nous sommes ici en force, glisse Paul pour rasséréner l'irascible.

– Quand ils envoient une section d'infanterie traîner ses godillots sur une route parfaitement libre, ils appellent cela une offensive. Pogradec est la seule ville du secteur. Ils veulent y parader à l'aise, lancer des œillades aux brunes Albanaises, organiser le soir des bals et des spectacles, faire la guerre en dentelles.

Les Italiens commandent à la servante, une jolie brune qui entend leur langue, *« olivas e vino rosso »*. L'un d'eux s'autorise à la prendre par la taille. Lanier bondit aussitôt, demande au sergent d'*alpini* s'il se croit chez les Turcs pour oser des gestes déplacés sur une jeune fille du pays d'Essad Pacha. Il s'emporte en précisant à l'ahuri que ce notable albanais ami de la France, dont les cinq cents soldats sont ses alliés, vient d'être reçu par le général Sarrail à son état-major de Salonique en lui reconnaissant le titre de général d'armée.

Le sergent italien n'entend rien à cette diatribe. Il se lève menaçant, mais son ami officier de bersagliers remet son casque à plumes de coq noires, retient son camarade par les épaules et l'oblige à se rasseoir.

– Nous avons perdu soixante hommes en ligne hier, lance-t-il en bon français à Lanier. Il est inutile d'en perdre davantage, ne trouvez-vous pas ?

– Plus qu'à Caporetto[1] ? Vous nous avez coûté six divisions, et autant pour les Anglais.

Paul retient Lanier d'un geste, mais ne peut l'empêcher de poursuivre :

– Foch n'a pas plaint sa peine, dit-il en prenant le margis à témoin, pour leur envoyer des renforts, alors qu'il nous les mendie ici, à Salonique.

1. Village de Slovénie occupé par les troupes italiennes en 1915. Du 24 au 27 octobre 1917, le général prussien Otto von Below, à la tête de troupes autrichiennes et allemandes, met en déroute jusqu'à la Piave les Italiens, qui ont 275 000 prisonniers sur 300 000 pertes.

Il se retourne furieux vers les Italiens éberlués :

– Six divisions ! La fleur de l'armée française, au secours de ces *babis* qui fichent le camp à la vue de l'ennemi. Et vous osez vous présenter ici, dans une ville prise au prix de notre sang ? Vous n'avez rien à y faire, messieurs, dehors ! Pendant que vos camarades, les fuyards de Caporetto, prennent la route des camps boches, allez donc parader dans les rues de Valona. Vous y êtes chez vous, n'est-ce pas ? Nous ne pouvons pas y mettre les pieds. Ici, vous êtes des indésirables. Au cas où vous ne l'auriez pas aperçu, le drapeau français flotte sur Pogradec !

* *
*

Paul ne sait comment s'y prendre pour calmer l'ardent Lanier, cavalier superbe et généreux dont il aime la gouaille gasconne. Ses propos hostiles à l'Italie, nation en guerre, sont sans doute dans l'esprit de beaucoup. Mais ils deviennent franchement insultants quand ils visent des Italiens ordinaires du *popolo minuto*, du petit peuple partout estimable, même s'il recule à la bataille, ce qui est arrivé, en d'autres temps, aux Français. Le Quercinois n'accepte pas que l'on humilie en bloc, en vrac, dans un mouvement de colère au sens propre imbécile, les compatriotes du père de Carla.

– Je ne m'étonne pas que ce Français soit aussi mal élevé, a lancé à Paul le bersaglier en quittant la place. Ses ancêtres montaient encore aux arbres quand les nôtres sculptaient les portes du baptistère de Florence.

À ce mot magique, Paul décide de revoir aussi vite que possible les yeux verts de sa Florentine : il n'hésite plus à négocier un cheval tarbais au trublion du 8e de chasseurs d'Afrique et à prendre la route de Salonique sans autre forme de procès. Il mettra le cap sur Kastoria pour contourner le mont Vernon, et de là rejoindra Edessa et Pella, les antiques capitales des rois de Macédoine. Il a l'itinéraire en tête. Si Alexandre avait vu son tarbais, il le lui aurait enlevé sur-le-champ. Ce cheval rapide peut le mener à Salonique plus vite que le train.

Un remords cependant, et de taille. Partir sans autorisation, sans ordre de mission, cela s'appelle déserter. Mais surtout, qu'en diront Mazière et Maublanc, ses pères adoptifs, toujours occupés à renforcer les ponts sur les rivières gonflées par les torrents de montagne et les pluies de novembre ?

Il change de cap et décide de les rejoindre.

Difficile de trouver ces deux officiers, appelés plusieurs fois par jour sur des chantiers différents. Ils sont justement très affairés : un pont de bois provisoire, construit par la compagnie pendant l'été, vient de sauter sous la charge de l'eau de ruissellement, entraînant dans le lit glacé de la rivière Devoli une file entière de charrettes de ravitaillement. Il est à peine croyable qu'un cours d'eau, presque à sec en août, se gonfle des pluies de novembre – certes, en trois jours de déluge – au point de devenir un torrent qu'il faut à tout prix maîtriser. On s'active d'abord à sauver les équipages, hommes et chevaux menacés de noyade, avant de tirer du lit de la rivière les voitures bourrées de caisses de ravitaillement.

Les sapeurs, ses camarades, lancent des barques qu'ils arriment par des filins aux arbres des berges pour récupérer d'abord les convoyeurs. Ils s'étouffent, bleus de froid, prisonniers de leurs lourdes capotes kaki, et couleraient à pic s'ils n'étaient hissés à tour de rôle hors de l'eau et abreuvés d'alcool fort. Une deuxième équipe s'occupe de sectionner les attelages, pour libérer les chevaux qui sont aussitôt précipités dans le courant sans qu'on puisse les retenir. Des gaffes crochètent les voitures qui sont ensuite treuillées sur la berge, et leurs caisses de munitions sont mises en lieu sûr.

Mazière calcule les données techniques du renforcement des piliers du pont sauté. Maublanc ameute les équipes de travailleurs indochinois qui coulent le béton sous la pluie. Les officiers ont l'intention de construire une arche fortement surélevée capable de résister non seulement aux eaux, mais demain au poids de la neige et de la glace. Cette artère est vitale pour le ravitaillement du secteur de Pogradec. On ne tient pas des positions sans s'être assuré des liaisons.

Paul reprend spontanément son rôle dans le dispositif, fait déverser en amont des charretées de pierraille en épi pour diminuer le flux de la rivière, revient sur l'équipe de renforcement des piliers, veille à ce que la ferraille soit correctement enrobée de béton frais dans les vases coffrages de bois pour leur garantir une arête infrangible.

Il a retrouvé sa place dans la chaîne des bâtisseurs. L'accident du pont l'a rappelé immédiatement à son devoir. La construction, comme la guerre, ne se fait jamais qu'en équipe. Il avait délaissé un moment son poste pour aller chercher son courrier en ville, il est temps qu'il mette les bouchées doubles. Paul a l'esprit d'entreprise et l'urgence de la tâche le stimule.

– Le commandant a demandé le renforcement de la compagnie, lui explique le sergent Manuel Godefroi, un camarade venu de Caylus. Nous manquons de main-d'œuvre. Les pluies ont tout bouleversé. La voie du chemin de fer est inondée entre les lacs. Nous devons boucler ici très vite pour rétablir le passage. Les pistes de montagne sont hors d'atteinte. De Salonique est venu l'ordre d'installer des téléphériques partout où c'est possible.

Le soir, le travail de renforcement des piliers est terminé. Les poutrelles métalliques sont arrivées par convoi. Les sapeurs travaillent à la lumière des projecteurs pour les disposer au moyen des grues dès le matin, sur les deux rives de la Devoli, aussitôt le béton séché.

Dans l'abri réservé aux chevaux, Paul tient à s'occuper lui-même de son coursier. Le tarbais trempé le reconnaît et piaffe. Il est honoré d'un bon picotin d'avoine, étrillé et bouchonné comme au champ de courses.

– Il me semble que tu as envie de repartir, remarque le capitaine Maublanc, qui vient surveiller les soins donnés à la cavalerie des sapeurs, éprouvée par les conditions de travail difficiles dans la boue des rives. Justement, le commandant veut t'envoyer à Salonique – monté sur ton cheval ailé – pour obtenir le départ immédiat d'un convoi de matériel téléphérique en retard pour Pogradec et remettre un pli personnel à Valentin, qui t'attend à l'état-major. Tu partiras au matin. Tu prendras le service de vedettes sur le lac et ensuite le train direct. Et laisse-moi ton Bucéphale. C'est un animal délicat, dit-il en jaugeant ses paturons, j'en prendrai soin. Tu le retrouveras à ton retour, au lieu de le laisser mourir de froid et de fatigue sur ces routes détrempées.

Paul a du mal à dissimuler sa joie. Une fois de plus, le bon capitaine prévient ses désirs.

– Ne te réjouis pas trop vite. Nous savons, Mazière et moi-même, sourit-il, l'intérêt que tu portes au personnel médical du *France*. Le commandant voulait y faire embarquer des permissionnaires de notre compagnie, des *dardas* pour la plupart. Impossible. On lui a répondu que le bateau était déjà parti pour Marseille, chargé d'impaludés. Il ne sera pas de retour à Salonique avant une dizaine. Prends ton mal en patience.

* *
*

Le bataillon Coustou est rattaché au premier régiment de marche d'Afrique, dans la 156e division du père Baston, et les zouaves en viennent à regretter la canicule, transis sous leurs tentes au nord-est du lac de Prespa. Paul a été enlevé sur une canonnière qui l'a débarqué sur l'autre rive du lac, près de Doupéni. Il doit être conduit à Monastir sans retard par une voiture du bataillon, pour sauter dans le train de Salonique.

Comment suivre la chaussée tracée à la dynamite et à la pioche par les camarades du génie, alors que les tirs groupés du canon ennemi ne cessent pas ?

– C'est une démonstration de représailles des Allemands contre le secteur russe, qu'ils élargissent jusqu'à notre position, l'informe le caporal Daniel Floriano, zouave d'Alger.

Il entraîne Paul vers un abri et le dévisage. À coup sûr, c'est un ami d'Edmond Vigouroux.

– Où est-il ? demande aussitôt Paul, impatient de revoir son camarade.

– Dans l'abri suivant, avec Ben Soussan, Rasario et Leleu.

– Dieu soit loué, ils sont tous vivants ! Allons donc les rejoindre !

– Impossible, c'est à cent mètres. Jette un coup d'œil dehors. Tu verras le travail des 90 de Skoda et des 120 d'Essen. Une très belle série d'entonnoirs. Pas de relâche chez les centraux ! Le spectacle est permanent. La chaussée est labourée, à croire qu'ils nous visent avec obstination. Ils ne tirent pas de très loin, trois ou quatre kilomètres. Ils doivent chercher à repérer nos batteries à travers ce brouillard épais.

– Les lignes sont si proches ?

– Les lignes, c'est quasiment nous. Elles sont à moins de deux kilomètres. Les Sénégalais ont dû être retirés des bataillons, à cause du temps. Nous avons heureusement, au 1er régiment de marche, la compagnie du capitaine Hanriot et ses légionnaires. Grâce à eux, nous tiendrons. À peine ce martèlement terminé, nous sortirons tous pour creuser des tranchées avec nos Malgaches. Il faut empêcher les Boches et les Buls de passer. Les Russes, vers l'avant, ont reculé, surtout ceux du régiment de Moscou.

– Mutineries ?

– Même pas. Sauf à Gorica où deux compagnies ont refusé de monter en ligne. On nous a placés derrière les Moscovites pour parer à toute éventualité. Les incidents sont fréquents. Ils désertent à l'appel des haut-parleurs bulgares qui leur annoncent la révolution bolchevik à Petrograd. Les fraternisations se multiplient au point que nous avons dû faire tirer le canon sur les secteurs en désordre, d'où la réplique des Boches.

– Ces bruits de révolution sont-ils fondés ? Nous n'en avons pas entendu parler.

– Même les journaux sont censurés. Sarrail a donné des ordres pour que les transmissions radio sur les événements de Russie soient supprimées.

– Trop tard, dit un Russe, voisin d'abri, qui émerge de son assoupissement. Je me présente : Sacha Korovski, engagé volontaire au 7e régiment. Je suis un ami de l'artilleur Cadiou. Vous le connaissez?

– Bien sûr, dit Paul, Cadiou le Bigouden. Où est-il?

– Dans les batteries de l'arrière. Il tire comme un enragé et fait rougir ses tubes.

– Les vôtres tiendront-ils?

– J'en doute. Les nôtres écoutent la radio des Bulgares qui émet vingt-quatre heures sur vingt-quatre. *«Mir! mir! mir!»* Il faudrait être sourd pour ne pas savoir que les soviets ont pris le pouvoir et demandent aux Allemands la paix.

– Vous avez des détails?

– Pas tous, mais des bribes crédibles, parce que maintes fois répétées.

Floriano et Raynal attendent la suite sans impatience. Ils n'y croient pas encore. Sous le bruit assourdi du canon, le jeune Russe aux yeux gris, enveloppé dans une capote française bleu horizon, est un informateur trop décontracté. Il raconte, en mâchonnant son cigare, comme s'il n'était en rien concerné :

– Tout a commencé le 23 octobre. Ce jour-là, on ne sait comment, Lénine est rentré à Petrograd, accueilli par le comité central du parti. Il a seulement dit : «Le moment décisif est proche.» On nous a annoncé dans les lignes ce retour de Lénine, présenté comme le chef de la révolution, en répétant cent fois son nom pour que nul ne l'ignore. On nous a lu ensuite des slogans de sa *Lettre aux camarades*, publiée le 1er novembre. C'était un appel au coup d'État.

– Tu l'as entendu?

– Bien sûr que non. Je dormais. Je dors beaucoup dans les lignes, quand le canon ne me réveille pas. Les aboiements de la radio bulgare ne concernent que les sentinelles avancées. Mais de proche en proche, les nouvelles finissent par toucher tout le monde, elles s'imposent.

– Le gouvernement Kerenski n'a opposé aucune résistance?

– Si, mais trois régiments de cosaques ont refusé de marcher, dans la nuit du 6 au 7 novembre. Le croiseur *Aurore,* aux mains des bolcheviks, remontait la Neva et tenait sous ses canons le palais d'Hiver, où siégeait le gouvernement Kerenski. Tout était consommé.

* *
*

À la fin du bombardement, les zouaves se précipitent en première ligne pour occuper la place des Russes dans les tranchées qu'ils ne tiennent plus. Paul a tout juste le temps d'entrevoir Edmond Vigouroux, le premier parti en tête de colonne. On entend crépiter les rafales de mitrailleuses au loin, vers les premières lignes. Les légionnaires se hâtent de prendre position.

Un sergent infirmier, Malitchenko, soigne les blessures du capitaine Dimitri Volkov, envoyé sur place par l'état-major pour tenter de rétablir la discipline. Un fuyard lui a tiré dessus. Il n'est pas gravement touché, mais son moral est atteint.

– Tout est perdu, confie-t-il à Paul, qui aide l'infirmier à suturer ses plaies.

Il croit reconnaître le sapeur du génie qui l'accompagnait, avec le lieutenant Duguet, dans l'expédition du mont Athos.

Paul l'écoute avec attention. Il sait que cet officier d'élite a toute la confiance des anciennes autorités, en particulier du général en chef Diterichs.

– L'armée a abandonné la partie. En septembre déjà, la tentative de coup d'État du généralissime Kornilov, le successeur de Broussilov, a rendu les soldats fous de colère. On voulait leur voler leur révolution, leur imposer la poursuite de la guerre dans la neige. Ils ont massacré des généraux. Je le tiens de Diterichs lui-même. Il est impossible ici, si loin pourtant des événements, de tenir les hommes, comme vous le constatez.

– Pas de renversement prévisible ?

– Le tsar est prisonnier. Lui seul pouvait, et il a dû renoncer. Kerenski croyait entraîner les cosaques en les lançant sur Petrograd. Ils l'ont abandonné. Les soviets des chemins de fer ont arrêté les convois d'unités qui auraient pu réagir. Les troupes de Kerenski sont déjà dispersées et le gouvernement bolchevik, maître du pouvoir, est bien résolu à offrir la paix immédiate. Il promet la terre aux paysans et l'indépendance aux nationalités, des Ukrainiens aux Baltes, des Polonais aux musulmans du Sud. C'est la fin de la Russie.

Alarmé par la détresse du jeune officier, Paul requiert une ambulance de passage pour le charger à bord. Elle gagne à Doupéni un poste de secours d'urgence où le major des zouaves le recueille.

Ainsi, même au cœur de l'armée française, un ancien officier du tsar n'est pas en sécurité. Des soldats du 7e régiment parcourent les rues du village en bandes désordonnées et à moitié titubants, les poches alourdies de bouteilles d'alcool et de vivres chapardés. Ils se tiennent par le cou, scandent des slogans en russe où revient le mot *mir*, la paix.

Le général Baston, de la 156e division, a dû recevoir des ordres de Salonique. Sous la surveillance d'officiers de la prévôté, une compagnie de tirailleurs tonkinois attend les fuyards du 7e régiment de Moscou sur la route, mitrailleuses braquées. Ils sont dirigés sur un champ entouré de barbelés sans aucune tentative de résistance. Dans l'état d'épuisement où ils sont, sans doute pensent-ils que les Français vont les faire rapatrier, que tout sera fini pour eux.

Impossible, dans ce désordre, de trouver une voiture pour Monastir. Paul craint de voir sa mission compromise à la vue de groupes d'artillerie à cheval qui se rapprochent du front, jusqu'à tirer sur l'ennemi à deux kilomètres. Isolé au milieu de la contre-attaque, il songe à prendre à pied la chaussée qui longe le lac, sans grand espoir de pouvoir emprunter la piste qui rejoint le col de Pisoderi. Il est déjà enneigé, sans doute infranchissable.

Le soir va tomber quand il aperçoit, tous feux allumés, un camion en panne à cent mètres. Il s'en rapproche vivement. Le conducteur penché au-dessus du moteur s'active à changer des bougies. Pas d'attaque aérienne à redouter. Le ciel est trop bas.

Le véhicule porte l'insigne d'un convoi de munitions. Quand le tringlot referme son capot, Paul reconnaît les traits fatigués de Marceau Delage, son *pays* de Septfonds.

– Dépêche-toi de grimper, lui dit-il, et prie la Vierge noire de Caylus de nous venir en aide dans ce satané trou du diable.

Il tourne la manivelle comme un damné, hurle à Paul de tirer les gaz. L'autre tâtonne, n'étant pas un familier des Berliet.

– Macarel ! Descends et prend ma place.

Paul s'éreinte à se fouler le poignet. Enfin, le moteur crachote, puis démarre en force pendant que le retour de manivelle le surprend. Il croit ses phalanges brisées.

– J'étais dans un convoi, se plaint Marceau, mais ils m'ont laissé tomber dès que le mauvais allumage m'a contraint à ralentir l'allure. Ici, c'est comme à Verdun, un camion en panne est jeté dans le fossé.

– Tu as réussi à repartir.

– J'ai bien fait de m'obstiner, je ne voulais pas passer pour une pantoufle, et, sans me vanter, je ne connais pas beaucoup de moteurs qui résistent à Marceau Delage. Regarde la carte, collègue, avec la lampe électrique. Repère la piste qui prend à main gauche près d'Ostima et croise les doigts : elle nous conduira peut-être directement à Florina, si Dieu le veut.

D'autres camions, venus du sud du grand lac de Prespa, doublent leur poussif Berliet. Quelques voitures d'officiers les croisent pleins phares. Ils ont rejoint un itinéraire fréquenté. Delage enrage que son moteur tousse, et que la neige s'en mêle, lui cachant la vue. Il se borne à suivre les feux arrière de ceux qui le précèdent. Un sergent, par la vitre de son fourgon, lui intime de dégager la chaussée. Marceau s'obstine.

– Quand on a conduit les généraux, on n'obéit pas à un sous-verge.

Paul opine du bonnet, dodeline plutôt, sans trouver la force d'ajouter un mot. Delage est un vantard, certes, mais il est courageux. À Dieu vat! Il saura bien sortir, seul et sans aide, du trou du diable.

* *
*

La colonne de camions s'est maintenant éloignée, et la neige tombe toujours. Les roues patinent dans la gadoue.

– Si je m'arrête, nous ne repartirons plus. Nous pouvons passer, s'obstine Delage, les autres ont creusé de larges sillons sur la piste. Nous ferons halte à Armensko, si le moteur continue à tousser. J'ai peur qu'il ne me laisse en plan, la nuit. Pas de dépanneuses dans le secteur !

La descente du col n'est pas plus facile. Entraînant la masse de l'engin, la forte pente emballe le moteur qui risque de rendre l'âme. Marceau, le front collé au pare-brise et se gardant bien de toucher à sa pédale de freins, laisse ballotter vaille que vaille son carrosse boueux d'un bord à l'autre de la piste.

– Cramponne-toi et regarde les lumières, droit devant là-bas ! Nous sommes arrivés !

Le bolide finit par s'arrêter, essoufflé, en bas de la descente, sur une place encombrée de véhicules qu'il évite de justesse.

La halte est organisée par le service des étapes dans le gros bourg signalé sur les cartes d'état-major comme gîte de l'armée en opération dans l'Ouest. La colonne des camions y stationne et leurs chauffeurs accueillent Delage par un concert de sarcasmes. On le traite de lanterne rouge, de champion du Tour de France des rosses. Le sergent, furieux, lui demande pourquoi, au lieu d'abandonner son épave, il s'est obstiné à la piloter au risque de déséquilibrer les convois sur cette route glissante.

– Quand on a eu l'honneur de conduire le général Baston, répond Marceau, superbe, on ne jette pas le matériel dans le fossé.

Un officier vient le féliciter de sa persévérance, et fait taire les braillards.

– Je rendrai compte au général de votre bonne conduite. Sans vous, ajoute-t-il, celui-là n'aurait pas vu de sitôt le colonel Valentin, qui l'attend à l'état-major de Florina.

Paul Raynal reconnaît à grand-peine Jean Wiehn, de la Coloniale. Mais l'autre le serre sur son cœur. Le Quercinois se souvient alors que ce Charentais d'origine était un des proches du 2e bureau de l'armée, jusqu'à participer aux actions secrètes. Il l'a rencontré au Caire ou à Alexandrie au temps des Dardanelles, au printemps 1915.

– Nous vous avons cru perdu, je suis venu ici à tout hasard, parce que c'est la seule route venant du lac. Dieu soit loué, Marceau Delage vous a tiré d'affaire. C'est le meilleur chauffeur de cette armée.

La halte, le soir, devient plaisante. On distingue, dans la lumière des projecteurs, les pignons sombres des vieilles maisons de bois dont l'intérieur reste éclairé, car les soldats vont et viennent toute la nuit. Wiehn entraîne Paul dans un beuglant où deux danseuses se déhanchent au son d'un phonographe, auréolées par la fumée des cigares. Delage a refusé de les accompagner. Il veut se lever très tôt, avant l'aube, pour dépanner son Berliet.

Pas un civil dans le public, sauf les serveurs, petits et noirauds. Ils prennent les commandes sans discontinuer, alignant des chiffres sur de petits calepins graisseux.

– Peut-être notent-ils seulement les numéros des régiments, remarque Wiehn. Le bled est farci de *comitadji.* On trouve souvent des chauffeurs égorgés au chant du coq, et parfois aussi des officiers. Les Autrichiens et les Bulgares paient et donnent des armes, des explosifs même, à ces francs-tireurs mercenaires, le plus souvent albanais.

– Vous êtes ici pour démanteler les bandes ?

– Pour évaluer leur importance, plutôt. Les prévôts ne fusillent que ceux qu'ils prennent sur le fait. Ils arrivent toujours trop tard, après les attentats et les exécutions. Les coupables ont vite fait de se fondre dans la population. Ici, toutes les maisons sont truquées.

– Faut-il baisser les bras ?

– Si c'est nécessaire, nous ferons monter en ligne des Serbes dans ce secteur, dès que les Russes auront disparu. Ils prendront en main la chasse aux *makédones* bulgares qu'ils haïssent depuis des générations.

« Tes camarades du génie vont arriver. Une demi-compagnie pour construire un téléphérique dans la montagne et lancer la voie ferrée de soixante centimètres pour les emplacements d'artillerie. Tu pourrais les attendre ici, mais Valentin veut absolument te voir.

Au troisième petit verre d'ouzo, bu sec comme du cognac, il est plus de deux heures du matin et Jean Wiehn se laisse aller à la nostalgie. D'une voix rauque et irritée par la fumée, il se lance dans une évocation enfiévrée du Nil et de ses felouques. Paul a du mal à suivre son rêve éveillé. Il se souvient qu'au Caire le bouillant capitaine avait fait la conquête d'une chanteuse italienne d'une rare beauté. Elle s'appelait Lucia. Un souvenir sans doute agréable au guerrier de la Coloniale, à voir son sourire attendri. Paul ne peut lui jeter la pierre. Il pense lui-même, éperdument, au visage chiffonné de Carla dans la poussière grise de l'incendie de Salonique.

Quand ils sortent du beuglant pour gagner les gîtes réquisitionnés, le gel glace la route, mais la neige a cessé de tomber. Le ciel est piqué d'étoiles.

– Il fera beau demain, prophétise le Charentais.

* *
*

Le sommeil de Paul est si profond qu'il n'entend pas les premières explosions. Il est six heures à peine. Il lui semble, à travers la couche de givre recouvrant les vitres de sa fenêtre, voir danser des lumières.

Il s'arc-boute pour forcer la poignée. Dans le ciel clair ronronnent des silhouettes d'avions portant la croix noire et l'empennage rouge et blanc. Des Autrichiens. Il n'est pas mécontent de s'être couché tout habillé. Il n'a que ses bottes à passer pour se retrouver dehors.

Jean Wiehn est déjà au volant de sa Ford T et lui fait signe d'approcher. Deuxième passage des avions. Une bombe incendiaire s'écrase sur l'avant de la voiture. Paul n'a pas le temps de voir disparaître le capitaine. Son compagnon de nuit s'est volatilisé, disloqué en lambeaux de chair qui retombent sur l'eau glacée de la fontaine proche.

Il cherche des yeux le camion de Delage. Il a disparu. Le chauffeur a réparé et s'est éclipsé avant l'aube, pensant que Wiehn se chargerait de son camarade.

Deux camions brûlent, risquant de mettre le feu au convoi tout entier. Les chauffeurs surgissent du gîte en écarquillant les yeux, s'élancent enfin pour sauter à leur volant. Des coups de feu partent des toits : les *comitadji* visent chacun son homme. Dans le désordre, ceux qui ont pu s'échapper sautent dans les carlingues, éloignent leurs mastodontes en tous sens. Les roues glissent sur la glace, plusieurs engins se télescopent dans un fracas de tôles froissées.

Paul scrute le ciel : trois nouvelles silhouettes noires s'y découpent, menaçantes.

– Des Albatros du tout nouveau modèle *DV*! crie un chauffeur qui se planque sous son camion. Gare-toi ! lance-t-il à Paul, ce sont les plus dangereux ! Ils te tombent dessus en quelques secondes. S'ils n'ont plus de bombes, ils attaquent à la mitrailleuse double.

Les rafales strient la place, jetant à terre comme des quilles les poilus effarés qui sortent de leurs dortoirs de paille.

D'autres avions rugissent, portant cocardes. Les nouveaux Spad XIII ne sont pas nombreux à Monastir, mais ils font des ravages dans les rangs des chasseurs ennemis, tombant dessus de six mille mètres, comme des pierres. Un seul Spad, et deux BB Nieuport. Couché sous le camion, tout près d'un chauffeur, Paul assiste au combat aérien.

Le Spad de tête, piloté par le lieutenant Lemoine, de l'ancienne escadrille C389, détruit en quelques secondes un Albatros qui s'abat sur une des maisons de bois. Le feu gagne aussitôt les habitations voisines dont les occupants s'échappent en haillons, pieds nus sur la glace, mêlés aux soldats qui improvisent une chaîne de sauvetage en perçant la couche de glace de la fontaine. Les civils se joignent aux équipes pour éteindre l'incendie. Plus de *comitadji* sur les toits. Ils ont disparu dans les caves aux souterrains sinueux qui leur permettent de gagner impunément la colline boisée.

Qui pense à les poursuivre ? Le plus urgent est d'organiser les secours. Dans le ciel, le combat aérien n'est nullement interrompu. Les deux chasseurs autrichiens sont pris à partie par les Nieuport, l'un après l'autre. Les appareils français glissent au ras du sol, et se redressent brusquement pour grimper sous le fuselage de l'un des Albatros en lâchant toutes leurs bandes. Touché, l'Autrichien s'enfuit vers les bois, repérable à ses flots de fumée noire. Une explosion lointaine. La guerre est finie pour le pilote.

– Nouvelle victoire du sergent Laffon, dit le chauffeur, toujours planqué sous son camion. C'est la troisième en quinze jours. Un futur as!

Les Nieuport croient avoir mis l'ennemi en fuite, mais le dernier des Albatros vire sur l'aile et tombe droit sur l'avion de Laffon dans une double trajectoire de balles. Le Spad XIII conduit par Lemoine surgit de toute la vitesse de son moteur Hispano-Suiza de deux cent trente-cinq chevaux pour éliminer l'attaquant. Trop tard! Laffon chute en torche, comme s'il voulait éteindre le feu à son bord. Il ne parvient pas à redresser et s'écrase sur une congère de la route, avant d'exploser. Lemoine reprend de l'altitude, vire sur l'aile et se lance dans un terrifiant piqué sur l'Albatros, dévidant ses bandes pour l'atteindre. En vain. Presque plus de balles en magasin chez le Français.

Furieux, Lemoine donne alors pleine vitesse et se rapproche en prenant pour cible le gouverneur de direction à bandes rouges et blanches de son adversaire. Il mâche avec son hélice les ailerons de toile et de bois. Le gouverneur de queue, déséquilibré, est bientôt abattu. L'avion n'a plus de direction.

Le pilote autrichien est réduit à l'impuissance, faute de pouvoir virer, plonger ou grimper. Proie désignée, il s'éloigne, perdant le contrôle de l'appareil qui tangue comme un cormoran ivre et finit par s'abattre contre un rocher, frappé à mort par les dernières cartouches du Spad.

Une joie pour Lemoine qui redresse au dernier moment, mais sent son Spad vibrer très fortement. L'hélice faussée n'entraîne plus le zinc qui risque la chute. Lemoine coupe aussitôt l'arrivée d'essence.

Il est bien incapable de battre les ailes en signe de victoire. Un passage sur la place d'Armensko. Pas d'acclamations à terre. Les visages se tendent vers le ciel, inquiets. Lemoine se pose en vol plané dans un champ enneigé, sans aucun dommage. Il rejoint à pied le village où les chaînes de poilus luttent contre les flammes. D'autres retirent des décombres le corps calciné du sergent Laffon, pour lui faire des funérailles d'aviateur.

– Mauvaise année pour nos pilotes ! commente un chauffeur en sortant de son abri, un rude Lorrain nommé Roger Rossinot. J'ai lu dans le journal que Guynemer l'invincible s'était fait dégommer en septembre dans le Nord, et que le capitaine Heurteaux, avec une balle dans la cuisse, ne pouvait plus prendre l'air. Tout cela à cause de ces foutus *Dva* boches. Claude Lemoine vient de nous montrer qu'on pouvait enfin leur tenir la dragée haute avec nos nouveaux Spad. Il était temps. Tous les nôtres allaient y passer, parce que l'Hispano-Suiza était moins puissant, de 5 % seulement, que le moteur Mercedes. À quoi tient la vie des héros !

* *
*

Une camionnette du proche camp d'aviation de Boresnica doit venir prendre livraison des restes du sergent Laffon, provisoirement déposés dans la nef de l'église d'Armensko, aux côtés de ceux du capitaine Jean Wiehn. Les habitants, très hostiles aux militaires, à quelque nation qu'ils appartiennent, viennent saluer les dépouilles, plus par curiosité que par charité chrétienne. Pour montrer aussi qu'ils ne sont pas des *comitadji* et qu'ils démentent, par leur attitude pieuse et déférente, tout rapport avec les bandes.

Lemoine, perdu dans la foule des sauveteurs, est enfin reconnu, accueilli, réconforté, félicité pour son exploit par les chauffeurs de camions et les poilus de l'étape. Il s'est agenouillé, les poings crispés et le visage en larmes, près du cadavre calciné de son camarade Laffon. Plus tard viendra le temps des remises de décorations. Dans le recueillement glacé de la petite église, le silence est total. Chacun partage la peine du lieutenant et cette muette sympathie vaut tous les éloges funèbres.

D'autres victimes du raid ennemi s'alignent dans la chapelle ardente, soldats du train, renforts d'infanterie, travailleurs de la route, douze morts militaires, sans compter une vingtaine de civils également en attente de la bénédiction du pope, même si certains sont musulmans. Il est question d'enterrer les soldats à part dans un cimetière français.

Personne ne songe à rendre un hommage particulier à Jean Wiehn, envoyé spécial détaché depuis longtemps de l'infanterie coloniale, son corps d'origine. Paul Raynal est seul debout devant son cercueil. On le croit de la famille. Un lieutenant du service des étapes lui demande où il doit faire convoyer le corps. Paul répond que le plus simple est de l'évacuer vers Florina, où l'état-major prendra une décision.

La camionnette du camp d'aviation chargée de récupérer les épaves et les victimes est arrivée. Hatinguais, le chef mécanicien, est aussitôt dirigé vers le lieu du sinistre. Il examine longuement les restes de l'avion, avec Cadot, l'armurier :

– Il est clair que le réservoir d'essence a pris feu. Il est situé à l'arrière. C'est le point faible de ce zinc.

Les deux hommes contrôlent et assurent le service de la base. Leur verdict est infaillible. Ils ne se trompent jamais sur la cause des pannes, et laissent rarement inexpliquées les circonstances d'un accident aérien. Lemoine leur en révèle tous les détails. L'ennemi a profité d'un passage du sergent Laffon, soleil dans le dos, pour attaquer aussitôt : aveuglé, il n'a pu mesurer la rapidité de l'attaque de l'ennemi. Il a déclenché sa Hotchkiss quelques secondes trop tard.

– Vous vous trompez, dit Cadot qui a retrouvé dans les cendres le tube d'acier de l'engin. Sa mitrailleuse était coincée. Il n'a pas pu répliquer.

Des travailleurs malgaches aident les aviateurs à fouiller les débris, pour récupérer le moindre élément de l'appareil encore utilisable, le moteur bien sûr, mais aussi les pièces de la carlingue, leviers, attaches d'acier, axes des roues, jumelles aux verres restés intacts. Les pièces détachées n'arrivent de France qu'au compte-gouttes. Excellent ajusteur, Cadot se fait fort de reconstituer les armes, et même les moteurs, avec tout fragment rescapé d'accident ou de sinistre.

On charge à l'arrière de la camionnette, en même temps que les cercueils refermés des victimes, la dépouille de Laffon près de celle du capitaine Jean Wiehn, qui décidément partage le sort de l'héroïque aviateur.

– Il n'est pas question de séparer ceux que Dieu a unis, dit l'aumônier militaire du camp d'aviation dans son homélie. Ils sont morts ensemble, ils reposeront côte à côte dans l'éternel, jusqu'à la résurrection glorieuse.

Les voilà enterrés dans l'enclos réservé de la base de Boresnica, alignement impressionnant de croix blanches

portant les noms des tués au combat, dont celui du capitaine Lhuillier.

Les villageois viennent témoigner leur sympathie aux *Franzous.* Les enfants surtout, connaissant les aviateurs, toujours présents au camp et rêvant de monter un jour dans un avion. Leurs parents chérissaient le sergent Laffon, toujours simple et bon dans ses relations avec eux. Les mères et leurs filles en longues robes noires et voiles précieux venaient admirer, à l'entraînement, ses voltiges infernales. Les aviateurs attirent les foules en France comme en Allemagne. Pourquoi les Macédoniens resteraient-ils indifférents au sort des acrobates intrépides ? Comme ceux de l'Antiquité, ils vont pleurer en famille le héros mort, tendant leurs paumes vers le ciel pour qu'il accueille leurs âmes en son paradis.

* *
*

Le lieutenant Lemoine, après la cérémonie, apprend du lieutenant-colonel Vazeille, venu rendre les devoirs du général Régnault[1] au capitaine Wiehn, que Valentin est reparti pour Salonique, appelé d'urgence par Sarrail. Bottes cirées, capote fourrée, gants de peau noirs, monocle à l'œil, Vazeille lui annonce qu'il va recevoir incessamment du PC de Régnault à Florina l'ordre de monter un terrain d'aviation opérationnel dans la région de Pogradec où l'ennemi manifeste une vive activité aérienne.

1. Nommé à titre provisoire successeur de Grossetti à la tête de l'armée française d'Orient.

– La base de Boresnica sera-t-elle démantelée ?

– Certainement pas, coupe l'officier d'état-major qui pense que les décisions du général Régnault sont souveraines.

« La guerre aérienne, énonce-t-il doctement, est en train de se modifier. Les avions ennemis n'hésitent plus à attaquer les défenses terrestres à la bombe et à la mitrailleuse. L'affaire d'Armensko le prouve : nous sommes intervenus après que les Autrichiens ont réussi à cibler gravement une colonne de camions. Avec les appareils reçus d'Allemagne, ils sont en mesure de localiser la moindre concentration de troupes et d'agir sur l'instant, profitant d'une simple éclaircie. Nous devons avoir des bases secondaires près des lignes les plus menacées, pour une riposte immédiate. Il ne faut pas laisser leurs chasseurs voler à basse altitude et inonder de tracts d'incitation à la désertion les tranchées russes et serbes.

– Le moyen de les en empêcher ? demande encore le lieutenant Lemoine.

– Des renforts d'appareils d'un nouveau type commencent à être remontés à Salonique. Nous les aurons bientôt en ligne.

Vazeille cherche des yeux, dans l'assistance, le margis du génie dont lui a parlé Valentin. Lemoine le lui présente.

– Le colonel Valentin voulait vous voir et vous confier une mission particulière.

– J'avais à lui remettre un pli de mon capitaine, Maublanc, se hâte d'avancer le jeune homme avec une certaine impatience, comme s'il trouvait anormal que Valentin ne l'ait pas attendu, après la longue route qui l'a conduit au coupe-gorge d'Armensko.

Vazeille tique devant l'impertinence de ce blanc-bec à l'accent du Sud-Ouest qui ose lui couper la parole. Il ouvre la lettre adressée au colonel et répond avec négligence :

– Nous savons tout cela. Maublanc affirme qu'il a reçu des confidences d'un prisonnier annonçant le renforcement du front d'Albanie, et des mouvements de troupes significatifs. Le colonel est au courant.

Vazeille fronce les sourcils, comme s'il réfléchissait dans le moindre détail au grand projet dont Valentin, ce proche de Sarrail, lui aurait délégué la responsabilité.

– Oui, il comptait sur vous pour organiser ici même, dans la région d'Armensko, une sorte de corps franc contre les *comitadji* qui viennent de faire la preuve de leur efficacité meurtrière. Ils bénéficient de complicités intolérables dans la population, qui compte plus de Macédoniens amis des Bulgares que des Serbes. Il faut dire que les services secrets bulgares, à l'inverse des serbes, leur promettent l'indépendance de la Macédoine. Mais peut-être les hommes de main sont-ils seulement des bandits albanais, des mercenaires à la solde de Vienne et de Sofia. À vous de juger, et de vous entourer des hommes nécessaires.

– Ma compétence est de construire des ponts ou de les faire sauter, aux ordres du commandant Mazière ou du capitaine Maublanc. Je ne peux être un chef de corps franc.

– J'en référerai au colonel Valentin, tranche Vazeille d'un ton sec. En ce cas, je vous prie de rejoindre immédiatement votre secteur.

Il regagne sa voiture d'un pas rapide, en répondant à peine au salut du margis dont les bottes délavées lui inspirent une certaine répugnance. « Décidément, se dit-il, les gens de l'aviation et du génie sont insupportables. Il faudrait les contraindre à refaire leurs classes dans les chasseurs à pied. Ils y apprendraient l'obéissance et la discipline. »

– Ne vous inquiétez pas, dit Lemoine en tapotant familièrement l'épaule de Paul. Le lieutenant-colonel Vazeille est un cavalier démonté qui n'est jamais sorti de son bureau. Cela rend les gens grincheux ou grinçants, au choix. Il vient de l'état-major de l'armée des Vosges et ignore tout de l'Orient. Si Valentin, que je connais aussi bien que vous, avait voulu vous voir à tout prix, il vous l'aurait confirmé.

Paul pense à la liberté de ton de Valentin, à son respect instinctif des hommes, dont il attend tout, sachant qu'ils sont capables de donner le meilleur. Il ne peut en effet imaginer que les ordres de Valentin sortent de la bouche pincée d'un Vazeille.

– Passez outre. L'avenir de l'armée est pour l'heure à Pogradec. Puisque nous devons nous y installer, je vous enlèverai demain. Vous arriverez plus vite en avion.

– Mais la base n'y sera pas installée.

– Certes ! Demandez un jour à Valentin si j'ai besoin d'une base pour poser mon zinc[1].

* *
*

La nuit est froide au cantonnement, dès que les Godin brûlent leurs dernières braises dans les hangars Bissonneau. Paul couche avec les mécaniciens, dans un réduit aménagé

1. Le lieutenant Lemoine a précédemment conduit et ramené de Sofia le colonel Valentin en mission spéciale de renseignement. Voir dans tome II (*Le Mauvais Vent de Salonique*) le chapitre intitulé « Rien ne va plus à Athène », p. 293 et suivantes.

avec lits de camp et vastes édredons de plumes d'oies macédoniennes. Il n'entend pas les rampants de l'atelier se lever, vers quatre heures du matin. Un travail de routine pour le chef mécanicien Hatinguais : remplacer l'hélice bipale en acajou très endommagée du chasseur Spad S XIII qui vient de s'illustrer au combat. Mais surtout réviser et préparer l'avion de reconnaissance conçu par le colonel Dorand. Il vient d'être livré. Lemoine veut essayer le biplan à deux places d'une vitesse maximale de cent cinquante kilomètres-heure.

– Il a trois heures d'autonomie, dit Hatinguais à Cadot, qui vérifie les deux mitrailleuses. C'est plus qu'il n'en faut.

– Attention à la montagne. Il doit franchir la Stara Neretska Planina qui frise les deux mille mètres.

– Quelle importance ? Son huit cylindres Renault lui permet de grimper à cinq mille cinq cents mètres. Il pourrait survoler le mont Blanc. C'est autre chose que les Farman.

Le Dorand est fin prêt, au petit matin du 20 novembre. Sans l'en avertir le moindrement, Lemoine associe en fait Paul Raynal à un vol d'essai. Il n'a jamais piloté cet appareil.

Quand Paul paraît au bar de l'escadrille, transi par le vent froid de novembre, Lemoine a déjà bu son café gnôlé et revêtu sa combinaison spéciale d'altitude. Un rampant se dévoue pour équiper, tel un chevalier, un Raynal engoncé dans un pull d'aviateur à laine serrée, puis dans une peau de mouton, enfin dans la combinaison imperméable qui coupe le froid givrant en altitude. Il apprend à protéger ses oreilles, sa bouche, son nez, et aussi à s'habituer aux lunettes presque noires qui protègent les yeux du soleil trop ardent au-dessus des couches de nuages.

Raynal s'assied à l'arrière de l'appareil, sa mitrailleuse dans les mains, le casque sur la tête, avec les grâces d'un ours des Pyrénées. Lemoine lui précise qu'il doit assurer la navigation, en consultant sans cesse la boussole et la carte autrichienne de la région, difficile à lire. Il est en plus responsable de la radio de bord. C'est beaucoup pour un bleu.

Au signal d'Hatinguais, le Dorand décolle et Lemoine repère en dessous de lui, brillant au soleil levant, le cours du Brod qui le conduit à la Sakoulève. Ce solitaire aime suivre les rivières en consultant la boussole. Un pilote de chasseur ne peut compter que sur lui-même et n'a pas le temps de lire une carte en vol. La carte, on la lit avant le décollage. Après, il est trop tard.

Paul a le sentiment d'être utile. Il se rend compte qu'à plus de mille mètres déjà, toute relation est impossible autrement que par gestes avec Lemoine. Le bruit du moteur couvre tout dans la nacelle de toile et de bois sensible au moindre souffle, qui bruit, grince, craque, hurle, se gonfle et claque comme une voile de navire dont la bôme cogne d'un bord à l'autre au changement du vent.

Lemoine, hurlant dans le haut-parleur, lui désigne les toits rouges de Florina. Il prend rapidement de l'altitude, sachant qu'autour de l'état-major d'armée les duels aériens ne sont pas rares. Sans protection de chasse, il n'a guère envie de se retrouver nez à nez avec un Albatros. Le voilà à trois mille mètres, survolant la barre continue de la Neretska, orientée grossièrement nord-ouest-sud-est. Pas la moindre ombre sur la neige des sommets. Paul Raynal, changé en statue de glace, n'a plus la force de se pencher, ses membres ne répondent plus aux commandes.

L'avion vire sur l'aile, pique sur Pisoderi. Lemoine veut repérer à coup sûr le départ de la rivière Zélova qui fend deux massifs élevés en direction du petit lac de Prespa. Pour atteindre cette étendue glacée, il doit de nouveau prendre de l'altitude afin de survoler la chaîne dominant les deux lacs, le petit et le grand. Repérant, à hauteur de Doupéni, une rive dégagée vers le sud, il y pose le Dorand sans effort, comme une libellule.

À peine sont-ils immobilisés qu'une Ford s'approche d'eux, venant du bourg et suivie d'un camion bâché peint à la couleur bleu sombre de l'aviation. Quatre hommes en sortent, gantés, casqués, emmitouflés dans leurs peaux de mouton, des rampants charriant des bidons d'essence de vingt litres pour faire le plein. Lemoine est attendu. La base a prévenu le poste de secours de Doupéni, chargé de prêter assistance aux appareils en difficulté.

– Peut-on installer ici la chasse? demande Lemoine au sergent Pautrat.

– Pas de problème. Mais vous serez loin de la zone des combats, vers l'ouest. Il serait plus avantageux de vous implanter au nord du lac Malik, du côté de Stroptchka-Grabuvitsa. Vous y serez plus près de Pogradec, où les Autrichiens mènent la danse.

Lemoine reprend son vol aussitôt le plein terminé. Il traverse le grand lac de Prespa où vogue un petit canot à vapeur bourré de troupes, avant de prendre de l'altitude et de chercher son passage entre les montagnes vers le lac Malik. Il se pose au nord de Stroptchka, ayant aperçu dans la plaine glacée les tentes de nombreuses unités de la 57e division.

– Mission accomplie, dit le lieutenant en rendant sa liberté à Paul Raynal qu'il aide à détacher ses ceintures de sécurité, trop frigorifié pour se dégager lui-même. Tu retrouveras facilement l'emplacement des tiens au PC de la division. Nous nous reverrons sans doute, et peut-être même avec Valentin. Qui sait ?

* *
*

Le poste de commandement de la division Jacquemot est en fait plus au nord, sur la rive sud du lac d'Okrida. Mais Raynal n'a pas besoin de s'y rendre. Il est pris en charge vers neuf heures du matin par un camion du génie qui se rend sur un chantier d'appontement capable de recevoir le matériel nécessaire à la construction des téléphériques. Le capitaine Maublanc surveille en personne les déchargements. Il se réjouit de retrouver Paul, son élève favori, son protégé depuis Montpellier, centre de recrutement de son régiment du génie. Il regrette qu'il n'ait pu rencontrer Valentin, son condisciple du lycée du Parc à Lyon, et l'entraîne aussitôt dans une découverte géographique du secteur.

– Nous sommes ici au cœur de la bataille, explique-t-il comme au tableau noir. Devant toi, le lac d'Okrida, qui conduit au cœur des lignes ennemies. Derrière toi, le lac Malik, très marécageux l'été et, derrière le lac, la grande ville de Koritsa. Nous y avons installé une république albanaise très autonome par rapport au reste de l'Albanie.

– Est-ce la ville des castors, nichée sur une côte lacustre ?

– Tu confonds avec Kastoria, située également sur un lac, mais beaucoup plus à l'est. Kastoria est grecque, et Koritsa albanaise. Les pelletiers de Kastoria vendent leurs peaux jusqu'à New York. Ils travaillent en paix et sont provisoirement épargnés par la guerre. Ceux de Koritsa ne survivraient pas si nous ne leur fournissions pas des vivres et du travail.

Paul accuse bien volontiers son ignorance de la géographie. Maublanc ne l'en félicite pas. Quand on fait la guerre dans un pareil pays, il est bon de savoir où l'on se trouve et à qui on peut avoir affaire. Il le fait pivoter en le prenant aux épaules :

– Tourne-toi à main droite : tu aperçois clairement, recouvert de glaçons, le grand lac de Prespa, notre meilleur axe de communication vers l'ouest quand il n'est pas totalement gelé, ce qui ne saurait tarder. Le triangle Prespa-Malik-Okrida est le chaudron du diable. Tous les tirs des canons germano-austro-bulgares y convergent. J'ajoute que si tu n'y meurs pas de froid l'hiver, les moustiques ont raison de toi l'été.

Comme pour confirmer ses dires, sur la chaîne de la Galitchitsa, où sont creusées les tranchées françaises et ennemies entre les lacs d'Okrida et de Prespa, le canon donne de la voix.

– C'est reparti, comme à la Marne ! grince le capitaine chenu au regard éveillé de savant. On n'empêche pas un Prussien de faire de la stratégie. Le terrain ni les hommes ne comptent pas. À ses yeux, une manœuvre doit être réussie à tout prix, pour la beauté de la forme, et aboutir, entre autres jouissances, à la capitulation de l'ennemi. Ils recommencent à nous envelopper. Les Falkenhayn, les Mackensen sont toujours là, comme à la Marne. Le 19e corps autrichien a son QG à Scutari, sur l'Adriatique. Celui du 11e corps allemand, surtout bulgare dans sa composition, est basé à Prilep. Les voilà prêts à repartir comme en 14, enveloppant les lacs, prêts à rompre le front franco-italien pour déboucher largement par l'Épire sur la Grèce où ils raseront, au besoin au canon, les forêts de chênes et d'oliviers sacrés pour restaurer au plus vite le roi Constantin sur son trône, prendre la Grèce et la Crète, relancer les Turcs sur la route des Indes. Rien ne peut les arrêter dans leur chevauchée furieuse quand ils y mettent les moyens. On l'a vu en Roumanie.

– Jusqu'à quand pourront-ils tenir à ce rythme ?

– Jusqu'au dernier soldat. Ils ont des Albanais du Nord pour les guider dans les montagnes : une aubaine pour ces déshérités, qui monnaient au mieux leurs services, en or de la banque de Vienne. Les royalistes grecs les ont sans doute rejoints. Rien ne rebute les Prussiens. Ils ont construit des téléphériques pour hisser canons et munitions dans les montagnes, des flottes d'hydravions pour se poser sur les lacs. Leurs sous-marins coulent nos transports et ils renforcent leurs escadrilles d'Albatros. Les montagnes sont tapissées de leurs pièces lourdes. Au quatrième Noël de la guerre, ils sont prêts à saluer d'une salve l'arrivée du petit Jésus, et de lancer l'assaut dans la neige aussitôt bu le champagne de la nouvelle année, pillé dans les caves d'Épernay.

Le capitaine fait signe à Paul de se mettre à l'abri dans une tranchée creusée au bord du lac. Une barque à moteur minuscule et camouflée fonce vers le débarcadère à peine construit, venant de la rive ennemie. La flottille française du lac s'en rapproche à toute vapeur.

L'une des vedettes tire à la mitrailleuse sur le brûlot livré à sa course folle. Pas de marin à bord. Il a sauté en voltigeur, après avoir bloqué le gouvernail en direction de l'objectif, avant l'explosion prévue pour détruire l'embarcadère français et les nids de mitrailleuses qui le défendent. L'engin dévie, manque sa cible, se fiche dans les glaces du rivage, provoque un geyser de neige qui ne blesse personne.

– Nous recevons souvent de ces bombes humaines, pilotées par des Albanais volontaires touchant une forte prime pour mission dangereuse. Une forme de terrorisme parmi tant d'autres. J'ai déjà prévu de jeter un filet de pêcheurs renforcé à deux cents mètres, pour créer un espace protégé.

– Où sont les Belfortins ?

– Un peu partout. La compagnie de mitrailleuses du 372e a détaché quelques pièces pour protéger ce débarcadère. Hier, nous avons été attaqués par un hydravion autrichien, un vieux Lohner venu de la base de Scutari. Avec son hélice arrière, il se traînait à cent kilomètres-heure. Nos mitrailleurs n'ont eu aucun mal à le descendre avant qu'il ne largue ses bombes. C'était une des surprises du lac.

À la tête de la section, Jean Hasfeld, désormais affecté au 372e de Belfort. Le sergent a fait son chemin. Sa bonne conduite dans les mutineries lui a valu le chevron supplémentaire de sergent-chef. Il salue le margis réglementairement et lui désigne les débris de l'hydravion, marqué sur ses ailes de raies aux couleurs de l'Autriche, le rouge et le blanc.

– Nous avons capturé le pilote, un ancien de la base aéronautique de Pola, explique-t-il fièrement.

Le fayotage d'Hasfeld, qui ne peut rencontrer un gradé sans exhiber sa prise de guerre, exaspère le capitaine Maublanc.

– Cet honnête Hongrois n'a fait aucune difficulté à nous confesser qu'il était en fait en mission d'observation. Le commandement du 19e corps autrichien cherche à savoir de combien de troupes disposent au juste les Français, si les Russes de la nouvelle division constituée avec les moins démoralisés sont encore en ligne, et où sont précisément engagés les gendarmes albanais et les spahis marocains. Le tabor albanais les intrigue particulièrement, ainsi que nos positions d'artillerie de montagne.

– C'est tout juste s'il ne connaissait pas le numéro de notre régiment, renchérit Hasfeld. Un aviateur espion, sur un hydravion démodé. S'il ne portait pas l'uniforme, il serait fusillé sur place.

– J'ai pensé, convient le capitaine Maublanc, que pour un observateur il en savait beaucoup. On l'envoyait pour apporter la confirmation de ce que son service de renseignements connaissait déjà. Son interrogatoire indique malheureusement que nous n'avons rien à cacher aux yeux de l'ennemi.

**
*

Paul doit retrouver, sur ordre de Maublanc, ses camarades qui mettent en train un téléphérique dans la montagne de deux mille deux cents mètres d'altitude, à l'est de Pogradec. Il est chargé de prendre en main des opérations déjà très engagées, et n'a d'autre ressource que de grimper, à dos de mulet, en début d'après-midi, le long du sentier aménagé qui conduit au massif de la Galitchitsa. Il est question d'établir des relations régulières avec les points de résistance installés en haute montagne, entre le lac d'Okrida et celui de Prespa.

L'est de ce front est en principe tenu par un bataillon russe, et l'ouest de la ligne par les biffins du 57e de Belfort. Paul a entendu Maublanc révéler que l'état-major voulait disposer derrière ces Russes une sorte de cordon sanitaire pour prévenir leurs défaillances, mais les troupes désignées pour cette tâche ingrate ne sont pas encore arrivées.

Il croise en chemin des brancardiers qui évacuent les premiers pieds gelés de l'hiver. Le grand cirque recommence d'une année sur l'autre, et les hôpitaux seront bientôt remplis d'invalides. Le général Jacquemot, commandant de la division, n'a pas encore admis que personne ne peut faire la guerre par moins trente degrés.

Il est pourtant devenu prudent, jusqu'à limiter au minimum les effectifs de première ligne tant que l'ennemi ne menace pas. En bas du téléphérique, où les sapeurs du génie s'efforcent de régler les poulies sur le fil d'acier tendu vers les positions de haute montagne, Paul aperçoit une escouade à skis, descendant des sommets. Le caporal de tête s'appelle Arthur Schuster. Derrière lui, un jeune homme pâle, Robert Soulé, l'épaule bandée, qui se dirige avec adresse d'un seul bâton, et trois autres skieurs en uniforme. Auprès d'eux, des civils encagoulés, légers sur leurs lattes, un sac bourré de grenades sur le dos, un poignard et un revolver allemand à la ceinture.

– Le colonel Broizat nous délègue pour établir la liaison, et surveiller l'envoi du matériel, articule Schuster en reprenant son souffle. Il est à deux heures de route, en grimpant à pied ou à dos de mule vers le sommet, avec seulement un bataillon sous ses ordres, celui du capitaine Baujon, blessé gravement et pas encore évacué. Nous sommes prêts à intervenir en cas d'incident, par exemple de sabotage. Nous constituons un groupe de corps franc qui s'entoure de volontaires macédoniens, connaissant bien la montagne. Ils ont pour tâche de traquer les terroristes à la solde de l'Autriche.

– Pourquoi n'engagez-vous pas d'Albanais ?

Un Macédonien au regard sombre fixe Paul en lâchant, dans un mauvais français :

– Les Albanais sont des chiens. Nous les cherchons pour les tuer.

Paul n'insiste pas. La responsabilité du choix de ce corps franc appartient au colonel Broizat, un homme habile. Il sait parfaitement que des gendarmes albanais se battent à nos côtés. Mais ils sont de Koritsa, ville franche dominée par les officiers français. Les ennemis de ce partisan macédonien, engagés par les officiers autrichiens, doivent être recrutés dans le nord de l'Albanie. Les mercenaires albanais combattent ainsi des deux bords.

Les travailleurs indochinois déchargent les caisses du bât des mulets, pliant sous le harnais, et chargent la première benne du téléphérique.

– Attendez un peu, intervient le margis Raynal, prenant en main la surveillance de l'opération. Il faut d'abord tester les poulies. Chargez seulement un sac de farine.

À la joie des sapeurs, le système fonctionne. Les cinquante kilos sont enlevés sans difficulté. Les ingénieurs ont bien calculé : on peut placer une caisse de munitions par benne, puis deux. Pas davantage, car il faut charger en route, pour ne pas arrêter la noria. La machine à vapeur qui anime l'ensemble ne peut être interrompue, sous peine de perdre son énergie motrice. Les Indochinois se mettent à deux pour balancer une caisse au moins dans chaque benne, au prix d'un effort constant.

Le convoi de munitions est presque entièrement enlevé quand une explosion secoue la montagne. Les skieurs, impuissants, se consultent du regard. Un camarade les rejoint en dévalant la pente.

– Un pilier vient de sauter sous une charge de dynamite, lance-t-il. *Comitadji !*

Comment remonter à ski pour intervenir ? Les *makédones* du corps franc n'attendent pas les ordres d'un Schuster. Ils plantent leurs lattes dans la neige et chaussent aussitôt leurs raquettes. Pour s'enfuir, les terroristes *comitadji* usent aussi de ce moyen. Pas question de skier : ils ne peuvent dévaler les pentes sans tomber sur les Français. Ils s'éloignent forcément vers le haut. On peut donc espérer les rattraper en suivant leurs traces fraîches dans la neige.

Il est cinq heures, la nuit s'annonce. Au loin, vers Pogradec, le soleil se couche derrière les cimes. Les caisses de munitions pulvérisées prolongent l'explosion d'un feu d'artifice de cartouches et d'obus. Le vacarme couvre les premiers coups de canon tirés par l'ennemi sur l'ensemble du dispositif du téléphérique, attaquant la ligne de haut en bas. Les artilleurs allemands visent avec méthode les piliers, tour à tour éclairés par des fusées tirées par les saboteurs. Ils en viennent à bout facilement. Le téléphérique est entièrement détruit. Si les troupes en ligne attendaient d'urgence des munitions, elles devront subir l'assaut des Autrichiens sans pouvoir riposter autrement qu'à l'arme blanche.

Une salve d'obus tombe à proximité de la plate-forme de chargement où Raynal, ses sapeurs et les tirailleurs indochinois cherchent à s'abriter en se dispersant derrière les rochers. Les éclats résonnent sur la machine à vapeur mise à l'arrêt. Un obus mieux ajusté la fait exploser. Les fusants font de nouvelles victimes chez les caravaniers.

Un formidable fracas ébranle de nouveau les rochers, se répercutant jusqu'au sommet de la pente où le colonel Broizat doit croire les sapeurs anéantis. Raynal tente d'établir une liaison par téléphone avec le poste d'en haut. Pas de réponse. Le fil est coupé. Pas davantage de résultats quand il appelle le PC d'en bas, à Stroptchka. Le groupe est parfaitement isolé. Il n'a aucun moyen de faire savoir qu'il survit, à moins de déléguer un coureur. Paul rédige hâtivement un message qu'il confie au chef des muletiers, à charge pour lui de rejoindre le poste d'en bas. Courageux, le Tonkinois grimpe sur un mulet et l'aiguillonne de son bâton, quitte à se rompre les os dans la descente le long du rocher.

La plate-forme où convergent les obus est à plus de douze cents mètres d'altitude. Le poste du colonel Broizat est à deux mille mètres, à l'arrière des premières lignes, à l'abri des bombardements. Le tir ennemi devient plus dense. Trois sapeurs sont déchiquetés, deux autres blessés. Aucun poste de secours n'a été prévu sur place. Dans ce trou entouré de parois rocheuses, où ont été aménagés seulement quelques abris, Paul Raynal se demande comment la nuit finira.

**
*

Des silhouettes se détachent sur la neige, marchant avec peine, alors que la lune se profile seulement à l'horizon. Les explosions déchiquetant le rocher accablent cette colonne en désordre qui continue d'avancer, comme indifférente aux bombardements.

– Des Russes ! crie Robert Soulé qui soigne de son mieux les sapeurs blessés. Ils ont lâché leur secteur. Il faut partir. Les Autrichiens seront sur nous avant une heure, dès la fin du matraquage.

Un officier tente de regrouper les fuyards. En pure perte.

Ils l'écartent, le menacent de leur fusil en criant « *Vive la paix!* ». Le gradé explique à Paul que les avions allemands ont survolé les tranchées à basse altitude, et largué des tracts intimant aux soldats l'ordre de se rendre avant le 5 décembre, leur gouvernement ayant demandé la paix. S'ils s'obstinent, ils seront tous fusillés comme déserteurs.

– Les hommes ont perdu la tête. Ils ne désertent pas, ne se rendent pas à l'ennemi comme l'espéraient les Bulgares, ils abandonnent les lignes. Les Français, disent-ils, feront d'eux ce qu'ils voudront.

L'arrière a-t-il été averti de la débandade des Russes ? Les ordres donnés aux batteries sont de tirer sur les colonnes de déserteurs. La plate-forme est donc accablée cette fois par des éclats de 75 partis de trois kilomètres environ. Le seul moyen d'arrêter ces salves fratricides est de sortir des caisses une fusée. Paul a la bonne fortune d'en découvrir une, sur le bât d'un mulet tué. Devant lui, les Russes tombent, hachés par le canon. Comme les sapeurs et les muletiers, ils cherchent des abris dans la rocaille. La fusée une fois tirée, le canon français arrête ses ravages, mais les renforts n'arrivent pas. À croire qu'on les tient pour perdus.

Comment organiser la résistance ? Les sapeurs n'ont que des mousquetons, pas de mitrailleuses. Les Indochinois sont à peine armés. Se peut-il que, sur un front relativement calme, cette poignée d'hommes en détresse soit massacrée sans pouvoir se défendre ?

Les blessés sont une cinquantaine, Français, Russes et Indochinois mêlés, alignés dans une anfractuosité devant Robert Soulé, infirmier d'occasion, par les caravaniers morts de froid. La lune est invisible. La neige tombe, recouvrant les corps des hommes et des animaux morts. Dans une heure, deux heures peut-être, il gèlera à pierre fendre. Il est douteux que l'ennemi poursuive de nuit dans la tempête, mais les secours n'arriveront pas non plus. On ne retrouvera pas de survivants le lendemain.

Paul s'ingénie à protéger les blessés du froid, en couvrant de toiles de tentes l'entrée de l'abri et en tapissant le sol de paille. Robert Soulé prend à cœur son rôle de confesseur des mourants. Le mennonite sait trouver de chaudes paroles pour ceux qui murmurent à peine, et ne sont pas sûrs d'ouvrir les yeux au matin. Il se fait aider d'un Malgache qui passe pour savoir soigner les chevaux. Son prénom, Zo, signifie dans sa langue ancestrale « le droit ». Il redresse ce qui est tordu, par exemple les membres cassés. Au village, dans l'Imerina, le don tenu pour magique de son père est connu. Robert lui a demandé d'aider les blessés à passer la nuit. Les garrots, les attelles, les ligatures ne les empêchent pas de geindre, tant qu'ils en ont la force. Les brûlés de la face, frappés par l'explosion de la machine à vapeur, se tordent encore de douleur, leurs plaies ravivées par la neige.

Les Tonkinois, qui ne veulent pas laisser leurs morts sans sépulture une nuit entière, s'emploient à enterrer les corps. Ils cassent la terre gelée avec une énergie mystique, poussant le dévouement, à la demande de Soulé, jusqu'à enterrer aussi les Français et à placer une croix au-dessus de leur tombe. On creuse également pour les Russes une fosse commune, non sans avoir retiré leurs plaques d'identification. Leurs camarades se dévoilent, sortent de leurs cachettes, rassemblent les morts et gravent leurs noms au couteau sur des planchettes, en cyrillique.

À la nuit tombée, le vent a cessé de souffler. Les Indochinois allument des bougies protégées sur le lieu des sépultures et prient pour que les morts rejoignent leurs ancêtres dans la paix de l'Éternel. Les Malgaches chantent à voix basse des cantiques près des dépouilles des leurs, enveloppés dans des sacs servant de suaires. Ils répètent, pour les honorer, les noms des aïeux. Une longue nuit de veillée funèbre chuinte de prières murmurées en quatre ou cinq langues.

Pour Robert Soulé, la solitude devant Dieu à l'heure de la mort n'est pas une épreuve, mais une sorte d'aboutissement. Il prie seulement pour que rien n'empêche cet ultime dialogue terrestre, que ni la crainte ni la souffrance ne déforment ce face à face final. Il dispense à l'oreille de chacun des paroles d'apaisement, et entonne un psaume repris par deux ou trois camarades.

Prostré, Paul Raynal n'a plus le courage de lutter. Il sombre dans l'inconscience, pelotonné contre les autres sapeurs rassemblés sous l'abri. Il rêve au départ pour la pêche, dans le petit jour glacé de l'hiver, avec son père et son oncle, à bicyclette, le long de l'Aveyron. Il ressent la morsure du froid, mouline des pieds comme sur les pédales du vélo. Il sait que la mort commence par les chevilles, qu'elle remonte ensuite jusqu'au cœur et qu'on trouve au réveil les corps gelés, durs comme du bois.

La chaleur des corps de ses voisins lui est indispensable. Il se fait une place entre Manuel Godefroi, le bon sergent de Caylus, et Coubert le sapeur de Nègrepelisse. S'il s'arrache à ce dernier rempart de la vie, il est perdu. Ils se massent les uns contre les autres comme s'ils formaient un seul être, et restent ainsi des heures durant, laissant le froid les ankyloser peu à peu sans qu'ils trouvent le courage de réagir. Paul se sent lui aussi gagné par l'inertie. Qu'il se lève, et le gel entre en coin dans le groupe, menaçant les autres.

Et pourtant, l'immobilité donne sa chance au froid de la mort, l'encourage au lieu de l'éloigner. Il réussit à s'arracher à sa torpeur pour revoir, telle une icône vivement éclairée, le visage de Carla dans l'incendie de Salonique. Image de chaleur, de courage aussi, les traits tirés par l'effort, marqués par l'énergie. Cette vision convulsive disparaît, il ne peut la retenir. Honteux de sa prostration, il se redresse avec peine, rampe vers Robert Soulé qui psalmodie, comme dans un délire : « *Le charbon, le charbon !* »

Un tas noir déjà recouvert de neige, près de la machine à vapeur, auquel personne n'a pensé, sauf deux mineurs tonkinois qui arrachent morceau par morceau le charbon gelé à la pioche et le disposent à l'entrée de l'abri. Ils rassemblent des débris de caisses mais ne trouvent pas de papier. Robert n'en a pas sur lui. Faut-il brûler la bible qui pèse dans la poche de sa capote ? Paul retrouve un journal dans la sienne. La flamme fuse, le feu danse, le charbon rougeoie, diffuse une chaleur revigorante. Les Tonkinois ne cessent d'ajouter des pelletées, comme s'ils piochaient dans le tender d'une locomotive.

Pas de risque : chez l'ennemi, les mitrailleuses sont gelées et les canons muets. Le feu bleuté qui se répand devant les blessés est invisible dans la brume des sommets. Les corps allongés se redressent, rapprochent les mains et les pieds des flammes. Rester éveillé, ne pas faiblir. Se relayer jusqu'au matin pour profiter de cette manne, le charbon de terre, arraché aux entrailles des mines. Les Russes s'asseyent en rond, et les Malgaches, et les sapeurs français. On ne retrouvera pas, à la fonte des neiges, leurs os sous la glace. Ils savent que l'aurore peut venir les saluer. Ils auront donné sa part de souffrance au diable.

# Le train de Berne

Paul Raynal ne risquait pas de rencontrer Valentin à l'état-major de Florina. Le colonel était parti en voiture, toutes affaires cessantes, sur la route du sud en direction d'Itéa, le nouveau port de l'armée française construit dans le golfe de Corinthe.

Pas seul. Le Niçois Émile Duguet, une fois de plus arraché pour cause de mission secrète à sa batterie de 65 installée dans la montagne albanaise, devait le rejoindre sur un contre-torpilleur à destination de Brindisi, port italien de la côte adriatique. De là, ils gagneraient Berne par chemin de fer.

Il n'y avait pas de train disponible. La gare était assiégée par des hordes d'*alpini* et de *bersaglieri*, s'échappant bruyamment de wagons à bestiaux pour marcher aussitôt, en colonnes par deux, en direction du port afin d'embarquer pour l'Albanie. Mis en déroute à Caporetto, renforcés sur leur front défoncé par douze divisions alliées, les Italiens consolidaient à leur tour, non pas leur front des Alpes Juliennes, mais leur présence quasi coloniale en Albanie.

Le généralissime Cadorna est à l'origine de ce paradoxe. Il a jugé l'après-guerre plus important pour les intérêts de son pays que la guerre. À ses yeux, les Alliés ne sont là que pour colmater la brèche, payer les pots cassés. Son président du Conseil, Orlando, lui a expliqué qu'il appartenait à l'Italie d'occuper dès maintenant, à n'importe quel prix, ses futures positions de paix.

Ainsi Brindisi est-il plus que jamais l'embarcadère de Valona, le port albanais. Les trains y déchargent leur contingent de soldats et repartent à vide, vers les centres de recrutement des Pouilles, de Campanie, de Sicile et de Sardaigne, où sont recomplétées les divisions d'Orient.

Émile Duguet, en bon Niçois, entend et parle l'italien. Il cherche à obtenir une place pour son officier dans un convoi pour Naples, en première classe. Deux heures d'attente, lui dit-on, le temps que la division destinée à l'Albanie libère les voies. Un officier anglais, dans la salle des pas perdus, exige du chef de gare que le train promis pour les renforts anglais destinés au front du Piave, au débouché des Alpes, soit mis sous pression sur-le-champ.

– Un bataillon entier de l'armée des Indes entassé sur un navire de transport attend l'ordre de débarquer, s'indigne-t-il, et vous n'avez pas de train !

Valentin reconnaît le lieutenant David Pinter, un ancien de l'état-major du général Ian Hamilton, un *darda* comme lui.

– Je n'ai pas physiquement la place de débarquer mes hommes, dit Pinter, hors de lui. Les quais sont envahis par la piétaille sicilienne destinée à l'Albanie. Nous privons sir Allenby, qui assiège Jérusalem, d'une division de renfort pour aider à conquérir une colonie ces *jolly good fellows* qui nous font des pieds de nez.

Pinter exige de téléphoner, du bureau du chef de gare, au commandant italien de la place. Deux sergents qui l'accompagnent n'hésitent pas à remonter le quai, du même pas, jusqu'à la locomotive du dernier convoi débarqué, intimant l'ordre au mécanicien de lâcher la vapeur. Il faut croire que l'intervention de l'officier anglais a été efficace. Au nom de la priorité accordée aux renforts alliés montant vers le front des Alpes, il obtient l'embarquement immédiat des fusiliers hindous à bord du train.

La police militaire anglaise écarte les soldats italiens, furieux d'être bousculés pour laisser passer la colonne qui se dirige vers la gare au pas cadencé. Comme en pays conquis, David Pinter a également donné l'ordre d'étudier, par téléphone, le meilleur itinéraire pour remonter la côte adriatique jusqu'à Venise et Vérone, où des convois de camions prendront le relais sur la route du front. Pendant que les Hindous grimpent avec discipline dans les wagons à bestiaux, Pinter, faisant siffler son stick, enrage encore qu'aucun compartiment de voyageurs n'ait été prévu pour les officiers britanniques.

– *Permesso !* intervient le chef de gare, soudain empressé.

Deux employés dégagent à son commandement la paille du wagon de tête, le lavent à grande eau avant de le décorer de drapeaux anglais croisés d'italiens. Des manœuvres disposent au centre du plancher, recouvert d'un tapis rouge, des fauteuils enlevés à la salle d'attente de première classe. Les apparences sont sauves : les officiers de l'armée des Indes ne voyageront pas avec leurs gurkhas et leurs sikhs. Ils auront leurs sièges réservés. Les sergents surveillent l'embarquement des caisses de munitions dans le fourgon, exigent des wagons supplémentaires pour loger les chevaux et les mulets.

– Rajoutez deux fauteuils pour ces officiers alliés, ordonne le lieutenant Pinter au chef de gare en désignant les Français.

Dans ces circonstances, cornaqués par Pinter qui traite les Italiens comme des fellahs d'Égypte, Valentin et Duguet s'installent, face à la portière ouverte sur le rivage de l'Adriatique. David les rejoint, leur offrant un doigt de whiskey de sa gourde d'argent. Il a retrouvé un ton d'urbanité comme s'il était dans une sorte de club privé des officiers de Sa Majesté.

– Ces gens sont incroyables, confie-t-il au colonel. Ils nous appellent au secours, mais refusent de nous transporter. C'est un comble !

* *
*

David se garde de poser à Valentin la moindre question sur sa destination. Il n'ignore pas que le colonel dirige les services secrets français à Salonique, mais s'étonne tout de même de le voir, pour l'heure, fourvoyé dans ce bordel italien. Avec insistance court, en effet, le bruit d'une possible offensive des centraux en Macédoine et du départ prochain de Sarrail : sans doute ne finira-t-il pas l'année à Salonique, le pouvoir politique ayant une fois de plus changé en France.

En bon officier britannique, Pinter n'est pas de ceux qui s'affligeraient de ce limogeage. Il a maintes fois été témoin de l'impatience du général Milne, son chef, qui considère Sarrail comme un proconsul prétendant imposer ses ordres à tous les détachements d'armées alliés. Les effectifs britanniques, si indolents soient-ils sur le front de la Strouma, sont tout de même aussi nombreux, sinon plus, que les français. Ils sont du reste en attente d'une nouvelle affectation. C'est dire si les airs de matamore gascon affichés par Sarrail indisposent le commandement anglais.

Trop fine mouche pour en rien marquer, Pinter feint de ne s'intéresser qu'au renforcement du front italien. Il est vrai que si les Autrichiens percent de nouveau sur le Piave, ils arriveront plus vite à Brindisi qu'à Valona, en évitant d'assaillir l'inaccessible et montueuse Albanie. Ils peuvent ainsi espérer réoccuper leurs anciennes possessions d'Italie, quand le drapeau jaune à l'aigle noir à double tête des Habsbourg flottait sur Venise, Parme, Modène, Ravenne et Bologne, quelque soixante ans plus tôt. Les Français, aidés cette fois par les Anglais, doivent de nouveau libérer l'Italie des Autrichiens. Une leçon d'histoire immobile.

– Il faut mettre en place sur la frontière du Trentin deux cent mille de nos soldats en un temps record, remarque Valentin. Pour l'Italie, c'est une véritable invasion étrangère, qui bouleverse le réseau ferré.

Le train s'arrête à chaque gare, non pour embarquer de nouvelles troupes, mais pour laisser passer des convois vers le sud.

– Ils affectent au front d'Albanie leurs régiments décomposés par le canon autrichien, explique David Pinter. Ils craignent une vague de désertions. Leurs cours martiales ont fusillé sans désemparer les fuyards, mais la discipline laisse encore à désirer. Les Italiens ont trop souffert, sur le front des Alpes, quand leurs officiers les lançaient à l'assaut des bunkers de montagne sans soutien d'artillerie. Ils en ont assez de se faire tuer. Lorsqu'une armée de trois cent mille hommes se rend à peu près sans combattre, il peut sembler évident que leur front revient presque entièrement à notre charge dans ses secteurs les plus menacés.

Valentin trompe son impatience en contemplant les villes italiennes pavoisées aux couleurs des Alliés, les rassemblements dans les gares pour acclamer le train où les Britanniques ont planté l'*Union Jack* sur la locomotive. La foule est vibrante, patriotique. Émile Duguet pense que David Pinter est trop pessimiste, et méprisant pour les Latins. Valentin se souvient de la retraite interminable des pantalons rouges en 1914, lors du désastre de Charleroi. Personne ne peut résister à une attaque en règle nourrie de canons, sans avoir de soutien efficace. Les Français se sont repris sur la Marne grâce à leurs 75. Les Italiens aussi sont patriotes. Ils retrouveront leur courage, pour peu qu'on leur envoie de l'artillerie.

Elle semble abonder. Plus on approche du front, plus se concentrent, sur les places, des batteries de montagne attelées, venues de France avec leurs équipages au complet. Émile reconnaît un régiment de Grenoble, jadis employé avec le sien dans les Vosges, et dont les servants portent le béret alpin. Les voilà arrachés aux pentes enneigées de l'Hartmannswillerkopf pour monter dans les Alpes, au secours de l'armée italienne. En 1915, il a été lui-même victime, dans les Vosges, d'un prélèvement identique et immédiat pour marcher au secours de l'armée serbe. Et d'autres sont partis en leur temps sur les bouches du Danube pour sauver les Roumains. Les Français sont les pompiers universels. Ils accourent avec leurs 75 de campagne ou leurs 65 de montagne dès que le feu est déclaré quelque part en Europe.

– Il faut comprendre, explique posément David à Duguet qui n'en croit pas ses oreilles, que demain les Autrichiens peuvent entrer dans Venise. Le fleuve Piave est le dernier obstacle. Ils sont descendus des Alpes Juliennes jusqu'à l'Adriatique avec l'aide des bataillons allemands de von Below. L'archiduc Eugène se voit déjà passant en revue ses grenadiers hongrois sur la place San Marco. Il est à une étape de marche de la cité des doges. Vous comprenez l'enthousiasme des foules italiennes pour nos divisions de secours d'urgence. Nous sommes vraiment les sauveurs !

Le train fait une halte à Padoue. Beaucoup de cris de joie et de drapeaux déployés sur les quais. Des jeunes femmes offrent aux combattants des fruits et des fleurs, des cigares et des cigarettes aux Français débarqués d'un autre convoi qui défilent en colonnes par deux sur la place de la gare. *E viva la Francia !*

– On se croirait revenus aux beaux jours d'août 14, s'attendrit Duguet, quand, sur les voies ferrées du réseau de l'Est français, nous étions fêtés à toutes les gares !

Toujours des convois d'artilleurs alpins, en bleu horizon et vaste béret, leurs pièces tirées par des mulets. Le colonel à cheval salue d'un mouvement ample de son épée le chef du gouvernement français, Paul Painlevé, chapeau melon et canne, accompagné du général Duchêne, homme de confiance de Foch.

– Foch est en Italie, confie David, avec notre général Robertson. Ils confèrent un peu plus loin, à l'écart du tumulte, au pied du lac de Garde, si j'en crois les on-dit.

Il assure que Lloyd George lui-même s'est déplacé. Il n'en veut pour preuve que les carabiniers en bicorne : ils gardent le train des officiels, sur le quai n° 1.

– Nous sommes aux premières loges. Je ne sais pas si nous sauverons Venise, mais nous voilà à pied d'œuvre.

* *
*

Le drapeau royal de Savoie flotte partout, croix blanche surmontée de la couronne. Le train reste à quai pendant plus de deux heures à Padoue. Les Hindous sont chargés dans des files de camions qui les conduisent vers Trévise. Ils peinent à s'ouvrir un passage dans la foule des réfugiés du Frioul, qui grimpent dans des rames d'évacuation vers Brescia. Ces montagnards ont tout perdu. Ils ont dû fuir par familles entières leurs fermes incendiées, abandonnant leur bétail. On les entasse dans des wagons à bestiaux.

À Trévise, nouvel obstacle : la ville, dont chaque avenue est barrée de chicanes, regorge de troupes. Il faut s'arrêter à chaque poste, exhiber les ordres de route aux carabiniers.

– Robertson et Foch se sont vite rapprochés du front. Ils sont actuellement en conférence au palais, explique David. On me dit que votre général Duchêne tient provisoirement ses quartiers à Vérone. Je puis vous y conduire. Je ne sais quelle est votre destination, mais vous ne pouvez plus utiliser la voie ferrée. Les trains de troupes montent vers le front sans interruption.

À Vérone, terme de son voyage, David s'enquiert du quartier général de Duchêne. On lui répond qu'il est déjà parti pour s'installer à Brescia. Il propose aux Français une voiture pour rejoindre cette ville, ceux-ci acceptent aussitôt avec reconnaissance. Valentin espère y trouver un train, ou un état-major français. Sur la route encombrée, c'est un défilé interminable d'auto-camions transportant des poilus casqués, de compagnies de mitrailleuses en longues caravanes de mulet.

À l'arrivée dans la ville, même le tramway qui dessert la banlieue est bondé de soldats italiens chargés de sacs énormes. Des *bambini* précèdent les régiments à pied, marchant au pas militaire, des femmes offrent généreusement du vin. Le pays semble mobilisé pour la grande bataille qui se prépare sur le fleuve Piave.

Avançant presque au pas au milieu de la foule des réfugiés débarqués du train, campant sur les places et sur les trottoirs, le chauffeur s'efforce de gagner l'hôtel réquisitionné par le service britannique des étapes. On lui explique où se trouve l'état-major provisoire du général Duchêne. Valentin, étonné du désordre de l'organisation alliée en Italie, rencontre enfin un interlocuteur, le capitaine Durand, correspondant du 2e bureau français. Celui-ci lui propose aussitôt sa voiture pour se rendre à Milan, où l'accès par chemin de fer est impossible. Son chauffeur dépose enfin Valentin et Duguet dans la capitale de la Lombardie, à l'hôtel Savoia, un palace pour banquiers allemands.

– Attendez-moi au bar, dit le colonel à Émile.

À peine entré, Duguet se heurte à une vieille connaissance en uniforme, le jeune journaliste américain Jim Morton.

– Vous vous étonnez de ma tenue, lui dit l'Américain. Nous sommes maintenant entrés en guerre, n'est-ce pas ? Je suis probablement le premier en uniforme de Yankee dans cette ville. Impossible de gagner le front en civil. Une infirmière américaine m'a pris comme chauffeur. Demain, je serai sur le Piave. Pas tout seul. On y attend une concentration de sept cent mille hommes, deux armées italiennes renforcées par douze divisions alliées. Croyez-vous que je vais manquer un tel rendez-vous ?

Émile accepte un verre avec plaisir. Il n'a pas revu l'Américain depuis l'affaire d'Athènes et s'étonne presque de ne pas remarquer à ses côtés l'infatigable Richard Bartlett, le correspondant du *Sunday Times.*

– Il est à Jérusalem, à l'armée d'Allenby. La ville est prise. Les Anglais y défilent, avec trois mille volontaires juifs.

– Ici se joue le sort de la guerre.

– N'exagérons rien, dit Morton. Une seule armée italienne est en déroute. Les autres tiennent le Monte Grappa et le Monte Tomba. Des *alpini* décidés à mourir. Le gouvernement italien vient de changer le général Cadorna, promu à un poste chargé de représenter son pays au Conseil supérieur de guerre qui vient d'être créé. Diaz, le nouveau général en chef chargé des opérations, ne cédera pas. Il est proche de la troupe et il mord comme un doberman.

– Cadorna voulait céder ?

– Lisez mon article d'hier, dit Morton en tirant de sa poche un exemplaire du *New York Times.* Les Italiens étaient prêts à reculer « jusqu'à la Sicile », a déclaré leur premier ministre, Orlando. « Il ne s'agit pas de cela, a répondu Foch. C'est sur le Piave qu'il faut résister. »

Duguet ne s'étonne pas. Foch a toujours été l'homme de la résistance à tout prix, sur la Marne et sur l'Yser.

– Et vous savez bien, poursuit Morton, qu'on ne peut tenir tête à Foch, même si l'on est chef de gouvernement. Il a convaincu le duc d'Aoste, et rendu visite au roi Victor-Emmanuel III qui réside près du front, à Padoue. Votre général semble avoir les pleins pouvoirs en Italie, une sorte de proconsul. Il a reçu à Rapallo les trois chefs de gouvernement anglais, italien et français pour les mettre d'accord.

– Nous avons vu Painlevé. Son train spécial l'attendait en gare.

– Il est déjà reparti pour Paris, rassuré. Foch a calmé tout le monde. Les Italiens demandaient quinze divisions alliées de renfort, avec de l'artillerie lourde. Il a démontré que douze suffisaient. Orlando n'a pas fait d'objections. Paul Painlevé a conscience d'avoir sauvé l'Italie. Mais a-t-il sauvé son poste ?

* *
*

À l'heure où Foch télégraphie à Paris, le 17 novembre 1917, qu'il est possible de redresser la situation en Italie, la France n'a plus de gouvernement. Le cabinet Painlevé est à terre depuis trois jours. Son successeur, installé rue Saint-Dominique, au ministère de la Guerre, s'appelle Georges Clemenceau.

Il a été investi de la confiance du Parlement « pour la conduite vigoureuse de la guerre et le châtiment de ceux qui ont commis des crimes contre la patrie ». En dehors des socialistes hostiles, toutes les forces politiques le soutiennent. La presse lui tresse des couronnes, sanctifie son amour du poilu et la défense du combattant qu'il a constamment assumée à la commission de l'Armée au Sénat tout comme dans son journal *L'Homme libre*, devenu, sous l'effet de la censure, *L'Homme enchaîné*.

À soixante-seize ans révolus, Clemenceau est sans doute le plus populaire des hommes politiques français. Il a quitté le pouvoir en 1909, haï de l'extrême gauche qui lui reprochait sa fermeté dans la répression des grèves révolutionnaires. Il n'est pas revenu depuis. Il a fait campagne contre Poincaré, candidat à l'Élysée en 1913. Le président de la République, qui le déteste pour ses foucades autant que pour ses agressions verbales, n'a cependant pas hésité à lui proposer le pouvoir. Avec lui, la guerre devra continuer jusqu'à la victoire, et une action de grande envergure sera entreprise contre les pacifistes et autres partisans d'une paix blanche. « Le pays saura qu'il est défendu ! » a-t-il déclamé à la tribune. Paroles lourdes de menaces pour tous ceux qui songent à des conversations de paix, par exemple avec l'Autriche-Hongrie.

De son domicile de la rue Franklin, Clemenceau se fait conduire à l'Élysée, au matin du jeudi 6 décembre, pour son premier « cabinet de guerre », un Conseil restreint aux ministres concernés. Poincaré l'accueille dans le salon diplomatique du palais, comme il est d'usage, avec une bienveillance réservée.

Séance cruelle. Clemenceau met tout de suite sur le tapis la question de Salonique. Sans préambule, sans notes, ni documents ou rapports, à son habitude.

– Sarrail, attaque-t-il tout de go, ne peut pas rester. Il aura même des comptes à rendre en rentrant en France, car il a tout laissé en souffrance. On le remettra à la disposition du général en chef.

Présent, Pétain hausse le sourcil.

– Vous n'en voulez pas ?

– Non, certes. Je ne veux pas pour autant donner l'impression de l'avoir écarté.

– Soyez tranquille, je prendrai cette responsabilité tout seul, si vous le désirez.

– Qui voyez-vous pour remplacer Sarrail ? intervient le Président.

– Franchet d'Espèrey.

Pétain semble favorable, mais Foch, présent à ce Conseil, estime que ce général n'a pas eu le temps de faire ses preuves depuis le début de la guerre, oubliant qu'il a joué un rôle capital pendant la bataille de la Marne. Ses préférences iraient plutôt à Anthoine ou à Guillaumat.

Mais que veut-on faire à Salonique, quand les Allemands peuvent prélever sur le front russe au moins cinquante divisions et trois cents batteries lourdes pour attaquer à l'Ouest ? Poincaré s'en inquiète. Pétain le suit.

– Salonique ! rugit le Tigre. Salonique est sacrifiée. On ne peut rien y faire.

Faut-il alors rembarquer ? Sur un signe imperceptible de Poincaré, Georges Leygues, ministre de la Marine, s'insurge. Laissera-t-on les Allemands installer des bases de sous-marins sur les côtes de Grèce ?

Foch intervient, avec autorité.

– Le péril imminent, explique-t-il, n'est plus l'Italie. Le front se stabilise sur le Piave. Il est à Salonique et non pas ici, où les renforts allemands venus de Russie ne parviendront pas avant trois mois. Il faut envoyer là-bas l'homme le plus capable.

Pétain fait le choix du général Guillaumat. Le sort de Sarrail est scellé. Il n'aura plus de commandement dans cette guerre. Mais Salonique sera défendue.

Pourquoi Guillaumat ? Le nom de ce général est inconnu du grand public. Mais Pétain se souvient qu'il commandait le 1er corps d'armée à Verdun, et Foch, pour sa part, n'ignore pas qu'il s'est battu pendant l'été 1916 sur la Somme,

« établissant avec les Britanniques une liaison intime ». Pour cette raison majeure, il pense qu'un Guillaumat est à sa place à Salonique. De son côté, Pétain croit fermement le cacique de Saint-Cyr, né en 1863 et de loin son cadet, ancien directeur de l'infanterie au ministère, capable d'organiser le front « avec une précision méthodique ». L'affaire Guillaumat est réglée. Il fêtera Noël à Salonique.

* *
*

Le colonel Valentin ignore tout de ces dispositions au moment où il prend le train à Milan, vêtu en homme d'affaires autrichien et après deux semaines de périple. Pour lui, au 6 décembre, le général Sarrail est toujours le chef de l'expédition interalliée de Salonique, même si Clemenceau a pris le pouvoir en France.

Son général, à son départ, lui a confié une mission d'information dans le milieu bernois, fécond en intrigues pacifistes de toutes sortes, pour tenter d'y voir clair sur l'offensive allemande et autrichienne en Albanie, à la gauche de l'armée de Salonique. Il a précisé que les informations les plus attendues visaient surtout l'entourage du roi Constantin, exilé dans un château discret de la région bernoise, en contact permanent avec les envoyés spéciaux de son beau-frère, le Kaiser Guillaume II, et de l'empereur Charles Ier d'Autriche, roi de Hongrie.

Sous l'immense verrière de la gare de Milan, noircie par la fumée, les officiers français Valentin et Duguet découvrent enfin un convoi en partance pour la Suisse, via le lac de Garde et le tunnel du Saint-Gothard. Ils n'ont aucun mal à franchir la frontière. Leurs papiers sont en règle et les Suisses sont loin de repousser les agents étrangers opérant sur leur territoire. Ils se contentent de les surveiller avec discrétion, et de les utiliser au besoin. Le colonel Valentin n'a pas encore jugé utile de mettre Duguet au courant de sa mission. Il lui a seulement recommandé la vigilance : la capitale de la Suisse est la plaque tournante des agents de renseignement internationaux.

Dans le confortable compartiment du rapide où ils voyagent seuls, il lui rappelle que la plupart des affaires qui empoisonnent l'opinion en France viennent de Suisse : dans ce pays neutre, le prince Sixte de Bourbon-Parme, officier dans l'armée belge et frère de l'impératrice Zita, a rencontré des émissaires de l'empereur Charles pour envisager la discussion d'une paix séparée.

– Qui n'a rien donné? s'informe Duguet, comme s'il découvrait ces tentatives de paix que les journaux eux-mêmes n'évoquent qu'avec parcimonie, pour ne pas provoquer l'ire d'Anastasie – la censure.

– Naturellement non : les Allemands n'ont aucune intention d'évacuer la Belgique, ni de nous rendre l'Alsace et la Lorraine. Mais en Suisse, il y a deux mois, l'ancien président du Conseil Aristide Briand était censé rencontrer, à la suite d'une intrigue mondaine, le baron de Lancken, chargé d'affaires allemand à Berne – que tu auras peut-être l'occasion d'approcher. Briand ne s'est pas dérangé : renseignements pris aux meilleures sources, jamais le chancelier allemand von Bethmann Hollweg n'avait manifesté le moindre désir de négocier sur l'Alsace et la Lorraine.

– Plutôt que des diplomates plus ou moins connus, on parle surtout des affaires d'argent, dans les journaux.

– Et les chèques découverts par la police viennent toujours des officines financières suisses : le banquier allemand Marx opère ouvertement à Genève ; il achète à prix d'or deux intermédiaires venus régulièrement de Paris, qui inondent de marks le journal *Le Bonnet rouge*. Je me souviens d'avoir lu dans un numéro du *Matin* le nom d'un député… Turmel, maire de Loudéac, membre de la commission de l'Armée à la Chambre, précise Valentin comme s'il récitait une fiche. Dans son vestiaire, une enveloppe de vingt-cinq mille francs suisses. Il est sous les verrous, accusé d'avoir livré aux Allemands, par Genève et Berne, les plans militaires français.

– Nous marchons en terrain miné.

– Pas vraiment. Je dirais plutôt en terrain de chasse. Tâchons de ne pas être le gibier. Les chasseurs allemands sont embusqués derrière chaque arbre. Les banques suisses fournissent les fonds ennemis qui permettent l'achat d'un certain nombre d'organes de notre presse.

– Clemenceau va faire le ménage, lance naïvement Émile Duguet, dont le père, petit-fils de gendarme, est un partisan résolu du président de la République.

Valentin ne répond pas, et soudain son silence pèse lourd, comme s'il taisait devant Duguet sa propre opinion. Le gouvernement Clemenceau, comme celui de Paul Painlevé, vient d'être condamné par le groupe des cent députés socialistes qui n'y comptent pas de ministres en exercice. Même Albert Thomas, maire de Chantilly, l'organisateur de la production des canons lourds, même le social-patriote Marcel Sembat, député du 13e arrondissement de Paris, ne font plus partie du cabinet, alors qu'ils ont puissamment contribué à l'effort de guerre.

Et Valentin, sans l'avoir jamais laissé transparaître, est pour Sembat, l'homme lige, le compagnon de Jaurès, pour Thomas, le normalien syndicaliste. Il a même adhéré avant la guerre à la SFIO, dans un mouvement d'admiration pour son leader. Un officier supérieur socialiste, quel scandale chez les apôtres du Sacré-Cœur, les culs bénis de l'état-major ! Pour cette raison sans doute, diront ses ennemis, il est devenu proche de Sarrail, et dispose de la confiance de ce général de gauche au point d'avoir reçu de lui la très lourde responsabilité du bureau de renseignements en Orient. Valentin ne veut pas en convenir, il dissimule soigneusement ses préférences de citoyen, non par crainte des intrigues du camp adverse, mais pour ne pas mêler des considérations politiques à ses rapports avec ses subordonnés.

– Envisage, s'il te plaît, le cas de Georges Clemenceau, dont chacun salue l'arrivée rue Saint-Dominique, comme un gage de fermeté dans la lutte contre les traîtres. Sais-tu qu'il doit le premier faire le ménage dans sa propre famille ? Il était, avant la guerre, l'ami personnel d'un grand patron de la presse viennoise, Moritz Szeps, très lié au ministre des Affaires étrangères de la double monarchie, le comte Czernin. Il a tendrement aimé Berta, fille de Moritz, épouse d'un naturaliste suisse, Zuckerkandl.

– Rien n'interdit les sentiments ! le coupe Duguet, comme s'il craignait d'en entendre davantage.

– La sœur de Berta, Sophie Szeps, a épousé Paul Clemenceau, le frère de Georges. Il est ingénieur en armement et probablement l'employé du marchand d'armes international Basile Zaharoff.

« Nous y voilà ! songe Émile, il va m'expliquer que le

nouveau président du Conseil français trempe dans une horrible affaire. »

L'entrée dans le compartiment de deux officiers contrôlant les identités interrompt les confidences de Valentin. Les Suisses ont un regard entendu en dévisageant les Français, qu'ils saluent militairement. Ils ne sont sûrement pas dupes de leur fausse identité et se rappellent peut-être que le général Foch, limogé après la bataille coûteuse et incertaine de la Somme en 1916, a travaillé longtemps dans le calme de sa semi-retraite au plan « Helvetia » de défense éventuelle du territoire suisse contre une invasion allemande. Les officiers français, même habillés en civil, sont les bienvenus chez eux.

* *
*

– Je termine sur Clemenceau, reprend l'intarissable Valentin, désireux d'informer Duguet jusqu'au bout. Sophie Szeps, l'épouse de Paul Clemenceau, ne se cachait pas de tenir dans Paris un salon politique fréquenté par Paul Painlevé, radical de gauche, notre précédent président du Conseil. Ni même d'entretenir des relations étroites, en territoire suisse, avec sa sœur Berta, demeurée à Vienne. De la sorte, cette relation privilégiée pouvait devenir une des filières mondaines de la négociation.

– Cette Berta Moritz, épouse du naturaliste, aurait le front de négocier dans le dos de son ministre ?

– Berta est une femme charmante et vive, aimée des artistes et des écrivains. Elle partage pleinement l'idéal de paix du milieu très libéral de son père Moritz. Son meilleur ami et conseiller est l'écrivain Hugo von Hofmannsthal. Il faut le comprendre et l'admettre : pour des gens de cette qualité, la guerre est horrible, barbare, et dangereuse. La prise du pouvoir par les bolcheviks de Pétersbourg les a commotionnés. Ils se voient livrés au soviet des ouvriers et des soldats de Vienne et de Skoda en Bohême. Dès la révolution de février, Sophie a rencontré sa sœur Berta à Zurich, dans l'espoir de rendre possible une paix séparée, souhaitée, croient-elles, par l'empereur Charles. Notre service détient la preuve que Paul Clemenceau, de seize ans le cadet de Georges, a télégraphié à sa belle-sœur Berta pour lui annoncer l'arrivée de Sophie à Zurich, au mois de mars.

– Le voyage a-t-il eu lieu, en plein ministère de Painlevé ?

– Les deux sœurs se sont vues à l'hôtel Beaurivage d'Ouchy, au port de Lausanne, sur le lac Léman. Plusieurs témoignages l'attestent. Nous avons interrogé le personnel. Berta est rentrée à Vienne, où elle a pu rencontrer le comte Czernin. Entretien décevant, le ministre n'étant nullement soucieux d'utiliser cette filière pour aboutir, et n'ayant, au demeurant, rien à proposer.

– Georges Clemenceau était en dehors de cette affaire. A-t-il été tenu au courant ?

– Son frère Paul a cru bon de lui transmettre, via Berta, une lettre de Sophie. Aux dires de ses proches, il est entré dans une violente colère, parlant de faire arrêter Sophie, sa belle-sœur, dès son retour en France. Il a refusé d'ouvrir le courrier venant de Suisse, l'a fait renvoyer à l'expéditeur et a rompu toute relation avec son frère Paul.

– On ne peut donc lui reprocher la moindre compromission.

– Sans doute. Mais il est tout de même étrange que le plus ardent partisan de la victoire compte au sein de sa propre famille et de ses amis proches des gens qui ont cru pouvoir arranger la paix comme on tricote un cache-nez, par temps de pénurie, avec des laines d'origines différentes. Mais rassure-toi, nous ne venons pas enquêter sur la famille Clemenceau à Berne. Un gibier plus palpitant nous est proposé, levé par les Suisses eux-mêmes. Sarrail s'y intéresse particulièrement. Dans cette chasse d'un nouveau genre, tu es ma chèvre.

– J'en suis flatté, mon colonel !

– Ne t'offusque pas. Tu sais que la dernière offensive, la seule dont il ait eu les moyens, a été lancée par le général à l'ouest du front, en Albanie. Le 2 novembre, nous avons reçu une information de Berne signalant que le conseiller d'ambassade allemand von Schubert « a informé l'ex-roi Constantin que, d'accord avec la Bulgarie, une grande offensive sur le front balkanique a été décidée ».

– Mais les Allemands attaquent surtout en Italie ?

– Justement. Il n'a pas échappé à notre général que l'offensive austro-allemande s'est arrêtée sur le Piave. Il n'est pas question que le Grand État-Major prussien poursuive, devant la montée en ligne de douze divisions alliées qu'il a réussi à fixer sur ce front. Il a ainsi atteint son objectif majeur. On peut supposer qu'il caresse le même but dans les Balkans, si on se réfère à la suite du télégramme suisse : « Une puissante armée sous le commandement du maréchal Mackensen se concentre dès maintenant à Budapest. Le but est d'impressionner les Grecs en cours de mobilisation. »

– Comment les services suisses ont-ils pu obtenir ce renseignement ?

– Les femmes, mon cher ! Tu ne peux imaginer leur adresse. Nous venons de fusiller une espionne. À la caponnière de

Vincennes, le 15 octobre dernier. Clemenceau n'y est pour rien. Painlevé en a pris la responsabilité. La fille se nommait Margaretha Gertruida Zelle. Elle était hollandaise, comme son mari, le capitaine Campbell Mac Leod. Elle se produisait dans le monde et ses exhibitions de danse orientale étaient fort courues. Ses nombreux voyages à Madrid, centre réputé d'espionnage, ont alerté nos services. On a pisté cette Mata-Hari qui avait pour amant à Paris, entre autres, un officier du tsar. Son procès a été mené tambour battant, parce qu'il tombait dans une forte crue d'affaires de trahison. La femme n'était pas dangereuse et le dossier de l'agent H21 était mince. Les Allemands l'avaient recrutée sans grand profit.

Émile Duguet croit comprendre pourquoi le colonel évoque le cas de l'espionne, dont les journaux ont largement repris les péripéties du procès. Comme ses camarades, il a jugé indécent que l'on fusille une femme, même coupable. Il ne cherche pas longtemps pour deviner où Valentin veut en venir.

– Tu l'imagines bien. Si nous sommes sur le sentier de la guerre, c'est pour retrouver, repérer, marquer la meilleure informatrice des Allemands en Orient, l'agent du Kaiser à Athènes, la chanteuse italienne Lucia Benedetti que tu as eu l'occasion d'approcher à Bucarest, juste avant l'entrée en guerre des Roumains. Précisément, Mackensen compte lancer son attaque par la Roumanie. Je serais surpris que Lucia fût la seule, attentive et curieuse comme je la connais, à n'en être pas informée. Elle n'a pas été choisie par le roi Constantin au hasard et elle ne passe sans doute pas son temps, dans son palais bernois, à chanter des berceuses aux enfants du diadoque déchu.

* *
*

– Bernerhof!

Le colonel lance le nom du grand hôtel au chauffeur de la voiture de louage qui l'attend à la gare, et qui doit se tenir à sa disposition exclusive dans Berne pendant quarante-huit heures. Le vaste bâtiment de la Bundesgasse peut accueillir deux ou trois cents voyageurs, tous étrangers. Les ministères du palais fédéral ne sont pas loin. Au département de la Guerre, Valentin a des correspondants prêts à lui porter secours.

Il demande à Émile Duguet de laisser là son bagage et de changer de l'argent autrichien à la Vereinsbank. Il rentrera ensuite à l'hôtel et s'habillera pour la soirée. Il sera suivi, mais qu'il soit sans inquiétude, Berne est un nid d'espions. Qu'il passe pour un sujet de l'empereur Charles de Habsbourg fait partie du plan de dissuasion.

Duguet a le sentiment que Valentin cherche à l'éloigner pour se rendre à un rendez-vous sans témoin. Dans la Kramgasse, le lieutenant passe inaperçu. Ses cheveux ras, sa démarche décidée, son pas régulier au talon de botte planté ferme trahissent plutôt le cavalier que le touriste, mais rien ne ressemble plus à un militaire français qu'un militaire autrichien. Pour voir s'il est ou non suivi, il marche jusqu'au pont de la Nydeck, franchit l'Aare et se poste à la fosse aux ours, face aux plantigrades qui font la joie des enfants de la cité.

Deux hommes l'observent, attachés à ses pas, vêtus comme lui d'un loden vert et d'un chapeau à plume de faisan. À croire que la capitale fédérale tient un uniforme commun à la disposition des agents secrets. Ils le dévisagent sans aucune gêne, comme s'ils le photographiaient. Émile défile devant eux d'un pas tranquille, les salue en allemand. Ils répondent avec une certaine gêne, en forçant sur les gutturales. Est-ce l'accent suisse-allemand ?

Le regard noir, la moustache fine et tombante, le teint olivâtre, ces hommes ne sont ni allemands ni autrichiens. Émile se rend compte qu'il vient de croiser des agents grecs, sans doute de la suite du roi, qui doivent surveiller les voyageurs débarquant du train de Milan. Constantin n'est nullement à l'abri d'un attentat, puisqu'il compte revenir au pays dans les fourgons de l'armée des Centraux, après leur offensive victorieuse. Son père Georges, après tout, est mort assassiné alors qu'il venait de l'emporter sur l'armée turque. La résidence royale est à proximité de Berne, au château du Schadau, a précisé Valentin.

« Ainsi nous sommes déjà repérés », sourit Émile en pensant au luxe de précautions pris par Valentin pour préserver son anonymat. S'il suivait ces hommes, jouant l'arroseur arrosé, ils le conduiraient sans aucun doute tout droit auprès de Lucia, dans le château des Alpes bernoises.

Son vœu le plus cher : retrouver l'aventurière de Bucarest. S'en est-il entiché au point de doubler sa mission d'une affaire galante ? Sur la fiche d'Émile, au 2e bureau, sa relation avec Lucia figure en bonne place, et sans doute Valentin l'a-t-il imaginé ainsi : le lieutenant lui permettra d'approcher la Benedetti sans difficulté, puisque tous deux se connaissent déjà intimement.

Il est clair qu'il compte manœuvrer, grâce à Duguet, l'agent H18, alias Lucia Benedetti, dûment cataloguée sous ce numéro dans les services du chef des renseignements allemands, l'archéologue Ludwig Curtius, établi depuis le début des opérations à Sofia. Le colonel Valentin n'a pas caché à Duguet que la jeune femme était utilisée par ce service, et cependant l'Alpin rêve toujours de poursuivre son aventure amoureuse, tant il a conservé de Bucarest un souvenir ardent. Il est convaincu que s'il arrive à tirer sa cantatrice adorée des griffes de Curtius, elle ne le quittera plus. Ainsi les lieutenants d'artillerie convertis aux missions spéciales en amateurs peuvent-ils aussi entretenir et cultiver des illusions avec une obstination coupable.

Car la présence de Lucia sur le yacht royal quittant la Grèce pour l'exil n'était pas anodine. Qu'elle pût figurer dans la suite réduite de Constantin prouvait sans conteste qu'elle était entrée dans le camp ennemi, avec armes et bagages. Peut-être Valentin disposait-il d'informations secrètes lui permettant d'espérer la *retourner*, comme on dit dans les romans d'espionnage. Il n'avait pas fait de confidences à l'Alpin. Que celui-ci fût déjà mis sous surveillance par les sbires de Constantin montrait que les deux officiers français étaient repérés, *situés*, attendus, et que leur marge d'intervention était étroite.

Émile juge inutile de chercher à semer ses observateurs, qui savent probablement à quel hôtel il est descendu. Ils l'ont suivi à la trace depuis le Bernerhof, et sans doute ont-ils déjà abandonné leur filature pour faire un rapport négatif sur la promenade de l'étranger dans Berne. Émile n'a rencontré personne, ni reçu aucun message.

Son seul espoir est qu'ils l'aient vraiment pris pour un officier autrichien, un de ces jeunes gens aux gants jaunes et à l'uniforme élégant, parents de Zita l'impératrice, toujours attentive au moindre espoir de négociation de paix séparée.

Parmi les nombreux émissaires et agents de passage à Berne, bien peu s'intéressent, il est vrai, au sort du roi Constantin de Grèce.

* *
*

Valentin n'est pas à l'hôtel, ni dans le hall ni au bar. Les journalistes étrangers affalés sur des tabourets ne se préoccupent que des contacts pris récemment par les socialistes suisses avec les soviets. Ils savent que la dernière offre de conciliation, celle du pape, vient d'échouer cet automne. Il ne faut pas s'attendre à trouver dans le ciel de Berne les colombes de la paix.

Les Autrichiens, longtemps cajolés par la presse internationale, ont cessé d'être suspects de pacifisme aux yeux des agents de renseignements allemands depuis que la défaite italienne de Caporetto a rendu son moral à l'armée *K und K*. La présence de militaires français dans la capitale suisse ne surprend pas. On les croit souvent expédiés là à titre officiel pour conforter, au nom de Foch, le nouveau directeur du département politique de la Confédération, Gustave Ador, un Genevois francophile. Ils lui expliquent qu'ils ont envoyé six divisions pour sauver l'armée italienne et qu'ils interviendront en Suisse, si ce pays est envahi par l'armée allemande.

– Mon nom est Paul-Henri de la Fère, dit à Émile un journaliste français, comme s'il avait reconnu en lui un compatriote. Je travaille au *Journal des débats*. Je vois bien que vous venez, comme moi-même, aux renseignements. Mon patron, Étienne de Nalèche, est convaincu que le bolchevisme menace toute l'Europe, y compris la Suisse.

Que pensez-vous des troubles graves – des émeutes anarchistes violentes, pourrait-on dire – de la Chaux-de-Fonds et de Zurich ? La Confédération a nourri Lénine, les bolcheviks russes et les pacifistes français, elle pourrait s'en mordre les doigts.

Émile sourit sans répondre. Il se confirme que la paix prochaine entre Lénine et les Allemands est le sujet de toutes les préoccupations. Les projets autrichiens de paix séparée sont dépassés.

– Savez-vous que l'état-major allemand s'est engagé à ne pas lancer d'offensive en Russie, tant que la négociation reste ouverte avec Lénine ? Et si l'Allemagne gagnait la guerre ?

Qu'un reporter du plus conformiste des quotidiens français ose afficher un tel pessimisme a de quoi surprendre Émile. Le moral de la nation, se dit-il, a décidément besoin des coups de gueule de Clemenceau et d'un renforcement des forces alliées. Il commence à prendre au sérieux l'information tombée entre les mains de Valentin. Les Allemands et leurs alliés sont les maîtres du jeu. En cette fin de 1917, ils peuvent attaquer où ils veulent. Et pourquoi pas sur le front de Salonique ?

– Si la Russie flanche, poursuit Paul-Henri de la Fère, la Roumanie suivra. Que pourra faire notre bon général Berthelot avec la petite armée du gouvernement royal roumain de Iassi, sans le secours des Russes ? Les Allemands pourront les prendre à revers, venant d'Ukraine. Encore un front de perdu, et je ne parle pas de Salonique. Voici Son Éminence le baron Schenk, le grand maître des agents allemands d'Athènes, le vrai patron de la presse et de l'armée royalistes. Voyez la nuque épaisse, le monocle en or, la calvitie solaire. Il est ici en grand équipage, maître de lui et prêt à reprendre demain à cheval le chemin de l'Acropole. Sans doute loge-t-il au château du roi Constantin, à moins qu'il n'ait constitué, à Berne, un réseau d'espionnage désarticulé, à l'affût de tout renseignement. Ses fonds sont illimités. À l'évidence, il prépare une opération importante.

Duguet, l'oreille aux aguets, ne songe pas à lui donner la réplique, et n'est pas loin de prendre ce folliculaire pour un provocateur. Est-il vraiment accrédité par le *Journal des débats*, où l'honnête Gauvain affirme tous les jours dans ses éditoriaux sa foi inébranlable dans le triomphe de l'Italie en guerre, malgré le désastre de Caporetto ? Il suit Schenk des yeux, reconnaît autour de lui quelques visages connus d'officiers royalistes grecs. Schenk était la bête noire du général Bousquier, attaché militaire français à Athènes. Il tenait tous les fils de l'espionnage allemand et bulgare. Le voilà à son affaire à Berne. Il attend sans doute l'heure de la revanche.

Autour de lui, peu de visages amis. Émile se détourne du journaliste trop bavard sans le saluer ni lui fournir la moindre information, et se souvient que Valentin l'a prévenu : il devra se rendre seul au restaurant du casino, près du pont de Kirchenfeld, où l'on donne le soir des concerts. Qu'il se contente d'ouvrir les yeux et les oreilles, sans parler à personne. On dit que le roi Constantin quitte ce soir son château pour passer la soirée en ville. Il a retenu un salon au casino. Valentin le rejoindra s'il le peut.

Dans sa chambre, où Duguet monte pour se changer, il trouve dans une corbeille de fruits un mot d'accueil de la direction de l'hôtel, rédigé en français seulement. Il s'en étonne. D'habitude, en Suisse, tout est trilingue. Une carte gravée a été jointe à l'enveloppe aux armes de la comtesse Cléo de Maraval.

« J'espère que vous ne trouverez pas trop désagréable d'être chaperonné par une vieille amie de la France. Je vous attends au restaurant à 21 heures. »

* *
*

Passant devant la Zeitglockenturm, Émile, sapé comme un milord, vérifie sa montre. Il est vingt heures quand le coq chante à la tour de l'Horloge, entraînant le défilé d'une bande d'ours militarisés. Il regrette de ne pas avoir pris son parapluie, car une neige épaisse commence à tomber. De la falaise dominant la rivière Aare, il aperçoit les lumières tremblotantes du quartier moderne de Kirchenfeld, relié par un pont métallique presque neuf à la vieille ville du duc de Zähringen. Il tourne dans les parages du casino, une pièce montée de pâtisserie viennoise, pour tâcher d'identifier les fêtards descendant des voitures à chauffeurs et se hâtant sous l'auvent.

À 20 h 30 très précises, la limousine noire du roi des Grecs déchu fait son apparition, sans la reine ni le diadoque. Constantin est accompagné du général Baïras, ancien gouverneur de l'Eubée, et du colonel Messala, son âme damnée de Salonique, qui veillait à ce que les Alliés n'y pussent disposer d'aucun service public. Une jeune femme en cape grise trottine derrière eux, porteuse d'une serviette. La secrétaire personnelle du roi, sans doute.

– Ainsi font les étrangers en Suisse, ils complotent. Nous les avons tous vus passer, confie à Émile la comtesse de Maraval, son hôtesse charmante qui, d'un sourire, lui désigne le cortège royal. Les bolcheviks étaient les meilleurs hommes du monde. Le comte de Brockdorff-Rantzau, un délicat ami, les conviait le plus souvent. Je l'avais visité dans son ambassade au Danemark où il recevait avec faste. Il en avait fait un relais pour les révolutionnaires venus de Russie ou désirant y rentrer. Le comte Ulrich avait des usages. Né dans le duché de Schleswig, il adorait les roses et n'omettait jamais de m'en offrir, dès qu'il me rencontrait.

Duguet a entendu parler du personnage par Valentin. Le service le suit de près à Copenhague, et note les allées et venues de ses hôtes bolcheviks.

– Je crois qu'il m'a un jour présenté ce Vladimir Ilitch Oulianov, dit Cléo d'une voix enjouée. Un homme aux manières très civilisées de petit-bourgeois russe. Savez-vous que son père était un inspecteur des écoles ? Il aurait bien porté l'uniforme, après ses études de droit à Kazan. En Russie comme en Allemagne, tout le monde a droit à l'uniforme, les professeurs, les avocats, les fonctionnaires. Est-ce drôle ? Lénine aurait sans doute coiffé la casquette plate des serviteurs de l'empire s'il n'était devenu un révolutionnaire fanatique. La mort de son frère, sans doute… Brockdorff m'a raconté que son cadet avait été pendu pour avoir participé à la tentative d'assassinat contre le tsar Alexandre III. On ne peut décidément se fier à personne.

– Lénine résidait-il à Berne ?

– Trop voyant. Il préférait Zurich, plus proche des camarades allemands. C'est là qu'il a appris la révolution de février, au milieu de ses partisans russes et suisses. Je ne l'ai pas revu depuis. Il est vrai qu'il a pris le pouvoir. Il ne reviendra pas de sitôt chez nous, à moins que les généraux du tsar ne trouvent le moyen de le chasser, ce dont je doute fort. C'est à leur tour de résider en Suisse, chaque jour plus nombreux. Nous sommes le refuge de toute l'Europe en guerre. J'ai reconnu plusieurs généraux russes au casino, même s'ils préfèrent Nice ou Monte-Carlo. Ils ont perdu leurs terres, mais leurs épouses ont sauvé leurs bijoux.

Un de ces militaires russes, à épaulettes d'or flamboyantes, fait son entrée dans le restaurant, baise la main de la comtesse. Cléo présente discrètement à Duguet le capitaine Maslov, longtemps en poste à Paris dans le contre-espionnage. L'Alpin ne laisse rien paraître de son trouble. C'est l'homme qu'il a vu sortir en compagnie de Lucia du restaurant de la Tour Blanche à Salonique…

– Pauvre garçon, dit la comtesse. Un seul être lui manque et tout est dépeuplé, comme on dit à peu près dans Lamartine. Les siens l'ont abandonné, les Allemands le recueillent dans leurs services. Il traîne son chagrin dans Berne. On trouvera quelque jour son corps dans l'Aare. Comment, vous ne le connaissez pas ? Il était l'amant de l'espionne Mata-Hari, que les Français ont fusillée à la caponnière de Vincennes cet été. Désespéré car il en était fou, il est entré depuis au service du roi des Grecs – disons, pour être simple, de l'Allemagne.

– Où sont passés le roi de Grèce et sa suite ?

– Dans un salon du premier. Berne est la cité des comploteurs qui mijotent un coup d'État ou une révolution. Constantin va sans doute recevoir quelque officier prussien du cabinet de son beau-frère, lequel lui transmettra les ordres de l'état-major. C'est un trop petit roi pour que le Kaiser daigne s'en occuper lui-même, ni, à plus forte raison, lui déléguer le Kronprinz, occupé au front. On m'a parlé de von Ziegler comme chargé de mission auprès du souverain. C'est un bon choix, il connaît l'Orient, parle le grec comme père et mère. Curtius est également venu de Sofia. Car le but de la réunion, vous ne l'ignorez pas, est d'empêcher les Alliés de recruter une armée de cent mille Hellènes pour les jeter dans la bataille, à la place des Russes défaillants.

– Ne verra-t-on plus les comploteurs ? s'inquiète Duguet que le retard de Valentin exaspère.

– Si, bien sûr. Ils descendront pour souper tard, au moment du concert.

* *
*

Des projecteurs s'allument vers dix heures et demie, éclairant un espace scénique dégagé au centre de la vaste pièce. Le chandelier placé sur la table par un garçon habillé en valet du Grand Siècle fait scintiller les diamants de Cléo, discrètement sertis dans ses boucles d'oreilles et sa broche. Son regard se fait attentif à l'entrée de la chanteuse allemande, dont la voix vibrante puise dans le répertoire réaliste de Berlin. A-t-elle modifié les paroles de ses refrains, sont-elles porteuses de messages codés à l'intention des agents dissimulés dans le public ? Cléo sait d'expérience que les Allemands sont capables des ruses les plus classiques, mais aussi les plus sophistiquées. La chanson pourrait contenir un signal, un avertissement.

Les conversations cessent. La comtesse réussit à glisser à Duguet que les comploteurs ont pris place au fond de la salle, où le champagne leur est servi. Émile a beau tendre le cou, de gigantesques bouquets de roses blanches disposés sur leur table dissimulent les nouveaux venus à sa vue.

La comtesse le retient de se lever pour tenter de les apercevoir. Il serait immédiatement repéré et écarté par la garde rapprochée. Valentin a dû donner à Cléo ses instructions. L'Alpin se résigne, non sans jeter des regards en coin à chaque tournoiement des projecteurs. Une seule femme parmi eux, les cheveux tirés et bruns, lunettes à monture d'écaille sombre sur les yeux, portant un cardigan gris au col bordé de macramé blanc. Une discrétion d'infirmière, ou de secrétaire. Elle n'est pas placée près du roi, mais en bout de table, entre un général grec et un « diplomate » allemand. De nouveau, Émile s'impatiente.

– Le moment n'est pas venu, lui intime Cléo derrière son éventail. Faites-moi confiance. Je vous donnerai le signal de l'action. Vous n'avez pas le droit de commettre une erreur.

Les assiettes chinoises, le fakir hindou, les numéros de music-hall se succèdent jusqu'à l'apparition d'un « Monsieur Mémoire » abondamment éclairé par les projecteurs, qui prétend citer sans effort, sur simple demande du public, les dates importantes relatives à l'histoire de Berne et à ses grands personnages. Date de la fondation de la ville par le duc Berthold V ? 1191, bien sûr ! Date de la mort d'Adrien de Bubenberg, le vainqueur de Charles le Téméraire ? 1479 ! On applaudit. Naissance de Guillaume Tell ? Mort de Jean Calvin ? Monsieur Mémoire est incollable. Cet innocent exercice semble ravir le public suisse.

Une voix fortement germanique lance, depuis la table d'hôtes du fond de la salle : « Le roi Constantin XII de Grèce ? » Le monstrueux calculateur au front dégarni fait mine de se concentrer. Les yeux levés vers le projecteur, il répond dans l'extase : « Athènes, 2 août 1868 ». Les généraux grecs de la table royale applaudissent à tout rompre. Tous les noms connus de l'actualité défilent : Lénine, Hindenburg, Nicolas II... avec le même succès pour l'artiste, ovationné.

Le général Baïras, en manière de plaisanterie, lance alors à Monsieur Mémoire un nom en allemand : « Colonel Valentin, chef des services secrets français ? » Le virtuose répond sans hésitation : « 15 mars 1880 à Versailles », et salue sous les bravos redoublés pendant que les projecteurs fouillent la salle, à la recherche du Français absent. Cléo de Maraval ne bronche pas quand le halo l'aveugle. Elle rouvre ses yeux éblouis : Émile Duguet n'est plus à son côté.

Il a compris que la finalité de ce petit jeu, sans doute organisé par les officiers grecs, consistait à repérer les officiers français disséminés dans la salle. Une chanteuse italienne parée de fanfreluches et d'arlequinades colorées prend son tour sur scène, attaquant dans des tons aigus une barcarolle vénitienne. Émile a tout le temps de reprendre calmement sa place.

– Vous n'auriez pas dû revenir, lui reproche Cléo. Maintenant, ils vous ont repéré. Mais peut-être n'est-il pas trop tard.

Les lumières s'éteignent dans la salle, laissant les projecteurs prendre dans leurs faisceaux la longue silhouette d'un chanteur épirote. Il salue le roi jusqu'à terre, saisit sa guitare et dédie à la table d'honneur un air patriotique, qui met aussitôt les officiers grecs au garde-à-vous. C'est le *Thourios,* l'hymne guerrier jadis composé par Rhigas Velestinlis, héros de l'indépendance, qu'aucun Grec ne peut entendre assis et couvert.

– Profitez du mouvement, lance vivement Cléo. Rendez-vous à la salle des téléphones. On vous y rejoindra. Ne posez aucune question et éclipsez-vous par la porte de derrière, qui donne sur les communs. Un de mes serviteurs vous guidera. Ne rentrez pas à votre hôtel, laissez-y votre bagage. Une automobile vous prendra en charge. Votre tâche est d'assurer la sécurité de la personne que vous devez accompagner.

– Mais Valentin ?

– Ne vous en préoccupez pas. Il vous rejoindra à son heure.

* *
*

À peine Émile est-il entré dans le bureau du téléphone que la jeune femme en gris de la table royale force la porte sans le saluer, et lui tend une sacoche noire. Le lieutenant, sur un geste, l'invite à quitter la pièce avec lui. Elle refuse de l'accompagner, et le presse d'une voix neutre, presque étouffée, de s'enfuir seul. Un homme armé se tient derrière son dos, qui doit assurer la retraite du Français et n'a visiblement pas pour mission de se charger d'elle.

Elle ôte alors ses lunettes, ébouriffe ses cheveux et le fixe derrière ses longs cils.

– Lucia !

Émile a prononcé son nom d'un ton rauque et presque douloureux. Comment pouvait-il la reconnaître dans ce strict accoutrement, pourquoi une telle transformation ? Il la serre éperdument dans ses bras. Elle retrouve l'officier français de Bucarest comme si elle ne l'avait jamais quitté.

– Sauve-moi, lui chuchote-t-elle à l'oreille dans un élan de panique. Ils vont me tuer.

L'homme de main les sépare.

– Je dois assurer seulement votre sécurité, explique-t-il fermement à Émile. Cette jeune femme peut rejoindre ses amis. Elle ne court aucun danger.

Sans crier gare, il étourdit Lucia d'un coup de poing sec sous le menton et lui lie les mains au moyen d'un lacet de cuir, pour donner à croire qu'elle a subi une agression.

Émile Duguet bondit sur la brute. Le canon du revolver l'arrête.

L'homme le pousse violemment vers la porte basse de l'office, puis l'entraîne en courant dans le couloir obscur qui conduit à la poterne des fournisseurs du restaurant. Une voiture attend, tous feux éteints, moteur au ralenti. Une main se tend de l'intérieur. L'homme remet la sacoche de cuir noir et ouvre la portière à Émile Duguet.

– Disparaissez ! dit Valentin à l'inconnu.

L'homme rentre dans l'ombre, s'enfonce dans les bosquets de la rive de l'Aare.

– Sécurité suisse, explique à Duguet le colonel. Il leur arrive de nous donner un coup de main.

Le lieutenant reste muet. Son chef de mission est avare d'explications. Il a grande hâte de vérifier le contenu de la sacoche et considère l'affaire comme terminée. Il suffit maintenant de regagner la base de Salonique, par la voie la plus rapide. Valentin n'a pas l'ombre d'une inquiétude pour la jeune femme, qu'il appelle l'agent X16 et qu'il a manifestement *retournée* avant de la livrer aux mains de l'ennemi.

– À l'heure qu'il est, confie-t-il enfin à Duguet, ils ont retrouvé Lucia Benedetti. Ils l'ont reconduite à la résidence du roi Constantin pour l'interroger. Il était prévu qu'elle remette la sacoche de cuir noir au chef de la résistance grecque d'Épire, le chanteur qui s'est produit sur scène en faisant entonner le *Thourios*. Dans la salle des téléphones, au lieu de rencontrer le partisan, elle est tombée sur notre agent suisse qui s'est débarrassé prestement du chanteur épirote.

– Ils la feront parler, au besoin sous les coups, proteste Émile. Laissez-moi partir pour la libérer.

– Ne vous inquiétez de rien, faites-moi confiance. Elle ne connaissait pas son agresseur et n'a pas pu le décrire. Elle n'aura pas dévoilé votre présence, elle attend trop de vous. Je l'ai moralement contrainte à travailler pour nous, en lui promettant sa sauvegarde.

– Vous n'avez pas tenu parole, grince Duguet. Elle est restée entre leurs mains.

– Curtius ne va pas lâcher sa proie. Il l'utilisera jusqu'au bout, en Russie peut-être, ou à Bruxelles. Les Allemands ne fusillent pas les espionnes, sauf circonstances très particulières. Celles qui les encombrent sont liquidées sans trop d'égards, dans des accidents de voitures.

Duguet blêmit. Ce discours cynique l'abasourdit. Il se mure dans un silence humilié et honteux du rôle qu'on lui a fait jouer.

Si le colonel a préféré choisir pour appât un simple lieutenant d'artillerie comme lui, plutôt qu'un spécialiste du 2e bureau, c'est qu'il n'ignore pas la passion dévorante, inopinée, absurde qui pousse le Niçois vers la chanteuse. Cherche-t-il à l'éprouver, à le pousser au pire ? Duguet ne peut le croire. Sans doute son colonel a-t-il plusieurs fers au feu. Pour l'heure, il ne s'intéresse qu'à sa prise de guerre, la serviette de cuir dont il a attaché la poignée à sa ceinture par une chaîne d'acier.

Quand le train s'ébranle pour quitter la gare de Berne, Valentin retient Duguet par la manche, le sentant prêt à sauter à quai.

– Ne soyez pas inquiet, répète-t-il. Nos amis de la sécurité suisse ont probablement intercepté à la frontière allemande l'automobile Mercedes qui emmenait Lucia sous bonne garde vers Munich. Ils ont ordre d'arrêter les agents du Reich et d'interner votre belle cantatrice dans quelque établissement suisse où elle attendra tranquillement la fin de la guerre. Une fondation de charité huguenote, par exemple. Elle a beaucoup travaillé pour l'ennemi dans le passé, mais elle vient de se réhabiliter en nous permettant de tirer les marrons du feu. Il ne serait pas convenable de l'abandonner à l'ire de Curtius, même au nom de la raison d'État.

* *
*

Valentin n'a pas dit toute la vérité. Il n'a pas expliqué comment il avait réussi à convaincre Lucia de jouer le double jeu pleinement en sa faveur, en lui faisant ainsi réussir un gros coup. Par respect humain, peut-être, ou pour ne pas désespérer le lieutenant, il ne lui a pas donné les vraies raisons de la présence de la jeune femme dans la maison du roi Constantin. Pourtant, elle est montée à bord du yacht royal au bras du capitaine russe Maslov, du régiment de Samara, dont elle est follement amoureuse. Mais cette passion n'est nullement partagée. L'officier, jugé indésirable à l'état-major tsariste de Paris en raison de sa liaison avec l'agent Mata-Hari, l'a prise pour maîtresse par devoir, et rien de plus.

Comme beaucoup d'officiers russes loyalistes, le capitaine, après l'arrestation du tsar, s'est estimé délié de tout devoir envers la République russe. Il a dès lors offert ses services au roi de Grèce partant pour l'exil. Il ne connaissait pas Lucia et ne songeait qu'à son aventure dangereuse avec Mata-Hari. Constantin et Curtius voulant l'utiliser pour organiser sur le front austro-bulgare la reddition massive des dernières troupes russes, il avait accepté, à la suggestion de Curtius et de son service de renseignements, de devenir l'intime d'une autre espionne à leur solde. Lucia s'était donc éprise du bel officier du tsar, à vrai dire fort séduisant, mais qui n'était pas la loyauté même.

Maslov, chargé d'offrir sa caution d'officier à ses collègues soucieux d'échapper au bolchevisme et peu désireux de continuer la lutte dans les rangs des Alliés, ne se sentait guère attiré par cette entreprise de désertion organisée, à ses yeux déshonorante. Aussi avait-il discrètement pris contact avec ses anciens amis français présents en Suisse pour tenter de rentrer en grâce à Paris. Il avait lâchement abandonné Mata-Hari à son procès et ne craignait plus rien de la justice parisienne.

Valentin, informé de ce revirement, avait accepté de le sauver des griffes allemandes à condition que sa nouvelle maîtresse, Lucia, consentît à rendre au colonel français le service de lui communiquer le dossier secret du roi Constantin dont elle avait la garde, en tant que secrétaire royale.

Maslov était déjà au pouvoir des agents français. Il ne serait libéré que si elle accomplissait sa part du marché. Sinon, il serait rendu aux Allemands, avec mention explicative de sa trahison. Lucia avait accepté le marché du colonel Valentin par amour de Maslov, dont le charme était apparemment irrésistible. Comment dès lors expliquer, même avec égards, au lieutenant Duguet fou amoureux, que le cœur de sa chanteuse italienne était déjà pris et qu'il perdait son temps à la poursuivre et à vouloir la sauver. Non, Valentin ne s'en sentait pas le courage.

Émile a-t-il perçu les réticences du colonel ? Il trouve qu'il s'est en tout cas bien vite défaussé sur les Suisses de son devoir de sauvegarde de Lucia, comme si les services secrets allemands ne disposaient pas de tous les moyens pour la retrouver où qu'elle fût internée. Il ne lui a pas proposé de lui rendre visite. Elle est, selon lui, tenue au secret. La retrouver serait la perdre.

À Padoue, Duguet accompagne son colonel dans un état-major français qui lui permet d'expédier à Salonique, directement au général Sarrail, sous le code ultra-secret, les informations contenues dans le sac noir dérobé à Berne.

« Offensive prévue des Austro-Allemands ajournée sur le front d'Albanie. Mouvements de trois divisions bulgares dans la région pour faire croire à une attaque générale. Le roi Constantin a monté en Épire et en Macédoine un réseau de partisans royalistes qui lèvent clandestinement des soldats et les envoient dans les montagnes albanaises, pour les dérober à la conscription décrétée par Vénizélos. Toutes les forces allemandes de la région immobilisées, en attendant le résultat de la rupture du front roumain et l'invasion des terres ukrainiennes et russes. »

Son message expédié, Valentin regagne d'un cœur léger le train qui poursuit sa route vers Brindisi. Au port, il assiste, tout aussi tranquille, au débarquement du capitaine Maslov entre deux prévôts français. Un spectacle stupéfiant pour Émile.

– Ils l'accompagnent jusqu'à Salonique, laisse tomber Valentin. Le général Sarrail n'aime pas les traîtres, et Dieu merci ! Les débris épars des bataillons russes ont encore un officier supérieur à leur tête, fort capable de commander un peloton d'exécution.

Émile Duguet est de plus en plus éberlué. Si Valentin ne respecte pas l'un des termes du marché, en livrant l'officier russe à la justice militaire, quelles dispositions a-t-il prises au juste pour Lucia ? Très affecté par l'absence de scrupules manifeste des services secrets, il comprend alors seulement qu'il n'a plus aucune chance de revoir celle qu'il a follement aimée depuis leur nuit lyrique de Bucarest. On s'est seulement servi de lui pour l'approcher, l'appâter, lui donner l'impression qu'on lui envoyait du secours. Le but atteint, on a fait disparaître la proie sans la moindre hésitation.

Comment ne pas s'incliner devant les dures nécessités du renseignement ? Émile en tire la résolution de ne jamais plus prêter la main aux missions spéciales du colonel Valentin, et de rejoindre au plus tôt sa batterie de montagne qu'il n'aurait jamais dû quitter.

* *
*

À la veille de Noël 1917, le canonnier Duguet peut confronter son amour déçu à l'amour perdu du zouave Vigouroux qu'il retrouve au cantonnement, près de Pogradec, dans les montagnes d'Albanie.

Papillon nocturne, le jeune Niçois ne pouvait que se contenter d'entrevoir, à travers les vitrines, les belles huppées du Négresco, ruisselantes de bijoux, ondulant dans leurs robes fourreaux, butinant les diamants des lustres sans se brûler les ailes, telles des abeilles guerrières, déchirant de leurs ongles vernissés leurs rivales auprès des rois en exil, des princes russes fuyant la révolution, des marchands d'armes, de pétrole, de coton, de chevaux, de tout ce que la guerre paie sans discuter, au poids de l'or.

L'artilleur alpin avait eu l'illusion d'arracher à son triste destin d'aventurière stipendiée cette Italienne, dont la beauté lui rappelait les belles élégantes de la fête niçoise. Il aurait au besoin cassé la vitrine pour en retirer la merveille, comme un lord anglais pris d'un grain de folie veut racheter une fille dans un bordel de Venise pour l'installer dans son château.

Ces gens saisis par l'espionnage ont franchi la limite, ils ne se reconnaissent qu'entre eux. De qui Lucia était-elle amoureuse ? D'un officier de parade harnaché comme au défilé, payant ses costumes de fantaisie et ses chevaux de manège grâce à l'or de ses appointements dans les services secrets. D'un capitaine d'opérette promis par ses pairs au poteau à Salonique, ou future recrue des bolcheviks qui lui arracheront ses grades dorés et sa fortune d'occasion.

– Tu ne la verras plus, lui dit Vigouroux. Les Allemands l'auront fusillée. Ils n'aiment pas qu'on leur vole leurs plans d'opérations. Cette fille a du cœur. Elle sera morte avec courage, et même avec orgueil. Les femmes aussi font la guerre.

Il songe à Alexandra, tuée les armes à la main dans la montagne macédonienne avec ses amis, les *andartès*. Il ne peut oublier son institutrice grecque, si généreuse dans ses sentiments, si active et résolue au combat. Elle soutient son propre courage, l'aide à affronter cette guerre atroce, à la poursuivre jusqu'à la victoire, la libération des peuples. Vigouroux, non dépourvu de bon sens et amical, comprend qu'il doit grandir et non diminuer l'image de Lucia, s'il veut aider son camarade.

– Son talent, son charme, son rayonnement… elle a tout mis, sans en avoir l'air, au service de notre cause. Elle est tombée pour nous. À sa manière, elle s'est sacrifiée. Il n'est pas certain qu'elle soit à jamais perdue. Le colonel a plus d'un tour dans son sac. Tant que tu ne la tiens pas morte dans tes bras, s'étrangle le bon zouave en retenant une larme, tu dois garder l'espoir. Qui sait si ce colonel Valentin n'a pas voulu t'écarter d'elle pour te garder de toute compromission ? Il veut bien t'utiliser, pas te perdre.

Le discours grave et raisonnable que lui tient Vigouroux devrait calmer Émile. Pourtant, les images de Bucarest tournoient dans sa mémoire. Elle est installée dans sa chambre comme en pays conquis. Elle l'a conduit elle-même dans les forêts magiques du Balkan, comme pour s'y perdre et tout oublier. Hier encore, elle lui demandait de la sauver. C'est lui qu'elle appelait, et non le colonel de la garde du tsar. Comment admettre de l'exposer au péril, sans rien pouvoir faire pour l'en sortir ?

Heureusement, le tir bulgare reprend sur le front. La batterie française réplique. Émile doit donner des ordres, changer d'emplacement, enterrer les mulets qui viennent d'être atteints par des éclats. Sur ce front, tous les jours, une poignée d'hommes est évacuée vers l'arrière ou ensevelie sur place. Une guerre d'escarmouches, sans répit, avec sa liste quotidienne de victimes.

L'Alpin a reçu l'ordre de surveiller la première ligne, où combattent encore des Russes, pour ouvrir immédiatement le feu sur les groupes ennemis qui s'avancent vers les tranchées dans un but de fraternisation. Il a placé des guetteurs spéciaux sur des emplacements précis, pour éviter d'être surpris.

On vient de lui signaler un quarteron de Russes disparus dans la région comprise entre les lacs. La radio bulgare explique à ces soldats que le nouveau gouvernement de Pétersbourg leur ordonne de rentrer chez eux, car il va signer la paix. Ils ne sont visiblement pas tous pressés d'obéir.

Pourtant, les fraternisations se poursuivent, même dans les secteurs serbes. Sarrail, condamné sans appel au Conseil supérieur de guerre du 6 décembre par le gouvernement français, continue à assurer la stabilité du front. Il a encore ordonné, le 21 décembre, de faire tirer sur les zones du secteur serbe où les tentatives d'avancées pacifiques se multiplient. Des soldats porteurs de drapeaux blancs sont pris pour cibles par les artilleurs. Duguet et Vigouroux se demandent si le bruit du rappel de Sarrail n'est pas un bobard.

**
*

Le général Guillaumat a quitté Paris le 17 décembre au soir dans un train pour Tarente. Il était accompagné de ses chef et sous-chef d'état-major, et de ses officiers d'ordonnance. Dans la nuit du 22 au 23 décembre, le général Sarrail a quitté Salonique par un temps de neige et de brouillard. Son successeur a pris immédiatement son commandement.

Un départ sans tambour ni trompette. Le général s'est retiré au bras de sa jeune et jolie femme, une infirmière de Salonique épousée le 24 avril devant le consul de France et sous la bénédiction du capitaine Bertrand, pasteur protestant. Ils ont abandonné leur résidence du consulat de Bulgarie, vide depuis l'expulsion du consul, sans savoir si

Guillaumat a l'intention d'y poser ses pénates. Ils coucheront à Paris à l'hôtel du Louvre, en voyageurs ordinaires.

À Pogradec, très loin vers l'ouest, ce changement est passé presque inaperçu dans la troupe, en dépit des confidences des officiers, informés directement par radio ou téléphone à leurs PC. Personne ne connaît en Orient le général Guillaumat. L'armée se sent orpheline. Elle s'était habituée à Sarrail.

Les décisions prises à Paris la prennent de court. À la veille de Noël tombe un ordre, signé du major général Ferdinand Foch, « de préparer la formation rapide de troupes helléniques dans le nord de l'Épire, pour aider les Italiens de Valona ».

Double méconnaissance du terrain : les jeunes Épirotes mobilisables, tous royalistes, ont disparu dans les bois. Le commandant Coustou, du bataillon de zouaves chargé de faciliter l'opération de recrutement, s'étonne devant le lieutenant Leleu, son chef de compagnie : dans un seul district, il a compté mille huit cents réfractaires sur mille huit cent trente-cinq appelés.

Au bataillon de zouaves, tout se sait. Les officiers sont proches de la troupe et ne gardent pas les informations secrètes, sauf en cas de nécessité absolue. Ils s'efforcent au contraire de mettre les problèmes sur le tapis, pour éviter les discussions inutiles et les fausses interprétations.

– Une honte ! dit Vigouroux à Rasario, son camarade d'Alger, quand il apprend l'échec de la mobilisation des Hellènes en Épire. Ces Grecs sont tous des traîtres. Il ne faut pas les enrôler. Ils lèveront le camp avec armes et bagages à la première occasion.

Deuxième erreur incompréhensible de Foch, qui rend perplexe le commandant Coustou : le major général prétend

« donner au corps italien de Valona l'appui de troupes helléniques ». Ignore-t-il que les Grecs, royalistes ou vénizélistes, n'ont qu'un désir : chasser les Italiens de Valona, de l'Épire et de l'Albanie ? Pourquoi vouloir marier ainsi le lapin et la carpe ? À l'évidence, Foch ignore tout de la situation particulière du front de Salonique, où combattent ensemble des nations aux intérêts divergents ou même opposés. Coustou, sceptique, garde ses réflexions pour lui. À quoi bon décourager ses zouaves ?

Ces soldats sont sensibles à la mutation des généraux, dont ils dépendent directement. Ils connaissent leurs travers et leurs qualités. Ils trouvent inutile de les changer lorsqu'ils n'ont pas démérité.

– Ils ont muté Régnault, apprend Vigouroux à ses camarades. Il avait, sous Sarrail, purgé Athènes des Grecs amis des Boches. Il avait choisi clairement son camp. Plus de Régnault ! Il nous arrive du Maroc un général Henrys qui a fait toute sa carrière contre les rebelles du Rif sous Lyautey. Comme si on pouvait assimiler les Bulgares – farcis de canons boches – à un ennemi en haillons, armé de fusils périmés. On confond toujours Salonique avec la colonie. Paris n'arrive pas à admettre qu'on fait ici la même guerre qu'à Verdun !

– Henrys se trouvait sous les ordres de Guillaumat à Verdun, aux dernières nouvelles, corrige le commandant. C'est un Vosgien d'Afrique, comme Lyautey un Marocain de Lorraine. Il a fait toutes les campagnes du Maroc. Nous touchons un vrai baroudeur du bled, comme nous autres, les zouaves.

– Et Valentin ? interroge Edmond Vigouroux, songeant à son ami Duguet.

– Il n'est pas certain que les officiers de l'état-major de Salonique restent en place. La logique veut qu'ils soient mutés. Au reste, les « missions spéciales » prennent moins d'importance. Un Guillaumat, un Henrys voudront d'abord rationaliser l'armée, organiser les lignes, utiliser au mieux les moyens, savoir sur qui ils peuvent compter. Ils partent d'un niveau très bas, sans être soutenus en haut lieu. Vous savez ce qu'a dit Clemenceau ? « Je ne suis pas d'avis d'envoyer là-bas de bons généraux. Salonique est sacrifiée, on n'y peut rien faire. » Vous verrez, à l'usage, quelle chance nous aurons eue d'hériter du couple Guillaumat-Henrys. Ils ne sont pas des officiers d'intrigue, mais de devoir.

Dans la boue des tranchées de Pogradec, la veille de Noël, l'annonce de la mise en place d'un nouveau commandement ne suscite pas l'enthousiasme des zouaves. Beaucoup pensent que Guillaumat a peut-être pour lettre de course de préparer le rembarquement, comme aux Dardanelles. Les Anglais ont déjà retiré une de leurs divisions, les Russes disparaissent par petits groupes, les Serbes flanchent à leur tour et les Grecs refusent la mobilisation. Quant aux Italiens, ils veulent se cantonner dans le secteur de Valona. Comment, dans ces conditions, ce Guillaumat pourrait-il reconstituer une armée opérationnelle, capable de monter une offensive ? Benjamin Leleu, le zouave de Dunkerque, exprime le désarroi du bataillon en laissant tomber, sarcastique :

– Demain, c'est Noël. Nous serons encore là pour la Noël de 1918. J'en prends le pari.

* *
*

Pour la soirée du réveillon, le front est si calme que les anciens *dardas* complotent de se retrouver au *caféion* de Pogradec, ancien quartier général du 8e de chasseurs d'Afrique, le régiment dissous du capitaine Lanier. Les zouaves sont tous là, Leleu, Rasario, Ben Soussan, et bien sûr Edmond Vigouroux. Paul Raynal, averti de la soirée par des voies mystérieuses, a entraîné Hervé Layné, Duguet le Niçois et l'artilleur Cadiou, sans oublier Robert Soulé le Belfortin, dit le Mennonite, qui sort tout fringant, sa blessure cicatrisée, de l'hôpital militaire de la ville. Ils ont chacun une pensée pour le radio André Broennec, qui les a quittés lors du grand départ des Dardanelles, noyé dans le courant glacé. Surtout Vigouroux, Duguet et Raynal, les trois survivants du bateau parti de Marseille en février 1915.

Ils ont tous pris du galon et blanchi sous le harnais, les *dardas*. Et pourtant, le doyen Leleu, baptisé l'Ancien, ou encore plus familièrement le Vieux, n'a pas trente ans. Ils ont déjà donné deux ans de leur vie à l'Orient, abandonné sur cette terre magnifique et dangereuse beaucoup de leurs camarades, tués par les Bulgares ou terrassés par le paludisme.

Émile Duguet, mélancolique, rappelle le réveillon du Château Vieux, en 1915, quand on préparait le retour. Vont-ils apprendre, demain, que la flotte les attend à Salonique pour appareiller ? Raynal en est convaincu. Chaque jour, il demande aux radios du commandant Mazière des nouvelles de la rade de Salonique. Le navire-hôpital *France* n'a pas reparu. Signe que la campagne est terminée, si l'on ne se soucie plus de soigner les blessés. Rien ne se prépare sur ce front, sinon peut-être son évacuation. Paul s'en désespère. Où a-t-on affecté Carla ?

Ceux de la 57e division de Belfort n'ont jamais revu leurs copains partis en permission, après dix-huit mois d'Orient. Le mennonite, au courant de tout, sait qu'ils ont été affectés aux unités de l'armée du Nord-Est, et qu'ils ne reviendront plus jamais à Salonique. Les renforts reçus dans les unités pour les remplacer – avec quelle parcimonie ! – sont des bleus sortis des dépôts.

– Buvons au retour ! lance Ben Soussan, le viticulteur de Mostaganem. Dieu sait où ils vont nous envoyer !

– Pardine ! répond Rasario, en Orient. Nos politiciens ne vont pas laisser les Anglais prendre la Syrie et le Liban, sans compter la Mésopotamie et la Perse.

Le tavernier albanais se précipite pour les commandes. Rond, jovial, Anton Dukagjini a vite pris son parti de la présence des soldats français. Il leur sert du vin italien, au lieu du résiné grec. Chrétiens au pays des minarets, Anton et son épouse, la gracieuse Maria, sont heureux de recevoir aussi bien les Piémontais que les Français et ne leur ménagent ni les poulets ni les moutons en broche. Leur pays est riche et verdoyant, et la guerre ne les a pas encore ruinés, enrichis, au contraire, grâce aux troupes de passage.

Les *dardas* du réveillon ont tous apporté leur écot, sous la forme d'un colis échappé aux aléas des voyages. Les liqueurs animent le long repas de fête où, selon la tradition, chacun chante des airs de chez lui. La mélancolie de fin d'agapes vient bien sûr du désir de revoir le pays, les parents, les amis. Mais pour beaucoup d'entre eux, le trop long séjour a noué des relations nouvelles, et ouvert des plaies impossibles à refermer. Edmond Vigouroux ne sera plus jamais le Limouxin insouciant qu'il était à vingt ans. Au lieu de s'impatienter de revoir Éloi, et Maria, et la tante Isabelle, c'est Carla que Paul Raynal attend, triste à mourir de veiller Noël sans elle.

Le mennonite de Belfort participe peu aux chants païens repris par les zouaves d'Oran et d'Alger. Il n'ose leur imposer les psaumes, mais réserve pour le lendemain la célébration de la fête religieuse de ses vœux, même s'il doit être le seul de sa secte à prier, comprenant que toutes les croyances sont réunies dans cette assemblée des amis et qu'il ne faut choquer personne. À minuit, dans une minute de silence, chacun se recueille à sa manière, murmurant les prières de sa foi. À minuit dix, la porte de l'auberge est ébranlée d'un coup de poing semblable à celui d'un chevalier armé d'un gant de fer.

Entre Valentin, superbe dans son uniforme de colonel de chasseurs d'Afrique.

– Mon cheval est à l'écurie, dit-il à Anton. Faites-lui son picotin de Noël.

Épanoui, libéré d'une tâche lourde et tortueuse, il sourit d'aise. Le voilà chassé du 2e bureau par la nouvelle équipe, mais promu dans le secteur à la tête de cinq cents cavaliers.

– Je suis le père Noël, dit-il, j'annonce à tous la bonne nouvelle : nous ne partons pas. Nous restons à Salonique. Le général Guillaumat a bien voulu reconnaître, après Gouraud et Sarrail, que sur ce front plus que sur tout autre, les Français avaient des chances de faire boire leurs chevaux non dans le Rhin, mais dans le Danube.

On ne peut dire que cette annonce provoque des acclamations. Chacun s'était fait à l'idée d'évacuer, pensant trouver avantage à l'ouverture d'un nouveau front.

– À toi, j'annonce l'arrivée sous huitaine du *France* à Salonique ! lance-t-il à Raynal qui bondit de joie.

– À toi, murmure-t-il à l'oreille de Duguet, j'apporte les vœux d'une dame qui ne t'a pas oublié. Elle s'appelle Lucia Benedetti. À l'heure où je te parle, ses bottines claquent sur le quai de Constantinople.

## L'armée d'Orient (AO) à Salonique

– Général commandant Sarrail, nommé le 3 octobre 1915. Chef d'état-major : colonel Jacquemot.

– Reçoit le 4 octobre à Salonique la division Bailloud, venue des Dardanelles, avec deux régiments de cavalerie, 24 canons de 75, 8 de 65 et quelques pièces lourdes.

– D'octobre à décembre, renfort de cinq divisions britanniques.

– Le 15 octobre, 156e division venue des Dardanelles et 57e division de Belfort.

– Le 1er novembre, renfort de la 122e division, soit au total quatre divisions.

– En février 1916, arrivée à Salonique de la 17e division d'infanterie coloniale.

– L'artillerie est renforcée au 31 décembre de plus de cent canons de 75, 36 de 65, et de quinze batteries d'artillerie lourde de divers calibres.

– L'aviation compte sept escadrilles.

Cette AO avait pour mission d'apporter son aide aux Serbes, puis de retraiter sur Salonique pour y construire le camp retranché.

À partir de mars 1916, ces troupes sortent du camp de Zeitenlik pour se rapprocher de la frontière grecque.

## Le commandement des armées alliées (CAA) en Orient

Généraux commandant le QG de Salonique :

– le 11 août 1916, Sarrail; chef d'état-major, colonel Michaud;

– le 22 décembre 1917, Guillaumat; chef d'état-major, colonel Charpy.

Le CAA comprend à ses origines l'armée française d'Orient (AFO), plus deux corps d'armée britanniques, une division italienne, trois armées serbes et une brigade russe. À la fin de 1916, affectation théorique d'un corps d'armée hellénique à trois divisions.

En 1917, une deuxième brigade russe (n° 4) affectée aux Serbes. En juillet 1917, une division russe regroupe les 2e et 4e brigades.

Des éléments albanais sont mis en secteur vers Pogradec.

**Armée britannique : lieutenant général Milne**

**XIIe corps : lieutenant général Wilson**

**– 22e division, major général Duncan :**

– *65e brigade* : quatre régiments à quatre bataillons : 9e Royal Lancaster, 14e Liverpool, 12e fusiliers de Lancaster, 9e de l'East Lancaster.
– *66e brigade* : 12e Chesire, 9e South Lancashire, 8e léger de Shropshire et 13e de Manchester.
– *67e brigade* : 11e Royal Welsh Fusiliers, 7e South Wales Borderers, 8e South Wales Borderers, 11e Welsch.
**26e division, Gay :**
– *77e brigade* : 11e Scottish, 8e Royal Scots, 10e Royal Highlanders, 12e Argyll and Sutherland Highrs.
– *78e brigade* : 9e Gloucester, 11e Worcestershire, 7e Oxfordshire and Buckinghamshire, 7e Royal Berkshire.
– *79e brigade* : 10e Devonshire, 8e léger Duke of Cornwall's, 7e Wiltshire.

**XVIe corps : lieutenant général Briggs**
**– 27e division, major général Forestier-Walker :**
– *80e brigade* : 2e léger Shropshire, 3e et 4e King's Royal Rifle Corps, 4e Rifle brigade.
– *81e brigade* : 1er Royal Scots, 2e Cameron Highrs, 1er Argyll et Stathearn Hihgrs, 13e Scott Royal Highrs.
– *82e brigade* : 2e Gloucester, 2e Duke of Cornwall's, 10e Hampshire et 10e L.S. Cameron Highrs.
**– 28e division, major général Croker :**
– *83e brigade* : 2e East Lancashire, 2e East Yorkshire, 1er léger Yorkshire, 1er York and Lancaster.
– *84e brigade* : 2e Northumberland, 1er Suffolk, 2e Cheshire, 1er Welsh.
– *85e brigade* : 2e East Kent; 2e Royal Fusiliers, 2e East Surrey, 3e Middlesex.

Chaque brigade compte seize pièces de campagne dont quatre obusiers, huit mortiers de tranchée, seize mitrailleuses Maxim, sans compter vingt-quatre pièces de montagne de l'artillerie d'armée et soixante canons lourds. La Wing d'aviation compte deux escadrilles.

L'armée britannique compte 95 000 combattants sur 174 000 rationnaires.

**L'armée serbe au 1er novembre 1917**

*Chef d'état-major du GQG : général Petar Boyovitch.*
**Première armée : voïvode Givoïn Michitch.**
Division de la Morava : colonel Panta Grouitch.
Division de la Drina : colonel Krsta Similianitch.
Division du Danube : colonel Svetozar Matitch.
Division de cavalerie : général Branko Yovanovitch.

**Deuxième armée : voïvode Stepan Stepanovitch.**
Division de la Choumadia : colonel Petar Michitch.
Division du Tinok : colonel Milivoye Zetchevitch.
Division du Vardar : colonel Milan Toutsakovitch.

Chaque division compte trois bataillons, seize mitrailleuses et quatre-vingt-quatre fusils-mitrailleurs. Elle a six batteries (24 pièces) d'artillerie de montagne, douze canons de 75 et huit obusiers avec six pièces de tranchée de 58 mm.

**La 35e division italienne**
Brigade de Sicile : 61e et 62e régiments.
Brigade Cagliari (Sardaigne) : 63e et 64e régiments.
Brigade Ivrea (Doire Baltée, en Piémont).

Douze compagnies de mitrailleuses.

Huit batteries d'artillerie de montagne (32 pièces), un groupe d'artillerie de tranchée.

Deux escadrons de chevau-légers Lucca.

Un peloton autonome de téléphéristes, une compagnie de mineurs et une compagnie de pontonniers.

Deux escadrilles d'avions.

**L'armée hellénique au 1er octobre 1917**

Général Zymbrakakis, assisté pour l'infanterie du lieutenant-colonel Sangnier.

Division de Sérès : trois régiments d'infanterie et un demi-escadron de cavalerie.

Division de l'Archipel. Même composition.

Division de Crète. *Idem.*

Ces unités sont dotées chacune d'un groupe à deux batteries (8 pièces) de 75.

**L'armée russe au 1er octobre 1917**

Deuxième brigade : major général Diterichs.

Quatrième brigade : major général Léontiev.

Les deux brigades sont endivisionnées depuis juin aux ordres de Diterichs, remplacé par Tarbeiev puis en novembre par le général Taranovski.

Dans chaque brigade, deux régiments de trois bataillons à quatre compagnies, plus une compagnie de mitrailleuses. Une brigade compte entre 8 800 et 9 500 hommes.

493 soldats russes sont enterrés au camp de Zeitenlik, mais les pertes au combat ou par maladie ont affecté au moins 40 % des effectifs.

## Ordre de bataille des troupes françaises au 1er octobre 1917

**Commandants successifs de l'AFO (armée française d'Orient)**

11 août 1916. Général Cordonnier.
19 octobre 1916. Général Leblois (à titre provisoire).
1er février 1917. Général Grossetti.
30 septembre 1917. Général Régnault, à titre provisoire.
31 décembre 1917. Général Henrys.

**11e division coloniale.** Général Venel.
*21e brigade* : 34e régiment d'infanterie coloniale et 26e bataillon de tirailleurs sénégalais. 35e RIC et 30e BTS.
*22e brigade* : 44e RIC et 20e BTS. 42e RIC et 39e BTS.
Un escadron du 5e chasseurs d'Afrique.
Un groupe de 65, trois de 75 et une batterie de 58.

**16e division coloniale.** Général Dessort.
*4e brigade* : 4e RIC et 97e BTS. 8e RIC et 85e BTS.
*32e brigade* : 37e RUIC et 56e BTS, 38e RIC et 98e BTS.

Un escadron de dragons. Et même dotation d'artillerie.

**17e division coloniale.** Général Tétard.

*33e brigade* : 54e RIC et 93e BTS, 56e RIC et 95e BTS.

*34e brigade* : 1er RIC et 96e bataillon de tirailleurs sénégalais.

3e RIC et 81e BTS ;

Un escadron du 4e chasseurs d'Afrique.

**30e division métropolitaine.** Général Castaing.

40e (Nîmes), 58e (Avignon), 61e (Privas)

Un escadron du 5e chasseurs d'Afrique

**76e division métropolitaine.** Général de Vassart.

157e de Gap, 210e d'Auxonne, 227e de Dijon.

Un escadron du 5e chasseurs.

**57e division métropolitaine.** Général Jacquemot.

260e Besançon, 371e Belfort, 372e Belfort.

Un escadron du 4e chasseurs d'Afrique.

**122e division métropolitaine.** Général Gerôme.

54e RI Compiègne, 148e Rocroi, 84e Avesnes.

Un escadron du 29e dragons.

**156e division métropolitaine.** Général Baston.

175e : 1er régiment des Dardanelles (Riom, Grenoble et Saintes).

176e : dépôts de Béziers, Rouen et Pau. Et 1er régiment de marche d'Afrique, avec un bataillon de la Légion.

Aviation : quatorze escadrilles à douze avions.

**Soit huit divisions d'infanterie, 118 000 combattants sur 185 000 rationnaires.**

# *Monastères du mont Athos*

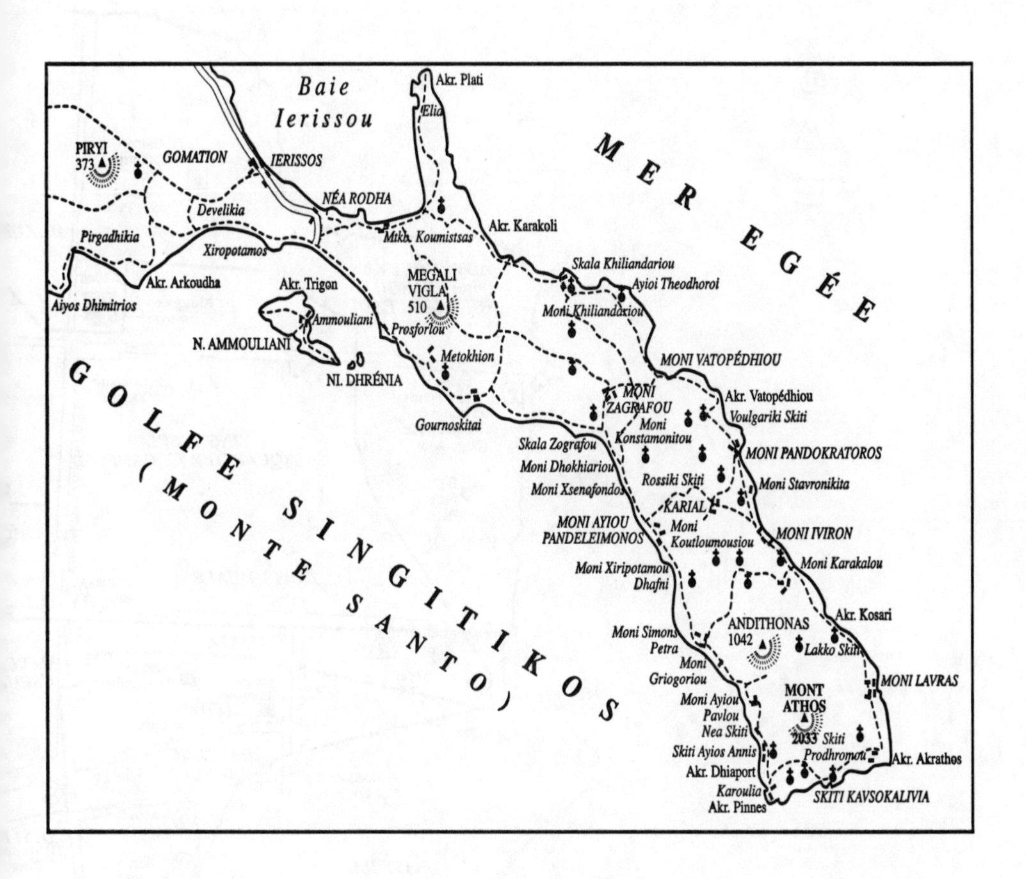

*Les quartiers de Salonique*

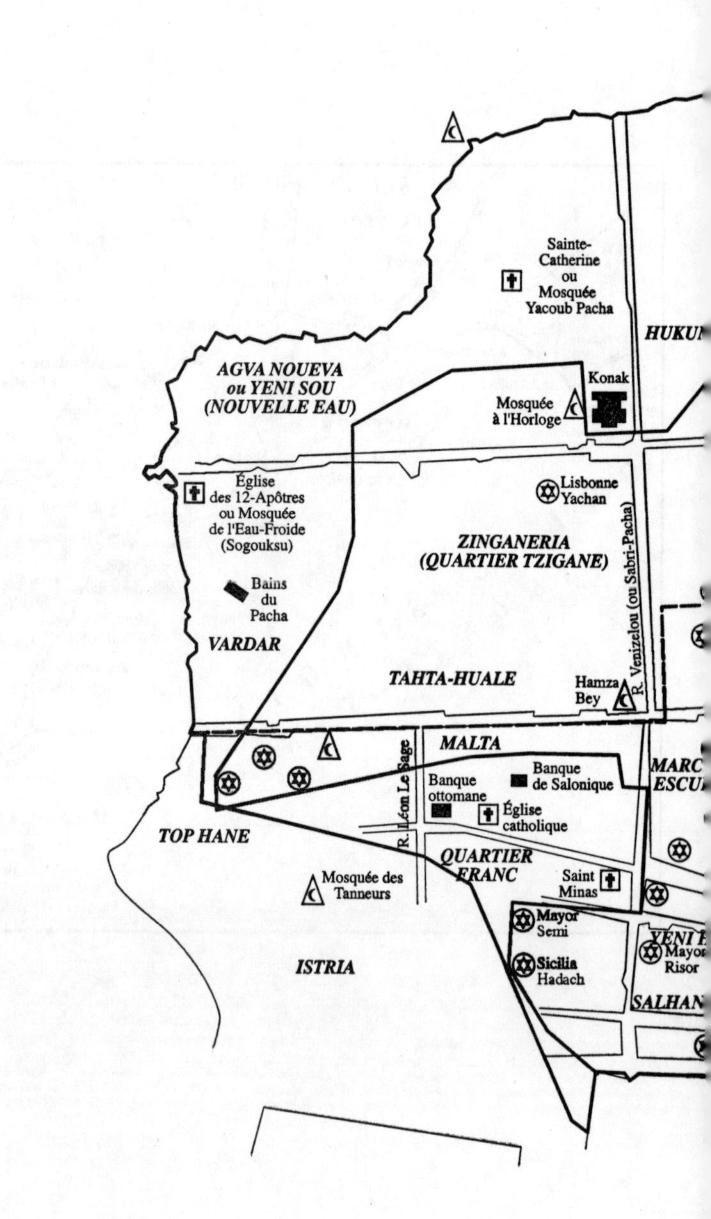

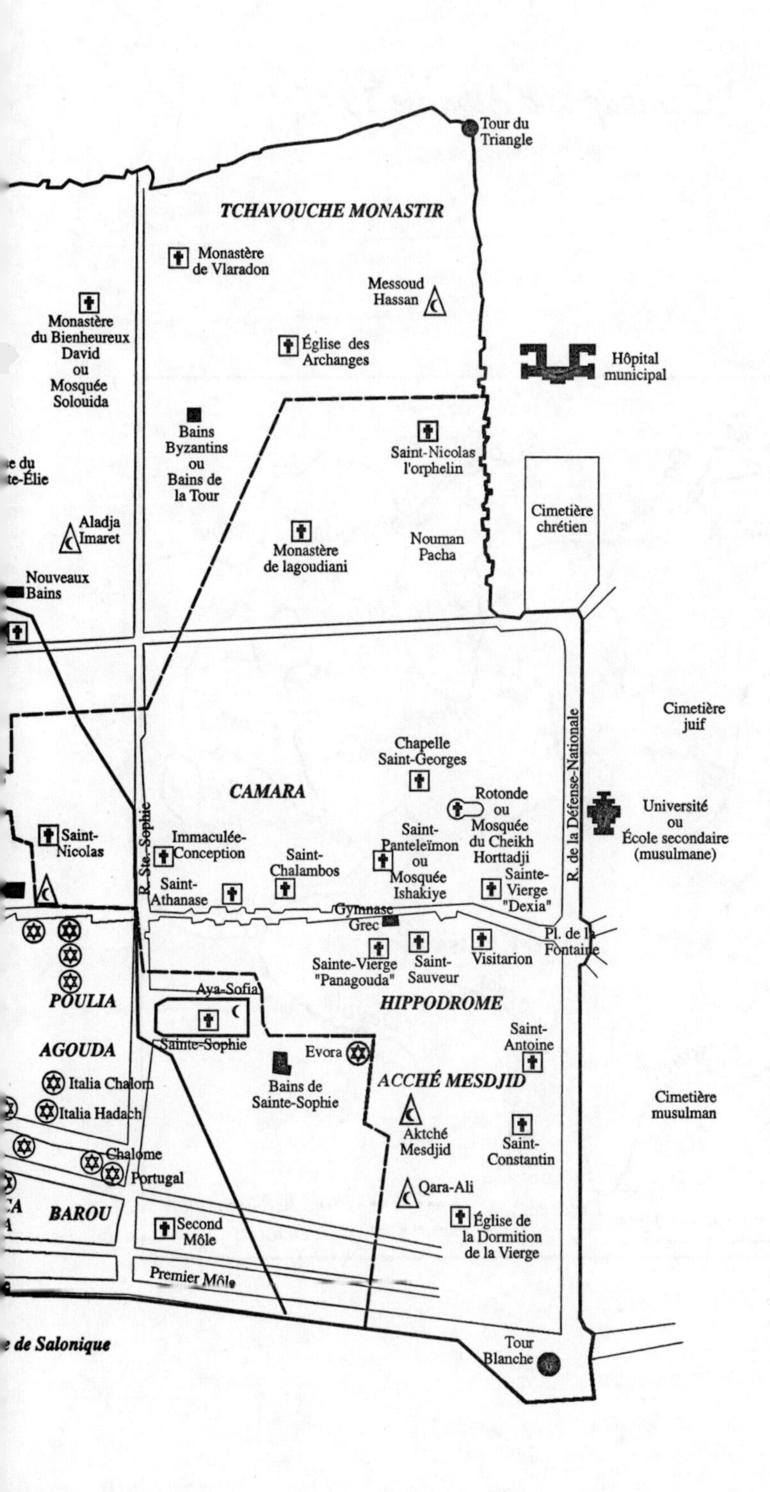

Tour du Triangle
TCHAVOUCHE MONASTIR
Monastère de Vlaradon
Messoud Hassan
Monastère du Bienheureux David ou Mosquée Solouida
Église des Archanges
Hôpital municipal
Bains Byzantins ou Bains de la Tour
Saint-Nicolas l'orphelin
Cimetière chrétien
Aladja Imaret
Monastère de Iagoudiani
Nouman Pacha
Nouveaux Bains
Cimetière juif
Chapelle Saint-Georges
CAMARA
R. de la Défense-Nationale
Rotonde ou Mosquée du Cheikh Horttadji
Université ou École secondaire (musulmane)
Saint-Nicolas
R. Ste. Sophie
Immaculée-Conception
Saint-Chalambos
Saint-Panteleïmon ou Mosquée Ishakiye
Sainte-Vierge "Dexia"
Saint-Athanase
Gymnase Grec
Pl. de la Fontaine
Sainte-Vierge "Panagouda"
Saint-Sauveur
Visitarion
POULIA
Aya-Sofia
HIPPODROME
Sainte-Sophie
Saint-Antoine
AGOUDA
Evora
Bains de Sainte-Sophie
ACCHÉ MESDJID
Italia Chalom
Italia Hadach
Cimetière musulman
Aktché Mesdjid
Chalome
Portugal
Saint-Constantin
Qara-Ali
BAROU
Second Môle
Église de la Dormition de la Vierge
Premier Môle
Tour Blanche

# *Campagne d'Albanie 1917*

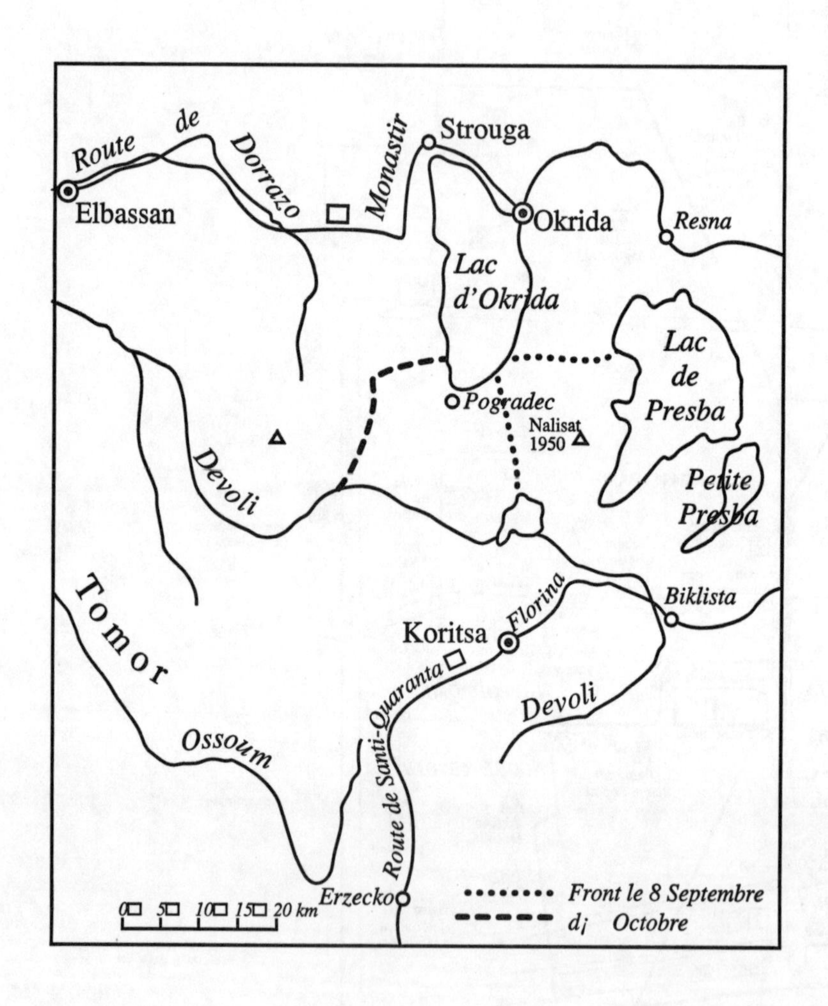

Route de Dorrazo Monastir
Strouga
Elbassan
Okrida
Resna
Lac d'Okrida
Lac de Presba
Pogradec
Nalisat 1950
Petite Presba
Devoli
Tomor
Biklista
Koritsa
Florina
Route de Santi-Quaranta
Devoli
Ossoum
Erzecko
0 5 10 15 20 km
Front le 8 Septembre
d¡ Octobre

# Table

## Du même auteur

Ouvrages d'Histoire

*L'Affaire Dreyfus*, PUF, 1959.

*Raymond Poincaré*, Fayard, 1961 (Prix Broquette-Gonin de l'Académie française).

*La Paix de Versailles et l'opinion publique française*. Thèse d'État publiée dans la Nouvelle collection scientifique dirigée par Fernand Braudel, Flammarion, 1973.

*Les Souvenirs de Raymond Poincaré*, publication critique du XIe tome avec Jacques Bariéty, Plon, 1973.

*Histoire de la Radio et de la Télévision*, Plon, 1974.

*Histoire de la France*, Fayard, 1976.

*Les Guerres de religion*, Fayard, 1980.

*La Grande Guerre*, Fayard, 1983 (Premier Grand Prix Gobert de l'Académie française).

*La Seconde Guerre mondiale*, Fayard, 1986.

*La Grande Révolution*, Plon, 1988.

*La Troisième République*, Fayard, 1989.

*Les Gendarmes*, Olivier Orban, 1990.

*Histoire du monde contemporain*, Fayard, 1991, 1999.

*La Campagne de France de Napoléon*, éditions de Bartillat, 1991 (Prix du Mémorial).

*Le Second Empire*, Plon, 1992.

*La Guerre d'Algérie*, Fayard, 1993.
*Les Polytechniciens*, Plon, 1994.
*Les Quatre-Vingts*, Fayard, 1995.
*Les Compagnons de la Libération*, Denoël, 1995.
*Mourir à Verdun*, Tallandier, 1995.
*Vincent de Paul*, Fayard, 1996.
*Le Chemin des Dames*, Perrin, 1997.
*La Victoire de 1918*, Tallandier, 1998.
*La Main courante*, Albin Michel, 1999.
*Ce siècle avait mille ans*, Albin Michel, 1999 (Prix d'histoire de la Société des gens de lettres).
*Les Poilus*, Plon, 2000.
*Les Oubliés de la Somme*, Tallandier, 2001.
*Le Gâchis des généraux*, Plon, 2001.

ROMANS, ESSAIS ET CHRONIQUES

*Lettre ouverte aux bradeurs de l'Histoire*, Albin Michel, 1975.
*Histoires de France*, Chroniques de France Inter, Fayard, 1981 (Prix Sola Calbiati de l'Hôtel de Ville de Paris).
*Les Hommes de la Grande Guerre*, Chroniques de France Inter, Fayard, 1987.
*La Lionne de Belfort*, Belfond, 1987.
*Le Fou de Malicorne*, Belfond (Prix Guillaumin, Conseil général de l'Allier), 1990.
*Le Magasin de chapeaux*, Albin Michel, 1992.
*Le Jeune Homme au foulard rouge*, Albin Michel, 1994.
*Vive la République, quand même!*, Fayard, 1999.
*Les Aristos*, Albin Michel, 1999.
*L'Agriculture française*, Belfond, 2000.
*Les Rois de l'Élysée*, Fayard, 2001.
*Les Enfants de la Patrie*, suite romanesque, Fayard, 2002.
* Les Pantalons rouges
** La Tranchée
*** Le Serment de Verdun
**** Sur le Chemin des Dames

*Cet ouvrage a été composé en Garamond par Palimpseste à Paris*

*Impression réalisée sur CAMERON par*
*BRODARD ET TAUPIN*
*La Flèche*

*pour le compte des Éditions Fayard*
*en mai 2004*

*Imprimé en France*
Dépôt légal : mai 2004
N° d'édition : 46617 – N° d'impression : 24434
ISBN : 2-213-61955-7
35-33-2155-6/01